蒼穹
창궁

창궁 1

초판 1쇄 찍은 날 | 2014년 1월 21일
초판 4쇄 펴낸 날 | 2018년 5월 2일

지은이 | 소하
펴낸이 | 예경원

편집 | 유경화

펴낸곳 | 예원북스
등록번호 | 제396-2012-000132호
등록일자 | 2012. 7. 25
YRN | 제1-0052호

주소 | 경기도 고양시 일산동구 호수로 646-24 위너스21-Ⅱ 206A호 (우) 10401
전화 | 031-819-9431 팩스 | 031-817-9432
http://cafe.naver.com/yewonromance
E-mail | yewonbooks@naver.com

ISBN 979-11-5630-027-4 04810
ISBN 979-11-5630-026-7 (세트)

※ 이 도서의 국립중앙도서관 출판시도서목록(CIP)은 서지정보유통지원시스템 홈페이지(http://seoji.nl.go.kr)와 국가자료공동목록시스템(http://www.nl.go.kr/kolisnet)에서 이용하실 수 있습니다.

19세미만 구독불가

蒼穹

창궁

1

YEWONBOOKS ROMANCE STORY

소하 장편 소설

예원북스

❖目次❖

제1장 신기루 너머에서

처음은 칼날의 비처럼 지나가고, 그다음은 지겨운 가뭄이나 끝없는 홍수처럼 이어진다.

끝없이 증오하는 건지 그저 견디는 건지 익숙해지는 건지 모를 날들이 되풀이되면, 꿈은 다시 꿈을 꾸며 그때를 돌이킨다.

—답해라.

그 묵직한 목소리가 천천히 목을 졸라온다.

다시, 그가 말한다.

—답해라.

그는 신처럼 거대하고, 하늘처럼 항상 위에 있고, 바람처럼 어디서 닥쳐올지도 모른다.

벗어날 길도, 이길 길도 없다. 그의 검은 빈틈이 없고, 그의 활은 절대로 과녁을 벗어나지 않으리라.

어쩌면 그는 정말로 대지의 신이며 창궁의 독수리이며, 하늘이 초원에 내린 왕일지도 모르겠다. 신은 그를 없애거나 방해할 수 있는 그 어떤 기회도 주지 않을지도 모른다. 호련은 그의 승리를 위해 바닥에 깔리는 자갈이자, 모래이자, 짓밟힐 풀 한 포기일지도 모른다.

호련은 눈을 감아보았으나 감은 눈으로도 그가 보인다.

크고 장대한 어깨가, 피 한 방울 없는 돌 같은 가슴이, 검게 얼어붙은 눈동자가. 그렇게 그는 없어도 있다. 눈 감아도 있고 눈 떠도 있으며, 숨 쉬어도 있고 숨을 멈추어도 있다.

할 수 있는 일이라곤 그저 속으로 외치는 것뿐.

오지 마!

"아가씨?"

호련은 눈을 떴다. 막사 틈으로 햇살이 가느다랗게 비쳐들고 있었다. 그 사이로 보이는 하늘은 오늘도 푸르다.

유모가 말했다.

"몸을 뒤척이더군요."

호련은 베개에 얼굴을 묻었다. 마른 흙냄새가 난다.

"꿈을 꾸었어요."

"무슨 꿈인데요?"

"신의 꿈."

"네?"

유모가 알아듣지 못한 듯 되묻는다.

호련은 눈을 감으며 말했다.

"창궁의 신."

오늘도 날은 탁하고 건조하다. 호련은 징조라도 있기를 바랐지만, 나가보니 구름은커녕 사방에 흙먼지 냄새만 가득하다. 벌판 위로 솟은 백산(白山)은 먼지바람을 뒤집어쓰고 황산(黃山)이 된 지 오래였다.

열흘 전에 우기가 시작되어 빗줄기가 쏟아져야 했다. 목초지가 흙과 풀냄새를 풍기고, 검은 강은 더 검어져야 했다. 새 풀이 돋은 초원으로 양과 말들이 이동하여 양들은 살찌고 말발굽 소리는 묵직해져야 했다.

그러나 와야 할 비는 오지 않고, 풀은 말라 버스럭거린다. 발걸음을 뗄 때마다 먼지가 부옇게 피어올랐다.

안 좋은 징조다. 아니, 안 좋은 상태다.

"어떤가요?"

유모가 뒤따라 나와 호련이 보는 방향을 보았다. 호련은 하늘로 피어오르는 먼지바람을 보며 말했다.

"구름 한 점 없네요."

"그럼 오늘도 글렀군요."

"보시다시피. 이제는 내가 시집가는 날 화창하라고 비가 오길

미룬다고는 말하지 말아요, 유모. 내 혼례를 위한 하늘의 배려라면, 이제 슬슬 배려가 아니라 민폐가 되고 있네요."

보름 전에 있어야 할 혼례는 아직 늦어지는 중이다. 신랑이 돌아오지 못하고 있기 때문이다. 보통은 가을에 치러지는 혼례인데, 신랑 집안에서 하루라도 빨리 치르지 않으면 안 된다는 점괘가 나왔다고 우겨대더니, 여름에 치르게 했다. 혼례는 덕택에 엉성하고 빠르게 준비되었지만, 정작 신랑이 오지 않아 지리멸렬하게 연기되는 중이다.

신부인 호련이 하는 일은 혼례복을 걷어차거나, 예단으로 온 장신구들을 만지작거리며 팔아보면 얼마일까 셈하다 오늘도 신랑이 오지 않을 테니 저녁까지 빈둥거려야겠다고 다짐하는 정도였다. 이제 유모를 비롯한 호련의 일가는 신랑이 정말로 일이 있어서 못 오는 건지 장가가기 싫어서 오지 않는 건지, 생각을 정해야 했다. 전자면 인내하고 후자라도 어차피 인내해야 한다.

그때 호련은 뒤뚱거리며 장부를 들고 오는 집사를 보았다.

"무슨 일인가요?"

호련이 묻자 집사는 들고 있던 장부를 얼른 내밀었다. 안에서 곰팡내가 풍겨왔다. 대체 어디다 얼마나 쑤셔 넣어놓았던 건지 모르겠다.

"장부입니다. 아가씨 혼례 다음에 하려고 했는데…… 이리 늦어지니, 미리 하는 것도 좋을 것 같아서요."

"그런 건 미리 줘야죠."

호련은 장부를 들추어 보았다. 양과 말, 소의 숫자를 정리한 것이다. 거의 내팽개쳐 두다가 최근에 덧붙여 쓴 티가 났다. 다 부옇게 흐려졌는데 그 부분만 도드라져 선명하니.

어차피 많이 줄었을 것이다. 몇 년간 이런저런 이유로 왕가에 차출당하다 올해는 혼례를 올린다고 봐주어 좀 늘어났다. 어차피 가을이 되면 전쟁이라며 작년보다 더 가져갈 테지만. 호련이 어리다며 몇 년간 장부를 보여주지 않던 집사가 이제야 주는 이유는 알 만했다.

“어차피, 이제 제 것도 아니잖아요.”

“네. 이제 모두 여환 왕자님의 것이 될 겁니다. 아, 아씨와 그분 사이에서 아이가 생기면요. 그래도 관리는 왕자님이 하시겠지만요.”

관리가 아니라 가져가는 거겠지. 호련은 그 말을 내뱉으려다 참았다. 집사에게 화내봤자 소용없고, 무슨 말을 하든 ‘아이가 생기면’ 이 불러일으킨 혐오감을 달랠 수 없다.

“아가씨, 이 혼인으로 드디어 각의 족장이 태어나는 겁니다. 이런 건 다 나중에 생각해도 되는 문제지요. 그냥 확인만 하고 저리 치워 두세요.”

호련에게서 아이가 태어나면 그간 몇 년간 비워져 있던 족장 자리가 드디어 채워지게 된다. 혼례가 치러지지 못하고 있어 후사는 커녕 호련의 처녀조차 지켜지고 있지만, 호련이 시집간다는 이야기가 나오자마자 일족이 일단 들뜨고 본 건 그 탓이다.

호련의 아버지와 그 형제들은 물론이요, 호련의 남자 형제들까지 몰살당한 후 족장 자리는 비어 있었다. 호련이 혼인하여 아들을 낳을 때까지 그 자리는 맹약에 따라 여환 왕자가 대신해 오고 있었다.

원래는 여환의 큰 동생과 혼인하기로 되어 있던 호련은, 그 큰 동생이 전사하고 여환의 아내 우이가 갑자기 죽으면서 그와 혼인하게 되었다. 우이는 몸도 약한데다 이민족 출신이었다. 왕가가 일치단결하여 반대해도 여환의 고집으로 이루어진 우이와의 혼사는 여환에게 아무것도 주지 못하고 끝났다. 자식조차도.

여환의 옆자리가 비자, 왕은 아들이 그사이에 또 사고를 칠까 싶어 급하게 혼사를 밀어붙였다. 결혼식이 허겁지겁 치러지게 된 것도 그 탓이다. 여환이 사고를 칠 여유를 주면 안 되었다.

호련은 왕이 여환을 얼마나 안타깝게 여기는지 알고 있었다. 서출인 왕자지만, 그의 아버지는 여환을 자신이 가진 가장 귀한 보물인 듯 자랑스러워했다. 그러나 여환이 서(庶)왕자라는 점과 정비의 집안인 바야 가문이 너무 강하다는 건 항상 문제였다. 변변한 집안은 꺼림칙해했고 변변치 못한 집안은 왕과 여환의 어머니인 금비(妃)가 싫어했다. 그래서 여환이 돌보아오던, 일가가 전멸한 호련이 그의 아내로 정해진 것이다. 탐탁잖아 할 할아버지나 남자 친척들은 없고, 주인이 없어 어쩔 줄 몰라 하는 일족 사람들만 많으니, 여환에게는 가장 좋은 혼처였다.

금비가 보낸 사자가 와서 혼례를 청한 날, 호련은 순순히 받아들였다.

"여환 왕자님은 강한 남편이자 좋은 아버지가 되어줄 테지요. 우이 부인에게도 그랬으니까요. 좋은 아버지가 될 기회는 없었지만."

그것도 형식적인 허락이다. 어차피 호련은 늙고 왕실에서 시집

오라고 명령하면 시집가 주어야 할 처지다.

며칠 뒤, 호련은 혼서(婚書)를 받고 예물을 받았다. 혼례는 순조롭게 진행될 듯했다. 그러나 왕가가 얼른 하자고 호들갑을 떠는 동안 정작 신랑인 여환이 국경 너머에서 버틸 줄 누가 알았겠는가.

"여환 왕자님이 언제 오실지 아나요?"

호련이 묻자 집사의 안색이 창백해졌다. 저번 집사는 호련의 집안이 전멸할 때 같이 죽었다. 이 집사는 여환이 직접 골라 붙여주었다. 여환이 하는 일이 늘 그렇듯 호련은 이 집사가 무척 싫었다.

"걱정 마십시오. 왕자님은 분명 보름이 차기 전에 오실 테니……."

"이러다 정말 비 내릴 때 시집가게 될지도 모르겠군요."

"그래도 비가 늦지 않습니까?"

"제 혼례를 위해 늦추어주는 건 좋지만, 앞으로 사나흘 더 비가 안 오면 내년 이맘때 즈음에는 다 굶고 있을 거라고요."

집사는 자신이 눈치 없는 소리를 했다는 것을 깨닫고 머리를 조아렸다.

호련이 말했다.

"진지하게 말하는 거니 지금부터 잘 들어요. 나는 혼례를 아예 늦추고 막사를 거두어 마을로 물러나고 싶군요."

"아닙니다. 그러지 마십시오."

"너무 늦어지고 있어요. 하루 이틀이라면 몰라도, 계획한 일이 열흘 이상 늦어지는 것은 그다지 달가운 일은 아니지요. 잘 생각해 봐요."

"제가 노력해 보겠습니다."

"집사가 노력한다고 될 일이 아니지요. 신랑인 여환 왕자님이 협조해야 할 문제라고요."

"전쟁 때문이지 않습니까. 그분께서 아씨와 혼인하기 싫어서 일부러 그러시는 것도 아니고……."

"닷새만 더 기다렸다, 그때도 오지 않으면 막사를 물리겠습니다. 이건 진담이에요. 제 임의로 그리할 것입니다."

"네?"

"이대로 혼례복만 말리면서 기다릴 수는 없어요. 사실, 너무 급하게 혼사를 진행시키긴 했잖아요. 우기를 보내고 말과 양들을 먹인 뒤에 천천히 치르도록 하죠."

"아가씨, 그래도 이미 정해진 건데……."

"어차피 여환 왕자에게 경쟁자가 있는 것도 아니잖아요. 구혼자는 여환 왕자님 하나뿐이에요. 왕자님 본인이 싫다고 하지 않는 한, 신랑이 바뀔 리는 없으니 그냥 미루도록 해요."

"아가씨, 그래도 하루라도 빨리 남자 주인이 생겨야 하지 않겠습니까?"

"신랑이 하루라도 빨리 와야지요. 이거 가지고 가요. 지난해 왕실에 바친 말과 양의 숫자가 내가 기억하는 것보다 좀 더 많이 적혀 있는 것 같은데, 이거에 관해서는 나중에 묻기로 하죠. 당신의 말과 양의 숫자를 제가 직접 세어볼 일은 없을 테지만, 앞으로는 눈에 안 뜨이면 좋겠네요."

집사는 얼굴을 붉혔다.

"무, 무슨 말씀을 하시는 겁니까?"

"꿈에서 본 건지 실제로 본 건지는 모르겠는데, 꿈에서 본 것이길 바라요. 지금은 내가 잠꼬대한 거라 생각하고 가고, 이 모든 것을 내 착각으로 만들도록 노력해 봐요. 알겠죠?"

"알겠습니다, 아가씨."

집사는 급히 장부를 안고 돌아갔다. 그 뒷모습을 보며 유모가 말했다.

"그냥 내버려 두시지, 왜 그러셨어요?"

"이제는 경고 좀 해두는 게 좋을 것 같아서요. 쫓아내고 싶기도 하지만."

"저 집사가 물러나면 여환 왕자가 왕가에서 집사를 데리고 올지도 모른단 말입니다. 저는 그것만은 피하고 싶군요. 되도록, 왕실이 아닌 여기에 적을 둔 집사로 두고 싶어요. 그 편이 낫죠. 적어도, 아는 사람이긴 하니까."

"알겠어요."

"나중에 양 두 마리 정도 보내도록 해요. 그러면 아가씨 뜻을 알아듣겠지요."

"그것마저도 아깝네요."

"적당히 달래고 어르는 거지요. 뇌물과 선물은 제때 필요한 만큼보다 더 줄 때 가장 싸게 먹히는 법입니다."

"알았어요."

호련은 막사 안으로 들어갔다. 걸어둔 혼례복이 그녀를 맞이했다. 혼례복 그늘 뒤에는 여환의 어머니가 보낸 예물이 놓여 있었다. 금으로 된 쌍가락지, 진주 귀걸이, 홍옥과 녹옥으로 된 목걸이, 금과 은으로 만들어 홍옥 주렴을 늘어뜨린 머리장식.

이 모든 것을 몸에 끼고 걸고 열네 살 때부터 그녀의 보호자였던 남자를 신랑으로 맞이하는 것이다. 그 혼례 뒤에 영원히 그와 함께하게 될 것이다. 그와 같은 지붕 아래 살고, 동침하며, 그의 피를 이어받은 아이를 낳을 것이다. 그리고 아버지의 이름과 각의 이름은 여환과의 아이들이 이어갈 것이다.

이가 으드득 갈렸다. 혐오감과 증오가 몸 깊은 곳에서부터 치솟아올라 왔다. 사방에서 한기가 치밀어 오르고 곳곳이 검게 얼어붙는 것 같다.

그때, 요란한 방울 소리가 들렸다. 유모가 막사 문을 열고 들어와 손님들이 도착한 것을 알렸다.

"누가 온 건가요?"

"왕가의 하객입니다. 금천 부인이시군요."

"아……."

호련은 얼굴을 흐렸다. 왕자의 숙모이자 이모다. 금비는 자기 여동생을 왕자의 정부인으로 보냈다.

호련은 막사 밖으로 나갔다.

낙타 가마에 탄 화려한 행렬이 막사 사이로 들어서고 있었다. 마부와 하인들이 나서자 낙타가 멈추었다. 낙타 두 마리 사이에 걸린 화려한 차양을 친 가마에서 우아하게 차려입은 부인과 두 아이가 부축을 받아 내렸다. 부인은 호련을 보고 활짝 웃었다.

"안녕하세요, 아가씨."

"어서 오세요, 금천 부인."

"만난 적이 있지요?"

"폐하의 생신 잔치 때였지요."

얼굴을 보니 확실히 기억난다. 언니인 금비보다 오히려 더 기품 있고 정갈한 여자였다.

금천 부인은 무릎을 세우고 허리를 숙여 인사를 했다. 그녀가 거느린 똑같은 소녀들도 똑같이 인사를 했다.

부인이 아이들을 소개했다.

"제 딸들입니다. 처음 인사드립니다."

쌍둥이 아이들은 너무 똑같아서 한 쌍의 열매나 두 송이 꽃 같았다. 두 아이는 주목함에 담긴 금천 부인의 혼례 선물을 건넸다. 한 쌍의 녹옥 팔찌였다.

"여환 오라버니가."

"아름다운 신부를 맞이하게 되어."

"기쁩니다."

"백년해로하세요."

똑같이 생긴 소녀 둘이 맞춘 듯 연달아 말하는 모양이 귀엽기도 하고 웃기기도 했다. 사람들이 모두 웃자 소녀들은 얼굴을 붉혔다.

"저쪽이 하객을 위한 막사입니다. 같이 가죠."

호련은 일행을 하객용으로 마련된 천막으로 들이고 먹을 것을 내오라 시켰다. 호련의 가솔들이 말 순대와 양 허파를 넣어 끓인 국과 쌀, 양 비계에 튀긴 국수를 대접했다. 식사 뒤에는 우유를 탄 홍차와 과자를 내놓았다.

"저기, 아가씨. 남편 말로는 여환은 좀 더 늦어질 것 같대요. 어서 혼인을 하고 가족이 되어야 안심할 텐데 너무 많이 늦어졌지요?"

그리 말하는 금천 부인의 고상한 얼굴에 웃음이 올라왔다. 진심 어린 사죄의 미소다. 호련은 약간 가책이 느껴졌다. 지금 혼례를 가장 기다리지 않는 사람은 여환보다는 호련 자신이다.

호련은 부인의 시선을 피하며 말했다.

"국경이 소란스럽다는 말은 들었습니다. 상대가 골치 아픈가 보지요."

"태괄 왕자라고 들어본 적이 있나요, 아가씨?"

"살랍 왕의 동생…… 그리고 여환 왕자님의 숙적이죠."

"아시는군요."

"여기 있으면 자주 듣게 되는 이름이니까요. 최근 이웃지간이 되었거든요. 아직 본 적은 없지만."

태괄 왕자는 형인 태무 왕자와 함께 반정을 일으켜 성공했고, 그 덕에 형인 태무가 살랍의 왕이 되었다. 쫓겨나 숨은 선왕도 조카에게 갈 왕위를 가로챈 것이니, 욕할 처지는 못 된다.

왕으로부터 이 근방의 영지와 도시를 받은 태괄은 그곳에 자리잡고 시간만 나면 여환과 부딪히는 중이다. 그러나 이곳으로 여환을 보내 살랍의 국경을 침범한 건 능고였으니 여환이 오지 않았으면 태괄이 올 일도 없었을 것이다.

금천 부인이 말했다.

"세상에는 종종 같이 뜨고 하나가 져야 하는 사이가 있지요. 둘이 바로 그런 사이랍니다, 아가씨. 일전에 태괄 왕자가 여환에게 패한 적이 있잖아요. 젊은 왕자에게 무척 자존심 상하는 일이었나 봅니다. 그러니 집요하게 시비를 거는 거지요."

"살다 보면 질 일도 이길 일도 많을 텐데요."

말은 그리해도 호련은 속으로 비웃었다. 여환의 가족들은 작년에 여환이 패한 건 다 잊어먹기로 한 것 같다. 게다가 전쟁의 결과도 다르다. 여환의 승리는 태괄을 한 해 정도 얌전하게 만든 것 정도지만, 태괄의 승리는 능고의 국경을 각의 코앞까지 밀어놓았다.

"그렇게 생각해 주면 얼마나 좋겠어요. 그런데 그게 또 뜻대로 되지는 않는 거죠. 그러니…… 호련 아가씨, 여환이 그 일을 마무리하고 와야 할 것 같아 더 늦을지도 몰라요."

"일이 커지는 건 아닌가요?"

"아, 그건 걱정 말아요. 큰 전쟁까지 가는 건 아닐 테니. 항상 있는 분란입니다."

"여기서는 아무도 가르쳐 주지 않습니다. 새 신부는 좋은 것만 듣고 좋은 말만 들어야 한다고 생각하니, 도무지 사실대로 말하지 않네요. 큰 분란이면 그렇다고 말씀해 주세요. 적을 앞에 둔 사람을 굳이 불러 혼례를 치르고 싶지는 않아서요."

금천 부인은 정색했다.

"절대 아닙니다, 아가씨. 급한 일도, 힘든 일도 아니니 마무리까지 하고 가겠다고, 저더러 말을 잘해달라 간곡히 말했답니다. 저런, 벌써 아가씨 얼굴에 구름이 끼고 말았군요. 이러니 그 아이도 말하지 말라고 했어요. 아가씨가 걱정할까 봐요."

어디서부터 어디까지가 거짓말일까? 호련이 짐작하기론, 아마도 여환이 말한 건 '오늘은 못 갑니다' 뿐일 것이다. 나머지는 금천 부인이 이런저런 궁리를 해서 덧붙이는 걸 테고.

"그래도 알 건 알아야죠."

"아가씨가 걱정하는 것도 이해해요. 저도 그 일에 대해 압니다. 각족의 족장과 아드님들이 살랍이 내란에 휩싸였을 때 밀려온 살랍인에 의해 모두 살해당한걸요. 가엾게도, 아가씨의 어머니와 숙모, 여자 형제들도 몰살당했지요. 그러니 살랍이 끼어든다고 하면 아가씨가 불안해하는 것도 당연해요. 하지만 여환입니다. 여환은 절대로 지지 않아요."

그리 말하는 금천 부인은 마치 자기 아들을 자랑하는 듯 뿌듯해 보였다. 호련은 이런 건 하도 많이 보고 들어서 일일이 비위가 뒤틀리지도 않았다. 그 수려하고 용맹한 왕자는 능고의 자랑이자, 별 중의 별이다. 입 열 기회만 주면 자랑한다.

"하객으로 와서 이런 이야기만 해서 미안합니다, 아가씨. 하지만 혼사가 너무 잘 풀리면 오히려 못산다고 하잖아요. 걱정 말고 기다려요."

"네, 믿고 기다리겠습니다. 편히 쉬세요, 금천 부인."

호련은 가솔들에게 그들을 잘 모시라 한 뒤에 천막을 나왔다. 이미 해 저물 무렵이었다. 오늘 하루도 아무 일 없이 지나가는 것이다.

"금천 부인이 뭐라 하시던가요?"

기다리던 유모가 물었다.

"나올 만한 이야기만 나왔어요. 능고와 살랍과의 분쟁이 길어지는 중이고, 전쟁이 벌어지진 않겠지만 그렇다고 빠져나올 수도 없나 봐요."

"왜 하필 이럴 때……."

"일부러 이럴 때를 고른 걸지도요. 우기 전에 결판을 지을 생각이었나 봐요. 비가 오기 시작하면 전쟁을 할 수 없으니 미리 하려는 거겠지요. 우기 전에 점령하고, 우기 후에 내내 말과 양을 먹인 뒤에, 가을에 쳐들어오는 거죠. 하지만 비도 늦어지고, 분쟁은 길어지고, 혼례도 늦어지네요."

"집사가 차라리 잠깐이라도 다녀가는 것이 어떠하겠느냐고 서신을 보내려 한답니다."

"정말 미룰까 봐 안달이 났군요. 왕자도 그리 생각할까요? 그분은 내 남편이 되는 것보다 태괄을 뭉개는 게 더 중요한 것 같아 보이던데. 혼인을 앞둔 신랑에게 신부보다 더 중요한 존재가 있다니. 태괄한테 질투가 날 지경이네요. 대체 얼마나 절색인 거야?"

"지금으로는 누구 눈에든 그리 보이긴 합니다."

호련은 웃었다.

"그래도 태괄이 장단 맞춰주는 걸 보면, 그도 여환 왕자의 혼례를 필사적으로 방해하는 것처럼은 보이네요."

"여환 왕자가 이 각의 주인이 되면, 그야말로 전쟁을 통해 정복하지 않는 한 이 땅으로 들어올 수 없으니까요."

"그럴 거면 태괄도 혼담을 넣어보지. 진지하게 생각해 봤을 텐데 말이지요."

"보호자가 여환이 아니었다면 했을지도요. 그런데 지금은 혼담을 여환에게 넣어야 하니까 문제지요. 여환이 아버지의 마음으로 아가씨 신랑을 살필 리 없잖아요. 그건 우이 부인이 살아 있어도 불가능할 겁니다."

"그래요. 우이가 살아 있어도……."

유모의 얼굴이 흐려졌다.

"그리울 겁니다."

"저도 그래요."

유모는 각의 평원을 보았다. 비가 오지 않아 먼지가 피어오르는 넓은 벌판 사이로 검은 강이 흐르고 있었다.

검은 강은 멀리, 뜨거운 호수라 불리는 열호로부터 흘러나온다. 그 열호의 열에 녹은 빙하가 여기까지 흐르는 것이다. 그래서 이 강만은 날이 아무리 가물어도 절대 마르지 않는다.

호련은 저 검은 강을 따라 비옥한 벌판을 보며 말을 몰곤 했다. 아버지가 살아 계실 때는 저 강 너머로 푸른 벌판 끝까지 양 떼와 말들이 뛰어다녔다. 호련과 형제자매들은 그 사이를 누비며 집안 일을 도왔다.

지금은 양은 반으로 줄고, 말들은 반의반으로 줄었다. 모두 왕가에서 차출해 가버렸다. 여환과 혼인하면 그나마 남은 말들도 모두 왕가가 가져갈 것이다. 말이 혼인이지, 각족의 남은 모든 것을 이제 왕가에서 마음 놓고 가져간다는 말이나 다를 바 없다. 호련이 가진 유일한 바람은 여환이 이 모든 것이 자신의 것이 되면 책임감을 느끼는 것이다. 이제부터 내 거니까 못 줍니다. 그러나 그 수정처럼 정결한 남자가 과연 그리할지는 의문이다.

"잠깐 나갔다 올게요."

호련은 천막 옆에 매어둔 말의 고삐를 풀었다. 옆에서 자고 있던 사냥개 두 마리가 몸을 털고 일어났다. 주변에 있던 금천 부인의 시녀들이 송아지만 한 개들을 보고 놀라 비명을 질렀다. 개들은 그녀들을 무시하며 호련의 옆에 들러붙어 꼬리를 치며 애교를 떨었다.

"어디 가시려고요? 곧 어두워질 텐데."

호련은 지평선을 가리켰다.

"검은 강 쪽을 잠시 둘러보고 올게요. 항상 하던 일이잖아요. 혼례 때문에 들어앉아 있느라 못했을 뿐이죠. 어차피 혼례를 우기 뒤로 미룰 생각을 하니, 둘러보고 싶네요."

"일찍 들어오세요."

"아뇨, 기다리지 말고 일찍 쉬어요."

"저는 튼튼합니다."

"마음은 몸이 낡아가는 것을 모르는 거예요. 일찍 자요, 유모. 요즘 내내 잠도 못 자고 뒤척거리시던데. 그러니 내가 악몽을 꾸는 것도 알지요."

유모의 눈이 부드러워졌다. 호련은 유모의 볼에 입 맞추고는 말고삐를 당겨 말을 끌어냈다.

막사 두어 개를 지난 뒤에 호련은 등자를 밟고 말에 훌쩍 올라탔다. 말은 시키지 않아도 달리기 시작했다. 지나가는 그녀를 본 일족 무사들이 인사를 했다. 호련은 그들에게 고개를 끄덕여 주고 벌판으로 나갔다.

일단 달리자, 말은 금방 신이 나 방향을 잡지 않아도 검은 강 쪽으로 달렸다. 사냥개 두 마리도 발을 죽죽 뻗어 달리며 옆에 들러붙었다. 점박이 흰 개와 흰점박이 검은 개다. 어마어마한 덩치에 강인한 턱은 나무도 씹어 부러뜨릴 만큼 컸다. 호련은 어린 시절부터 개들을 좋아했다. 강하고 든든해서 옆에 있으면 마음이 놓이고 기분도 좋아진다. 양옆에 달고 다니면 호위무사나 다를 바 없었다. 이 개들의 후손을 몇 마리 골라 시댁이 될 왕가에 선물로 보냈다. 선물을 받은 왕은 아주 기뻐했다.

곧 강이 가까워졌다. 낮게 자란 숲 사이로 흐르는 검푸른 강은 각의 땅을 비옥하게 적신다. 초원지대를 양분한 살랍과 능고는 이 강을 차지하기 위해 항상 입맛을 다셨다. 그 사이에 낀 호련의 각족은 이곳에서 몇 대에 걸쳐 농사를 짓고 말과 양을 키우다가 능고의 왕 아래로 들어갔다. 할아버지 대였다. 일가가 몰살당한 뒤, 호련은 할아버지가 한 맹세 덕에 제대로 땅의 주인 행세도 못한 채 능고 왕의 아들 중 하나와 결혼해야 할 처지가 되었다. 그리고 호련이 혼인하면 이곳은 이제 각이 아닌 왕의 소유가 되는 것이다.

호련은 슬픔이 치밀었다. 어린 시절, 자신이 마지막 남은 후계자가 될 거라 생각했던 적은 단 한 번도 없었다. 형제자매들은 많았다. 아버지 말고 적자로 숙부도 있고 숙부에게도 자식들은 셋이나 있었다. 서출이지만 백부들도 있었다.

그런데 그들 모두 몰살당하고 호련만 남았다. 후계자가 되자 사람들은 그녀를 간절할 정도로 애지중지했다. 그 모든 애정을 짊어진 만큼 선택의 여지도 없다.

그러니 침묵할 수밖에 없었다. 진실은 항상 그녀의 눈앞에 있었지만 견뎌야 했다. 진실과 슬픔보다는 일족의 미래가 우선이었다. 그리고 그 미래를 위해, 지금 결혼해야 한다.

그때, 개들이 갑자기 이를 드러내며 으르렁댔다. 호련은 활을 꺼내 겨냥했다. 아무 소리도 기척도 없다. 호련은 시위를 놓았다. 화살이 날아가 나무둥치에 퍽, 박혔다. 나뭇가지가 흔들려 잎 몇 개가 툭툭 떨어졌다. 짐승이라면 여기서 놀라 달아나지만 사람이라면 오히려 가만히 있을 것이다.

아무것도 나오지 않는다.

호련은 화살 하나를 더 매겼다.

"나와라."

잠시 조용하더니 답이 들렸다.

"그 활부터 내려주면."

남자 목소리다. 낮고 부드럽지만 일단 모르는 목소리다.

"당신이 누군지도 모르는데 그렇게 해주기는 곤란하지. 화살이 네 엉덩이나 이마에 박히는 게 싫으면 그냥 나와."

"내가 아가씨 등 뒤로 가서 아가씨를 해칠 수 있는데."

"나는 몰라도 내 옆의 개들은 너보다 네가 갈 길을 더 잘 알아. 게다가 너무 빨라서 내가 이제 그만하려무나 하고 말할 때는 이미 시체가 되더라."

"거참, 무섭네. 알았어, 알았어. 물 뜨러 왔소. 걱정 마."

"나오기나 해."

호련은 화살을 계속 겨누었다. 둥치에서 남자가 두 팔을 들며 나왔다. 불쑥 나온 남자의 키가 예상보다 훨씬 커서 호련은 뒤로 물러났다.

"자, 나왔어."

아주 젊은 남자였다. 목소리가 굵고 낮아 가늠하기 어려웠던 것이다.

옷은 낡았고, 무기라고는 허리에 찬 단도가 다였다. 어깨와 가슴도 단련되어 튼튼해 보였다.

얼굴은 눈에 확 뜨이게 인상적인 풍모였다. 짙게 뻗은 눈썹에 눈매는 깊고 날카롭다. 유려하게 선을 그은 턱에 그 눈매는 흐르는 듯 조화롭게 이어져 어딘지 그림 속 남자처럼 보이게 했다. 눈빛은 좀 복잡해 보이지만 얼굴만 보면 호련과는 한두 살 정도 차이밖에는 나지 않을 것 같다.

청년은 으르렁대는 개들을 보며 말했다.

"아주 대단한 개들인데……."

그리고 호련을 보았다.

"아가씨."

"너는 뭔데?"

"목동."

아, 그러신가, 하고 넘어가길 바라는 건가?

물론 목동은 이 일대에서 가장 흔한 직업이다. 낯선 사람이 돌아다닐 때 붙들어다 물어보면 대체로 다 이웃 마을이나 이웃의 이웃 마을에서 온 목동이다. 양과 말, 소는 넘치고 돌봐야 할 사람은 항상 필요하니 외지에서 온 일꾼들도 많다.

호련은 이 청년을 어디서 보았던가 기억을 더듬어보려다가 그만두었다. 행색만으로는 평범한 목동 같았다. 저 눈매라면 양치기 개들도 벌벌 길 것 같지만, 그저 인상 무서운 목동일지도 모르겠다. 이렇게 눈에 확 뜨이는 용모의 남자가 근방에 일했는데 몰랐다는 건 이상하지만.

"목동이라면서 왜 여기서 얼쩡대는 거지?"

"말했잖아. 물 뜨러 왔다고."

"집 근처에 우물도 없어?"

"거기서 먹지 말라는데."

"그럼 외지인이군."

이 마을에는 밖에서 들어온 외지인과 우물을 나누지 않는 풍습이 있었다. 각족의 오래된 신경질적인 풍습 중 하나다. 그래서 각족이 손님을 맞이할 때 가장 먼저 하는 것이 바로 우물의 물을 떠주는 것이었다. 이 젊은 목동(이라고 주장하는)은 그 정도 대접은 받지 못하는 것 같다.

등 뒤의 개들이 다시 으르렁대자 호련은 손을 들었다. 개들이 멈추고 이를 넣었다.

"자, 물 채워."

호련이 말했다. 청년은 강물을 떠 가죽 물병을 채운 다음 한 모금 마셨다. 개들과 말도 강가로 가 얼굴을 박고 물을 마시기 시작했다.

청년이 물었다.

"혹시 각족 족장 가문의 아가씨요?"

"맞는데."

"그래서 저 멋진 개들을 가지고 있군. 이 녀석들이 그 유명한 각견인가?"

청년은 개에게 가까이 다가갔다. 송아지만 한 개들이 빙긋 웃으며 이를 드러냈다. 호련은 진지하게 충고했다.

"문다."

"……."

청년은 두 손을 내리고 뒤로 물러났다. 올라갔던 개들의 입술이 아래로 내려왔다.

"예뻐해 주려고 가는 거 아니야. 가까이서 보는 건 처음이라. 내가 아는 개는 양치기 개들뿐이거든. 걔들은 털이 북슬북슬하고 예쁘지. 말도 잘 듣고 순하고. 얘들은 암소 빼앗겨 성질 난 황소 같군."

"칭찬인가?"

"사실대로 말하는 거야. 그렇다는 거지, 그게 좋다는 건 아니거든. 얘들 내 취향은 아니야. 개들도, 아가씨도. 나는 귀여운 게 좋아."

"지금 나를 희롱하는 건가?"

"아, 수작 거는 건 아니야. 그냥 평가지. 내가 아가씨한테 그래봤자 무슨 소용 있겠소. 우리 둘, 어울리지도 않거니와 같이 섞일 일도 없을 텐데. 저런, 표정이 왜 그러시나. 실망했나?"

"괜찮아. 어차피 너도 내 취향 아니니까. 서로 의견이 맞으니 좋네."

그 말에는 목동은 오히려 실망한 눈치였다.

"아가씨 취향이 뭔데?"

"내 마음에 드는 남자."

"정말 난해하군."

호련은 목동을 보았다. 무기는 단도 하나고, 개들이 이 청년만 노려보는 것으로 보아 근방에는 이 청년 하나뿐이다. 낡은 옷과 단도, 신은 오랜 방랑으로 닳고 닳았다.

"이 근방에 살아?"

호련이 물었다.

첩자라면 얼굴이 너무 눈에 뜨이고, 자객이라면 업무 볼 시간은 이미 지나갔다.

"그런 셈이지."

"그런 셈이라니?"

"떠돌이라 곧 떠나야 해서."

"어디로 갈 건데?"

"북쪽이나 서쪽으로."

"위험한 곳을 즐기네."

"여기도 안전한 건 아니잖아. 마을 사람들 모두 언제 전쟁이 날지 모른다고 떨고 있던데. 그래서 족장 가문이 왕자와 결혼하려 하는 것 아닌가."

"뭐, 그럴 예정이긴 하지."

지금으로는 신랑은 최대한 혼인을 피하고 있고 신부는 신랑이 올까 봐 덜덜 떨고 있지만.

"혼인은 혼인이되 흥이 안 나는 것도 그 탓인가? 그래도 혼삿날이니 옆에서 맛있는 거나 얻어먹을까 해서 기다리는 중인데…… 결혼식은 언제지?"

"그게 그렇게 중요한가?"

"그럼."

청년이 웃었다. 웃는 얼굴은 보기 좋았다. 갑자기 무척 상냥한 얼굴이 된다.

"중요하지. 곧 우기가 시작되고, 나는 그전에 떠나야 하거든."

"곧 치러질 거야."

"얼마나 곧?"

"그건 나도 모르지."

호련은 혼례 당사자이긴 하지만 역시 모른다.

"곤란하군. 어서 가야 하는데."

"그냥 여기 있어. 키도 크고 튼튼해 보이는데, 살다 보면 누군가가 사위 삼아줄지도 모르지."

"아, 싫어. 국경에서 너무 가까워. 여환 왕자가 아씨네 아가씨의 신랑이라며? 더 나쁘지."

"좋지 않나? 그는 군사가 아주 많아."

"아니, 더 나빠. 살랍에서는 이곳이 여환 왕자의 것이란 이유만으로도 쳐들어올 거야. 국경에다 왕자의 영지니까. 이거야말로 쳐들어올 좋은 핑계 아닌가."

의외의 말이다. 떠돌이 목동이 이렇게 말할 정도라면 각족 사람들도 이곳이 여환 왕자의 땅이 되는 것에 오히려 불안해하고 있는지도 모른다. 그러나 호련이 같이 걱정해 봤자 할 수 있는 일이 없다.

"그건 그야말로 네가 상관할 일은 아니지. 떠나면 되잖아. 저 멀리서 말이 달려오면 보자마자 도망쳐. 이곳에 아무것도 없는 사람이 무엇이 두려워 머뭇거리니."

그러자 청년의 눈빛이 부드러워졌다. 기이하다. 표정 몇 개만으로도 살벌한 인상이 깃털처럼 부드럽게 변한다.

"여기가 엉망이 되면 기분이 좋지 않을 것 같긴 해. 어린 시절에 이곳에 머물렀거든. 여기저기서 징그럽게 고생하던 시절인데, 그나마 여기서 제일 행복했지."

청년의 어린 시절이라면 호련의 어린 시절과도 같을 것이다. 그래, 그때는 모두가 행복했지. 아버지가 살아 계시고 어머니와 형제자매들 모두 살아 있을 때, 이곳은 풍요롭고 평화로웠다.

"아가씨?"

그러나 호련은 답하지 않았다. 기울어가는 노을에 붉게 흘러넘치는 강을 볼 뿐이었다. 청년은 자신이 그녀를 조용하게 만든 것이 미안한 듯했다. 멍하게 바라보다가 턱을 긁적거리더니 갑자기 말했다.

"어이, 먹을 것 좀 있어?"

"뭐?"

"배고파서. 여자가 풀죽은 얼굴이 되면 항상 배가 고프거든. 어서 줘."

황당하다.

"상관관계가 대체 뭐야?"

"나도 몰라. 그냥 기분이 나빠지고 짜증이 나서 배가 고파."

"먹을 거 없어."

"그럼 내일 가져다줘."

"내가 왜?"

"내가 배고파서."

"그러니까 네가 배고픈 것과 내가 먹을 것을 가져다주는 것은 무슨 상관이냔 말이야."

"그야, 아가씨는 먹을 게 많을 것 같고 나는 가난한 목동이라 없어. 나를 덜 배고프게 하는 것이 이 땅 주인의 임무니까."

"전혀 상관없어 보이는데."

"정말이야. 간절히 부탁하지."

"차라리 그렇게 조르지 그랬어. 불쌍해 보이기는 하네. 기다려,

그냥 지금 줄게."

호련은 안장 옆에 있는 가방을 뒤져 육포를 꺼냈다. 개들이 당장에 일어나 혀를 내밀었다. 호련은 개들에게 육포를 하나씩 던져주고 남은 하나를 목동에게 주었다.

"이게 뭐야? 개밥?"

"사람도 먹는 거야. 내가 먹는 것을 개도 먹어."

목동은 육포를 받아 들었다.

"잘 먹겠어. 그런데 이거, 보답은 뭐로 하지?"

"내놓으라고 박박 우겨놓고서는, 보답을 하겠다고?"

"정말 줄 줄 몰랐거든."

"그러면 왜 달라고 한 거야?"

"배는 고팠으니까."

호련은 어이가 없었다.

"혹시 피리 불 줄 알아?"

목동이 고개를 갸우뚱했다.

"알기는 하는데, 왜?"

"보답을 한다며. 피리를 불어줄래? 요 근래 피리 소리를 들어본 적이 없어서."

"정말? 아무도 아가씨를 기쁘게 해주지 않으려 했단 말인가."

"다들 옆에서 우는소리, 죽는소리 하느라 바쁘거든. 피리 소리는커녕 노랫소리 들어본 것도 아득해."

목동이 정말 불쌍하다는 얼굴로 호련을 보았다.

"내일 여기로 오면 해줄게."

"그래."

"언제 올 건데?"

호련은 웃음이 나왔다.

"나는 네 취향 아니라며, 기다릴 생각인가?"

"아마도."

"기다리지는 마. 올지 안 올지 모르니까."

"기다리겠어."

"취향 아닌 아가씨가 온다고 해도 기대가 되나 보네?"

"나를 보러 오면 누구든 좋지."

목동이 다시 웃었다. 그 상냥한 웃음은 두 번 보아도 마음이 편해졌다.

오랫동안 저런 웃음을 짓는 사람을 못 본 것 같다. 마음속의 생각도 고민도, 저 웃음을 보면 투명해지며 사라진다. 아마도 부담이 없어서 그런 것 같다. 어떻게 보여야 할지 고민하지 않아도 되는 것만도 감지덕지인가 보다.

"오도록 노력은 해볼게."

호련은 말을 불렀다. 다가온 말의 고삐를 잡는데, 목동이 갑자기 고삐를 낚아챘다. 호련은 깜짝 놀랐다. 낯선 사람이 이렇게 가까이 온 것은 처음이었다. 고삐를 잡은 손이 너무 가까워 긴장이 되었다. 그제야 남자가 호련보다 훨씬 크고 건장하다는 데 생각이 미쳤다.

"왜?"

"벌써 가는 건가?"

"가야지. 오래 여기 있으면 다들 내가 도망간 줄 알 거야. 정말 잠깐만 보러 온 거야. 사실, 잠시 돌아다닐 생각이었는데 너하고 노닥거리느라 시간을 써버려서 멀리 가지도 못하고 돌아가는 거야."

"할 일이 많은가 보네."

"그럼 많지. 너는 할 일 없나?"

"내일모레까지는 할 일 없어."

"그다음엔?"

"많지. 아주. 아주 많아."

그리고 청년은 손을 놓았다. 호련은 청년의 손등에 난 흉터들이 신경 쓰였다. 목동이 입기에는 지나치게 날카로운 상처들이다.

"내일 봐."

목동이 다짐시키듯 말했다. 그러나 호련은 답하지 않고 말에 올라타 허리를 찼다. 개들이 일제히 일어나 그 뒤를 따랐다.

천막 가까이 오자 무사들이 호련을 보고 달려나왔다. 인사를 하려던 호련은 그들이 각족이 아닌 여환의 부하들이란 것을 알고 입을 다물었다.

그런데 킁킁대며 따라오던 개들이 갑자기 혼란스러워하며 으르렁거렸다.

"왜? 뭐가 있니?"

개들이 이를 드러내며 코를 찌푸리더니 갑자기 크게 짖어댔다. 온 막사가 개 짖는 소리에 쩌렁쩌렁 울렸다.

"쉿, 쉿, 조용. 왜 그래?"

호련은 주변을 둘러보았다. 이상한 거라도 발견한 것 같다. 삵이나 표, 드물지만 범이 나타났을지도 모른다.

개들이 더 크게 짖기 시작했다.

불길한 예감이 들어 호련은 활을 꺼냈다. 조용하던 막사 안에서 사람들이 나왔다. 무사들이 모여들어 무슨 일인지 살폈다. 하객의 막사 문이 열리며 금천 부인의 딸들이 나타났다.

순간, 개들이 그 딸들을 향해 달려들었다. 기겁한 아이들이 비명을 지르며 안으로 도망쳐 들어갔다. 개들이 막사의 문을 찢고 들이닥쳤다. 여자아이들이 자지러지며 비명을 질렀다.

"꺄아악!"

"엄마아아아!"

호련은 말에서 내려 뛰어들었다.

"랑, 파! 그만해! 멈춰!"

무사들이 막사로 뒤따라 뛰어들었다. 개들이 으르렁대며 짖었다. 이가 번들대며 침이 뚝뚝 떨어졌다. 여자아이들은 더 크게 비명을 질렀다. 아이들의 시녀들이 쌍둥이들을 둘러쌌다.

"이리 와! 왜 이러니?"

호련은 개들의 목줄을 잡아 뒤로 당겼다. 개들이 미친 듯이 짖어대며 호련의 손을 뿌리치고 여자들을 향해 달려들었다. 시녀들과 쌍둥이들이 일시에 흩어졌다. 그중 한 시녀가 넘어졌다. 달려든 파가 그 등을 짓밟고 시녀의 팔을 물어뜯었다.

"꺄아아악!"

시녀가 고함을 질렀다. 뼈가 으스러지고 바닥으로 피가 뚝뚝 떨어졌다. 랑이 시녀의 목을 물었다. 피가 울컥 튀어 쏟아졌다.

경악한 호련을 밀치고 달려든 무사의 창이 개의 목을 뚫었다. 개의 목에서 피가 터졌다. 다른 창이 랑의 배를 뚫었다. 랑과 파가 끙, 소리를 내며 쓰러졌다. 피가 천막 바닥을 흥건하게 적셨다. 잠시 부르르 떨던 개들은 연달아 숨을 거두었다.

호련은 망연해서 바닥을 보았다. 물린 시녀는 기절해 있었다. 쌍둥이들도 바로 혼절했다.

금천 부인이 달려왔다.

"무슨 소란인가! 어머나, 애들아!"

금천 부인이 딸들에게 달려가 일으켜 세웠다. 딸들의 축 늘어진 몸이 부인의 품 안으로 들어왔다.

유모가 달려 들어왔다가 피바다가 된 막사 안을 보고 기겁했다.

"아씨, 이게 대체 무슨 일이에요!"

호련은 고개를 저었다.

"나도 몰라요. 갑자기 랑과 파가 미쳐 날뛰었어요……."

"병이 들린 게 아닙니까?"

"아니요. 무언가가 개들을 흥분하게 했어요."

방금 전, 낯선 목동을 만났을 때만 해도 호련의 말을 듣고 얌전해졌다. 그런데 자기 집에 오자 이렇게 미쳐 날뛰다니.

호련은 쓰러진 사냥개들을 보았다. 개들을 단박에 죽인 여환의 부하들에게 원망의 말을 할 수는 없었다. 호련에게야 애완견이지만 여환의 부하들과 금천 부인에게는 맹수일 뿐이다.

들어온 각가의 무사들이 그 모습을 보고 불길함을 느낀 듯 얼굴들이 어두워진다. 그들에게 이 두 마리의 개는 수호신 같은 존재였다. 족장의 딸이 살아 있으니 언젠가는 각의 피를 이어받은 사내아이가 태어나 가문을 일으켜 세울 것이라 믿고 마음을 달래게 해준 상징이다. 그런데 지금, 이 무슨 일이란 말인가. 그것도 혼례를 앞두고.

호련은 눈을 감으며 애써 참아냈다.

"데리고 가."

각의 무사들은 개의 시체를 밖으로 들어냈다. 금천 부인은 쌍둥이들을 눕히고 이마의 땀을 닦아주었다.

"죄송합니다, 부인. 막사를 옮기세요."

"분명 이유가 있을 겁니다. 그 개들은 사나워 보이긴 해도 아가씨 말은 잘 들었잖아요."

부인의 침착함에 감사하긴 했지만, 그 이유를 호련도 알 도리가 없어 답답하다.

호련은 쓰러진 시녀를 보았다. 개는 그 시녀만 공격했다. 쌍둥이가 요란하게 경기를 일으켰지만, 정작 랑과 파가 노린 건 이 여자다.

호련은 금천 부인을 보며 물었다.

"부인, 경황이 없지만 여쭐 것이 있습니다."

"네, 아가씨."

"저 아이 말입니다. 언제부터 데리고 계셨던 아이입니까?"

그리고 쓰러진 시녀를 가리켰다.

"우리 시녀가 아닌데요."

"네?"

"저는 각가에서 붙여준 아이라고 생각했습니다. 지금 처음 보는 아이입니다."

"저는 저 아이가…… 부인의 시녀라고 생각했는데."

금천 부인의 얼굴이 창백해졌다.

"그럼 개가 공격한 건 이 아이인가요?"

"네."

호련은 시녀에게 다가가 옷을 뒤졌다. 옷 안에서 주머니가 나왔다. 호련은 그 주머니를 펼쳤다. 안에서 불길한 냄새가 피어올랐다. 호련은 그 주머니를 유모에게 주었다. 유모가 그 냄새를 맡고 이를 악물었다. 호련은 혼절한 시녀를 노려보았다. 유모가 말했다.

"죽었습니다."

"뭐라고요?"

호련은 시녀의 눈을 보았다.

공교롭게도 개의 공격은 지나치게 치명적이었다. 개는 주인을 구하고 죽었지만, 덕택에 이 여자는 자백도 못하고 죽었다.

호련은 수하들을 보았다. 각의 무사들은 호련이 말하려는 게 무엇인 지 금방 눈치챘다.

"사람들에게 알려라. 자객이 들어왔고, 랑과 파는 주인을 구하려다 죽었다고."

"네."

벌써 시작인가.

목동이 말한 것이 생각난다. 여환과의 혼인은 별로 평화롭지 않은 이곳을 더 위험하게 만든다. 여환과 각의 결합은, 거대한 살랍을 적으로 두게 된다는 것을 의미한다. 여환과 능고는 그 살랍을 오히려 더 쑤셔놓고 있다.

호련은 자신의 천막으로 돌아갔다. 유모가 따라왔다.

"쉬고 싶어요."

"네."

호련은 옷을 벗고 걸어둔 옷으로 갈아입었다. 유모가 막사의 등잔불을 끄고 문을 닫았다. 어두워져도 유모는 나가지 않았다. 유모의 따뜻한 손이 호련의 식은 이마에 닿았다.

"겁나면 여기서 그만둘 수도 있습니다, 아가씨."

"아니에요……."

호련은 유모를 '그 호칭'으로 부르려다가 그만두었다.

원래 유모가 아닌 다른 호칭으로 불렀다. 그러나 가족이 모두 죽은 뒤 유모는 '유모'가 되었다. 그녀 자신이 택한 것이다.

"이미 시작한 일이예요. 그만둘 수 없어요. 그만두어서도 안 되고."

호련은 여환 왕자의 부하 중 하나를 골라 여환 왕자에게 전하는 서신을 얹어 보냈다.

당장 와 혼례를 올리든가, 혼례를 아예 내년으로 미루자는 말을 휘갈겨 적은 것이다. 오늘 안으로 전하라고 했지만, 호련은 여환을 기다릴 생각은 없었다. 호련은 수하들에게 내일 아침까지 막사를 거둘 준비를 하라고 했다. 여환의 부하들이 이렇게 할 수는 없다고 했지만 호련은 거절했다.

"여긴 내 땅이에요. 그리고 당신들이 그렇게 생각하면 당신들은 남아요. 하지만 우리는 여기서 물러나 마을과 영주관으로 돌아갑니다."

"그래도, 아가씨."

"급하면 당신들이 당신들 왕자를 모시고 오든가!"

호련의 명령을 들은 각족 무사들은 모두 재빨리 짐을 챙기며 막사를 거둘 준비를 했고, 하인 하녀들 역시 마찬가지였다.

호련은 금천 부인과 쌍둥이 딸들에게는 당장 떠나는 것이 좋겠다고 말했다. 부인은 오히려 고마워했다.

"내일 떠나겠습니다, 아가씨."

"혼례를 치르면 부인께 인사드리러 가겠습니다."

호련은 모든 각가의 군사를 모아 근방 막사에 배치했다.

모아봤자 십수 명 단위다. 호련 아래의 무사들은 활과 창, 검 등의 무기들도 별 볼일 없었다. 모두 여환의 군대가 우선적으로 차지해 버렸기 때문이다. 나머지 무사들은 여환의 명령에 따라 마을에 머물고 있는 중이었다. 여환의 군대가 국경 수비로 나가 있으니, 마을을 지키는 것이 우선이라는 것이다. 호련의 수하지만 여환의 명령대로 할 수밖에 없었다.

하루가 빠르게 지나 저녁노을이 졌다. 오늘도 구름은 흔적도 보이지 않았다. 호련은 이러다 우기가 오기도 전에 신기루를 보는 불길한 일이 벌어질지도 모르겠다고 생각했다. 우기가 오기 전에 신기루가 오는 것은 지독한 가뭄을 의미한다. 가장 불길한 징조다.

"젠장."

호련은 머리를 다 쥐어뜯고 싶었다. 화가 뻗친다. 단 하루 개들 없이 지냈을 뿐인데 외로웠다. 호련은 물론이요, 각의 병사들도 전우를 잃은 듯 침울했다. 그렇다고 원망할 수도 없었다. 누가 보아도 쌍둥이들을 공격하는 줄 알았을 것이다.

호련은 결국 천막을 나오며 말했다.

"낙을 데리고 와요."

낙은 랑의 아들이었다. 랑과 닮은 개가 하인이 잡은 줄에 묶여 왔다. 젊어서 힘은 세지만 머리도, 경험도 부족한 아이였다. 그래도 랑의 아들 중 가장 용맹하고 훌륭한 아이다.

낙은 나올 때가 아닌데도 밖으로 나오자 자신이 선택된 것이 자랑스러워 꼬리를 흔들었다. 개들에게 호련은 대장 중의 대장이고, 어버이 중의 어버이다. 호련이 아끼면 그 개의 서열도 높아진다. 아버지의 죽음을 모르는 낙은 자신이 서열이 올라간 거라 생각하며 좋아하는 중이다.

호련은 개의 머리를 쓸었다. 특별할 때만 내리는 상이다. 호련의 개들은 이 한 번의 상을 받기 위해 호련에게 온몸을 바쳐 굽실거렸다. 낙도 좋아 자지러졌다.

"잠시 나갔다 오겠어요."

"아, 안 됩니다."

부하인 단륭이 나섰다.

"뿔피리를 가지고 가겠어요. 위험하면 울릴게요."

"자객이라도 나타나면 어쩌려고요? 울릴 틈도 없고, 우리가 달려갈 때는 이미 끝장났을 겁니다."

"그들은 나를 노리는 게 아니에요. 애초에 나를 노릴 거였으면, 어제 내가 산책 나갔을 때 나를 쫓아왔을 테지요."

"그럼 따라가게라도 해주십시오, 아가씨."

호련은 단륭을 보았다. 젊은 무사는 정말 간절하게 보고 있었다. 호련은 빙그레 웃고는 고개를 저었다.

"하지 말아요. 정말 괜찮으니 걱정 말아요, 단륭."

호련은 말에 타고 낙을 앞세우고 말을 몰았다. 말은 나는 듯 가볍게 달려 강가로 향했다. 낙은 별다른 위험한 것은 발견하지 못한 듯 코를 킁킁 세우기만 할 뿐이었다.

랑과 파는 분명 주인에게 위험할 독 냄새를 맡고 사나워진 것이다. 그러나 아무리 그래도 어제는 굉장히 흥분했다. 보통 때였다면 시녀를 향해 짖으며 어서 저 계집을 족치라고 부추기기만 했을 것이다. 그들을 평소답지 않게 흥분시킨 원인이 있을 것이다. 시녀의 몸을 뒤졌지만 그 독을 빼곤 그럴 만한 건 나오지 않았다. 그럼 들어올 때 이미 흥분한 상태였다는 것이다.

곧 검은 강의 물소리가 들려왔다. 호련은 강가로 갔다. 달빛이 강을 타고 희게 흘러내렸다. 이것 역시 좋지 않은 징조다. 하늘에 구름 하나 없다는 뜻이니까. 벌판과 벌판을 감은 산 위로도 달빛이 맑게 흘렀다.

호련은 말에서 내려 강을 들여다보았다. 검게 흐르는 강이 달빛만 비출 뿐이다. 그때, 뒤로 기척이 느껴졌다. 낙이 으르렁거리기 시작하자, 호련은 얼른 손을 들었다.

"쉿."

그리고 돌아보았다가 바로 앞에 남자가 있는 것을 보고 기겁했다.

"저, 아가……."

호련은 물러나다가 발을 헛디뎠다. 휘청거리는 몸을 단단한 팔이 잽싸게 잡아당겼다. 물에 빠지는 건 간신히 면했지만 팔에 허리가 잡히는 것은 피할 수 없었다. 놀라운 순간이 지나가자 그다음에는 기겁할 일이었다. 저절로 손에 쥔 채찍이 날아갔다. 그러나 손목은 나가지도 못하고 잡혔다.

"이거, 정말 사나운 아가씨네. 구해주니 때리려고?"

목동은 손을 놓고 호련을 앉혔다.

"미안. 가족 말고 다른 사람이 내 몸에 손댄 건 처음이라 놀랐어. 미안……."

목동이 경악했다.

"정말?"

호련의 주변 사람들에게 허락된 거리는 두 발자국 앞까지였다. 그녀의 몸에 손을 댈 수 있는 사람은 유모와 우이뿐이었다.

"그래도 그렇지, 그렇게 대뜸 두들기려고 하나? 꼼짝 없이 흉터 하나 늘릴 뻔했군. 지금도 충분히 많다고."

"실수야. 혹시, 나 기다리고 있었어?"

"올 거라고 했잖아. 그런데 아가씨도 나 보러 온 건가?"

"굳이 보러 온 건 아니야."

"그래도 기쁘군."

청년이 웃었다. 밝게 웃는 얼굴은 조금 전 무표정할 때의 그 무시무시한 분위기와 너무도 달랐다. 위화감이 지나쳐서 해괴할 지경이다.

"나는 네 취향 아니라며?"

"그건 그거고. 아가씨가 온 건 아가씨가 온 거지."

"고맙다는 건지 아닌 건지 도무지 모르겠네."

"좋다는 거지."

목동은 개를 보았다.

"이건 어제 그놈이 아니네?"

"그들은 오늘은 쉬는 날이야."

"좋네. 개들이 쉬는 날도 있고. 나는 없는데."

목동은 낙이 랑과 파보다는 덜 사나워 보여 친한 척 손을 내밀었다가 물릴 뻔하고 그만두었다. 호련은 개의 목줄을 잡아당겼다. 개는 이를 거두고 바닥에 들러붙었다.

호련이 물었다.

"그런데 정말 피리 불어주러 온 거야?"

"보답은 해야지. 한 번 들어보겠어?"

그리고 목동은 피리를 흔들었다. 호련은 팔짱을 끼고 고개를 끄덕였다.

"좋아. 해봐."

호련은 귀를 기울였다. 목동은 피리를 불기 시작했다. 호련은 후회했다. 피리 소리를 들려주는 건지 피리 소리로 사람을 때려잡는지 모를 정도로 참혹하기 짝이 없었다. 개마저도 고통스러워하며 끙끙거렸다.

분위기가 처참해지자 목동도 멈추었다.

"듣고 싶다며?"

"……이렇게 형편없을 줄은 몰랐지."

"도무지 소질이 없어서. 그리고 나는 소질이 없으면 유달리 못하는 놈이라. 이 피리도 빌려서 나온 거야."

"그럼 왜 한다고 한 거야?"

"피리를 잘 부는지 먼저 물어보는 게 순서 아닌가?"

"불 줄 아느냐고 물었잖아."

"불 줄은 아는 게지. 잘 불 줄은 몰라. 처음부터 자세히 물어봤어야지.”

호련은 기가 막혔다.

“지금, 나를 놀리는 거야?”

“내가 아가씨가 뭐가 밉다고 일부러 놀리겠어. 그런데 찾는 거 있나? 아까부터 계속 여기저기 둘러보던데.”

“아니…… 아무것도 아니야.”

호련은 고개를 저었다. 청년은 피리를 휘둘러 손바닥을 탁탁, 쳤다.

“안 좋은 일 있었던 것 같은데.”

“좀.”

“풀 죽은 얼굴이 되네.”

호련은 다가오는 목동에게서 고개를 돌렸다. 목동은 고개를 당기며 말했다.

“할 말이 있는데.”

“말해.”

“어제 그 육포, 얻어먹은 주제에 불평하는 것은 도리가 아니지만, 아무래도 이상해서 말이야.”

“왜?”

“거기 이상한 거 발라 놓은 거 아닌가? 그거 먹고 어제 잠도 못 잤어.”

“어땠는데?”

“갑자기 가슴이 쾅쾅 뛰고 숨이 차던데. 흥분해서 아무거나 다 때려 부수고 싶어지고. 혹시…… 최음제라도 탄 거 아닌가?”

호련은 얼굴이 확 붉어졌다.

"내가 미쳤어?"

"하긴, 최음제치고는 너무 폭력적으로 변하기는 하더군."

호련은 가방 안을 들여다보았다. 육포는 아직 많이 남아 있었다. 이게 원인이었던 건가. 일리 있다. 랑과 파는 훈련이 잘되어 있어서, 주인이나 허락받은 사람을 제한 다른 사람이 주는 음식은 절대 먹지 않는다.

호련은 허탈했다.

"저런, 다시 풀이 죽은 얼굴이 되었네."

호련은 고개를 저었다.

"농담하지 마! 나 지금 심각하다고!"

"농담 아니야."

청년의 손이 호련의 손에 닿았다. 호련이 놀라 바라보자, 그는 그 손에 힘을 주었다. 그의 손등은 최근에 난 흉터와 나중에 난 흉터투성이다. 생각보다 훨씬 더 파란만장하게 살아온 청년 같았다. 아니, 지금도 파란만장한 것 같다.

"왜 이러는 건데."

호련은 손을 움츠렸다. 누군가가 이렇게 손을 대는 건 정말 처음이다. 게다가 살에 닿는 남자의 손이 너무 뜨겁다.

"불쌍해 보여서."

"동정하는 거야?"

"안쓰러워서."

"그게 동정이잖아."

"동정은 싫은가?"

"비참해서 싫어. 나쁜 마음이 아니란 건 알지만, 그래도 싫어.

기분이 나아지지 않아."

"까다롭기는. 그냥 내가 보기 안 좋아서 그래."

"네가 해줄 일도 없잖아."

"없긴 하지. 그래도 보기 안 좋은 건 안 좋은 거고, 나는 그게 못내 싫은 거야."

호련은 손을 당겼다.

"그런 눈으로 위로하면 위로가 될 것 같아?"

"내 눈이 좀 험상궂긴 하지. 기분이 나빠지는 눈이라던가. 하지만 어머니가 이리 낳아주셔서 그런 건데 어쩌겠어. 어렸을 때부터 귀엽지 않은 아이로 유명했지."

"어렸을 때도 그런 눈이면 정말 그랬겠네."

청년의 눈이 무언가를 기억하는 듯 웃었다.

"아가씨는 그래도 다 예뻐했을 것 같은데."

"그다지. 여자아이 많았어. 어른들 취향별로 골라 귀여워할 수 있을 만큼. 다들 나더러 태어날 때부터 노파라고 했지. 너무 조용하고 재미없다고."

"아니, 그래도 제일 예뻤을 거야."

호련은 어이가 없어 같이 웃었다.

"너, 지금 나를 희롱하는 거야?"

"기분 좋아지라고."

"하나도 안 좋아졌어. 어이는 좀 없지만."

"기분이 더 좋아지게 피리라도 불어줄까?"

"절대로 하지 마."

목동은 피식 웃었다. 역시 저 웃음은 보기 좋다.

그러다 문득 이게 무슨 짓인가 싶기도 했다. 낯선 남자와 뭐 하는 거람. 아무리 이 동네 목동이라도 뜨내기인데.

"간다."

호련은 일어났다. 목동이 아쉬운 듯 어깨를 으쓱해 보이고는 물었다.

"내일도 나올 건가?"

"내일은 아니야."

"다행이군. 나도 내일부터 바빠지거든. 이 근처로 오는 건 오늘이 마지막이 될 거야."

"무슨 일인데? 아직 우기가 시작되지 않아 양이나 소를 몰 일은 없을 텐데?"

"목동 말고 다른 일이 있어서. 이건 정말 바쁜 일이지."

"무슨 일인데?"

"집안일이야."

호련은 말에 탔다. 아쉬움이 느껴졌지만 고개를 저었다. 어차피 모르는 남자 아닌가. 이것으로 끝이다. 그래도 그 험상궂은 눈이 웃을 때는 보기 좋았다. 그 피리 솜씨는 두 번 듣기도 괴로울 정도로 끔찍했지만.

이름은 무엇이며, 고향은 어디일까? 깊은 눈과 잘 뻗은 콧날을 보면 서쪽 사내 같다. 헛소리 잘하는 것을 보면, 혼자서 방랑을 오래 한 것일지도 모르겠고.

항상 싸늘한 여환과는 다르다.

아주.

여환을 생각하자 온몸에 소름이 돋았다. 등 뒤로부터 차갑고 끈적끈적한 것이 밀려드는 느낌이다.

"가자."

호련은 이를 악물고 말을 몰았다.

오지 마, 여환.

속에서 치밀어 오른다.

제발 여기로 오지 마.

돌아온 호련은 가방 안에 든 육포를 모두 유모에게 맡겼다. 약과 독에 관한 한 타고난 유모지만 육포의 냄새를 맡고 고개를 저었다.

"아무 냄새도 안 납니다."

"냄새가 난다면 개들이 먹지 않았을 거예요."

"일단 제가 먹어보는 편이 나을 듯하군요."

그리고 유모는 육포를 씹어 삼켰다.

"맛은 나지 않습니다."

"역시."

유모는 몇 조각 더 삼킨 다음 가만히 앉아 있었다.

"어떤가요?"

"각성제입니다."

"각성제?"

"먹으면 심장이 뛰고 기분이 거칠어지지요. 잠도 못 자고요. 개들은 몇 배로 더 흥분했을 겁니다. 그 와중에 독 냄새를 맡고 더 거칠어진 거지요. 평소라면 짖는 것으로 끝났을 것을, 주체하지 못하고 덤빈 겁니다."

"그럼 누가 이 육포를 넣어둔 걸까?"

"그 시녀였을 겁니다. 어차피 개가 먹을 것이라 신경 쓰는 사람이 없으니 바꿔치기하는 건 일도 아니었을 테지요. 하지만 그 년은 개들이 흥분하면 그렇게 무섭고 사나울 줄은 몰랐을 겁니다."

중간에 강세가 들어간 호칭이 좀 신경 쓰이긴 했지만 무시했다.

"이 일을 시킨 자는 알았을 테지요."

"그렇겠지요."

호련은 고개를 저었다.

"그런데 아가씨는 그 육포에 대해 어떻게 알게 되신 건가요?"

"내가 먹었어요."

"네?"

"먹었다고요, 내가."

유모가 아무리 배가 고프셔도 개밥은 드시지 말라 하지 않았습니까, 사실 그거 아주 지저분하게 만든단 말입니다, 라고 말한 다음 계속 앉아 있었다.

"안 자요?"

"잠 안 옵니다. 약효가 아주 끝내주는군요. 자긴 글렀습니다."

그 남자는 정말 한숨도 못 잤겠네. 호련은 동정을 느꼈다. 내일부터 바쁘다던데, 오늘이라도 잘 자길 바란다.

금천 부인은 해가 뜨자마자 떠나기로 했다. 호련은 여환의 군사들에게 금천 부인을 호위하도록 명령했다. 여환의 수하들은 호련이 명령하는 것이 영 마뜩찮은 듯 보였지만 개길 명분도 없어서 그냥 금천 부인을 호위하기로 했다.

해가 뜨자마자 사방이 활활 타올랐다. 초원 쪽에서 아지랑이가 피어오르며 하늘이 통째로 출렁거렸다.

"신기루예요."

금천 부인이 말했다.

"아주 안 좋은 징조군요. 우기가 오기도 전에 신기루라니."

호련은 금천 부인의 가마 옆으로 말을 몰았다.

"아직 신기루까지는 아니에요."

"불안하네요."

이틀 동안 울기만 하던 쌍둥이들이 똑같은 얼굴로 마주 보며 속닥댔다. 금천 부인은 일렁이는 아지랑이를 안타깝다는 듯이 보았다.

"정말 비가 오지 않으려고 이러는 걸까요? 와야 할 것이 오지 않고 이루어져야 할 일이 이루어지지 않으면 신이 올 때까지 날씨가 똑같이 지속된다고 하지요."

"대체 어떤 신이 오려고 그러는지 모르겠지만, 좋은 신이면 좋겠군요."

금천 부인은 차양을 내렸다.

그때, 지평선 너머 일렁이는 아지랑이 사이로 검은 그림자가 출렁이며 나타났다.

호련은 말을 세웠다. 뒤따라 모두 멈추었다. 지평선은 물처럼 흔들렸고, 검은 그림자는 젖은 종이처럼 너울거리며 다가오고 있었다.

호련은 팔을 들었다. 각가의 무사들이 모두 검을 잡았다. 끓어오르는 아지랑이 사이로 그림자가 비틀거리며 다가왔다.

곧 그 모습이 드러났다. 말과 그 위에 탄 사람이다. 그들은 단단하게 굳은 황무지를 지나 드문드문 마른풀이 돋은 평야로 들어왔다. 갈색 말은 지쳐 헐떡대고 있었다. 그 위에 앉은 기수는 팔이 뒤로 묶여 있고, 다리와 몸도 안장에 단단하게 묶여 있었다.

호련은 그쪽으로 달려가 말에 탄 기수의 얼굴을 보았다. 얼굴과 목에 화살이 박혀 있었다. 등에도 여러 발 박혀 있다. 숨은 오래전에 끊어졌다.

호련은 이 무사의 얼굴을 알았다. 바로 전날 호련이 여환 왕자에게 서신과 함께 보낸 여환의 수하였다. 호련은 그의 허리에 매인 가죽 통을 열었다. 안에 들어 있어야 할, 호련이 여환 왕자에게 보낸 서신은 없다.

호련은 지평선을 보았다.

"모두……."

지평선이 검푸르게 물들었다. 검게 물결치는 그림자들이 지평선 위로 떠올랐다. 하나, 둘, 셋…… 불길한 새 떼처럼 날아올랐다.

호련은 말 머리를 돌리며 외쳤다.

"과하, 재구, 금천 부인과 아가씨들을 지켜요! 나머지는 모두 퇴각! 진영으로 돌아가요! 단륭, 이리로!"

호련은 빠르게 달리기 시작했다. 그 뒤를 따라 각의 무사들이 호련을 감싸고 말을 달렸다.

호련은 돌아보았다.

일렁이는 아지랑이 너머에서 기마들이 빠르게 달려오고 있었다. 그 뒤로 먼지가 피어오르고 푸른 깃발이 펄럭인다.

깃발을 확인한 누군가가 뒤에서 외쳤다.

"살랍이다!"

제2장 포로의 대가

호련은 말을 달렸다. 등 뒤로 각의 무사들이 따라붙고, 옆으로는 단륭이 붙었다. 필사적으로 달려 지금 진영을 지키고 있을 여환의 나머지 군사와 합류해야 했다.

금천 부인이 탄 낙타 가마는 금방 따라잡혔다. 낙타 기수가 화살에 맞아 쓰러지고, 그 고삐는 살랍의 무사 손으로 넘어갔다. 여환의 수하가 구해보려 했지만, 그 등 뒤로 화살이 박히며 바닥에 내동댕이쳐졌다. 무사의 몸이 단숨에 먼지와 마른 흙 안개에 휩쓸렸다. 금천 부인의 두 쌍둥이들이 부인의 품으로 파고들며 비명을 질렀다.

"아가씨!"

단륭이 다급히 말했다. 구해야 하느냐 묻는 것이다.

"그냥 가요!"

호련이 외쳤다.

“왕족입니다. 금붙이는 좀 뺏길 테지만 목숨은 부지할 수 있을 테니 그냥 달려요!”

호련은 진영으로 말을 몰았다. 여환과 각의 무사들이 모두 달려 나왔지만 허둥지둥 나온지라 무장 상태가 단단하지 못했다.

살랍의 기병들은 메뚜기 떼처럼 단숨에 밀어닥쳤다. 몇 되지도 않은 각의 군사들은 그들과 몇 번 저항하지도 못하고 짚단처럼 쓰러졌다. 여환의 군사와 살랍군이 뒤엉키자마자 화살과 검, 창에 맞아 바닥에 쓰러졌다. 마른 바닥으로 검붉은 피가 흩어졌다.

“여자들은 모두 숲으로 도망쳐! 그리고 뿔피리를 울려! 우리로는 부족하다!”

호련이 외쳤다. 여자들은 즉시 짐을 버리고 숲으로 도망치기 시작했다. 여환의 무사가 뿔피리를 들었다. 순간, 화살이 날아와 무사의 목을 꿰뚫었다. 무사가 쓰러져 말 아래로 떨어졌다. 주인 잃은 말이 놀라 앞발을 들고 울부짖었다. 호련은 무사의 손에서 떨어진 뿔피리를 낚아챘다. 화살이 날아와 호련의 어깨를 스쳤다. 호련은 뿔피리를 올리려 했지만 다음 화살이 뿔피리를 뚫었다. 뿔피리가 박살났다.

“젠장!”

호련은 말고삐를 틀어쥐고 말 머리를 돌렸다.

암청색 옷을 입은 무사가 호련과 마주치자 노궁을 내렸다. 복면 덕에 얼굴은 보이지 않았다. 호련은 둘러보았지만, 모두 같은 옷이라 누가 상관이고 부하인지조차 알 수 없었다. 호련은 그 사이로 뛰어들어 활시위를 당겼다. 그러나 혼란해서 제대로 쏠 수 없었다. 사냥개 랑과 파가 있었다면 그녀는 안심하고 화살을 날렸겠지만, 유감스럽게도 그녀는 지금 자신에게 덤비는 살랍군을 피하는 것부터 신경 써야 했다.

일순 검푸른 옷이 시야를 덮쳤다. 호련은 활을 버리고 검을 뽑아 들었다. 살랍군은 능숙하게 그녀의 검을 피하더니 다른 무사의 검을 맞서 받아쳤다. 아예 무시하는 것이다. 움직이려 했지만 살랍군이 뛰어들어 그녀의 시야를 막았다. 호련은 달려드는 살랍군을 피해 도망치며 고개를 들었다.

이제 살랍군이 진영을 뒤덮고 있었다. 능고군이건 각의 무사건 힘겹게 맞서 싸웠지만, 하나가 열을 상대하는 것이나 다를 바 없었다. 이쪽은 혼란한데 저쪽은 제대로 공격하고 있다.

"모두……."

도망치라 하고 싶었지만 할 수 없었다. 호련의 눈에 집사가 보였다. 집사가 도끼를 휘두르며 외쳤다.

"아가씨, 도망……."

순간, 호련의 말 허리에 창이 박혔다. 말이 울부짖으며 쓰러졌고 호련도 바닥으로 호되게 나동그라졌다. 그 위로 말발굽이 덮쳐왔다. 호련은 몸을 날려 간신히 피했지만 다른 말이 그녀를 덮치려 했다.

그때, 바로 뒤에서 거대한 말을 탄 무사가 달려왔다. 옷의 색을 구분할 시간도 없었다. 기수가 고삐를 놓고 몸을 숙여 호련의 몸을 낚아챘다. 호련의 몸을 가볍게 낚아 올린 기수는 얼굴을 덮은 복면을 벗었다. 젊은 사내가 얼굴을 드러냈다.

"당신……."

그 목동이다. 그가 웃었다.

"제일 귀한 아가씨였군."

호련은 할 말을 잃었다.

반가워해야 하는 건지, 구해줘서 고맙다고 해야 할지 모를 일이었다. 그는 말을 멈추고 진영을 보게 했다. 아군은 이미 모두 무너진 상태였다. 마을로 가지 못하고 붙잡힌 여자들이 끌려와 중앙에 던져졌다.

살랍군이 대체 어떻게 여기까지 온 거지? 여기까지 오려면 여환의 군사와 부딪혀야 하는데.

아무리 강해도 군대 하나를 뚫고 여기까지 올 수는 없다. 만약, 이들이 여환 왕자를 거쳐서 왔다면 답은 하나다.

여환이 진 것이다.

그 말을 떠올리는 순간, 그런 표정을 지어서는 안 된다는 것을 알면서도 호련은 입술 끝이 치솟아올랐다. 어처구니가 없는 감정이었다. 지금 호련의 막사와 각이 습격당했는데, 여환 왕자의 패배에 이런 감정을 느끼고 있었다.

그때, 유모가 끌려 나오는 것이 보였다. 호련은 급히 몸을 일으켰다. 유모는 순순히 나와 앉더니 팔짱을 끼고 외쳤다.

"저리 가, 이놈들아! 나는 이미 포로가 되어주었잖느냐! 이 할망구는 놔두고 다른 포로나 잡아!"

크게 호통을 치자 다들 기가 막혀 했다. 검푸른 갑옷을 입은 무사가 그 옆에 화려한 옷을 입은 여자를 던졌다. 금천 부인이었다. 다른 무사가 부인 옆에 똑같이 생긴 딸 둘을 톡톡 떨어뜨렸다. 쌍둥이 딸이 울부짖으며 어머니의 품으로 파고들었다. 금천 부인은 두 딸을 안고 살랍군을 노려보았다. 호련은 유모에게 가려 했지만 목동이 호련의 팔을 잡아 막았다.

"이미 다 포로야, 아가씨."

호련은 턱이 떨렸다.

그날이 다시 떠오른다. 가족들을 다 잃고, 가족의 시체 앞에 앉아 있을 때였다. 양옆에는 벌벌 떠는 그녀의 동생들이 있었다. 호련은 두 손을 뻗어 동생들의 작은 손을 꽉 잡았었다.

다시, 이렇게 침략당하는구나. 그리고 또 졌다. 저항도 못하고 버티지조차 못했다.

"아가씨 잘못이 아니야."

목동이 위로하듯 말했다.

"아무것도 지키지 못했어."

"아가씨 팔은 두 개뿐이고, 할 수 없는 일은 할 수 없는 거지."

목동은 말 머리를 돌려 언덕으로 올라갔다. 각군과 능고군이 모두 포로로 잡히는 데 얼마 걸리지도 않았다. 몇몇 남자들의 목이 떨어져 나갔다. 여자들이 그때마다 비명을 질렀다. 다들 항복하고 무기를 던져야 했다. 진영을 휘감아 돌던 살랍군의 말 머리가 하나둘 멈추기 시작했다. 정복이 끝난 것이다.

"그래도 아가씨 목숨은 구했잖아."

목동은 몸을 떠는 호련을 안았다.

"고지식한 아가씨 같으니. 나라면 여기서 이 갈고 있기보다는 도망부터 치겠어."

그리고 목동은 손을 놓고 말 허리를 찼다. 호련은 놀라서 외쳤다.

"가면 안 돼!"

"아가씨 안전이 우선이야. 이건 아가씨 약혼자에게도 마찬가지일 테고."

"설마, 너…… 그가 보낸 거야?"

"아니. 오면서 만났을 뿐이지."

"네가 어떻게?"

그는 빙긋 웃고는 말을 몰았다. 호련은 급히 그의 옷을 잡으며 말했다.

"가지 말라고 했잖아! 내려줘."

그러나 호련은 그 말 머리의 방향이 진영인 것을 깨달았다.

호련은 서서히 팔의 힘이 빠져나갔다.

가장 절망적인 것을 깨달았다. 청년의 몸을 감은 옷 아래로 검푸른 갑옷이 드러났다.

청년이 웃었다.

"저런, 또 풀이 죽네. 그러지 마. 풀이 죽는 여자는 싫다니까."

"당신……."

"나는 아가씨 편이야. 해칠 생각 없어."

"헛소리하지 마!"

"정말이야. 나는 개인적으로는 아가씨 편이야. 공식적으로 적일 뿐이지."

그리고 그는 살랍군을 향해 내려갔다. 살랍군이 모두 멈추었다. 목동은 그 중앙으로 달려가 호련의 목덜미를 잡고 아직 무기를 놓지 않은 각과 능고군을 향해 외쳤다.

"모두 항복해라!"

이미 포로로 잡힌 각족 무사들의 눈이 호련을 향했다. 그들의 눈에 어린 절망을 본 호련은 눈을 감았다.

"한 놈이라도 더 날을 휘두르면 이 아가씨의 예쁘장한 목을 부러뜨릴 테니 모두 놔."

남은 자들이 급히 검을 던지기 시작했다. 호련이 이를 갈아붙였다. 북북 소리가 들릴 지경이었다. 청년이 말했다.

"아, 걱정 마. 정말 목 부러뜨린다는 말은 아니니까."

"닥치고…… 놔!"

"마을 점령하려고 온 건 아니니까 우리는 금방 갈 거야. 들고 갈 것만 챙기면 끝나. 우리도 여기 이 적진 한가운데서 오래 놀 생각은 없거든."

청년은 말에서 내린 뒤, 호련을 내리고 그를 노려보는 유모에게 건넸다. 유모가 당장 호련의 몸을 받아 안았다. 목동은 복면을 완전히 치웠다. 검은 머리카락이 쏟아졌다.

"살랍의 기를 꽂아라. 여환 왕자가 왔을 때 아주 잘 보이는 곳에다가."

각의 무사와 능고의 무사 모두 그를 노려보았다.

청년이 말했다.

"너희들 왕자를 죽이지는 못했으니 걱정 마라. 사실, 나도 그가 도망쳐 버리는 바람에 잠시 망연했다. 그대로 돌아가 다 잡은 것 같은 여환을 놓쳤다며 투덜대 봤자 내 망신이잖아. 그래서…… 여기에 들러 포로 하나를 데리고 가기로 했어."

그는 금천 부인 앞으로 갔다.

"왕자의 이모라든가."

그리고 겁에 질린 쌍둥이들을 보았다.

"아니면 이 사촌 동생들이라든가. 음, 둘 중 하나만 데리고 가도 똑같이 생긴 아이가 하나 더 남아 있으니 당신들에게 괜찮을 것 같네."

"닥쳐라, 네 이놈!"

금천 부인이 달려들려다가 창대에 맞았다. 청년은 유모의 품에 있는 호련을 보았다. 유모가 이를 드러냈다.

"우리 아가씨는 쳐다보지도 마!"

청년이 웃었다. 유모는 호련을 더 세게 끌어안으며 말했다.

"넌 누구냐?"

"태괄."

청년의 답은 단출했다.

태괄.

살랍의 왕자. 이 근방의 영지를 하사받은 적장이자, 살랍 왕이 총애하는 형제다. 그리고 무엇보다 여환 왕자의 숙적이다.

다들 경악하며 얼굴에서 핏기가 가셨다. 태괄 왕자가 직접 여기까지 올 거라고는 그 누구도 예상하지 못했던 일이다. 그러나 유모만은 얼굴색 하나 바꾸지 않고 외쳤다.

"태괄이든 태무든, 대국의 황제든, 아가씨 몸에 손대면 죽을 줄 알아!"

"죽일 방법은 있나?"

"악령이 되어서라도 너를 죽이러 갈 테니, 안심하지 마."

"무서운 할멈이네."

태괄은 호련을 보았다. 호련은 어깨를 움츠리며 노려보았다.

"그렇게 노려보지 마. 나는 아가씨하고는 사이좋게 지내고 싶었어. 나하고 사이 나쁜 건 여환이지, 아가씨는 아니잖아."

"닥쳐."

태괄은 손을 들었다.

"모두 약탈품을 챙겨라. 각자의 부지런함에 따라 집에 돌아갔을 때 마누라들 표정이 달라질 테니, 어서어서 서둘러. 약속대로 형님 드릴 것 빼곤 다 너희들 거다. 오늘 밤 안으로 떠나야 하니 서둘러. 그리고…… 그동안 나는 포로를 골라보마."

창백한 금천 부인의 눈이 절망과 불안에 떨렸다. 누구를 데리고 가든 비참한 상황이었으나, 누구라도 갈 수 있었다. 능고 왕의 제수(弟嫂)나 조카들, 아니면 능고 왕의 서자 아들의 약혼녀. 금천 부인은 겁에 질린 딸들을 안고 벌벌 떨었다. 유모 역시 호련을 안은 채로 말했다.

"이런 꼴을 보려고 여환 왕자와의 혼례를 추진한 것이 아니었습니다."

"괜찮아요."

"다 제 탓입니다."

"괜찮아…… 괜찮다고요."

"이건 각오한 일도, 예상한 일도 아닙니다."

"예상대로 되는 일은 없어요, 유모."

날이 저물자 횃불이 켜졌다. 약탈품이 말에 실렸다. 혼례를 위해 능고 왕실에서 보내온 예단들이 모두 전리품이 되어 쌓였다.

그들의 수장인 태괄은 물건을 챙기지 않고 지켜만 보았다. 다행히 이들은 포로를 데리고 갈 생각이 없었고 구태여 시간 내 학살

할 만큼의 정성도 없었다. 각의 무사들은 얼마 되지도 않았고, 여환의 부하들은 충분할 만큼 타격을 입혔다.

"다 끝났습니다."

부하들이 보고하자 태괄이 옷을 털고 일어났다.

"벌써? 나는 아직 포로를 골라내지 못했는데."

태괄의 눈이 쌍둥이 자매를 향했다. 쌍둥이 자매가 동시에 움츠러들었다.

"이 꼬맹이들은 능고 왕 동생의 딸들이지. 즉, 왕족."

그리고 그는 호련을 보았다.

"이쪽은 변방 귀족의 후계자…… 이기는 한데, 여환의 약혼녀."

호련이 쏘아보자 태괄이 웃었다.

"그러지 마, 아가씨."

유모가 호련의 손을 잡았다. 주름진 손은 강하고 단단했다.

"진정하세요, 아씨."

포로라면 왕족이 끌려갈 가능성이 더 높았다. 금천 부인은 딸들은 남겨두고 싶어 했지만, 어린 쪽이 위험하다는 건 그녀도 알았다.

순간, 태괄이 호련의 손목을 낚아챘다. 호련의 몸이 끌려갔다. 유모가 경악했다. 당사자인 호련은 더 놀랐다. 무사 몇이 일제히 몸을 일으켰다. 그중 하나의 목이 복면을 쓴 무사의 검에 뚫렸다. 바닥에 피가 뿌려지며 몸이 쓰러졌다.

호련은 급히 숨이 끊어진 병사가 누구인지 확인했다. 각족은 아니고 여환의 부하였다. 호련은 재빨리 지금까지의 전사자를 확인했다. 각족은 부상자만 있고, 전사자들은 여환의 부하들이다. 이유는 단순했다. 그들이 가장 무장 상태가 좋았기 때문이다. 각의 무사들은 제대로 싸워보지도 못하고 포로가 되었다. 허술한 상태가 오히려 행운이 된 셈이다.

"그만!"

호련이 외쳤다. 태괄이 보자 호련은 손을 들며 말했다.

"아무도 해치지 마. 하라는 대로 할 테니까."

"잘 생각했어."

"이 손 놔. 시키면 알아서 할 테니 손대지는 마."

태괄은 손을 놓았다.

"그럼 저기로 가지. 할 말이 있어서."

그리고 막사를 가리켰다. 호련은 알아서 막사 안으로 들어갔다. 태괄이 뒤따라 들어왔다.

막사 안으로 들어가자 한숨을 돌릴 수 있었다. 사람들이 보지 못하는 곳으로 들어온 것만도 괜찮다.

"이제 뭘 하면 되는 거지?"

호련이 묻자 태괄은 턱을 긁적였다.

"항복?"

"그래, 항복할게."

"일단, 나는 아가씨한테는 아무런 원한도 없어."

"거긴 왜 있었어? 염탐하러 온 건가?"

"아니. 어차피 염탐은 다 끝났어. 예전에 여기에 살았던 적이 있어서 구태여 지리를 알아볼 필요도 없지. 나는 그저 구경하러 간 거야. 우리가 쳐들어오면 더 이상 예전 같지 않을 테니까 쳐들어

오기 전에 보고 싶기도 했고."

"네가 쳐들어온 거잖아, 네가!"

"이건 가족 일이자, 왕자인 내 일이야. 그리고 나, 바쁜 일 있다고 말했잖아."

"바쁜 일이 뭔지도 말했어야지."

"어차피 당신이 안 물어봤잖아. 그리고 솔직하게 말할 수도 없잖아. 이봐요, 나는 살랍의 왕자인데 아가씨 땅을 잠깐 침략할 생각입니다, 이렇게?"

호련은 그를 노려보았다. 태괄은 호련의 볼을 잡았다. 너무 장난스러운 태도라 호련은 어처구니가 없었다. 태괄은 호련의 볼을 잡아 흔들고는 놓았다.

"아직 할 일도 많은데 그렇게 열 내지 마. 금방 지쳐."

"아직 제대로 펄펄 뛴 것도 아니야."

태괄이 다시 웃었다.

"자, 이제부터 아가씨는 내 포로야. 동시에 여환의 약혼녀이자 이 각족 족장의 유일한 후손이지. 그러니 아가씨, 이제 나하고 긴 이야기를 해야 될 거야."

"거래라도 하자는 건가?"

"아가씨, 아가씨는 졌어. 패자는 거래를 할 수 없어. 내놓을 것만 있는 거지. 무엇을 내놓느냐에 따라 얼마나 잘 졌는지가 결정되지."

호련은 태괄을 한 대 후려치고 싶었다.

"그래, 뭘 내놓아야 하지? 바느질이라도 시킬 건가? 요리, 설거지나 빨래?"

"내 군영 안에 그런 일을 할 졸병들은 널리고 널렸어. 걔들 솜씨도 나쁘지는 않아. 그리고 요리는, 여기서 내가 제일 잘할 거야. 그건 장담하지."

"그럼 할 일이나 말해!"

"처녀인가?"

얼굴이 확 붉어졌다.

"그건 왜 물어!"

"처녀면 아플 테니까."

"……!"

기겁한 호련이 펄쩍 뛰어 물러나자 그가 다시 당겼다.

"진정해."

"지금 진정하게 생겼어! 이 미친놈아, 무슨 짓을 하려고!"

"포로가 된 이상 어쩔 수 없잖아. 강제로 할 생각 없어. 아가씨가 고를 수는 있게 해줄게."

"지금 이게 강제잖아!"

"의무지. 그리고 다시 한 번 말하는데, 아가씨가 고를 수는 있게 해주겠어. 무엇이 더 중요한지는, 아가씨가 정하면 되는 거야."

"닥쳐! 이 비열한 놈 같으니……!"

"아가씨, 나는 분명 이 전쟁에서 내가 할 일을 하는 거야. 이건 아가씨 약혼자와 나의 일이지, 아가씨의 일은 아니야."

"그럼 왜 내가 해야 하는 건데!"

"아가씨는 약혼자의 것이니까."

논리가 어처구니없었다.

"아가씨, 일단 동의만 해주면 나머지는 내가 알아서 할게."

"당연히 싫어!"

정말 당장 칼로 쑤셔 죽이고 싶었다. 어제 이 녀석에게 웃었던 것을 생각하면 자신의 입을 찢어버리고 싶을 지경이다.

"아가씨, 약혼자를 사랑하나?"

태괄이 묻자 일순 말문이 막혔다.

사랑?

당장 살의가 치솟았다. 태괄이 여환을 두고 그런 말을 꺼냈다는 것도 용서할 수 없었다.

그럴 리 없잖아.

한순간도 잊은 적 없었다.

그러니, 내가 그를 사랑할 수 있을 리 없지.

애초에 불가능하다.

"그건 왜 묻는 거야?"

"우선은, 만약 사랑하는 거라면 아가씨의 정조는 아가씨가 지켜야 할 권리가 되니까. 하지만 아니라면…… 거래 대상이 될 수 있지. 사랑하나?"

"아니."

"아니란 건 확실히 알 만큼 분명한 답이군. 하지만 혼인하면 그와 동침할 생각이었겠지?"

"……."

"같은 거야. 아가씨가 그와 약혼한 이상 그와 동침하는 것이 아가씨 업무라 하는 거지. 나 역시 마찬가지야. 아가씨가 내 포로가 되었으니 그냥 데리고 갈 수는 없어."

"그래도 싫다면? 죽어도 싫다면!"

"밖에 있는 누군가가 죽겠지."

"협박이잖아!"

"패배의 대가지. 둘 중 하나야. 이곳에 있는 사람을 모두 몰살시켜 여환을 모독하든가, 아가씨를 가로채 여환을 모독하든가. 이건 전쟁이야. 물론, 내가 아가씨를 포로로 데리고 가는 것만은 변함없을 테지만."

"협박이잖아! 내가 다른 뭘 선택할 수 있다고!"

"전쟁에서는 어차피 선택할 여지가 많지 않아."

"그냥 당신이 안 하면 되잖아!"

"그럴 수는 없지. 여환은 내 적이고, 나는 여기까지 왔지."

"내가 싫어! 싸운 건 너희 둘인데, 왜 내가 대가에 들어가는 거야! 차라리 둘이서 쑤시고 찌르고 끝내고 서로의 손가락과 목을 바꾸라고!"

이 남자가 조금 전 약간이나마 보인 자비에 기대 여환 왕자를 무척 사랑하니 내 몸은 건들지 말라고 거짓말이나 할걸 그랬나? 하지만 모든 거짓말은 다 할 수 있어도, 그 거짓말만은 할 수 없었다.

"거절할 수 있는 거니 그러지 마."

"내가 거절하면 사람들을 죽인다며?"

"아가씨, 어차피 아가씨 부족 사람들은 아닐 거야. 나는 여환의 부하들만 죽이고 갈 생각이야. 물론 남김없이. 여환에게 아가씨의 순결이나 부하의 목숨이나 비슷한 가치일지는 의문이지만."

"당신에게는 뭐가 중요할 것 같아?"

"뭐, 나라면 애초에 다른 남자가 얼씬대지도 못하게 했을 테지.

내가 아가씨와 혼례를 올리게 된다면…… 나는 약속한 그날로 당장 올릴 거야. 그렇게 어물대며 아무라도 좋으니 나 대신 데리고 가달라고 엉거주춤대지는 않았을걸."

태괄의 손이 호련의 볼에 닿으며 머리카락을 걷어냈다. 의도한 건 아닌 것 같다. 그저 무심코 하는 일인 듯 보였고, 또 부드럽고 정중했다. 전쟁, 죽음, 약탈, 그 모든 일을 거뜬히 이루어내는 주제에 그 손은 작은 새를 만지듯 조심스럽다.

"골라."

여환에게는 뭐가 더 중요할까? 자신이 관할하는 영지가 약탈당한 것이 중요할까, 호련 그 자체일까, 부하들의 목숨일까?

호련은 그 셋 중 자신이 가장 나중이 될 것임을 알고 있었다. 이 상황에서 호련이 거부해서 여환 자신이 그 대가를 치러야 한다면 그것을 더 손실로 여길 것이다. 물론 그는 절대로 화를 내지는 않고 차분하게 그에 대해 설명할 것이다. 사실을 사실이라 말하는데 그는 아무런 배려가 없는 자다.

물론 호련은 내 몸에 손도 대지 말고 저기 저 여환의 부하들을 죄다 죽여달라고 하고 싶었다. 여환의 얼굴이 일그러진다면 그것만도 행복하겠다.

그러다 호련은 중요한 것 하나를 깨달았다.

가만.

내내 생각하던 일이 있었다. 어쩌면 이건 위기라도 기회가 될지도 모르겠다. 간절히 바라던 기회.

어차피 이 남자가 여환의 적이고, 일이 끝나고 손 털고 갈 자라면, 가장 좋은 게 아닌가.

"아가씨?"

호련이 한동안 말이 없자 태괄이 불렀다.

"내 몸에 손대지 말라고 하고 싶어."

"알았어."

태괄은 몸을 일으키려 했다. 호련은 급히 그의 옷을 잡았다. 태괄이 놀라 바라본다.

"왜?"

"정말 가는 거야?"

"아가씨에게 거짓말한 적 없어. 내가 나가고 나면 무서운 헛소리를 들었다고 생각하고 잊으면 되는 거지."

호련은 태괄의 얼굴을 보았다. 차갑고 날카로운 눈매다. 어제와 그제, 대체 무슨 생각으로 이런 눈매를 가진 사내에게 무방비했던 걸까? 그건 웃음만은 부드러워서였을 것이다. 그 웃음이 진실이었는지, 아니면 가식이었는지는 모르겠다. 그러나 호련은 그를 믿고 그 순간을 안도하며 보냈다.

"왜 그래?"

"그……."

손에 힘이 들어가며 떨려왔다.

지금 무슨 말을 하려는지 안다. 무엇을 의미하는지도 안다. 얼마나 끔찍한 순간이 올지도 안다. 그런데 해야 한다. 그러지 않으면 안 된다.

"……비명은 지르지 않게 해줘."

잠시 태괄은 무슨 뜻인지 모르겠다는 듯 바라만 보았다. 호련이 더 놀랐다. 뭐야, 여태 험악한 허세, 아니면 농담이었던 거야? 허탈해졌다. 놀렸구나, 나를. 겁에 질렸던 게 억울할 지경이다.

그러다 그가 드디어 깨달은 듯 중얼거렸다.

"아."

처음에는 영문을 몰라 정말 자신이 들은 게 그 말이 맞는지 의심하는 눈이었다. 그러다 그의 눈에 열기와 기쁨, 기대감이 차올랐다. 호련은 당황했다. 이 열기는 뭐지? 여자에 대한 기대감인가?

"미안, 그건 아가씨가 참아."

그 손이 호련의 허리를 잡았다. 여태까지의 손힘과는 완전히 달리 너무 강하다. 태괄이 갑자기 달려들자 호련은 놀랐다.

"이, 이봐!"

허리를 잡은 손에 더 힘이 들어갔다. 몸을 뒤틀었지만, 그는 놓아주지 않았다. 허리를 단단히 조였던 끈이 그의 손에 풀어지고 급한 손이 앞섶을 뜯어냈다. 어깨를 덮은 옷이 흘러내렸다. 속살 대신 단단하게 몸을 감싼 속옷이 조롱하듯 드러났다. 태괄은 그녀의 가슴을 덮은 속옷의 끈을 뜯어냈다.

어깨와 가슴에 맨 공기가 닿자 호련은 몸이 떨려왔다. 그제야 자신이 무슨 짓을 한 건지 깨달았다. 굶주린 맹수 앞에, 당장 갈기갈기 찢어 삼킬 그런 맹수 앞에 맨몸으로 간 것이다. 내가 미쳤었구나, 라는 생각이 들었다.

머리로 생각하던 것과 실제 당하는 건 완전히 다른 문제였다. 낯선 손과 시선 앞에 모든 것을 드러내는 것은 생각보다 훨씬 비참한 일이었다. 허락한 건 자신이지만 견딜 수 있을지 모르겠다.

목 뒤로 묵직한 손이 파고들더니 확 당긴다. 떨리는 젖가슴에 태괄의 턱이 닿았다. 거칠고 단단한 느낌이 가슴을 압박하자 두려워 숨이 막혔다. 거칠어 젖은 숨소리가 가슴에 닿았다. 몸을 뚫는 수치심에 당장 그를 밀어버리고 싶어도 간신히 참았다.

태괄의 손이 파고들어 와 천천히 젖가슴을 주무르기 시작했다. 느리고 묵직했다. 숨소리도 점점 젖어들고 빨라진다. 제발 어서 해치워 버리라고 말하고 싶었지만, 그는 그럴 생각은 없어 보였다.

그러나 호련은 눈을 감지는 않았다. 차마 못 견딜 짓이라는 듯 부르르 떨고 싶지도 않았다.

태괄이 고개를 들며 물었다.

"왜 그런 눈빛이지?"

"적어도, 내가 고른 일이니까 두 눈으로 견뎌야지."

뭐라 할 줄 알았는데, 그는 호련의 이마를 부드럽게 쓸어내리더니 그 이마에 입을 맞추었다.

"그래, 사나운 아가씨."

그리고 그가 볼에 입술을 대고 가만히 한숨을 내쉬었다.

호련은 가만히 기다리고만 있을 뿐이었다.

이건 뭐지?

생각했던 것과 다르다. 무지막지하게 덤빌 거라 생각했는데 정중하고 부드럽다.

태괄의 손이 아래로 내려가 치마를 쓸어 올렸다. 뜨거운 손이 허벅지의 맨살에 닿자 긴장되었다.

"가만."

순간, 예고 없이 아랫도리로 뜨거운 손이 안으로 파고들어 왔다.

"……!"

그 손이 다리 사이로 파고들어 와 속살을 헤집었다. 아무것도 경험하지 못한 속살은 아직 단단하게 저항하고 있었다. 그가 그 사이로 손가락을 밀어 넣었다. 호련이 기겁하며 그를 밀었다.

"그건 하지 마!"

"맡겨. 그냥 들어가면 무척 아플 테니까."

"이건 싫어!"

"아픈 것도 싫을 거 아냐."

"너……!"

하지만 뭘 어쩌라는 건지 모르겠다. 태괄의 손가락이 물컹한 속살을 헤집고 안을 더듬더니 더 깊이 파고들어 왔다. 호련이 기겁하며 입술을 물었다.

"자…… 너무 완강하게 버티지 마, 아가씨."

호련은 몸을 떨었다. 단단하게 조여진 그곳은 여전히 완강하게 버티고 있었다. 그래도 그 손길에 어쩔 수 없이 안에 열기와 윤기가 돌았다. 이마와 목덜미가 긴장으로 젖어가고 수치심에 얼굴은 붉어졌다.

"오늘 밤이 길지는 않아. 밤에 출발해야 하니까 이 정도로 양해해 줘. 그리고……."

그의 목소리에 열기가 감돌았다.

"아프더라도 참아."

그의 갑옷이 철컹거리는 소리가 들렸다. 벗어 던지는 것이다. 잠시 뒤, 뜨겁고 단단한 것이 아래에 닿았다. 그게 무엇인지 깨닫자 격한 두려움이 밀려들었다.

"싫어……."

나지막이 중얼거리고 후회했다. 태괄의 눈빛이 굳었다. 그가 씁쓸하게 웃었다.

"거 봐."

무언가 장담하듯 그리 속삭이고는 태괄은 허리를 들었다. 정말 가려는 건가? 다급함에 호련은 그의 옷을 잡았다. 태괄이 다시 고개를 돌렸다. 호련은 그를 당겼다. 손은 떨리고 수치심과 모멸감에 울음이 터질 것 같았지만 안 된다. 차라리 지금 해야 한다. 그러지 않으면, 언제고 상상도 하기 싫은 순간이 올 것이다.

태괄이 의구심 어린 눈으로 중얼거렸다.

"왜……."

호련은 입술을 물고 아무 말 하지 못했다. 차라리 아예 막무가내로 덮쳐 주는 게 고맙겠다.

태괄이 고개를 숙이고 머리카락을 뒤로 쓸어 넘기더니 다시 이마에 입을 맞추었다. 그리고 눈물에 젖은 눈에, 콧잔등과 입술에 입을 맞추었다.

"쉿……."

그가 부드럽게 달래며 관자놀이에 입술을 대더니, 두 팔로 호련의 허리를 잡았다. 그 단단한 손에 허리가 잡히자 이제 정말로 움직일 수 없게 되었다.

호련을 잡은 그의 손에 힘이 아주 강하게 들어가고, 그 몸이 호련을 묵직하게 내리누른다. 드디어 올 게 오려나, 하며 각오했지만 그 순간은 더 급작스럽게 왔다. 일순 뜨겁고 굵은 힘이 몸 안을 꽉 채우며 밀치고 들어왔다. 경악과 아픔에 온몸이 깨지는 것 같았다. 비명이 나왔다.

"악!"

그는 단숨에 끝까지 밀치고 들어왔다. 단단하게 조여놓았던 모든 것이 깨진다. 아픔에 허리를 젖히며 억누른 비명을 질렀다.

"아파……!"

그러나 그는 더 세게, 빈틈없이 채우며 뜨겁게 들어왔다. 호련이 비명을 터뜨리고, 비명은 이어 흐느낌이 되었다. 물러났던 몸이 다시 밀치고 들어오며 그의 몸이 호련을 깊고 묵직하게 누른다.

"너무 아파……."

"……조금만 참아……."

다시 그가 깊이 들어온다. 호련은 몸을 움츠리며 허벅지에 힘을 주었다. 견디자, 견디자, 몇 번이나 생각해도 지금 이 순간은 지옥 같았다. 되었어, 되었어, 적어도 이 남자는 여환은 아니잖아, 라고 스스로 말해도 아프고 참혹한 건 별수 없었다. 눈물을 머금고 몸을 움츠리고, 자기도 모르게 이마를 태괄의 목에 대고 숨을 몰아쉬고 흐느꼈다.

온갖 생각들이 다 난다. 어머니, 아버지, 오라버니, 동생들…… 이것 하나 버티지 못하냐고 스스로를 자책하지만, 그래도 아프다.

태괄이 한숨을 몰아쉬었다. 끓는 숨소리가 들려오자 호련은 손가락에 힘을 주었다. 태괄의 손이 호련의 목덜미로 파고들더니 꽉 잡아 안았다. 손은 부드럽고 강했다.

"쉿……."

그가 달랬다. 그 손이 부드럽게 목덜미를 주무르며 열기 어린 속삭임이 들려왔다. 괜찮아, 괜찮아……. 호련은 고개를 젓고는 태괄의 목덜미에 이마를 댔다. 눈앞으로 젖은 목덜미가 보였다.

"괜찮아, 아가씨. 괜찮아……."

호련은 그의 옷을 꽉 잡았다.

갑자기 그 몸이 빨라졌다. 거듭거듭 파고들어 올 때마다 다시 밀려드는 경악과 아픔에 이를 악물었다. 계속 떠밀리며 젖어드는 등도 아프다. 하지만 허벅지와 그 안의 아픔에는 미치지 못했다. 그곳이 갈가리 찢기는 것 같았다. 아니, 이미 찢기고 있었다.

호련은 이제 된 거 아니냐고 외치고 싶었지만, 이미 안으로 들여보낸 이상 야수가 만족할 때까지는 꼼짝 없이 있어야 했다. 그러나 처녀의 저항이 어느 정도 무너지자, 아릿하게 아프긴 했지만 적어도 견딜 만은 해졌다. 포로를 품는 것이라도 태괄은 거칠지도 험악하지도 않았다. 정말로 서툰 신부를 맞이하는 신랑같이 군다. 호련 역시 그에게 기대며 몸을 맡겨갔다. 호련의 몸이 부드러워지자 목 너머로 들리는 태괄의 숨소리가 끓는 듯 급하고 뜨거워져 간다. 곧 엄청난 순간이 올 거란 생각에 겁에 질린 호련은 그 품으로 파고들어 갔다. 기댈 곳이 그곳뿐이었다. 이마에 그의 가슴이 닿았다. 젖은 가슴 위로 들리는 그의 숨소리가 뜨겁게 타올랐다.

그의 젖은 손이 머리카락 속으로 파고들어 오더니 머리를 세게 안아 당겼다. 허리를 잡은 손에도 힘이 꽉 들어갔다. 덕택에 꼼짝도 할 수 없게 되었다. 순간, 그가 격하게 허리를 밀어붙였다. 호련은 입술을 물었다. 미묘한 열기에 머리가 아득해졌다. 일순 그가 멈추더니, 한숨을 토해냈다.

"크……."

팽팽하게 부풀었던 것이 안에서 사정을 마쳤다. 끝났구나, 라는 생각이 들자 안도와 피로가 밀려들었다. 그 뒤를 잇는 것은 허탈함이었다.

태괄이 허리를 당겼다. 이물감과 함께 몸을 누르던 묵직함이 사라지자 호련은 여기저기서 아픔이 치밀었다. 끝났다, 드디어. 그리고 온갖 감정이 뒤죽박죽이 된다. 항상 여환만 아니면 된다 생각했는데, 정작 그가 아닌 순간이 닥쳐왔다 물러나니 이것도 나름 비참했다.

"괜찮아?"

태괄이 몸을 숙여 호련의 턱을 건드렸다.

"괜찮…… 을 리가 없잖아!"

분이 치민 호련은 그의 어깨와 팔을 후려쳤다.

수치심에 몸이 떨렸다. 그러나 두들겨 맞은 듯 아파서 일어날 엄두도 나지 않았다. 태괄이 몸을 일으키고 호련을 내려다보았다. 호련은 손등으로 얼굴을 가렸다. 태괄이 그 손을 잡아당겼다가 눈을 감고 우는 얼굴을 보고 손을 놓았다.

"울지 마."

"그럼 애초에 그러지도 말았어야지! 왜 그런 거야! 차라리 나를 죽이지!"

"시간 좀 지나면 목숨이 더 중요하다는 것을 알 거야."

"차라리 죽이라니까! 꺼져 버려!"

호련 자신이 앞뒤가 맞지 않는다는 건 알았다. 알아서 하라고 해놓고선, 이게 무슨 짓인가. 하지만 화가 나는 건 나는 거였다. 애초에 여환만 없었으면 이런 일도 없었다.

그래도 충격받아 목 놓아 우는 것은 호련의 체질상 불가능한 일이었다. 그리고 받아들이기로 한 것도 자신이니, 감수하는 것도 어쩔 수 없었다. 하지만 그건 그거고, 지금 당장 화가 나는 것 역시 어쩔 수 없었다.

"나갈게."

태괄이 바닥에 던져 둔 갑옷을 챙겨 입고, 장갑과 팔 보호대를 다시 챙겨 꼈다. 그리고 모포를 찾아 호련의 몸을 덮었다.

"아가씨도 준비해. 금방 출발할 거야."

"유모를 불러줘."

"당신 유모를 내가 어떻게 찾아?"

"지금 나가서 당신을 가장 먼저 때리는 사람을 들여보내 주면 돼."

태괄은 나가자마자 호련이 무슨 말을 한 건지 알게 되었다. 막사 밖으로 나오자마자 바로 뺨에 불이 일었다.

태괄은 어안이 벙벙해서 앞의 키 큰 노파를 보았다. 태괄의 부하들도 노파가 일어나 막사로 성큼성큼 갈 때까지 무슨 짓을 할지 예상 못했다. 노파는 태괄이 나오자마자 뺨을 갈겼다.

태괄은 간지럽다고 웃고 싶었지만, 점점 커져 가는 심상치 않은 통증에 얼굴이 굳었다. 차라리 주먹에 맞고 말지, 이렇게 따가우면서도 아린 감각이라니. 게다가 세기는 엄청나게 세서 턱이 날아가는 줄 알았다. 그렇다고 체면상 아파 죽겠다고 화를 낼 수도 없었다. 노파는 손을 내리고 막사 안으로 들어갔다.

태괄은 입을 벌리고 있는 부하들을 보며 말했다.

"지금 출발한다. 어서 준비해."

유모는 들어오자마자 호련에게 달려왔다. 경악하는 유모를 보며 호련은 아직 옷을 추스르지 못했다는 것을 깨달았다. 목덜미와 가슴에 그가 남긴 흔적이 생생하다. 허벅지에는 처녀가 치른 대가가 남아 있었다.

호련은 급히 옷을 추슬렀다.

"내 탓입니다."

유모가 젖은 목소리로 말했다.

"괜찮아요."

"못나고 어리석은 내 탓입니다."

호련은 애써 웃었다.

"어느 남자든 사랑하는 남자의 품에 안기는 건 아니었을걸요. 어차피…… 여환의 품에 안겼어도 그건 그냥 일이었을 거라고요. 처음부터 내 몸은 내 것도 아니었는걸요. 아니, 차라리 여환보다는 나아요. 이 순간이 더 후련하네요."

"다릅니다!"

"그도, 저 남자도 나를 사랑하지 않는다는 건 분명하고, 나 역시 그렇잖아요. 애초에 내가 내 몸을 포기하고 살았는걸요. 이 남자 품에 안길 예정이었는데 저 남자 품에 안긴 것뿐. 거래만 생각했지, 내 몸이라는 생각은 하지 않았어요."

"그놈이 아씨를 데리고 갈 거예요."

"알아요."

유모는 고개를 저었다.

"아가씨, 나도 같이 가게 해줘요."

"괜찮…… 겠어요?"

"네, 당연히요. 아가씨가 눈앞에 없으면 그곳이 다 지옥입니다. 그러니 제발…… 데리고 가줘요."

"그가 같이 가게 해준다면요."

"못하더라도 따라갈 겁니다. 무슨 일이 있어도 갈 겁니다."

호련은 유모를 안았다. 유모는 호련의 몸에 남은 붉은 손자국을 보고 이를 갈았다.

"그런 무도한 놈이 가지고 놀라고 아씨를 키운 게 아니란 말입니다! 그런 무도한 놈이…… 무참하게 가지고 놀았어요."

"그는 왕자예요."

유모는 눈을 감고 고개를 저었다.

"제게는 아가씨가 가장 귀합니다."

유모는 옷을 찾아 입히고 호련의 얼굴과 몸도 깨끗하게 닦아주었다. 더 챙길 것은 없었다. 보석 등은 모두 태괄의 군사가 털어갔으니 남은 것은 없다. 어차피 포로에게 그런 건 다 필요 없다.

잠시 뒤, 태괄이 들어왔다. 유모가 쏘아보자 태괄은 눈길을 피하며 호련을 보았다.

"더 부탁할 건 없나? 어지간하면 들어줄게."

"유모도 같이 가게 해줘."

태괄은 유모를 보았다.

"어려운 일은 아니지. 유모는 말을 탈 수 있나?"

"있네."

엄한 말투에 태괄이 놀랐다. 유모가 정말 유모가 맞나? 태도는 귀부인이나 다를 바 없으니 놀랄 만도 했다.

태괄의 부하가 말을 가지고 오자 유모는 그 말에 탔다. 태괄은 호련에게 성큼 와서 번쩍 들어 올렸다. 그리고 그는 놀란 호련을 자신의 말에 앉히더니, 그 뒤에 훌쩍 올라탔다.

"가자."

태괄이 먼저 출발했다.

살랍군이 그 뒤를 따라 철수했다. 호련은 돌아보지 않았다. 돌아보아서는 안 된다.

멀리 먹구름이 보이기 시작했다. 거대한 먹구름은 새벽의 미명을 더듬으며 피어오르고 있었다. 태괄은 그 먹구름 쪽으로 말을 몰았다. 서쪽으로 나아갈수록 하늘은 빠르게 뒤덮여 갔다.

등 뒤로 고향이 멀어지자 호련은 몸을 덮고 있던 끈적끈적하고 차가운 악령이 사라지는 기분이 들었다. 이상한 기분이다. 참혹하게 끌려가는데 마음은 안도한다.

멀리서 습한 바람이 밀려 올라왔다. 비 냄새가 난다.

각은 엎어놓은 벌통이나 다를 바 없었다.

다른 사람도 아닌 호련이 끌려갔다. 족장이 남긴 유일한 적통 후계자이자, 족장을 잃고 절망에 빠졌던 각족을 여태 이끌어왔던 아가씨다. 수습할 사람도, 뒤를 이을 사람도 없이 혼란했다.

지평선 너머로 능고의 붉은 깃발이 올라온 것은 하늘이 비구름으로 덮일 무렵이었다.

붉은 깃발 아래 검붉은 갑옷 차림의 청년이 있었다. 눈, 코, 입, 한 군데 모자람도, 더함도 없이 정갈하게 정돈해 맞추어놓은 듯 수려한 남자다.

여환 왕자.

그래, 여환 왕자다. 호련과 약혼해 놓고 거의 몇 달간 돌아오지도 않다가, 호련이 끌려가자 드디어 나타난 왕자이기도 하다.

일이 이렇게 된 이상 여환이 돌아오는 건 예정된 일이었고, 모두가 기다리면서도 두려워하던 일이기도 했다. 각족 사람들은 그를 보자 모두 싸늘해졌고 여환의 무사들도 돌아온 주군을 맞이하며 침묵했다. 각자, 빼앗긴 자들과 패배한 자들이었다.

여환은 엉망이 된 자신의 진영을 보았다. 이곳에 혼례를 위한 막사를 세우고 준비하라고 명령을 내린 것은 여환의 어머니였다. 여환은 이 막사가 세워지기도 전에 국경으로 떠났다.

여환은 무심하게 주변을 훑어보았다.

"맙소사, 왕자…… 님."

옆의 대오가 오히려 뭘 어찌 말해야 할지 몰라 더듬댔다.

여환은 어떤 일이 벌어진 건지는 여기 오기도 전에 들었다. 여환의 숙모이자 이모인 금천 부인이 남편에게 알린 덕이다. 숙부는 바로 그날로 여환에게 군사를 보냈고, 여환은 그 군사와 합류해 여기로 도착한 것이다.

"이미 벌어진 일이다, 대오."

여환은 말을 몰아 영주관이 있는 마을로 향했다.

벌써 사흘 전 일이다. 나흘 전의 일일 수도 있다. 침략당한 그날을 시작으로 잡느냐, 아니면 태괄이 퇴각한 다음으로 잡느냐에 따라 다를 뿐이다.

단륭이 달려와 여환을 맞이했다. 여환은 말에 내리지 않고 단륭을 내려다보았다.

"단륭이군."

"네, 왕자님."

단륭은 하인 대하는 듯 구는 여환의 태도에 기분이 더러워졌다.

여환이 느긋하게 도착해 준 덕에 이제 각족은 여환이 어서 빨리 와서 아가씨를 구해주길 바라는 마음에서 여환, 네 자식이 지는 바람에 우리 아가씨가 그리되었잖아, 라는 분노로 바뀐 뒤였다. 여환도 그 분위기를 모를 리 없었다.

"어떻게 된 건지는 다 들었으니 네가 따로 설명할 필요는 없다."

왕자의 성격을 아는 단륭은 울컥 치밀어도 참기로 했다. 그래도 너무 멀쩡한 여환 왕자의 모습에 배신감이 드는 건 어쩔 수 없었다. 패해 후퇴한 건 사실이었지만, 여환은 더 싸우기보다는 전투를 회피했던 것으로밖에는 보이지 않았다. 덕택에 약이 오른 태괄은 각을 번개처럼 치고 호련을 끌고 갔다. 그냥 데리고 간 것조차 아니다.

지금 각족 무사들의 자존심은 지극히 엉망진창이었다. 그리고 여환의 태도는 그들의 자존심을 더 지근지근 밟아대고 있었다.

여환이 물었다.

"얼마나 죽은 건가?"

단륭이 답하자 여환은 가만히 셈을 해보았다. 호위로 남겨둔 무사들은 절반이 죽거나 다쳤다. 이모와 사촌 동생들은 무사했지만, 어차피 여환은 이 셋의 안위에는 별 관심이 없었다. 금천 부인은 여환의 어머니 금비에게 얌전히 틀어 잡힌 동생이고, 그 딸들은 어린아이다. 있으나 없으나 도움도 피해도 없다. 숙부 생각은 다를 테지만 어차피 숙부 생각일 뿐이다.

"이모님을 뵙겠다."

단륭의 눈이 다시 이글거렸다. 당장 호련을 구하러 가겠다는 말이 나와도 모자랄 판인데, 여환 왕자는 아직도 호련에 대해 한마디도 꺼내지 않고 있다.

"막사 안에 계십니다."

"어느 막사?"

단릉은 아, 가장 크고 멀쩡한 데! 하고 고함을 지르고 싶은 것을 간신히 참고 막사로 안내했다. 여환은 허락도 예고도 없이 대뜸 막사 안으로 들어갔다.

"왕자!"

막사 안에는 금천 부인이 창백한 얼굴로 앉아 있다가 기겁했다. 눈은 충혈되어 벌겋고 얼굴도 부어 있었다.

여환은 그 앞에 앉았다. 금천 부인은 당황해 더듬더듬 말했다.

"와, 왕자, 이게 다 내 탓입니다. 내가 갔으면 되었는데, 그런데 겁이 나서 아무것도 못했어요."

"이모님 탓이 아니란 것은 알지 않습니까."

"……네?"

"나이 든 여자와 스무 명도 넘는 왕족 아가씨 중 하나. 그중에서도 똑같은 아이가 둘이나 있는 아이를 데려갈 리 없지 않습니까."

"하지만…… 분명, 저와 제 딸들 중 하나를 고르려 했었다고요."

"농담이었겠지요. 정신 차리십시오. 숙모님이건 숙모님 딸들이건, 태괄에게는 아무 짝에도 쓸모없습니다."

금천 부인은 안색이 하얗게 질리며 굳어갔다.

여환은 화를 내지도 비난하지도 않고 담담하게 사실만 지적하는데, 금천 부인은 그게 항상 두려웠다. 여환은 수치스러운 진실을 수치스럽게 지적하는 조카였다.

“숙부님이 여기로 오겠다고 하십니다. 이모님이 제가 아닌 숙부님께 전령을 보냈기 때문이지요.”

“왕자가 어디에 있는지 몰라서 그랬어요!”

“숙부님과 부하들을 여기에 오래 들이고 싶지는 않습니다. 그러니 숙부님이 오시면 최대한 빨리 떠나십시오.”

금천 부인의 얼굴이 더 하얗게 변했다.

“약혼…… 녀는 걱정되지 않나요? 왜 그 불쌍한 아이에 대해 묻지 않아요?”

“이미 들었습니다. 숙부님의 수하들이 알려주었습니다.”

“그럼 왜 듣자마자 그 아이를 구하러 가지 않았나요?”

“그건 제가 정합니다.”

“그 아이가 어떤 수모를 당했는지 알잖아요. 그런데…… 아무렇지도 않나요?”

“호련이 제 아내는 아니지 않습니까?”

“뭐라…… 고요?”

금천 부인이 기가 막혀 입을 벌렸다.

“호련은 아직 제 약혼녀일 뿐이니, 돌이킬 여지는 있습니다. 아내였으면 전쟁밖에는 도리가 없지만, 약혼녀이니 거래와 협상은 할 수 있겠지요.”

“그것뿐인가요? 가엾지도 않아요?”

“그런다고 사실이 달라지는 건 아니지 않습니까.”

금천 부인은 더 할 말이 없었다. 여환은 일어나며 말했다.

“이야기 끝났으니 나가보겠습니다. 숙부님이 오시는 대로 떠나십시오. 이모님이 할 일은 그것뿐입니다."

여환은 막사 밖으로 나갔다. 모여 있던 각의 무사들이 그와 마주치자 서로 눈치를 보기 시작했다. 단륭이 여환 앞으로 가서 말했다.

"아씨를 찾으러 가게 해주십시오."

"너희들로는 안 된다."

"어차피 태괄 왕자의 군사는 많지 않았습니다! 따라가면 저희들로도 가능합니다. 무기만 주세요."

"곧 우기가 시작된다. 그들은 비 내리기 전에 자기들 국경 안으로 들어갈 테니 너희들 속도로 추격하는 건 불가능하다. 그리고 태괄 왕자가 끌고 온 녀석들은 너희들과는 비교도 안 되는 놈들이다. 네들 아가씨 앞에서 학살당하는 꼴 보이기 싫으면 가지 마라."

"그럼 이대로 아씨를 보내야 하는 겁니까?"

"되찾는 거지, 구할 일은 아니다."

"그러니 지금 우리더러 이대로 있으라고요?"

"그래."

무심한 눈빛에 단륭은 할 말을 잃었다. 겉으로야 빼어나게 수려한 남자지만 이 빌어먹을 성격 탓에 여환에게 호감을 품는 사람은 별로 없었다. 그와 멀어지면 멀어질수록, 직접 알지 못할수록 그에게 대한 평판이 올라가는 것도 이 탓이다. 그와 가까워지면 가까워질수록 다 치를 떨었다.

"하지만 왕자님, 이대로라면 아씨는 더 수모를 당할 겁니다!"

"수모는 이미 당했지."

"왕자님!"

"괜찮아. 어차피 입장이 바뀌었어도 같은 일을 했을 테니까."

"설마 왕자님이 그런 무도한 짓을……!"

"우리는 모두 무도해. 얼마나 더 무도해질지는, 서로의 상상력과 결단력에 달려 있지."

"하루라도 더 잡혀 계시면 더 무도한 짓을 당할 거라고요! 그리고 우리 아가씨란 말입니다! 어서 구해야 합니다."

"너희들 아가씨의 보호자이자 약혼자인 내가 명령한다. 가지 마라."

"하지만 아가씨 입장을 생각해 보십시오! 왕자님, 혹시 아가씨의 안전에 아무런 관심도 없는 것 아니십니까?"

"목숨은 안전할 거다. 태괄은 절대로 호련을 죽이지 않을 거야."

"그게 문제가 아니지 않습니까! 혹시, 다른 남자가 이미…… 가졌으니 그런 아내는 필요 없다는 겁니까?"

"상관없어."

여환의 답은 무심했다.

"네?"

"상관없다고 했다. 처녀든 아니든, 그녀가 가진 후계권이 사라지는 건 아니잖아. 그러니 그건 상관없다. 감정상의 문제는 아니니까."

단륭이 뭐라 더 말하기도 전에 그의 입에 여환의 검집이 박혔다.

"그러니 아버지와 형님, 숙부님에게 너희들이 증언해라. 이모님과 아이들에게도 말하겠다. 태괄은 호련을 '때린' 거다."

"네?"

"때렸다고. 호련은 매우 아프게 맞았다. 모두 그렇게 입 맞춰. 일단 모두의 입에서 그렇게 나와야 한다. 정조에는 아무 흠이 없다."

"그럼 만약, 아씨가 그 상태에서 더 '맞으면' 어떻게 됩니까?"

"견딜 수 있기를 바라야지."

"너무 '맞아서' 돌이킬 수 없는 일이 벌어지면요?"

"그건 그때 가서 생각해야지. 아직 벌어지지도 않은 일이잖은가."

뭐 이런 놈이 다 있나, 하는 생각에 단륭은 어처구니가 없었다. 이런 남자와 약혼까지 한 호련이 불쌍할 지경이었다. 호련이 가축도 아니고, 이게 사람한테 할 말인가.

"네 주인이 돌아오는 데는 좀 걸릴 것 같으니 각의 군사는 네가 맡다가 내 군사와 합쳐라. 내 부하 중 하나 밑으로 들어가는 거다. 누가 될지는 곧 정해질 테니 군마와 활, 화살, 검이 몇 개인지 그에게 알려라."

"왕자님은 아가씨와 혼례도 올리지 않으셨잖습니까! 아씨의 군사를 가질 수는 없습니다. 벌써 군마고 군속 천막이고, 무기고 상당수 가져갔잖아요! 우리는 말이 없는 무사도 있단 말입니다!"

"그럼, 내가 소문 다 내줄까? 네 아가씨가 태괄의 노리개가 되었다고? 그녀와 내가 혼인할 수 없다고?"

단륭의 눈이 흐려졌다. 여환은 그 눈빛이 우스웠다. 저놈은 속으로 제발 그 이유를 들고 와서라도 아가씨와 결혼하지 말라 하고 있을 것이다. 여환이 파혼한다면 제일 좋아할 놈이다. 그리고 이 놈 말고도 여환이 그러길 바라는 놈은 많을 것이다. 각의 무사들 모두 호련을 부모 형제를 모두 한꺼번에 잃고 고약한 보호자 밑에 고생하는 가련한 아가씨로 생각하고 있다.

어느 정도는 맞는 말이다. 어느 정도로만.

"너희들은 내가 하라는 대로 해라. 몸값을 내든, 전쟁을 벌이든, 내가 알아서 그녀를 찾아오겠다."

"그 꼴을 당하고도 우리는 여기서 양이나 치고 있으라고요?"

"그렇다."

"……."

단릉은 어이가 없어서 입을 벌리다 닫아야 할 순간을 놓쳐 버렸다. 이런 왕자를 불평이나 험담 한마디 없이 대했던 아가씨에게 이제는 존경심마저 들었다. 다른 사람의 기분이나 심정을 이해하는 데 무관심한 건지 상상력이 불구인 건지 모를 남자다. 전장에서야 무패의 장수이자 냉혹하고 무자비한 장수지만, 그 외의 모든 지역에서는 이 갈리는 인간일 뿐이었다.

"돌아가라."

더 할 말이 없는 단릉은 돌아서야 했다. 무사들 모두 단릉과 함께 여환의 말을 듣고 있었던지라, 같이 망연하게 돌아설 뿐이다. 모두 여환 욕이나 실컷 할 테지만 여환은 신경 쓰지 않았다. 어차피 호련이 없는 한 저들은 주인 없는 개 떼보다 못하다.

"정말 내버려 둘 겁니까?"

등 뒤에서 그의 부하 대오가 물었다.

"당분간은."

"태괄이 가지고 놀라고요?"

"호련이 돌아오는 즉시 그 일은 없던 일이 될 거다."

"혼례를 올려 후계자를 만들지 않으면 왕자님이 겨우 얻은 상속권이 날아갈지도 모릅니다. 아시잖습니까. 어서 빨리 구하든 되찾든 해야 해요."

여환은 대오를 바라보았다. 싸늘한 눈에 대오는 입을 다물고 고개를 숙였다.

"죄송합니다."

"다시는 그 이야기를 꺼내지 마라. 내 일가친척과 아버지, 형님, 거기에 외가 일가까지 달려들어 볶아대는 것으로 충분하다."

대오도 여환이 그 문제를 얼마나 싫어하는지 알고는 있었다. 그러나 여환이 아무리 가만히 있어도 그 문제는 저절로 부는 바람처럼 여환을 향해 불어왔고, 여환은 항상 무시해 왔었다. 적어도, 그의 아내가 죽기 전까지는 그랬다.

"……그래서 아가씨 구하러 가는 것은 정말 미룰 겁니까?"

"당분간은 할 수 없다."

"대범하시군요. 보통 남자라면 생각만 해도 머리가 하얗게 될 텐데."

"상관없으니까."

"……아가씨의 안전에?"

"아니. 그녀의 정조 말이다. 우리는 애초에 감정으로 얽힌 게 아니라, 가문으로 얽힌 거니까. 어차피 호련의 목숨은 안전하긴 해. 태괄이 다치게 하지는 않을 거다."

그리고 여환은 지평선에서 눈길을 거두었다.

"너는 비에 대비해라. 드디어 비가 쏟아질 것 같다."

그것으로 끝이었다.

여환은 더 말하지 않고 막사로 돌아갔다. 대오는 그런 여환의 등을 보았다. 여환은 그렇다 쳐도, 저 남자를 그렇게 상대하는 호련도 대단하다는 생각이 들었다.

"불쌍하게도."

대오는 호련이 안쓰러워 중얼거렸다.

여환이나 호련은 남녀로는 누가 보아도 맞지 않았지만, 부하 입장에서 누군가를 상관의 부인으로 모셔야 한다면 여환의 죽은 처인 우이보다는 호련이 나았다. 각이 족장 가족을 잃고도 이렇게 멀쩡하게 버틴 것도 모두 그 아가씨 덕이었다.

여환의 어머니인 금비가 여환의 처가 죽자마자 그렇게 다급히 호련을 며느리로 맞이하려던 것도 그 탓이었다. 하나같이 못마땅했던 우이와는 달리, 하나같이 만족스러웠던 것이다.

그 탓에 여환은 오히려 호련을 못마땅해했다. 저 차가운 남자가 유일하게 사람으로, 여인으로 대한 것은 우이뿐이었고, 그런 우이를 힘들게 했던 것이 호련이었기 때문이다. 호련이 의도한 것이 아니지만 상황이 그렇게 만들어 버렸다.

대오는 그저 호련이 돌아올 때까지 수모를 덜 당하기만 빌 뿐이었다.

곧 비가 쏟아지겠다.

태괄은 별과 달이 완전히 사라진 하늘을 보며 생각했다. 최대한 서둘러 오긴 했는데, 우기가 더 빨리 오는 서쪽으로 향하고 있어 가는 길에 비를 맞아야 할 것 같았다.

지금쯤 여환은 숙부에게 질질 끌려와 무슨 일이 벌어진 건지 알게 되었을 것이다. 그러나 호련을 구할 생각이었다면 부하들을 보낼 시간은 이미 지나갔다. 아무것도 하지 않을 작정인 것이다.

이상한 놈이다, 여환이란 놈.

혼례를 앞두고서 분란을 일으키고는 태괄이 움직이자 아예 사라졌다. 그리고 지금도 제발 안전하게 데리고 가라는 듯 아무것도 하지 않는다.

속 모를 놈.

다만 걱정인 건, 여환의 능고군이 아닌 각족의 무사들이 오는 것이었다. 그러면 잠자코 따라오고 있는 호련이 계속 잠자코 있을 리 없다. 당장 태괄의 뒤에 칼 꽂고 같이 도망가 버리겠지.

포로인 호련은 모닥불을 보며 앉아 있었다. 태괄이 다가와도 호련은 잠깐 보기만 했을 뿐, 별 반응이 없다. 주변에 적국 무사들을 둘러앉혀 놓고서도 태평하다.

"불편하지 않아?"

"난 규방 아가씨가 아니야. 어린 시절부터 밖에서 자고 다녔어. 이 정도는 일도 아니지."

"나도 알아."

"그럼 왜 물어?"

"할 말이 없어서. 필요한 건 없나."

"물 있어?"

태괄은 물통을 건네주었다. 호련은 몇 모금 마시고 돌려주었다.

그런 밤을 보내게 해준 남자에게 이리도 태평할 수 있나. 이 아가씨는 자신의 몸이 패배의 값으로 결제된 거라고만 생각하는 걸까? 덤빈 놈은 태괄인데 눈치 보는 것도 태괄이었다.

"내일이면 비가 오겠네."
호련이 말했다.
"그전에는 도착할 거야."
"어디로 가는 건데?"
"도착하면 알게 될 거야."
호련은 더 묻지 않았다. 정말 그것만 궁금한 것 같다. 지금 호련은 어제도 그제도 생각하지 않고 내일도 모레도 생각하지 않는 것 같았다. 무릎에 머리를 얹고 하늘을 향해 투명한 시선을 던지고 있을 뿐.
태괄은 호련의 눈이 감기는 것을 보았다. 드디어 잔다. 그리고 이내 모든 것을 놓아버리고 곤히 잠들어 버렸다. 몸이 흐트러지며 기울어진다. 태괄은 호련을 잡아 제대로 눕혀주려 했지만, 호련의 고개가 팔에 기대왔다.
"이봐……."
제대로 자라고 말하려다가 기절하듯 잠든 것을 보고 그만두었다. 태평한 듯 보였지만 정말 피곤했던 것이다.
태괄은 지금만큼은 둘 다 아무것도 아닌 듯 느껴졌다. 내일이면 또 왕자와 포로로 돌아갈 테지만 지금은 그저 어느 남자와 어느 여자 같다. 태괄은 호련이 대충 두른 모포를 끌어 올려 어깨를 덮어주었다. 손등에 호련의 머리카락이 닿자, 태괄은 고개를 숙여 머리카락에 볼을 댔다. 초원의 향취가 가득했다. 태어날 때부터 초원의 숨결 속에서 살아온 여자의 향기다.
"잘 자."
지친 호련은 정말 깊이 잠든 듯 일어나지 않는다.

태괄은 컴컴한 하늘을 향해 몸을 바로 눕혔다. 아무래도, 오늘도 잠 못 잘 것 같다.

다음날, 하늘에 먹구름이 가득해 해가 뜰 시각이 한참 지났어도 어두웠다. 마른풀이 술렁이며 습기를 느꼈고, 대지도 설레는 흙냄새를 풍기기 시작했다.

일어난 호련은 태괄이 없는 것을 발견했다. 어디 갔는지 둘러보다 태괄이 멀찍한 곳에서 부하와 이야기하고 있는 것을 보았다.

이야기하는 부하는 다리가 길고 호리호리한 무사였다. 얼굴은 복면으로 단단히 가리고 있어 볼 수 없었다. 특이하게도 어깨에 덩치 작은 매가 앉아 있었다. 매는 애완용 앵무새처럼 까불거리며 주인의 옷을 씹어 뜯고 있었다. 이야기가 끝난 듯 부하는 고개를 끄덕이고는 말에 훌쩍 올라탔다.

태괄은 물러나 그를 배웅했다. 부하는 돌아보지 않고 말을 몰아 북쪽으로 사라졌다. 날아오른 매가 그 뒤를 따랐다. 우아한 기마술이란 생각이 들었다. 죽은 큰오라버니가 저렇게 우아하게 말을 탔었다.

부하를 보낸 태괄은 호련이 일어난 것을 보고 다가왔다.

"전령으로 보낸 거야?"

호련이 북쪽을 보며 물었다. 사람을 보낼 만한 곳이라면 살랍의 수도인 납경일 것 같다. 태괄은 답하지 않았지만 맞는 것 같다. 살랍의 왕인 태괄의 형에게 보고하려고 가는 거겠지.

거기서 뭐라고 할까? 납경으로 끌고 오라고 할까, 아니면 적당한 곳에 두고 몸값 받고 풀어주라고 할까?

"이제 갈 준비해. 오늘 도착할 거야."

"알았어."

태괄은 부하들을 모두 깨웠다.

"오늘 정오 전에 도착한다. 모두 일어나. 쉬려면 거기서 쉬어라."

다들 한숨을 내쉬며 일어났고, 그중 태괄과 몸집이 비슷한 무사는 대놓고 불평했다. 태괄은 그의 귀를 잡아 일으켜 세웠다.

"일어나라, 누웅. 네 누나네 집 간다."

호련은 유모를 깨우고 몸이 괜찮은지 물었다. 괜찮다고는 하지만 얼굴이 창백했다. 호련은 유모의 볼을 짚어 체온을 확인하며 어서 빨리 도착해야겠다고 생각했다. 괜히 끌고 왔다는 생각마저 든다.

아직 어두운 아침에 일행은 출발했다.

곧 잘 포장된 하얀 길이 나오며 지평선 위로 모랫빛 건물로 가득 차 있는 성곽 도시가 나왔다. 험준한 가잔 산맥이 남긴 비탈에 자리 잡은 교역 도시다. 호련도 아버지와 숙부와 함께 이런 교역 도시로 나온 적이 있었다. 원래는 금빛으로 빛났을 성은 지금은 어두워 짙은 갈색으로 보일 뿐이다. 그 아래로 마른풀이 버스럭거리며 바람에 흔들린다.

태괄은 그곳으로 말을 몰았다. 성벽 입구를 지키던 경비병들이 모여들었다. 경비대장이 달려와 태괄을 보고 급히 인사했다.

"웬일이십니까, 왕자님."

"일이 생겨서. 아무 말 없었나?"

"폐하로부터 전해진 게 있긴 했습니다만, 정말 오실 줄은 몰랐지요. 들어가십시오."

그들의 눈이 왕자의 말에 탄 호련과 그 뒤를 따르는 유모를 향했지만 아무것도 묻지 않았다. 성문을 통과하자 차가운 물방울이 뚝 떨어졌다. 호련은 고개를 들었다. 차고 굵은 빗방울이 연달아 떨어지기 시작했다.

드디어 비가 내린다. 포로 신세지만 늦은 비가 반가웠다. 고향에도 비가 내리고 있을 것이다. 오랫동안 사람들을 아프게 하던 긴 건기가 끝나며 드디어 목초지에 풀이 돋고, 농토도 젖을 것이다. 비가 늦긴 했지만 아예 오지 않은 건 아니니 올해는 그럭저럭 버티겠지.

물방울이 이마와 코, 머리카락으로 끝없이 떨어지며 점점 거세어졌다.

태괄이 말 허리를 찼다. 말은 서둘러 성안의 대로를 달려 성의 중앙에 있는 큰 건물로 향했다.

이 지역까지 번갈아 진출했다가 물러난 연위국과 대국이 남긴 흔적이다. 이제 이 도시의 소유주는, 아니, 보호자는 살랍으로 바뀌었고, 도시의 총관 역시 살랍인이다. 교역 도시인 이곳의 행정은 도시에서 자고 나란 이들이 담당하지만, 도시의 세금을 받고 방어하고 저항할지 투항할지 정하는 것은 항상 다른 지역 사람이었다. 태괄이 이 도시를 차지하기 전에는 잠시나마 대국의 장수가 들어앉아 있었다. 태괄이 살랍군을 끌고 내려왔을 때, 초원의 법칙에 대해 모르는 대국 장수는 투항 없는 저항을 선포했다. 대국의 국경, 즉 대국의 그 많은 병사가 지키는 마지막 땅이 얼마나 멀어졌는지를 고려하지 않은 결정이었다. 상인들과 지역 출신 장교

들은 총관이 미쳤다고 결론을 내린 뒤 그 목을 떼어내 살랍의 왕자 태괄에게 투항 선물로 보냈다.

성으로 들어온 태괄은 전 총관이 창고에 쟁여놓은 많은 보물들을 접수해 챙길 건 챙기고 부하들에게 나누어 줄 것은 나누어 준 뒤, 총관 목에 대한 선물 값도 치렀다.

그 후 이곳은 평화롭게 지내는 중이었다. 상인들은 새 지배자인 젊은 왕자를 마음에 들어 했다. 까다롭지도 않고 요구하는 것도 없다. 왕자가 바라는 것은 총관을 자기가 임명한 자로 두고 군비와 무기, 식량과 세금을 바치는 것뿐이었다.

그런 왕자가 여자를 데리고 그의 수하들과 함께 나타났으니 성문에서부터 금방 그 일이 퍼졌다. 각의 영지에서 벌어진 일이 소문나기에는 아직 빨라, 호련의 정체는 총관도 몰랐다.

"누구십니까?"

마흔 정도 되어 보이는 남자가 총관저 입구까지 나와 태괄을 맞이하며 물었다. 수염은 검고 수북하게 길렀지만 얼굴이 둥글고 눈빛은 부드러웠다.

"포로."

"포로?"

"여환을 잡지 못해 약혼녀를 잡아왔지, 총관."

남자는 놀라 호련의 얼굴을 보았다. 태괄은 호련의 허리를 잡아 말에서 내렸다. 총관의 눈빛이 신경 쓰여 호련은 고개를 돌렸다.

태괄이 말했다.

"네 마누라에게 말해서 입을 만한 옷을 챙겨달라고 해라."

"제 마누라 옷을 빌려주면…… 아주 클 것 같은데요?"

"누가 빌려달랬어? 나중에 갚을 테니 아무거나 좀 가지고 와."

"아, 네, 왕자님."

그리고 그는 빙그레 웃었다.

"예쁘군요."

총관이 넌지시 하는 말에 태괄은 냉담한 반응을 보였다. 총관은 헛기침을 하고는 태괄 옆의 부하에게 말했다.

"처남도 어서 오게."

빗줄기가 점점 거세어지더니 곧 등 뒤로 쏴아아 퍼붓는 소리가 들린다. 호련은 습기와 냉기를 느끼며 돌아보았다. 열린 문 너머로 거센 빗줄기가 쏟아지고 있었다. 철문이 묵직하게 닫히며 소리도 멎었다. 낯선 곳으로 왔다는 두려움에 몸이 굳었다. 정말 고향을 떠나왔다는 실감이 나고 있었다.

"이리 와."

태괄은 호련을 데리고 성안으로 들어갔다. 유모는 따라오지 못했다. 태괄의 부하가 유모 옆에 붙어 몇 마디 하더니 전혀 다른 방향으로 데리고 갔다. 호련은 당황해서 돌아보았지만, 태괄은 호련의 팔목을 잡고 성의 문으로 들어가 옆으로 난 복도로 데리고 갔다. 높은 천장에, 그 옆으로는 격자로 된 창틀이 이어져 있었다. 안은 서늘하고 습했다.

태괄은 호련을 데리고 복도 끝으로 난 계단을 올라갔다. 계단을 돌자 넓게 뚫린 창 너머로 펼쳐진 너른 초원이 보였다. 멀리서 부옇게 비보라가 치고 있었다.

"이쪽이야, 아가씨."

호련은 태괄이 잡아끄는 대로 갔다. 곧 창을 댄 주랑이 나왔다.

창은 모두 비 때문에 닫혀 있어 몹시 어두웠다. 태괄은 주랑을 지나 다시 계단으로 올라갔다.

그 끝에 다다르자 드디어 문이 나왔다. 그 문을 여니 문 안에 다른 문이 하나 더 있었다. 문과 문 사이엔 거울과 물이 놓여 있었다. 안의 문을 열자 드디어 깨끗한 방이 나왔다.

제법 큰 방이었다. 정사각형 나무조각을 촘촘하게 맞춰 만든 바닥에 융단을 깔았고, 벽에는 춥지 않도록 벽피와 가죽을 댔다. 푹신한 가죽을 덮은 침대에, 그 옆에 찻상과 책상도 놓여 있었다.

태괄은 호련을 놓았다. 드디어 그에게서 벗어났지만 방 안에서는 갈 곳이 없었다. 방은 넓고, 들어온 문 외에도 문이 두 개나 더 있었다.

"여기서 지내는 거야?"

"그래."

"감옥으로 갈 줄 알았는데."

"굳이 가두어둘 필요는 없잖아."

"그럼 계속 있는 거야? 내 몸값을 지불할 때까지?"

"그건 아직 모르지. 몸값을 내고 돌아가든가, 아니면 나와 함께 형에게 가든가."

"형?"

"살랍의 왕."

아. 호련은 신음을 삼켰다.

"결정되기 전까지는 맛있는 거 먹고 좋은 옷 입고 빈둥거려."

"유모는?"

"여기도 아가씨 시중 들어줄 사람은 많아."

"유모는!"

"그녀야말로 감옥으로 가야지."

"그러지 마!"

태괄이 다가왔다.

"고작 유모야. 네 하인이잖아. 나한테는 적국의 백성일 뿐이야. 아가씨와는 달라."

"유모를 그렇게 취급하지 마! 그녀는…… 귀하게 대접할 수 없다면 적어도 귀족 포로의 대우는 해줘. 아니…… 내가 대가를 치를 테니, 방이라도 옮겨줘."

"어떻게 치르게?"

"내 몸값 지불하고 돌아가면 따로 줄게."

"저런, 외상이네."

"다 털었잖아! 내 혼수품도, 내 예물도 죄다! 그렇게 다 털어갔으면 그 정도는 봐줘! 어려운 일도 아니잖아!"

호련이 갑자기 드세게 나오자 태괄은 놀라서 바라보았다. 잠시 그러고 있더니, 약간 당혹스럽다는 듯 말했다.

"생각해 볼게. 일단 씻고 쉬어."

"당장…… 데리고 와줘!"

"여기 오면서 내가 너무 정중했던 것 같군."

호련의 얼굴이 굳었다. 태괄은 금방 빙그레 웃었다.

"토라지지 마. 그 문제는 아가씨 의견을 고려해 보는 걸로 하고, 아가씨는 여기서 씻고 먹고 쉬어. 자, 알겠지?"

"……."

그리고 그는 들어온 문이 아닌 옆으로 난 문을 열고 나갔다.

호련은 이마를 감싸며 앉았다. 애초에 그가 유모를 정중히 대접할 리 없다는 건 알았지만, 아무리 그래도 호련은 유모를 감옥에 둘 수는 없었다. 무슨 수를 써서라도 꺼내야 한다.

"바보 같으니."

그런데 조금 전 너무 화를 내며 날뛰었다.

어리광을 부린 것이다. 그 꼴을 당하고서도.

저 남자는 호련의 무사가 아니다.

그때, 문 열리는 소리가 들리더니 벽을 가리고 있던 휘장이 걷혔다. 호련이 놀라서 보자, 통통하고 덩치 큰 여자가 들어오며 인사했다.

"성의 총관인 대태사의 아내랍니다, 아가씨. 입을 만한 여자 옷을 가진 게 저 하나뿐이라며 저더러 옷을 가져다주라고 하던데, 이거 원…… 사슴한테 곰 가죽을 입히지. 이런 말라깽이 아가씨한테 내 옷을 어찌 입히라고."

그리고 부인은 호련에게 옷을 던져 주었다.

"우선 지금 드린 이거나 입고 있어요. 좀 커도 잘 묶으면 가슴은 안 보일 겁니다. 그래도 여긴 교역 도시니 새 옷 구하는 건 어렵지 않아요. 아가씨 키와 몸매라면 골목 하나만 지나가도 금방 구할 수 있을 테죠. 오늘 안으로 사 오게 할게요."

"제가 포로인 건 아시나요?"

"포로이지 노예로 끌고 온 건 아니잖아요. 기분 풀어요. 여기서 아가씨에게 무례하고 거칠게 대할 사람은 없어요. 아가씨만 얌전히 있으면 아가씨에 맞는 대접을 해드릴게요."

"……."

태평하다, 참으로. 동정 어린 눈빛도, 무시하는 눈빛도 아니다. 아, 포로구나? 그걸로 끝이다.

"그런 표정으로 보지 말아요. 내가 좀 신기하긴 하겠지만, 나쁜 태도는 아니잖아요. 저도 아가씨가 엉엉 울고불면서 침대 위를 굴러다니고 있다면 위로를 할 테지만, 그러지는 않잖아요. 또 열받아서 펄펄 뛴다면 그건 그것 나름대로 위로할 수 있지요. 하지만 역시 아니잖아요. 아가씨가 침착한데 저도 같이 침착하면 되잖아요. 뭐, 서로 좋은데 굳이 내가 흥분할 필요가 있나."

"제 처지가 어떤지 아시나요?"

"여환 왕자의 약혼녀라면서요? 혼례 전에 유괴당해 여기로 왔다더군요."

"그냥 끌고 온 게 아닌데요."

"그건 뭐, 전쟁이니까."

호련은 좀 어이가 없었다. 남의 일이라고 참 편하게 이야기한다 싶었다. 친척집 처음 놀러 온 아가씨 취급이다. 그래도 차라리 이런 태도가 더 낫긴 하다. 서로서로 긴장하고 두려워하는 단계는 생략되니까. 지금은 하나라도 덜하는 게 감사하다.

"자, 이제 씻고 입어요. 녹초가 다 되어 보이네요. 그래요, 아무리 아가씨가 젊어도 힘든 여정이었을 겁니다. 목욕은 저 문으로 내려가면 돼요. 한 층 정도 내려가면 바로 목욕탕으로 들어갈 수 있을 테니 거기서 씻어요. 태괄 왕자님의 부하들에게 말해두었으니, 중간에 시커먼 남자들이 쳐들어올 일은 없을 겁니다."

"혹시, 같이 끌려온 부인은 어디로 갔는지 아나요?"

"아, 감옥으로 갔어요. 포로라면서요? 그래서 그리하게 했는데…… 아가씨 시녀라도 되나요? 시녀치고는 나이 들었던데. 그래도 뭐, 어쩔 수 없어요. 둘이 붙여놓을 수는 없거든요. 감옥이라도 나쁜 곳은 아니에요. 귀족 포로를 가둬두던 곳이라 좁지도 않고 침대도 있고 햇볕도 들고 식사도 좋아요. 아가씨가 그리 걱정하는 것을 보니, 아가씨에게 아주 중요한 분인가 봐요. 좋아요, 그럼 내가 돌봐드릴게요. 이 정도면 되었지요?"

화낼 만한 답이 아니다.

"네."

"그럼 쉬어요."

부인은 방을 나갔다. 혼자 남겨지자마자 호련은 얼른 옆방 문에 귀를 대보았다. 안에는 아무 기척도 없다. 잠든 건가, 아니면 여기가 그가 머무는 방은 아닌 건가?

호련은 먼지투성이 옷을 벗고, 부인이 주고 간 옷을 들어보았다. 호련이 항상 입고 다니던 옷과는 좀 다르다. 두른 뒤 끈으로 묶는 치마에 겉옷 하나다. 밖으로 나갈 일도 없을 테니 대충 걸치고 다녀도 되겠다 싶었다. 호련은 뒷문 너머를 보았다. 둥근 벽 아래로 둥글게 내려가는 좁은 계단이 있었다. 호련은 얼른 그 아래로 내려갔다. 욕실 가까이 가자 습한 훈기가 풍겨왔다. 드디어 씻을 수 있게 되자 속이 다 후련하다.

욕실은 준비가 다 되어 있었다. 물만 있을 줄 알았는데 비취빛 돌로 된 바닥에 우윳빛 비눗물이 찬 욕탕과 맑고 더운 물이 김을 내뿜는 욕탕이 있었다.

호련은 욕탕에 들어갔다. 뜨거운 물 안으로 들어가니 기분은 좀 나아졌다. 박박 문질러 다 씻어버렸으면 좋겠다. 그 기억도, 그 체

줘도.

울컥 치솟아오른다. 수치스럽거나 절망적이지는 않다. 그저, 화가 날 뿐이다. 기분도 나쁘다. 각오는 했지만, 각오하고 받아들이는 것과 기분 자체가 나쁜 것은 완전히 별개 문제다. 적어도 여환은 아니잖아, 그래서 그런 거잖아, 하고 납득하며 잊어버리는 편이 나을 테지.

호련은 얼굴을 씻고 몸을 문질렀다. 우윳빛 액체가 풍기는 향이 무척 좋았다. 꽃향기 같기도 하고, 달콤한 열매 냄새 같기도 하다.

이제 어떻게 될까? 태괄이 왕에게 전령을 보냈으니, 무슨 답이든 올 것이다. 돌려보내라고 할까, 아니면 데리고 오라고 할까? 몸값 지불하고 돌아갈 가능성이 가장 크긴 한데, 몸값이 터무니없으면 그것도 곤란하다. 각이 너무 비싼 대가를 치르게 할 수는 없다. 여환 탓으로 벌어진 일이지만 여환은 도와주지 않을 것이다.

호련은 고개를 숙였다. 다시 몸이 욱신거리는 것 같다.

잊자, 잊는 게 좋다. 그 뜨거운 숨소리도, 통증도, 그 손도 다 잊자. 여환과 얽힐 일은 없어지니 좋지 않은가. 그러니…… 그러니…….

여환을 생각하니 가슴이 차게 식었다. 멍하니 앉아 수면만 바라보다 울어버리고 싶다고 생각하며 몸을 깊게 밀어 넣었다. 여기 있어 좋은 게 있긴 있으니, 바로 그와 당분간 만날 일도 없거니와, 그가 여기로 얼굴 들이밀 일은 더더욱 없다는 것이다. 여기 앉아 파혼 소식을 듣는다면 더욱 좋다.

호련은 일어나 물이 흘러내리는 벽으로 갔다. 미지근한 물이 이마를 씻어 내렸다. 눈을 감고 물이 몸을 휘감게 했다.

얼굴에 세차게 흘러내리던 물이 갑자기 반으로 줄었다. 호련은 눈을 뜨고 돌아보았다가 경악했다.

"으악! 왜 여기 있는 거야!"

태괄이었다.

"여기 이 성은 내가 점령한 곳이라서 어디에 있든 내 마음인데."

태괄은 젖은 머리카락을 뒤로 쓸어 올리고는, 입을 벌리고 있는 호련에게 말했다.

"그리고 씻을 데는 여기 하나뿐이거든?"

"내가 있는 줄 몰랐어?"

"알았지."

"그런데 왜……!"

"우선, 나도 씻어야 하고. 아가씨 나간 뒤에는 내 부하들이 몰려올 테고. 아무리 같이 먹고 자고 뒹구는 부하들이라지만 목욕도 같이하는 건 질색이라."

"나는 괜찮고?"

"아, 아가씨는 괜찮아. 봐줄 수 있어."

네가 괜찮은 게 문제가 아니라는 말이 나오다 말았다. 방을 나간 뒤 아무 소리도 들리지 않는다 했더니, 이제 보니 미리 여기 들어와 있었던 것이다. 김이 자욱해서 채 보지 못한 것이다. 맙소사, 옆에 야수를 두고 있었어, 내가! 호련은 급히 몸을 빼고 나왔다. 태괄은 몸을 휘감는 맑고 따뜻한 물길을 독차지하고 몸을 씻어 내렸다. 호련은 바닥을 뒤졌다. 그가 나오기 전에 수건을 찾아 닦고 나갈 생각이었다.

"여기 있어."

네, 감사합니다, 하고 받을 수 없어 낚아채 빼앗았다. 하지만 태괄은 수건을 뒤로 당기고는 펼쳐서 호련의 머리를 감쌌다. 젖은 머리가 그의 손안에 들어갔다.

"……뭐 하는……."

"가만히 있어, 아가씨. 여기서 이렇게 젖은 채로 다니면 감기 걸려. 우기라도 밤엔 춥거든. 얼음을 댄 바람이 사시사철 산에서 불어오지."

"당신이 걱정할 바 아니잖아."

"걱정은 안 되는데 신경은 쓰이거든. 감기 걸려서 아파 골골대면 내가 싫으니 건강하게 있어요, 아가씨. 젊은 암양처럼 팔팔하라고."

호련은 빠져나가려 했지만, 그 손에 힘이 들어가며 어깨를 덮었다. 어디로 가나 꿈쩍도 할 수 없었다. 작은 새를 희롱하는 것 같았다. 그는 호련의 목덜미와 어깨를 닦았다.

"가만히 있으라고 했잖아."

"싫으니까 치워!"

"나 화나게 하지 마, 아가씨. 벌 주는 수가 있어."

"벌? 굶길 거야, 아니면 때릴 거야?"

"그건 나도 당해봐서 아는데 정말 싫더군. 내가 싫은 걸 아가씨한테 하는 건 더 싫어. 나는 좋고 아가씨는 싫은 게 더 낫지 않을까?"

언뜻 지나가는 것은 바로 며칠 전에 있었던 일이었다. 얼굴이 붉어지며 입술이 저절로 미끄러졌다. 태괄이 피식 웃었다.

"내가 별로였나? 그렇게 질색하는 것을 보니."

"닥쳐. 그 상황에서는 천하의 절륜남이 와도 다 별로야."

"처음에는 다 그래."

"얼마나 많은 여자의 처음이었기래. 아니, 당신이야말로 처음이었던 거 아냐? 서툰 자식."

"이거참, 너무 발랄하네."

태괄은 다시 소리 내 웃으며 호련의 팔꿈치를 닦았다.

"그러면 다음에는 아가씨도 아가씨가 좋아하는 남자를 데리고 제대로 즐겨봐. 하지만 그전에 당분간은 나를 좋아하려고 노력해."

"내가 왜?"

"싫어해 봐야 어차피 상황은 똑같으니, 아가씨 손해잖아."

이 상황을 좋아할 여자를 찾는 게 더 어려울 거다, 라는 말이 목구멍까지 올라왔다.

태괄은 호련의 어깨를 닦고 허리를 닦았다. 그만하라고 몸을 빼려 했지만 그때마다 그 손이 완강해졌다. 그 큰 손이 허리를 감싸더니 수건과 함께 젖가슴으로 올라왔다. 유두 끝에 맺혀 있던 물방울이 떨어졌다.

오싹해졌다.

"……!"

도망치려 그대로 돌진했지만 이마에 그의 가슴이 닿았다. 돌처럼 단단한 가슴은 물에 젖어 축축했다. 그 가슴에 깊은 화살 자국이 나 있었다. 호련은 흉터를 노려보았다. 바로 저기, 저 심장을 찌를 일이지. 어떻게 된 게 심장 한 번을 못 찌른단 말인가. 호련은 그 무수한 흉터가 다 원망스러웠다. 네들이 제대로 찌르지 못해 내가 여기에 있는 거야.

이제 그의 손이 허리 아래로 내려갔다. 그의 손에 힘이 들어가고 숨소리에 한숨이 섞이기 시작했다. 머리가 어지럽다. 차마 고개를 돌릴 수가 없었다. 그가 흥분해 있을까 봐 두렵다.

"나를 노리개로 삼기라도 할 거야?"

"그러면 안 되는 이유라도 있나? 아가씨는 내 포로인데."

태괄이 호련의 몸을 바싹 당겼다. 배에 그의 젖은 체모와 성기가 닿았다. 호련은 몸이 바싹 굳었다.

"그만…… 하라니까!"

그러나 그는 그만두지도, 멈추지도 않았다. 결국 호련은 체념하고 입술을 물었다. 그래, 노리개로 삼으려면 삼아라. 반항한다고 결과가 달라지는 것도 아니고 저항해 봤자 힘만 든다.

태괄이 조용히 말했다.

"얌전해졌네."

"노리개로 삼는 것도 일이라면 해."

"그래."

"단, 일이라면 이게 끝날 날이 오기는 온다는 거잖아."

"아마도."

"그럼 실컷 가지고 놀아봐. 나는 견디는 것 하나는 잘하니까."

태괄의 손힘이 약해졌다. 놀라운 변화에 호련은 자기도 모르게 그를 올려다보았다. 태괄이 호련의 볼에 양손을 댔다. 손길은 부드러웠지만 단호했다. 가만히 있을 때는 아늑하지만 조금만 도망치려 해도 단단하게 부딪히게 된다. 굳은 호련에게 태괄이 말했다.

"아가씨, 내가 경고 한 번 할게."

"해."

"나 화나게 하지 마."

"왜?"

"화나면 화를 낼 거니까. 나는 화내는 건 싫고, 아가씨한테 화내는 것은 정말 싫어. 그러니 그런 식으로 굴지는 마."

대체 뭐가 그를 화나게 한 건지 모르겠다. 호련은 기분이 나빠졌다.

"화내봐. 얼마나 무서운지 좀 보자."

"도발하는군."

"도발은 당신이 한 거야! 당신은 당신을 화나게 하지 말라고 하지만, 나는 이미 아주 화가 났어."

태괄이 손을 내렸다.

"그건 나도 알아."

그리고 태괄은 돌아서 바닥에 떨어진 수건을 집어 들었다.

호련은 욕실을 나와 계단을 올라갔다. 그리고 방으로 돌아오자마자 이불로 몸을 감싸고 침대에 주저앉았다.

몸이 떨렸다. 화내긴 했지만, 겁났던 건 사실이었다. 언제든 그 남자가 자신을 마음대로 할 수 있다는 사실을 다시 확인하자, 그리고 그 권리를 쓸 용의도 있다는 것을 확인하자 소름이 끼쳤다.

문이 열리며 태괄이 들어왔다. 젖은 머리에서 물방울이 떨어졌다. 다행히 옷은 입고 있었지만 얇은 장포 안에는 아무것도 입지 않았다. 태괄이 허리를 묶으며 들어오다 호련을 보았다.

"뭐 해, 그렇게 가만히 앉아서."

호련은 기겁했다.

"다, 당신, 여긴 왜 들어와?"

"내 방이라서."

"……뭐?"

"부하들더러 아가씨 감시하라고 하면 귀찮아할 것 같아서 내가 한다고 했어. 다른 방에 넣어두고 그 안에 있나 없나 살피는 것도 귀찮으니 같이 지내겠다고 했지."

호련은 입을 벌렸다. 이 미친놈아! 라는 말이 목구멍까지 올라왔다. 그러면 당신 부하들이고 이 총관이고 나를 뭐라고 생각하겠어! 라고 말하려다가, 그제야 총관 부인의 부드러운 태도가 납득이 되었다. 아, 그렇구나. 그랬던 거구나. 왜 그렇게 씻고 닦고 쉬라고 했는지 알 것 같다. 그렇게 바라볼까 봐 걱정했더니, 이미 그렇게 보고 있었다.

호련은 옷을 잡고 일어났다.

"나갈 거야."

"나가서 뭐 하게? 여기, 밤에는 추워."

"다른 방……."

"다른 방 없어. 내가 아가씨를 맡는다고 했으니, 여기서는 항상 나와 지내야 해."

"싫……."

나가려는 그녀의 허리를 태괄이 갑자기 잡았다.

"손 치워!"

호련은 그의 팔을 두드렸지만, 태괄의 팔은 단숨에 호련의 허리를 감아올렸다.

"놔줘 놓고서는 왜 이래? 손 치워!"

"조금 전에는 화가 나서 그랬고."

"지금은 왜 이래!"

"올라오면서 화 풀렸어."

"무슨 기분이 그렇게 뒤죽박죽이야."

"올라오면서 생각해 봤는데, 그 정도는 참는 게 더 좋겠더라고."

"무슨 소리…… 꺅!"

태괄은 호련을 벽으로 밀어붙였다. 호련의 등에 벽에 댄 가죽이 닿았다. 푹신하고 부드러웠다. 거친 행동이 올 거라 생각하고 각오했지만, 태괄은 더 이상은 아무 짓도 하지 않았다. 그러나 거칠지는 않아도 호련이 저항해도 소용없을 정도의 힘은 있었다. 호련은 그 가슴 안에 단단하게 갇힌 채로 다음을 기다려야 했다. 다음이 무엇이 될지 몰라 떨린다.

태괄이 귓가로 다가와 속삭였다.

"조용해졌네."

호련은 고개를 들어 그의 얼굴을 보았다.

문득 생각이 들었다.

이대로 그의 것이 되고, 그의 품 안에…… 여환이 그녀를 포기한다면, 그리고 그녀 다음을 생각한다면.

한 번뿐이면 여환은 너그러운 남편 노릇을 택할지도 모르겠다. 더 확실한 게 필요할지도 모른다. 다른 남자와 결혼하고, 다른 남자의 아이를 낳고 살 수 있게 되려면.

호련은 태괄의 눈길을 피했다. 무슨 생각 하는 건가. 유모가 안다면 기겁할 것이다.

태괄이 속삭였다.

"또 그런 표정을 짓네. 풀 죽은 표정. 그런 표정은 싫어."

"왜……."

왜 신경 쓰는 건데. 대체 왜 이 표정이 그렇게 싫은 거지?

태괄이 말했다.

"지금 아가씨가 무슨 생각을 하는지 모르겠는데, 차라리 방금 전처럼 으르렁거리는 게 나아. 그 표정은 정말 싫군."

무슨 소리인지 모르겠다. 그래도 호련은 고개를 젖히고 태괄을 올려다보았다.

"그건 주의할게."

"그래."

태괄의 손이 허리를 쓸어내리더니 엉덩이를 잡았다.

"……!"

놀라 몸을 뒤틀어 그 손을 피하려 했지만, 그 손은 엉덩이를 꽉 움켜잡으며 꼼짝도 못하게 했다.

분노가 치밀었다. 몸을 비틀자 그가 몸에 힘을 주었다. 그 안에서 옴짝달싹할 수 없었다.

"그래, 바로 이 표정이야."

그리고 태괄이 몸을 바짝 밀어붙였다. 무슨 일이 벌어질지 몰랐다. 긴장해 있는데 태괄의 얼굴이 다가오더니 입술을 덮었다.

"……!"

이런 일이 벌어질 줄은 몰랐다. 이것만은 너무 갑작스러워 얼어붙은 듯 가만히 있어야 했다. 입술은 따뜻한 물처럼 부드러웠다. 열기가 천천히 밀려들어 몸을 감싼다. 천천히 무방비해지며 몸이 늘어지고 자기도 모르게 입술을 벌리고 그를 받아들였다. 혀가 호련의 입술 안으로 들어와 속을 휘감고 이를 건드렸다. 이건 욕정을 푸는 게 아니다. 멸시도, 폭력도 없다. 기다리던 것을 가지는 듯 부드럽고, 서두르지 않지만 도망갈 틈도 두지 않는다. 입술은 부드럽게 입술 위로 움직이고 혀는 혀를 감싸고 뜨겁게 엉겼다. 묵직하고 단단한 손이 턱을 감아올리고 머리카락 속으로 파고들어 오더니 펼쳐져 머리를 감싼다.

그 부드러움에 호련은 자기도 모르게 몸을 젖히고 그를 받아들였다. 몸이 저절로 그 품 안으로 미끄러져 들어가고 있었다.

태괄의 입술이 떨어지자 호련은 고개를 들어 그를 바라보았다.

태괄의 눈이 호련을 보고 있고, 그 눈은 정말로 꽉 차 있는 듯 보였다. 안도 밖도 똑같을 듯 꽉 차서 호련을 보고 있다.

왜 이런 눈으로 보는 거지?

이상하다. 거칠게 밀어붙이면 화가 나는데, 이런 눈으로 보니 호련의 마음도 조용해진다.

아주 엄청난 야수를 들인 것 같다는 생각이 들었다. 여환만 아니게 해달라는 마음에 그를 불러들였고, 그는 성큼 다가와 호련을 가졌다. 그리고 지금 태괄은 호련이 들어앉힌 그 영역에서 나가지 않는다.

후회해야 하는 일일까? 하지만 어쩌겠는가. 이미 안에 들인 것을. 그리고 당분간은 나갈 생각도 없는 것을.

태괄이 호련의 머리카락을 쓸어내렸다. 이제 뭐 할 거냐고 묻기도 전에 그가 갑자기 호련의 두 다리를 들어 올리고 벽에 밀어붙였다.

"꺅!"

너무 갑작스러웠다. 당황해서 자기도 모르게 두 팔로 아무거나 잡았다. 팔 안에 팽팽한 목이 잡혔다. 호련은 숨을 들이마셨다. 볼과 턱에 그의 목과 맥박이 느껴졌다. 당장 손을 놓고 도망치고 싶었지만 꿈쩍도 할 수 없었다.

"그래, 그 표정. 좋아, 아주……."

열기 어린 속삭임과 함께 허벅지 사이로 그가 자신을 밀어 넣었다. 갑작스럽게 살 속으로 파고들어 오는 묵직하고 단단한 느낌에 호련은 기겁해 비명을 질렀다.

"꺄악, 하지 마!"

"조용……."

뒤로 바짝 밀리며 벽에 단단하게 박혔다. 태괄은 더 힘껏 자신을 밀어붙였다. 벽에 박혀 꿈쩍도 할 수 없었다. 허벅지를 쥔 손이 너무 강해 몸을 비틀 수도 없었다. 그저 벽에 온몸을 대며 고개를 젖히는 수밖에는.

"당신……! 정말…… 악!"

아래도 위로도 빈틈이 없었다. 몸과 몸 사이에 물 한 방울 들어갈 것 같지 않았다. 몸을 뒤틀어 빼고 싶었지만 꿈쩍도 할 수 없다. 다시 그가 밀치고 들어왔다. 굵고 단단한 것이 몸 안으로 파고들어 와 그 끝까지 밀어붙였다.

"하……."

그가 한숨을 토해놓았다. 호련은 경악과 놀라움 속에 그의 볼에 볼을 대고 손과 허벅지에 힘을 주었다. 볼이 뜨겁다. 이어지는 숨소리는 펄펄 끓는 듯 뜨겁고 급했다.

그의 단단한 몸이 연달아 더 세게, 더 세게 파고들어 왔다. 허벅지 사이로 아릿한 아픔이 밀려오고 이어 열기가 느껴졌다. 그 자체가 불덩이처럼 뜨거웠고, 그가 뿜어내는 열기에 같이 달아오르고 있었다.

"으……."

호련은 신음을 삼키며 팔에 힘을 주었다. 허벅지를 쥔 태괄의 손에도 힘이 들어가며, 몸을 밀어 올릴 때마다 그의 입에서 신음과 숨찬 짐승 같은 가쁜 으르렁거림을 흘렸다.

처음 그때와는 다르다. 그때는 날카롭고 고통스럽고 당혹스럽기만 했다. 그럼에도 그를 받아들인 것은, 아마도 그 자리에 누가 있든 상관없어서였을 것이다. 여환만 아니라면, 누구든 무슨 상관일까. 그러니 태괄이 그녀를 어떻게 가졌는지 기억도 나지 않았다. 아픔과 허탈함밖에는 없었다. 그가 당혹스러울 정도로 뜨거웠다는 것도.

지금은 어떠한가. 짐승이 주변을 떠돌며 애정을 구걸하다 빈틈을 보이자 달려든 것 같다. 거대하고 사나운 늑대가 호련이 손을 들자 슬그머니 머리를 숙이고 들어온 듯하다.

큭, 하는 소리와 함께 태괄의 몸이 격렬해졌다. 치달아 오르려는 신호음이었다. 그의 몸에서 점점 더 진한 열기가 느껴졌다. 축축하게 식었던 몸이 불을 지핀 듯 달구어졌다. 그의 온몸에서 땀이 스며 나왔다. 몸이 더 흠뻑 젖으며 그 땀방울이 목덜미를 타고 흘러내린다. 속살을 파고들 때마다 격렬한 열락 어딘가를 무아지경이 되어 더듬는 것 같았다. 전쟁하듯 으르렁거리고, 동시에 그 몸을 세게, 부수어 버릴 듯 거듭 밀어 넣었다. 그 격렬한 몸짓에 호련은 차츰차츰 자신이 무너지는 것을 느꼈다. 그 움직임에 맡기며 같이 몰아치고 있었다.

"아……."

그저 나온 소리였다.

호련은 태괄의 목에 기대 그 목을 안고 그 몸에 의지했다. 밀쳐 올리던 그도 느낀 것 같았다. 그 순간에 그가 몸을 강력하게 확 밀어붙였다. 허벅지 사이는 이미 땀에 흥건했다. 그가 올라올 때마다 질척하게 들러붙었다.

"그래……."

그가 열기에 젖어 으르렁거리며 속삭였다. 들어올 때마다 온몸으로 환하게 반응하는 것 같았다. 더 견딜 수 없어 호련은 그의 품으로 더 깊이 파고들었다. 태괄은 몸을 세게 대며 온몸으로 그녀를 누르고 허리를 움직였다. 이제 움직임은 물결치듯 짧고 셌다. 순간, 그가 호련의 엉덩이를 꽉 움켜잡고, 굳은 듯 뚝 멈추더니 신음을 토해냈다.

"크—"

몸 안의 그가 멈추었다. 호련의 몸 안에서 팽팽하게 부풀어 있던 것이 파정했다. 몸 안으로 무언가가 녹아드는 것 같았다.

"하……!"

그는 한숨을 토해내고는 지친 호련의 몸을 힘껏 안았다.

"하아…… 아가씨."

나른한 한숨 소리를 듣자, 호련은 몸이 와들와들 떨렸다.

무슨 일이 벌어졌던 것인지, 그 괴이한 순간이 지나자 깨달았다. 다리가 덜덜 떨리며 힘이 풀렸다. 그가 그런 호련의 몸을 들었다. 이마에 태괄이 몰아쉬는 숨소리가 닿았다.

"이리 와."

태괄은 호련을 침대에 앉혔다. 부드러운 털가죽이 엉덩이에 닿았다. 어느새 그의 손에 젖은 수건이 들려 있었다. 그 손이 그녀의 허벅지 사이를 닦았다. 아픔에 입술이 저절로 일그러졌다. 다 닦아내자 태괄은 수건을 던졌다. 제발 가길 바랐지만 태괄은 그 옆에 누웠다. 격렬한 일을 마치고 숨을 몰아쉬는 그의 몸이 땀으로 번들댄다.

무슨 일이 벌어졌던 건지 다시 거듭 깨달았다. 그래, 또 그가 나를 가졌구나. 아닐 거라, 아닐 거라, 행여나 했지만 이렇게 급작스럽게 닥칠 줄은 몰랐다.

지금 무슨 꼴인지. 어차피 포로가 된 여자가 어떤 꼴이 되는지 알고 있잖은가. 게다가 품은 건 그였어도, 안겨든 건 호련이다. 거부하지도 못했고, 거부할 생각조차 하지 않았다.

호련은 창밖을 보았다.

격자로 나누어진 허공 너머로 해가 저무는 듯 푸릇하게 어두워지고 있었다. 그러다 허리 위로 다가오는 굵은 손을 보았다. 팽팽하게 힘줄이 당겨진 손이 호련의 눈이 닿는 순간 허리를 감싸 안았다. 호련은 그대로 낚아채이듯 침대 위로 쓰러졌다. 태괄이 호련의 허리를 꽉 끌어안아 자신의 가슴으로 당겼다. 등에 태괄의 단단한 가슴이 닿았다. 태괄은 호련의 목덜미에 코를 묻고 깊이 들이마셨다.

"이리 와. 추우니까."

가증스러울 정도로 다정한 목소리다. 태괄은 호련의 몸을 안아 당겨 털가죽 안으로 들이밀어 넣은 다음, 온몸으로 덮었다. 부드럽고 따뜻한 털가죽 안에서 좋은 냄새가 풍겨왔다. 향 위에 얹어 두고 그 냄새를 듬뿍 빨아들이게 한 것 같다.

"……옷 입게 해줘."

"이 편이 더 나아."

태괄은 그러곤 호련을 빈틈없이 안았다. 방금 한 짓을 생각이나 해보라는 말을 하고 싶었지만, 이 남자가 남의 입장과 생각을 읽을 줄은 알아도 신경 쓰지는 않는다는 것을 기억해 내고 그만두기로 했다. 태괄은 호련의 목덜미에 얼굴을 비비며 기분 좋은 한숨을 내쉬었다.

"한숨 자고 일어나. 그러면 먹을 게 있을 거야. 지금 배고프면 말하고."

"그냥 굶어 죽을 거야."

"그러지 마. 굶어봐서 아는데, 절대로 굶어서 죽고 싶지는 않더라."

지금 나누는 대화에 기가 막혔다. 유괴한 자와 유괴된 자의 이야기가 아니라, 무슨 부부나 연인 사이의 나른한 대화 같다.

이 남자, 우리들이 무슨 관계인지 알고는 있는 건가?

"당신, 몇 살이야?"

호련이 물었다.

"스물셋. 얼마 전까지는 스물둘. 아가씨 나이는 말할 필요 없어. 열아홉인 거 알아. 아마도 올해가 가기 전에 스무 살이 될 테지.”

젊을 거라 생각하긴 했는데, 생각했던 것보다도 젊다.

“당신 아내는?”

태괄이 웃었다.

“없다고 했잖아.”

“거짓말이라고 생각했어.”

“거짓말한 건 없어. 그 동네에서 목동 일을 했던 것도 사실이고, 또…… 이것저것 다 사실이야, 아가씨.”

“우리 마을에 살았던 거야?”

“한동안. 그때 나는 별거 아닌 어린 왕자 중 하나였으니까…… 숙부님이 보낸 귀양지에서 도망 나와 그곳에 당도했을 땐 더 이상 갈 곳이 없었지. 그때 나는 아가씨 적은커녕, 아가씨 신발 한 짝만도 못한 신세였어. 아가씨는 일곱 무지개 딸들 중 하나였고.”

무지개의 딸들. 일족이 붙여주었던 이름이다. 아름답고 영리한 족장의 일곱 손녀, 창공의 신과 초원의 여신이 낳은 무지개의 딸 같은 소녀들. 하지만 무지개는 너무나 짧게 찬란하다. 그 소녀들 모두 곁에 없다. 서출 백부들의 자식들도, 같은 아버지의 딸들인 언니와 여동생도, 숙부의 딸들도, 다.

“아마도 나는 녹색이나 남색이었을걸.”

“남색.”

태괄이 말했다.

“당신은 남색이었어. 나는 그 색이 좋아. 지금도.”

호련은 돌아누웠다. 얼굴이 마주하자, 그가 더 놀랐지만 눈에 웃음이 들어갔다.

"아가씨를 자주 본 건 아닌데 그때마다 귀여운 표정을 지었던 적은 한 번도 없었지. 그게 참 신기했어."

"당신에게 귀엽게 보여서 뭐 하게."

"왜 그래, 그때는 귀엽게 보이는 여자아이에게 목숨도 걸 수 있는 나이였다고."

그가 다시 웃었다. 호련은 고개를 들고 그 웃는 얼굴을 물끄러미 보았다. 사실, 이 웃는 얼굴에 그날도 긴장이 풀어졌다. 눈은 날카롭지만 그렇게 웃을 땐 보는 사람 기분이 좋아진다.

항상 이렇게 웃는 건 아니다. 점령이 끝났을 때 웃는 얼굴은 분명 달랐다.

이 남자가 이 남자 말대로 영지에 있었다면, 이런 얼굴을 전혀 몰랐던 것이 이상하다. 눈에 뜨일 얼굴이다. 코는 잘 뻗었고 눈매는 날카롭지만 선명하고 우아하게 위로 휘었다. 그리고 눈빛이 깊다. 웃어도, 냉정해도, 저 눈 안에는 결코 흔들리지 않는 깊고 깊은 심연이 하나 있었다.

그런데 이런 남자가 목동들 틈에 있었는데 몰랐다고? 양 속에 늑대가 있는 것만큼 눈에 뜨였을 텐데.

그때, 문이 열렸다. 태괄이 놀라 호련의 머리를 이불로 덮었다. 문 너머에서 몇 번 들어 이미 익숙한 목소리가 들렸다.

"가는 길에 들렀습니다. 누님이 저녁 어쩔 거냐고 물어보라던데."

태괄은 한숨과 함께 말했다.

"따로 먹을 테니 지금은 나가봐라, 누웅."

"아, 네. 바빠 보이시긴 하네요."

"바쁜 줄 알면 다음부터는 밖에서 말해!"

"네."

그리고 문이 닫혔다. 호련은 새삼 자신의 처지에 기가 막혔다. 이게 무슨 꼴이야, 정말. 태괄이 얼굴을 묻고 부들부들 떠는 호련의 어깨를 두드렸다.

"그러지 마. 아가씨가 미워서 이러는 건 아니니까."

"그럼 여환이 미워서 이러는 거야!"

"아가씨 아버지가 살아 있고 여환이 아가씨와 결혼하려 하지 않았다면, 나 역시 아가씨에게 정중하게 대했을 거야. 꽃과 향유, 장신구와 옷감을 바치고 정식으로 청혼했을 테지. 뭐, 여환과 약혼한 상태였다 하더라도 말이야. 저 늙은 놈보다는 내가 나을 겁니다, 하면서."

태괄은 호련의 어깨에 입을 맞추고 쓸어 내렸다.

"그리고 내가 가진 말 중 가장 아름다운 말을 가지고, 그 갈기를 땋고 재갈을 물려 데리러 갔을 테지. 당신이 시집올 때는 그 등에 아가씨가 수놓은 안장과 장식이 달려 있을 테고. 내 것이 될지도 모른다고 생각하면, 그 희망과 열망에 내가 가진 것을 다 걸었을 거야. 아가씨 아버지가 살아 있었으면, 아가씨 아버지가 시키는 일은 다 했을 테지. 무슨 시험이든, 당신을 얻기 위해서 치러야 할 시험이면 다 치렀을 거야."

태괄은 자신을 어처구니없게 바라보는 호련의 턱을 엄지로 어루만지며 말했다.

"아가씨는 얼마나 대단한 남자인지 증명한 뒤에 얻을 수 있는 여자니까."

그럼 왜 그런 짓을 했느냐는 말은 이제 의미가 없을 것 같다.

전쟁 전에는 그랬을지라도 지금은 그저 전리품. 전리품을 얻는 데 그가 들인 공도 나름 공이다. 그리고 그는 전리품을 얻은 자의 권리를 행사했다. 그래, 전쟁이다. 호련은 호련 나름의 방식으로 전리품으로의 운명을 수행한 거고.

아니, 호련은 어쩌면 그날 이후 내내 전리품이었던 것일지도 모른다. 그리고 지금은 그 소유주가 달라졌을 뿐일지도.

태괄이 호련의 손을 잡아 올렸다. 얇은 팔이 그의 손에 가볍게 들렸다. 그는 그 손등에 볼을 댔다. 숨결이 닿았다. 격렬하게 으르렁대다 토해내던 신음 소리가 아직도 들리는 것 같은데, 지금 그의 숨은 부드럽다.

태괄은 호련의 손등에 입을 맞추었다. 고요는 잠시였나 보다. 입술로 다시 열기가 느껴진다. 호련은 주먹을 쥐고 손을 뺐다. 가슴 너머로 그의 심장 소리가 들렸다. 북처럼 격렬한 소리였다. 다시 불 지핀 듯 뜨겁다.

어느새 굵고 단단한 태괄의 팔이 호련의 머리를 감싸 안았다. 강한 팔, 지금은 부드럽게 대하지만 조금만 벗어나려 하면 단단하게 틀어잡을 그런 팔. 그래도 이 안에 있으면 적어도 아무 일도 없겠지. 그러다 호련은 허벅지로 단단한 것을 느끼곤 기겁해 뒤로 확 물러났다.

"당신!"

"이리 와. 그렇게 살랑거리면서 나더러 가만히 있으라면 고문이잖아. 당연히 흥분하지."

태괄이 호련의 어깨를 잡아당겼다. 몸은 너무 가볍게 끌려가 그의 품에 안겼다. 태괄은 호련의 목덜미에 입술을 묻으며 느릿느릿 말했다.

"이리…… 오라고."

단단하고 뜨거운 손이 허벅지 사이로 들어왔다. 이미 마른 그곳에 그 손이 닿자 쓰렸다. 그의 손가락이 가만히 그 끝을 찾아 건드리고 그 사이로 비집고 들어가더니 부드럽게 그곳을 어루만지기 시작했다.

호련은 그 자극에 얼굴을 찌푸렸다. 첫 자극에 긴장하고 다시 자극이 왔을 때 입술을 물었다. 그 손의 움직임이 묵직하고 느려졌다. 어느덧 아랫부분 사이에 돌던 날카로운 느낌이 사라지며 윤기가 돌았다. 젖어 미끈거리자 손가락이 더 깊이 파고들어 갔다.

"아……."

호련이 신음을 흘렸다. 목덜미와 젖가슴 사이는 긴장으로 땀이 맺혀 있었다. 호련의 허벅지 사이, 이미 끈끈하게 번들대는 그곳 사이로 그의 것이 다가왔다. 문을 두드리듯 둔중한 끝이 입구를 문지른다. 그 자극에 이미 번들대는 속살이 설레듯 출렁였다.

호련의 손에 힘이 들어갔다. 악문 턱이 떨려온다. 태괄은 호련을 위에서 짓누르고 허벅지를 쓸어 올려 더 깊이 벌리게 했다. 어디선가 쿵쿵 소리가 들리는 것 같았다. 호련 자신의 심장인지, 그의 것인지 모르겠다. 호련의 움직임에 그가 한숨을 토해냈다.

"좋아……."

그 속삭임과 함께 젖은 살 사이로 묵직하고 단단한 것이 들어왔다. 깊고 뜨거운 곳으로 맞춘 듯 들어가자 그가 다시 신음을 토해냈다. 꽉 차는 듯 아득한 느낌에 그 주인인 호련은 다시 입술을 물고 머리를 젖혔다.

"읍—"

귓가로 열띤 속삭임이 들려왔다.

"좋아…… 그렇게 해……!"

태괄이 더 세게 호련의 몸속으로 들어왔다. 호련은 침대 안에 묻히듯 짓눌리며 입을 벌렸다.

"아!"

비명인지 신음인지 모를 탄식이 나왔다. 묵직한 태괄의 몸이 호련을 짓누르며 들어올 때마다 그 소리가 연달아 나왔다.

호련은 그의 목덜미를 잡았다. 젖어 미끈거리는 목에 손가락이 감겼다. 그가 더 세게 몸을 밀어 올렸다. 버틸 수 없어진 호련은 몸을 움츠리며 그의 가슴으로 파고들어 갔다. 그가 격렬히 반응하며 세게 허리를 움직였다. 몸 안에서 그가 꿈틀대며 자극하자, 몸이 뒤틀리는 듯 아득한 열기가 피어올랐다. 겨우 세 번째인데, 그는 호련의 그 움직임을 너무 마음에 들어 하는 것 같았다. 목덜미에 이마가 닿을 때마다 그가 숨을 토해낸다.

"그래……!"

그가 다시 성난 소리를 터뜨렸다. 호련은 그 몸이 멈출 때까지, 그 격렬한 호흡이 마침내 포효와 함께 끝나며 안에서 절정이 오를 때까지 그 팔을 움켜잡았다. 사정과 함께 호련을 짓누르던 몸이 무너졌다. 거친 숨소리가 들려왔다. 열기와 체취가 그의 몸에서 뿜어져 오르고, 그 건장한 몸이 지친 짐승처럼 헐떡인다.

"하아."

숨을 가다듬는 태괄의 젖은 어깨너머로 창이 보였다. 바람이 스며들어 와 얇은 휘장을 부풀리고 방을 식혔다.

태괄의 품에 안겨 호련은 눈을 감았다. 옆에 불덩어리 악귀를 놓은 것 같다.

몸을 감싸는 피로에 호련은 자신을 맡겼다. 옆에 그가 있든, 짐승이 있든, 야수가 있든, 아무 상관 하고 싶지 않았다. 이대로 자다가 뜯어 먹혀도 상관없을 것 같았다. 아니, 차라리 먹혔으면 싶다.

부드러운 손이 호련의 몸을 쓸어내리고 자신의 품으로 당겨 안았다. 볼과 이마에 닿는 태괄의 가슴은 단단하고 강했다. 아직 잔열이 남은 헐떡임을 내쉬며 태괄은 호련을 더 꽉 안았다.

그 단단한 결박에 오히려 편안해진다. 오랜 과거로, 아무 일도 없던 과거로 돌아가는 것 같았다. 벽 같다. 그러나 집, 보금자리의 벽 같은 그런 벽이다.

태괄이 그런 호련의 목에 얼굴을 묻으며 말했다.

"내가…… 이제 내가 당신을 어쩌면 좋을까?"

무슨 소리냐고 묻고 싶었다. 태괄이 다시 혼잣말처럼 말한다.

"정말로 내가 어쩌면 되나?"

제4장 우중(雨中)

두둑거리는 소리가 들려 어둠 결에 눈을 떠보니 빗소리다. 덧창까지 닫혀 빗방울이나 찬바람은 들어오지 않지만 젖은 흙냄새는 풍겨왔다.

호련은 엎드려 빗소리를 들었다. 깊은 우중으로 들어가는 시기다. 벌써 며칠째 비만 오고 있었다.

아직도 현실감이 없어서 이상한 꿈속으로 둥둥 떠다니는 것 같다. 조금 더 눈을 감고 일어나면 고향으로 돌아가 있을 것 같고, 좀 더 인내심을 가지고 잠들었다가 일어나면 부모님과 오라버니들, 언니와 동생들이 모두 살아 있던 그 시절로 돌아갈 것도 같다. 그러나 영원히 잠들지 않는 한 그 시절로 갈 수 없다는 건 안다.

호련은 몸을 일으켰다. 침대 옆에 놓인 작은 상에는 따끈한 밀병, 차게 식힌 고기와 말린 과일, 몸을 녹일 술병이 놓여 있었다.

마유주인가 했지만 따라보니 향긋한 과실주였다. 침대 옆에는 잘 개어진 옷이 놓여 있었다. 얇고 부드러운 비단으로 만든 화려한 옷이다. 날이 싸늘해질 때를 대비해 끝에 담비 가죽을 댄 어깨 담요도 있었다.

언제 놓고 간 거람. 기척이라도 내지, 그러면 놓고 가는 사람을 붙들고 말이라도 할 수 있을 텐데.

호련은 옷을 입고 단추를 채웠다. 식욕은 없어도 배는 고팠다. 말린 무화과와 건포도를 먹고, 밀병을 씹어 삼키고 술을 한 잔 마셨다. 몸에 훈기가 돌자 갑자기 엄청난 허기가 밀쳐 올라왔다. 그 다음, 정신없이 먹었다. 얼마 지나지도 않아 호련은 박하수를 마시며 아침 식사를 마무리하는 중이었다.

이 남자는 오늘도 안 오려나.

태괄은 벌써 나흘째 실종 중이다. 아니, 닷새째인지도 모르겠다.

첫날 이후, 나가더니 그대로 사라져 버렸다. 성안에 있는 것 같긴 한데 자기가 감시한다고 했던 주제에 호련을 풀어두고 방목 중이었다. 감시하지 않으니 좋은 게 아니다. 유모를 어떻게든 감옥에서 빼달라 해야 하는데, 정작 태괄이 오지 않으니 아무 일도 할 수 없었다. 오지 말라고 할 때는 잘도 기어들어 오더니 필요하니 안 오냐. 그 말이 목구멍까지 치밀었고, 얼마 지나지 않아 실제로 말하고 있었지만 정작 상대는 없다.

바쁜 건 아닌 것 같고, 그 팔팔한 남자가 피곤할 리는 없고, 이제 별 필요 없어서 그런다고 보는 편이 가장 나을 것 같다.

결국 호련은 태괄을 찾으러 가기로 했다. 문을 슬쩍 밀어보았더니 허무할 정도로 쉽게 열린다. 문은 잠겨 있지도 않았고 문밖에는 지키는 사람도 없다.

나와 보니 성 자체에 사람이 없는 것 같았다. 텅 비어 빗소리만 흘려보내고 있을 뿐이다. 호련은 한 걸음 나가보았다. 아무도 오지 않는다. 두어 걸음 더 걷다가 호련은 아예 달리듯 복도를 지나 아래층으로 내려갔다.

창밖으로 청색 기와지붕을 얹은 건물들이 보였다. 도시라기에는 작고 마을이라기에는 크다. 갓 잘라낸 듯 뾰족한 산을 등지고 살랍으로 향하는 너른 평원을 마주하고 있다.

어디인지 드디어 알 수 있었다. 금아, 금빛 소녀 도시라고도 불리는 바로 그곳이다. 능고와 살랍 사이를 오고 가는 상인들이 머무는 교역 도시 중 하나로, 온전히 살랍의 영토다.

그래, 여기는 살랍이다. 여환이 절대로 올 수 없는, 그의 적들이 사는 도시.

눈앞이 하얗게 번뜩이며 벌판 끝까지 환해졌다가 순식간에 꺼졌다. 이어 우르릉, 소리와 함께 온 성이 울린다. 얼어붙었던 머리가 개였다.

호련은 다시 걷기 시작했다. 활짝 열린 성의 현관이 보이며 어디선가 칼 소리가 들린다. 호련은 훤히 열린 문밖을 보았다. 경비병은 호련을 보자 약간의 호기심을 보였을 뿐, 제지하지는 않았다. 호련이 이 비를 뚫고 나갈 거라 생각하지도 않는 것 같다. 어차피 호련도 두 발로 나가 세 발자국 정도 갔다가 잡혀 끌려올 생각은 없었다.

호련은 현관을 등지고 칼 소리가 들리는 쪽을 돌아보았다. 현관과 마주하는 뜰 너머로 넓은 대련실이 보였다. 호련은 천천히 대련실로 들어갔다. 벽에는 검과 창이 즐비하게 놓여 있고 바닥에는 모래가 깔려 있었다. 주변에 살랍의 무사들이 앉아 있다가 호련이 들어오자 고개를 들었다. 금방 그들의 술렁임이 느껴졌다.

호련은 대련자들을 보았다. 바지만 걸친 두 무사가 검을 맞대고 있다.

하나는 태괄, 다른 하나는 오는 내내 그와 붙어 있던 부하다. 누웅이던가.

두 검이 빠르게 부딪혔다. 누웅 쪽이 밀리는 기세였다. 누웅은 버텨보려 했지만, 태괄의 검은 강하고 빨랐다. 금방 몰아치고 다시 몰아쳤다. 누웅의 얼굴이 점점 창백해졌다. 그러다 태괄이 마지막 일격을 내려치려는 순간, 그는 피하며 그 허리로 찔러 들어갔다. 태괄은 잽싸게 검을 세워 그 검을 걷어냈다. 검이 밖으로 치솟으며 누웅의 몸도 흔들렸다. 태괄은 손바닥으로 그 허리를 치고는 고개를 들었다.

"다시."

투기는 있어도 살기는 없다. 필사적으로 싸우고는 있지만, 이기려고 그러는 것일 뿐이다.

호련은 묵묵히 기다렸다. 잠시 뒤, 징 소리가 나며 둘 다 멈추었다. 꽤 오래 겨루었던 듯 둘 다 땀에 젖어 몸이 번들댄다. 징을 울린 어린 무사가 젖은 수건을 던졌다. 그들은 수건을 받아 이마와 목덜미를 닦았다. 그때까지도 호련은 말없이 벽에 기대고만 있었다.

태괄이 호련에게 다가왔다. 호련은 그를 물끄러미 보았다. 태괄이 물었다.

"여긴 왜 온 거지?"

"부탁할 게 있어서."

그리고 호련은 부하들을 보았다. 치워달라는 눈짓이었다.

태괄의 부하들은 호련을 어떻게 대접해야 하는지 결정하지 못하고 있었다. 약탈해 온 적의 여자이자 포로인 건지, 아니면 태괄의 여자인 건지. 풀어놓은 걸 보면 후자 같은데, 데리고 온 이유는 전자다.

태괄은 부하들을 돌아보며 말했다.

"나가 쉬어라."

"네."

부하들이 모두 일어나 밖으로 나갔다. 태괄의 태도로 부하들은 대충 결론을 보았다. 포로로 데리고 왔지만 지금은 태괄의 여자다. 그러니 이제부터 태괄의 여자로 대우하는 편이 낫겠다.

부하들 모두 사라지자 태괄은 직접 문을 닫았다.

"무슨 부탁이야?"

"유모를 만나게 해줘."

"그 할멈은 잘 지내. 내가 잘 지내게 하라 했으니까."

"내가 직접 확인하게 해줘."

"아가씨, 나를 믿어."

"확인하게 해줘."

"그럴 거면 데리고 오지를 말았어야지."

"그건 나도 알아. 그래도 어쨌건 그녀는 내 사람이니까…… 최선을 다하게 해줘."

힘주어 말하고야 싶었지만 맥 빠진 목소리밖에는 안 나왔다. 그걸 태괄도 눈치챈 듯했다. 조금 전까지 긴장하고 있던 표정이 풀어지며 눈에 웃음이 어렸다.

"그러면 아가씨가 내게 뭔가 주기는 줘야 할 것 같은데."

"지금은 아무것도 없어. 패물도, 말도, 양도, 식량도. 줄 게 없으니……."

"역시, 외상이다?"

호련은 고개를 끄덕였다.

"그래."

"거래할 생각이 아예 없는 거 아냐, 아가씨?"

울컥 오른다. 호련은 가진 게 없는데 저 남자는 모든 것을 가졌다고 오만하게 구는 게 정말 마음에 안 든다.

호련은 태괄 앞으로 바짝 다가갔다. 태괄이 다시 긴장하는 것이 보였다. 호련이 태괄에 대해 알게 된 것이 있는데, 태괄은 긴장하면 턱을 당긴다. 지금도 그렇다.

"거래할 생각 있어."

"설마 몸으로 하게? 저런, 아가씨 몸은 이제 허락된 거 아닌가? 그걸로는 안 되겠네."

"웃기지 마. 그건 내가 가만히 있어준 거니까! 죽을 생각이었으면 벌써 찔러 죽였어! 내가 죽을 생각이 없으니까 참아준 거지, 당신이 좋거나 무서워서 그런 게 아니야!"

"알았어. 그런데 부탁을 하려면 적어도 내가 아가씨에게 빚진 게 있어야 하는 건 맞잖아. 아니면 줄 게 있든가."

"나는 각의 족장 딸이고, 내 아들은 족장이 될 거야."

"그래서?"

"그런 나를 품었으면 그만큼 존중해야지."

"내가 왜?"

"내가 네 자식을 보게 될지도 모르니까! 그리고 내 자식이 족장이 되면 너는 나를 존중해야 해. 네 아들이 족장이 되게 해준 여자가 될 테니까!"

잠시 태괄이 경악으로 말문이 막힌 듯했다.

놀라서 바라보다가 더듬더듬 말하기 시작했다.

"아, 그…… 저기, 아가씨하고 나하고 혼인도 안 했잖아."

"웃기네. 혼인 안 하면 동침해도 아무 결실도 없다고 네 엄마가 그랬어?"

"아, 아니, 그, 그럴 리가."

호련은 이를 드러냈다.

"어쩌면 벌써 이 안에 있을지도 모르지. 혼례를 올리건 아니건 간에 네 피를 능멸할 생각이 아니라면 존중해. 내 혈통을 귀하게 여기라고!"

"그, 그런데…… 순수하게 궁금해서 묻는 건데. 아가씨하고 내가 혼례를 안 올리면…… 저기, 그 아이는 어떻게 되는 거지?"

"여환이 받아들일 리 없으니, 돌아가는 대로 각족 남자 중 내 마음에 드는 남자로 골라 결혼할 거야. 그 남자가 아이의 아버지가 되어주면 해결되는 거야. 당신과의 일은 내 악몽 중 하나로 끝날 테지."

"가만히 있었잖아!"

"말했지, 나는 죽지만 않으면 못할 게 없다고. 당신이 좋거나,

좋아질 것 같아서 그런 게 아니야. 여기서 중요한 건, 당신과 나 사이에 아이가 생길지도 모르는 일을 당신이 충분히, 매우 정성들여 했다는 거야. 그리고 그리되면 나는 당신 아이의 어머니이자, 당신 아들에게 재산과 신분을 줄 수 있는 아주 귀중한 존재가 되는 거야. 알겠어?"

드디어 태괄이 말을 잃었다. 입가에 있던 미소가 사라진 것만 해도 수확이었다. 창백하게 굳은 태괄의 얼굴에 호련은 크게 웃고 싶을 지경이었다.

태괄이 더듬더듬 말했다.

"알았어. 인…… 정할게, 그건."

"좋아. 그럼 내 할머니도 존중해 줘. 네 아이의 증조할머니니까."

태괄이 당황했다.

"할머니?"

"핏줄상으로는 내 할머니야. 정식 칭호는 부인이고. 할아버지가 돌아가신 뒤 할머니가 부인 호칭으로 부르지 못하게 해서 유모라 부를 뿐이야."

"친척이었어?"

"아니, 정말 내 할머니야."

"무슨 말이야? 난 처음 듣는 소리인데."

"내 할머니라고 되어 있는 타후락 부인은 자식이 없어. 타족의 풍습에 따라 할머니가 데리고 온 몸종 둘이 내 할아버지와 동침했지. 그렇게 태어난 게 내 백부님들과 아버지와 숙부님이야."

태괄이 기가 막혀 신음을 흘렸다.

"뭐 그런 게 다 있어?"

"우리에게는 그런 풍습이 있고, 있으니 지켰어. 서출의 자매가 시집가는 여주인을 수행하는 몸종이 되면 사당에서 양의 피를 나누어 마셔 같은 몸임을 인정받지. 여주인에게 자식이 없으면 몸종들이 여주인의 신랑과 동침하고, 그렇게 낳은 자식은 모두 여주인의 자식이 되는 거야."

"차라리 이혼하고 다른 여자와 혼인하는 게 나을 것 같은데."

"타족의 지참금, 영지와 가축에 대한 권리, 모든 것을 다 포기한다면 이혼이 쉽지. 하지만 혼례에 들어가는 계산이 그리 간단한 건 아니잖아."

"그래서…… 유모가 유모가 아니라 할머니라는 거야? 다? 아가씨 아버지와 백부님들도?"

"아버지와 숙부님은 유모 태생이야. 백부님들은 아니고."

"그럼 그 할멈보다 먼저 아가씨 할아버지와 동침한 여자는 어디에 있지?"

'할멈' 이라는 말에 호련의 눈꼬리가 올라갔다.

"죽었어."

"병으로?"

"아니. 타후락 부인의 자리를 탐냈지. 타후락 부인의 차에 독을 타 죽이려고 했어. 죄 없는 주인을 죽이려 한 죄는 용서받지 못할 죄야. 그래서 할머니는 그녀를 죽였고, 맹세를 파기했으니 백부님들은 서자가 된 거야. 그다음 찬눈, 유모가 할아버지와 동침해 아버지와 숙부님을 낳으셨어. 타후락 부인은 세상을 뜰 때 찬눈을 할아버지의 정식 부인으로 인정하도록 했지. 유모는 부인의 칭호를 받았고, 죽은 뒤 그 위패가 각족의 사당에 들어갈 권리도 있어. 즉, 내 아버지의 어머니이자 내 할머니가 맞아."

"몸종이 한몫 단단히 잡은 것 같잖아."

"충성과 신의를 지킨 당연한 대가야. 유모가 치른 희생은 아주 큰 거니까. 타후락 부인, 내 할머니는 그 충성에 보답한 거야."

태괄은 경악 중이었다. 자기가 키운 아씨에 대한 애정과 충심이라 생각했는데, 자기 손녀를 건드린 놈을 잡아 찢어 죽이려던 거였다.

"나를 죽인다더니, 그거 진담이었네."

"정말 기회가 되면 죽이겠지. 죽일 수도 있어. 할머니는 무서운 분이셔."

"그렇게 무서운 할멈인 줄 알았으면 데리고 오지 않는 건데."

"할머니가 무서우면 내가 할머니를 달랠 수 있게 만나게 해줘. 화는 상당히 낼 테지만, 그래도 내가 안전하다는 것을 알면 할머니는 당신을 독살하는 것을 '당장 해야 할 일'에서 '생각해 볼 문제'로 보류하겠지."

"정말 무섭네. 알았어. 그리고……."

태괄이 호련의 손목을 낚아챘다.

"옷이 얇아서 아가씨가 챙긴 거 다 보여."

그리고 품 안으로 손을 밀어 넣어 단도를 꺼냈다. 조금 전 아무도 보지 않을 때 챙겨둔 것이다. 태괄은 단도를 바닥에 떨어뜨렸다.

"나를 죽이려고 챙긴 건가?"

"당신을 죽이는 게 어떤 의미인지는 알아. 죽을 생각이면 그렇게 할 거야. 하지만 나는 되도록 늙어 죽을 작정이고, 고향으로 돌아가고 싶어. 당신을 죽일 생각은 없어."

"그럼 왜?"

"무슨 일이 벌어질지 모르니까. 당신 부하가 나한테 위험할 수도 있고 말이야."

순간, 태괄의 손에 힘이 들어갔다.

"악, 아파……!"

호련이 비명을 지르자 태괄은 얼른 팔을 놓았다.

"괜찮아?"

"아파."

"미안."

태괄은 손목을 살폈다. 부어오르지는 않았지만 벌겋게 물든 것을 확인한 그는 금방 우울해했다. 호련이 오히려 미안해질 지경이었다. 호련은 괜찮다고 하는 대신 단도를 걷어찼다. 단도가 구석으로 날아갔다.

"다음부터는 이런 짓 안 할게. 내 안전은 당신한테 다 맡기겠어. 그러니 할머니 만나게 해줘."

태괄이 호련을 번쩍 들었다. 호련이 놀라 비명을 질렀다.

"으악! 뭐 하는 짓이야!"

"가자."

"왜 이러는 거야! 놔줘!"

"데려다 줄게. 할머니 만나서 내 욕이나 실컷 해."

"내 발로 갈 수 있다니까!"

"와."

태괄은 호련을 들고 성큼성큼 걸어갔다. 호련은 얌전히 그의 어깨를 잡고 이를 가는 수밖에는 없었다.

감옥은 태괄의 장담과 총관 부인의 말대로 좋은 방이나 다를 바 없었다.

바닥에는 두툼한 융단이 깔려 있고 침대에는 털가죽과 이불이 놓여 있었으며 깨끗한 베개도 있었다. 가운데에 있는 자그마한 식탁 위에는 우유를 탄 홍차가 식어가고 있었다.

"유모."

호련이 부르자 창가에 서 있던 유모가 다가왔다. 안이 밝아서 훤히 보였다. 호련은 달려가 유모를 안았다.

"괜찮아요, 할머니?"

이제 유모라 부를 필요도 없다.

"각에 있는 제 방보다 더 좋군요. 이 녀석들이 아가씨가 누구인지 착각한 건 아닌가 싶더군요. 아가씨는 괜찮나요? 제게서 떨어져 멀리 다른 곳으로 가버리는 줄 알았어요. 이리 다시 만나니…… 너무 좋군요."

유모는 호련의 몸을 살폈다. 고작 나흘간 만나지 못했을 뿐인데 몇 년 전에 만난 것 같다. 유모의 눈이 호련의 목에 남은 흔적을 발견했다. 유모는 호련의 옷을 풀었다. 가슴과 어깨에 태괄이 남긴 자국이 흐릿하게 남아 있었다. 유모는 체념한 듯 손을 놓았다.

"또 가지고 놀던가요?"

"첫날 하루만이었어요."

"이런 수모를 얼마나 더 당해야 합니까?"

"나는 괜찮아요."

"괜찮지 않습니다."

"할머니를 풀어드리지는 못하지만 여기에 머무는 한 정중하게 대해주기로 했어요. 그러니 우리, 이 정도로 참아요."

"그래도 그 불한당 놈이 아가씨에게 한 짓을 생각만 해도 피가 거꾸로 도네요. 맙소사, 노리개로 삼아도 되는 몸이 아닌데."

유모가 눈물을 떨구었다. 이 강한 여자의 눈물에 호련도 가슴이 아팠다. 호련은 유모를 달랬다.

"지금 바로 밖에 있어요."

"괜찮다면 지금 저놈 찌르고 같이 도망치죠? 이 근방 지리는 잘 압니다."

"그만. 진정해요."

호련은 그녀를 달랬다. 당사자가 오히려 달래고 있으니 꼴이 우습기는 했다. 차라리 호련이 울고불며 매달리는 편이 나을 것 같다. 그러면 호련을 위로하느라 화를 내지는 않을 테니.

"할머니, 우리 조금 좋게 생각해 봐요."

"뭐가요!"

"적어도 최악의 상대는 아니잖아요. 여환과는 아무 일도 없을 거라고요. 지금 상황에서 여환의 어머니가 저와 여환을 계속 결혼시키고 싶어 하겠어요?"

"아가씨, 지금……."

"저한테는 중요한 문제였다고요. 그러니 최악은 피한 거예요."

"그렇다고 저 불한당이 아가씨를 겁간한 게 좋다는 건가요!"

"여환보다는 나아요. 그리고 그는 할머니 생각처럼 난폭하거나 거칠지는 않아요. 할머니는 어찌 생각할지 모르겠는데, 적어도 내가 보기에는 호의를 베풀려고 하기는 해요. 얌전히만 있으면 나쁘게 대하지는 않을 거예요. 기다렸다가 몸값 내면 돌아갈 수 있을 테니 그때까지만 참아요."

유모의 눈이 흐려졌다.

"너무 걱정 말고 진정해요. 저는 이만 가볼게요."

"또 저놈이 아가씨를 가지고 놀 게 아닙니까?"

"더 이상 그런 일은 없을 거예요."

"이제 아씨가 아무 말도 하지 않을 테지요."

"정말 아닐 거예요."

호련은 유모의 손을 잡았다.

"돌아갈 때까지 건강하게 있자고요. 고분고분 주는 식사 먹으면서 편하게 자는 게 나에게도, 할머니에게도 나아요."

유모는 고개를 끄덕였다.

"알겠어요."

호련은 다시 유모를 안았다. 이런 곳에 오게 해서 미안했다. 그러나 할머니를 홀로 각에 둘 수도 없었다. 호련이 없으면 각은 유모에게 적지나 다를 바 없게 되니.

밖으로 나오자 기다리고 있던 태괄과 마주해야 했다. 내내 기다리고 있었던 듯 그는 창턱에 앉아 지루한 표정으로 턱을 괴고 있었다. 호련은 감옥을 가리키며 말했다.

"할머니하고 같이 저기서 지내면 안 될까?"

"아니. 지금은 꺼리고 싶군. 내가 아가씨 보러 갈 수가 없잖아."

"왜 그래? 또 할머니한테 빰이라도 맞을까 봐?"

"충분히 우려할 만한 위협이긴 한데, 그렇게까지 겁나지는 않아. 다만…… 뭐, 그렇다는 거지."

그리고 태괄은 호련에게 손을 내밀었다. 호련이 바라만 보자, 그는 호련의 손목을 낚아챘다.

"이리 와."

"천천히."

좁은 복도를 지나자 빗줄기가 가르는 정원으로 나오게 되었다. 비에 젖은 땅에서 새싹이 돋아나고 있었다. 여리고 투명한 녹색 빛이다.

태괄은 호련을 데리고 계단을 올라가 멈추었다. 전망이 아주 좋은 곳이었다. 도시와 벌판이 한눈에 보였다.

호련은 계단의 난간 밖으로 손을 내밀어보았다. 손바닥에 빗방울이 연달아 얹혔다. 맑고 차갑다. 걱정과는 달리 올해는 그럭저럭 버틸 수 있을 것 같다. 올해 안에 돌아간다면 그 수확을 볼 수 있으리라.

벌써 벌판이 푸르게 물들고 있었다. 멀리 영양들이 돌아다닌다.

호련은 난간에 손을 얹고 깊이 비 내음을 들이마셨다. 싱그러운 풀 냄새와 흙냄새가 섞여 있어 들이마시자 기분이 좋아진다.

태괄이 등 뒤로 다가왔다. 돌아보니 태괄의 눈이 호련의 시선을 따라온다.

또 뭐라 하려나. 풀죽은 표정 짓지 말라고? 그러나 호련은 그 표정이 대체 언제 나오는 건지 알 수 없었다. 태괄은 더듬이를 세우듯 그 표정을 민감하게 발견하고 하지 말라 한다. 내가 언제 그러느냐고 묻지는 못했으니 아직도 모른다. 지금 역시, 이리 빤히 보는 것이 부담스럽다. 너무 많은 것을 보려는 눈이다.

호련은 그의 시선을 피하며 물었다.

"……언제까지 여기 머무는 거야?"

"형님이 부를 때까지."

태괄의 형이라면 살랍의 왕이다. 전리품 한 번 거창하게 들고 왔으니, 어떻게 할지는 왕이 직접 지시할 거다. 데리고 오라고 하든지, 아니면 보내라고 하든지 명령을 내리겠지.

비가 오고 있으니 전령이 오가는 데 더 걸릴지 모르겠다. 꽤 걸릴지도 모르지.

몸값 내고 풀려날 수 있을까? 그런데 그 몸값이 뭐가 될지 모르겠다. 도저히 지불할 수 없는 것이면 어쩌나.

태괄이 말했다.

"형하고는 내가 알아서 할게."

"몸값을 내야 하면 그걸 지불하는 건 나잖아. 당신이 어떻게 알아서 해?"

호련은 그렇게 말하곤 웃었다. 태괄이 호련의 허리에 손을 얹더니 다른 손으로 호련의 머리카락을 쓸어 넘겨주었다. 산들바람이 부는 듯 너무나 부드럽다.

종잡을 수가 없다. 거친 건지 친절한 건지 무관심한 건지 관심이 많은 건지. 그러나 그중에 어렴풋이나마 알 수 있는 것은, 적어도 호련을 멸시하지는 않는다는 것이다. 감시하지도 묶어놓지도 않는 것만도 어디인가.

태괄이 말했다.

"나는 아가씨의 원수이고 적이지."

"당신은 원수는 아니야. 그냥 적이지."

"다행이군. 적은 언제나 바뀌는 거니. 언제고 적이 아닐 날이 오기는 하겠네."

역시 이 남자는 뭐가 진짜인지 모르겠다. 며칠 전 그녀를 거침없이 품던 그인지, 아니면 지금의 이 친절한 그인지. 같은 사람인데도 낮과 밤처럼 다르다. 그때의 그는 버틸 수 없이 강력하고, 지금의 그는 손짓 하나만으로도 상처 입힐 수 있을 듯 부드럽다.

"태괄, 당신은 아직은 적이야. 그리고 지금까지 내가 다 졌고."

"그럼 나를 이겨봐, 아가씨."

"이기면 내가 당신을 겁탈해야 하나?"

"그래, 나를 묶은 다음 범하고 범해보라고. 살려달라고 할 때까지 덮쳐 봐."

"어떻게 해야 그리되는지 모르겠는데. 지금 같아서는 그리했다간 당신이 더 좋아할 것 같아."

"해보면 알 테지."

"내 몸이 아는 남자라곤 당신 하나뿐이라, 그것도 며칠 되지도 않아서 어떻게 해야 남자가 수치스러워하는지 모르겠네."

태괄이 웃음을 터뜨렸다.

"차마 기분 나쁘다고는 말 못하겠네."

태괄은 이번에도 화내지 않았다. 보내달라는 말을 빼곤, 무슨 말이건 다 들어줄 것처럼 보였다. 이 도시를 달라고 해도 줄 것만 같다. 그 덕에 걱정이 덜 되긴 한다. 더 포악하고 나쁜 사람에게 잡혀올 수도 있었는데, 적어도 이 남자는 그런 건 아니지 않은가.

몸을 가지긴 했지만, 그래도 그렇게 가진 것에 대한 대가로 친절을 베풀기는 한다. 포로로 잡힌 대가만 제대로 치르면 정중하게 보내줄 것 같다. 호련은 대가가 크지 않기를 바랐다.

일족이 그녀를 위해 대가를 치를 날이 올 줄은 몰랐다.

호련은 족장의 일곱 손녀 중 하나에 불과했고, 주목받고 사랑받는 것은 항상 다른 손녀들의 몫이었다. 호련은 그중에 눈에 뜨이지 않게 조용히만 지냈다.

가장 예쁜 건 백부의 딸인 우호였다. 살며시 웃으면 막 익은 과일처럼 달콤했다. 그 동생인 란의호도 늘씬하고 예뻤다. 그래도 사람들이 가장 사랑스러워하던 소녀는 호련의 친언니 호기추였다. 활처럼 휘어지는 눈으로 까르르 웃으며 재기 넘치는 말을 하면 모두가 가슴 안에 몰아치는 사랑에 흐뭇해했다. 호련 역시 그런 언니를 사랑했다. 언니는 노래도 잘했다. 언니의 방으로 가면 언니는 별수 없다며 바느질을 하며 듣기 좋은 노래를 불러주었다. 따라 들어온 쌍둥이 동생들이 눈을 반짝이며 더, 더, 하고 졸랐다.

숙부의 두 딸은 성격이 귀여운데다 솜씨들도 좋았다. 그녀들이 바늘을 들면 하찮은 가죽과 천 조각도 놀랍게 변했다. 손으로 하는 건 무엇이든 최고라, 좋은 혼담이 많이 들어왔다.

그런 자매들과는 달리 호련은 날 때부터 노파라는 말을 들을 정도로 조용했다. 아버지는 호련에게는 데릴사위를 들일 생각이어서 집안의 재산이랄 수 있는 사냥개 돌보는 일을 맡겼다. 왕자와도 결혼할 수 있는 언니와는 달리 호련의 남편은 평범한 무사가 될 테지만, 호련은 신경 쓰지 않았다. 어머니나 할머니 찬눈도, 아버지도 엄하게 대하지 않아서 오히려 편했다. 오라버니들만 행여 이상한 놈한테 넘어갈까 감시했을 뿐이다.

그러나 아름답고 싱그럽던 자매들은 모두 죽었다. 언니도, 동생도, 사촌 언니들도 다. 그들이 죽는 것을 다 보지는 못했지만, 모두 죽은 것만은 안다.

언니는 자존심이 강해서 옳지 않은 것을 견디지 못했다. 그리고 손위 형제 중에서 가장 마지막으로 죽었다.

언니뿐만이 아니었다. 언니 앞에는 언니보다 먼저 죽은 작은오라버니가 있었다. 병약했지만 착하고 영리해서 모두 좋아했다. 숙부의 아들인 사촌 오빠는 등에 창을 맞고 쓰러져 있었다. 오라버니와 한데 어울려 다니며 온갖 사고를 다 치던 귀여운 소년인데 그도 죽었다.

너무나 일방적인 전쟁이었다. 아니, 살육이었다, 그건.

호련을 가장 비참하게 한 것은 바로 그것이다.

저항했지만 풀처럼 뽑혀 나갔다. 큰오라버니가 그렇게 쉽게 죽을 줄은 몰랐다. 등과 목에 화살을 맞고 거짓말처럼 금방 세상을 떠버렸다. 사촌 오빠도 단번에 숨이 끊어졌다. 작은오라버니는 자신이 약하다는 것을 빤히 알면서도 고함을 지르고 덤벼들었다. 당장에 철퇴가 날아와 그 머리를 으깼다. 피와 이가 튀어 바닥에 흩어졌다. 어머니가 울부짖으며 그 몸을 안았다. 그리고 어머니의 등에 검이 찍혔다.

호련은 비명을 지르는 동생들을 끌어안고 몸으로 감쌌다. 그 앞을 언니가 막아섰다. 그리고 그녀도 죽었다. 아름다운 노래를 부르던 입술이 영원히 닫혔고, 상냥하던 눈의 빛은 꺼졌다.

살육이 끝나고 조용해졌을 때 호련은 자신이 얼마나 무기력한지 알 수 있었다. 그러나 그녀를 더 두렵게 하는 것은, 양손에 있는 쌍둥이 동생들이었다. 사내아이와 여자아이. 어머니는 두 아이를 호련에게 맡겼고, 호련은 이 아이들을 보살피고 가르쳤다. 그 두 아이가 지금 벌벌 떨며 호련의 품 안에 있었다.

호련 앞으로 키 큰 남자가 걸어왔다. 검고 긴 머리를 뒤로 땋아 내려 가죽 끈으로 묶었다. 가죽 갑옷 위의 강철 요대가 쩔렁였다. 호련은 양팔로 동생들을 더 강하게 끌어안았다.

"자, 나를 봐라, 호련."

눈물이 맺힌 눈에 청년이 보였다.

"다 끝났으니 안심해라. 더 이상 아무 일도 없을 거다."

호련은 그를 알고 있었다.

여환.

족장인 할아버지와 말의 피로 맹세하여 그 재산과 가족들을 서로 지켜주기로 한 능고 왕의 아들 여환 왕자다.

잠시 뒤, 덤불을 헤치고 그의 부하들이 나타났다.

"호련, 나를 알고 있겠지?"

"네."

호련은 팔에 힘을 주었다.

"여환 왕자님."

동부의 맹호이자 왕이 가장 사랑하는 왕자. 무패의 장수이자 신의 현신. 창궁의 왕이 될 자.

여환이 말했다.

"네 가족들은 다 죽었다."

"알고 있습니다."

여환 왕자는 주변의 시신들을 둘러보았다.

"누가 이리했느냐?"

호련은 죽어 있는 언니의 눈을 보았다. 분노와 경악으로 굳어 있었다.

"답해라."

"……살랍이었습니다."

"살랍이 어떻게 여기까지 온 거냐?"

"그건 모릅니다. 푸른 깃발을 내건, 살랍이었습니다."

"나는 보지 못했는데."

"하지만 분명 살랍이었습니다. 제가 아는 것은 그것뿐입니다."

"다른 사람에게도 똑같이 말할 수 있겠나, 호련?"

턱이 떨린다. 품 안의 동생들이 얼어붙어 갔다.

"천 번, 만 번이라도 말할 수 있습니다. 그들은 제 원수입니다."
"그래, 믿는다."

여환이 명령하자 그 부하들이 호련의 양옆에 있던 동생들을 떼어냈다. 동생들이 울며 다시 매달리려 했지만 부하들은 동생들을 완강하게 떼어 바닥에 앉혔다.

"호련, 이제 여기에서 너를 해칠 사람은 없다. 그러니 일어나라."

여환은 호련을 직접 일으켜 세워보았지만 호련은 다리 힘이 없어 금방 다시 주저앉았다. 여환은 그 몸을 번쩍 들어 말에 태웠다.

"이제 더 이상 너를 위협할 적은 없다. 내가 너를 지켜줄 테니."

멍하니 바라보았다. 그 얼어붙은 얼굴의 소녀에게 여환이 말했다.

"내 영지로 가 있어라. 아내에게 서신을 보낼 터이니, 그녀와 함께 지내라."

각족은 어떻게 되었나요.

할아버지는요, 할아버지와 계신 백부님들은요? 할머니는!

그러나 호련은 아무것도 묻지 않고 머리를 숙였다.

"감사합니다."

"네가 말한 살랍군은 나와 내 부하들이 추적할 것이다."

"네."

왕자는 호련이 말고삐를 잡게 했다. 호련은 그가 쥐어주는 대로 고삐를 움켜잡았다. 손이 떨렸다. 격렬한 불꽃처럼 두서없이 생각했다.

살았구나.

정말 살았어.

"같이 가라."

여환은 부하들에게 명령했다.

남은 것은 호련 하나다.

사방이 컴컴하게 호련을 둘러싸고 있었다. 하지만 울 수 없었다. 울어서는 안 된다. 절대로, 절대로 울어서는 안 된다.

살아남았지 않느냐, 너는. 모두가 죽었는데 너만은 살아남았지 않느냐!

어디에 매달려 제발 이렇게 살고 싶지 않다고, 나 혼자 살아남을 수는 없으니 지금 나를 죽이고 나대신 누구든 아무나 살려달라 하고 싶었다.

그러나 양 볼과 목덜미를 적신 뜨거운 피가 굳어가고 있었다. 호련은 살아 있었다. 모두가 사라졌는데 홀로 살아남아 있었다.

"어이, 이봐. 아가씨?"

호련은 정신이 들었다. 태괄이 눈살을 찌푸리고 있었다.

"아."

호련은 고개를 저었다.

"다른 생각이 나서."

생각해 보니 이 남자는 각이 평화롭고 모두가 살아 있을 때 그곳에 있었다고 했다. 묻고 싶다. 듣고 싶다. 언니에 대해, 동생들에 대해, 그들에 대해 아는 사람의 말을 듣고 싶다.

멍하니 바라보자 태괄은 언짢은 듯 한숨을 내쉬었다.

"무슨 생각 하는 거야?"

"그냥. 당신이 언제 우리 마을에 있었던 건지, 그걸 생각하느라."

태괄이 뭐라 말하려 하며 머뭇댄다.

이렇게 있는 꼴이 우습기도 하다. 포로로 끌고 온 남자에, 첫 남자다. 이런 남자 앞에서 이렇게 무방비하게 있다. 그런데 이상하게 이 남자 앞에서는 오히려 아무 생각이 없어진다. 자포자기인가? 될 대로 되라, 내가 알 게 뭐야.

"그걸 생각하는데 그렇게 풀이 푹 죽어 있어?"

"곰곰이 잘 생각해 봐. 태괄 당신이 나를 기분 좋게 해준 일이 있기는 한가."

"그럼 지금 기분 전환이나 해보는 게 어때?"

태괄의 말에 호련은 황당해서 올려다보았다.

"여기서, 우기에?"

"여기는 교역 도시야. 비 오는 날에도 재미있는 건 많아."

"포로 데리고 어디 구경 가게?"

"비 오는 데 나가자는 게 아니고…… 음, 그러니까 그렇게 우울하게 있지 말고 즐기라고."

태괄이 기대에 찬 눈으로 호련을 보았다. 호련은 그 눈빛에 쑥스러워졌다. 이 남자가 이런 눈을 보내면 좀 부담스럽다. 너무 진솔하게 꽉 차 있지 않은가.

"무슨 수로 즐기란 거야?"

"맛있는 것도 먹고, 술도 한잔하고."

호련은 눈살을 찌푸렸다.

"뭐야? 나더러 당신 술을 따르란 거야?"

"아냐, 아냐. 술은 내가 따라줄게."

"뭐?"

호련은 자기도 모르게 웃었다. 그 웃음을 본 태괄의 표정도 부드러워졌다.

"당신이 술을 따르면 나는 뭘 하면 되는 건데?"

"좋아하기만 하면 되는 거지. 적당히 기분을 풀고 긴장도 풀고…… 노래는 내가 싫어하긴 하지만, 아가씨가 좋아하면 악사도 불러다 줄게. 그러면 기분이 좀 나아지지 않을까?"

"당신이 나를 보내주면 금방 기분이 나아질 텐데."

"그건 곤란하잖아. 나는 아직 형님에게 허락도 못 받았는걸. 자, 어때? 적어도 여기서 지내는 만큼은 아무 생각 없이 지내보는 건.”

그리고 다시 기대감 어린 눈빛을 보냈다.

호련은 손가락으로 그를 가리키며 물었다.

“당신이랑?”

“그래.”

“당신은 할 일도 없어?”

“오늘 부하들한테 연회를 베풀 거야. 원정에 다녀왔으니, 그 보답으로 여자들도 부르고 악사도 부를 테지. 술도 좋은 걸로 주고, 고기도 기름진 것으로 먹여줄 거야. 그렇게 부하들 노는 데 대장인 내가 끼는 건 도리가 아니지. 그놈들은 그놈들대로 놀라 하고, 나는 나대로 아가씨랑 노는 거지. 어때?”

왜 이러는지 모르겠다. 의중을 짐작할 수 없어 호련은 태괄의 얼굴만 빤히 보아야 했다.

상냥하게 웃으며 기대에 찬 눈빛을 보내는데, 이러면 아무리 적장이라도 기분이 풀어질 수밖에 없다는 생각이 든다. 그리고 그렇게 생각하며 잠시 정신을 놓았던 것 같다. 문득 정신을 차리니 태괄의 손이 다가와 있었다.

“왜…….”

태괄의 손이 호련의 턱을 잡았다. 손에 힘이 들어가자 호련은 자기도 모르게 멈칫했다. 엄지손가락 끝이 턱을 매만지더니 아랫입술을 더듬었다.

“물었잖아, 어떠냐고.”

볼이 붉어지고 맥박도 빨라진다. 이상한 기분이다. 그러고 싶지 않아도 여기 처음 왔을 때가 기억날 수밖에 없었다.

볼에 닿던 뜨거운 숨소리와 아래를 묵직하게 누르며 파고들어 오던 감각과 온갖 은밀한 곳을 죄다 헤집던 손가락이 한꺼번에 기억나며 귓불이 붉어졌다.

여환만 아니라면 괜찮다 생각했던 건데, 이 남자는 역시 너무 뜨거웠다. 지금도 열기 어린 눈으로 보고 있다. 이 남자는 너무 꽉 채워온다.

물러나며 싫다, 라고 답하려 했지만 너무 당황했던 것 같다. 발이 꼬이며 주저앉을 뻔했다. 태괄이 급히 몸을 잡아주었다.

다시 여기 온 첫날이 기억난다. 등에 닿던 단단한 벽과 밀어붙이던 힘이. 빈틈없이 누르던 압박이.

숨이 막혀온다.

"어때?"

그가 다시 은근한 목소리로 물어온다. 호련은 고개를 돌리다 지평선 너머에서 달려오는 그림자를 보았다. 태괄도 그 시선을 따라갔다가 같은 것을 발견했다.

멀리 있는 작은 그림자는 빗속인데도 오늘 저녁에나 도착할 기세로 느긋하게 오고 있었다. 태괄의 얼굴이 바짝 굳었다. 호련이 중얼거리듯 물었다.

"왕이 보낸 전령인가?"

"아마도."

태괄은 기다리고는 있었지만 두려운 것을 보는 것 같았다.

"내가 어찌 될지 정해지겠네."

"들어가 있어."

태괄이 속삭였다.

"어서."

그리고 그 손이 호련을 잡아 밀었다. 호련은 뒤로 물러났다.

태괄은 호련을 놓아주고 다시 난간으로 가 지평선을 보았다. 팔짱을 끼고 바라보는 그의 얼굴도, 어깨도 굳어 있었다.

대체 무슨 말을 기다리기에, 아니, 뭐가 올까 봐 저러는 걸까?

호련은 그래도 그의 말을 따르기로 했다. 조용히 물러나 방으로 향했다. 그러나 계단을 돌다가 돌아보았을 때도 그는 여전히 지평선을 보고 있었다. 난간을 잡은 두 팔에 힘이 들어가 있었다.

태괄에게 있어 열다섯이 되자마자 맞이한 아버지인 왕의 승하는 너무 급작스러웠다. 형이자 후계자였던 태무에게도 마찬가지였다. 아버지가 적당히 아프고 골골대고 있었으면 후계자였던 태무도 준비를 하고 있었을 텐데, 지나치게 건강하다가 갑자기 픽 쓰러졌다.

결혼한 뒤 아버지 명으로 멀리 나가 있던 태무는 소식을 듣고 돌아오는 데만도 한참이 걸렸다. 일을 수습해야 할 왕비이자 태괄과 태무의 어머니인 정비는 별궁으로 쫓겨난 상태로 너무 오래 지냈다. 어머니는 아들이 왕위를 이을 날만 기다릴 뿐, 아무 의욕이 없었다. 빈 본궁을 차지한 건 아버지의 후궁이었고, 그녀는 숙부와 한통속이었다. 후궁은 다음 왕비 자리를 약속받고 숙부에게 옥새와 유언을 넘겼다. 숙부는 매우 기뻐하며 왕의 장례식 날 감사 인사로 후궁을 왕과 함께 순장했다. 그 뒤 숙부는 숨도 안 쉬고 바로 왕위에 올랐다. 정비의 자식이 둘이나 있는데 왕의 동생이 왕위를 먹어 치운 것이다.

반발은 당연했지만 태무도, 태괄도 대응할 시간이 없었다. 돌아온 태무는 어머니를 인질로 잡은 숙부의 왕위를 인정하고 신하의 맹세를 하라 강요받았다. 맹세를 하긴 했지만, 입으로만 하는 약속들은 왕자들의 안전을 보장하지 못했다.

급했던 숙부는 눈치 보지 않고 공물 횡령 혐의로 태무와 태괄을 불러다 앉히고 각료회의까지 소집했다. 신하들 앞에서 아예 선왕의 장남을 직접 축출할 생각이었던 것이다. 아무리 왕위가 태무의 것이라 하더라도 당사자인 태무가 없으면 어쩌겠는가.

긴장감과 분노가 전당 안에 가득했다. 그러나 숙부가 하나하나 짚어대는 증거에 할 말이 없었다. 어이가 없어서였다. 여태 숙부가 해온 일에 그 주어만 바꾼 거란 걸 누구나 다 알았다.

"제가 한 겁니다."

결국 태괄이 말했다.

그 누구도 고작 소년인 왕자가 그런 일을 했을 거라 믿지 않았다. 다들 침묵한 것은 지금 태무를 잃을 수 없었기 때문이다. 어린 태괄이 남으면 아무 기회도 잡을 수 없다.

태무는 지금은 밀려 있지만 여러 동맹을 이끌어낼 수 있는 인맥과 사돈도 있다. 너무 갑자기 벼랑으로 밀려나 당황한 것뿐이다. 숙부는 본인이 도둑질 외에는 큰 재능이 없다는 것을 지속적으로 증명해 온 자다. 즉, 믿는 사람이 없다. 저 뒤에 있는 살라이 장군만 없애 버리면 숙부는 입으로 불기만 해도 날아갈 인간이었다.

태괄은 어려도 그 정도는 알았다. 태무가 없으면 기회도 시간도 없다. 태무가 아니라 말하려 했지만 태괄은 형의 팔을 잡았다.

"내가 가."

태무의 얼굴이 창백해졌다. 아무리 태무가 급해도 열 살도 넘게 어린 동생을 희생시킬 수는 없었다. 그러나 태괄은 손에 힘을 주었다.

"제발! 나도 죽고 형도 죽느니, 일단 내가 죽고 형은 사는 게 나아!"

형의 눈에서 수치심과 죄책감을 보았지만 태괄은 고개를 저었다. 태괄이 목숨을 잃기라도 하면 형이 얼마나 고통받을지 알면서도 고개를 저었다. 왕이 되어야 할 건 태괄이 아니라 형이었다.

숙부도 당황한 눈치였다. 성인인 태무를 어떻게 할 수는 있지만, 태괄은 달랐다. 다들 손도 안 대고 예뻐만 하는 어린 왕자다. 그래, 죽으렴, 하고 형장으로 보내기에는 눈치가 보였다.

숙부의 명에 따라 일단 태괄은 그 자리에서 검을 빼앗기고 끌려갔다.

두렵지 않았다면 거짓말이다.

두려웠다, 머리가 곤두서도록. 영원히 어둠으로 사라질까 봐. 혼자 있는 순간순간 지금 당장이 끝일까 봐 얼어붙어 갔다. 나는 아니라 외치고 싶은 것을 참는 것만도 힘들었다. 그러나 그래도 가야 했다. 왕자인 이상, 아버지와 어머니의 아들인 이상, 형의 동생인 이상 태괄도 할 일을 해야 했다.

왕비가 더 이상 출산을 할 수 없을 거라 판정받은 뒤에 태어난 왕자, 그것도 중간에 많은 형제들이 병사한 뒤에 태어난 태괄을 모두가 사랑했다. 열네 살에 출정해 첫 승리를 거두었을 때 태무는 자기 아들이 공을 이룬 듯 태괄을 자랑스러워했다.

그런데 그 모든 것이 단숨에 사라졌다. 단도 하나, 화살 하나 없다. 몸을 가릴 옷 한 벌뿐, 태어나 숨을 쉬자마자 받은 모든 것이 사라지자 태괄은 그저 열다섯 살 소년일 뿐이었다.

숙부는 어린 조카를 죽였다는 오명은 싫었는지 황야로 귀양 보내는 걸로 결정했다. 갈천의 황야. 검은 강의 최상류에 있는, 얼어붙은 산으로 둘러싸여 영역 싸움에서 패한 남쪽 늑대들이 굶주린 채 어슬렁대는 곳이었다.

"그리고 영원히 추방이다."

적어도 처형은 아니니 기회를 볼 수 있는 건지, 그저 유예된 최후에 절망해야 하는지 모를 판결이었다. 그리고 숙부는 태괄의 등에 자신의 수하들을 붙여 보냈다. 태괄은 몇 날 며칠 거의 굶고 맞으며 가야 했다. 사랑받던 왕자는 멸시받는 귀양자일 뿐이었다. 숙부가 바란 건 태괄이 길가에서 죽는 것이었지만, 태괄은 끝까지 살아남아 황야에 도착했다.

몇 날 며칠을 지나자 드디어 검회색 황야가 보였다. 그 옆으로 검게 물결치는 검은 강의 최상류를 보며 태괄은 거대한 절망을 느꼈다. 바짝 마른 덤불 너머로 굶주린 늑대들이 나타나기 시작했다.

"다 왔다, 왕자."

숙부의 수하들이 멈추고는 고삐를 놓았다.

"가라."

태괄은 하루 치 식량을 들고 그 황야를 향해 말을 몰았다. 태괄의 등을 향해 숙부의 수하들이 활을 들었다. 시위 소리를 듣고 등을 돌리는 순간, 화살이 어깨를 뚫었다. 고통을 느끼며 비명을 삼키는데 다음 고통이 허벅지를 뚫었다.

태괄은 말을 몰았다. 그 뒤로 숙부의 수하들이 따랐다. 다음 화살이 날아와 허리를 뚫었다.

숨 막히는 고통 속에 태괄은 검은 강을 향해 말을 몰았다. 얼어붙은 황야를 지나 남쪽으로 흐르는 거대한 강이 눈앞에 소용돌이쳤다. 갈천의 황야에서 태어난 것 중 유일하게 생명을 향해 달리는 것이다.

숙부의 부하들이 뒤처지자 이번에는 늑대들이 그를 뒤따랐다. 늑대들은 태괄이 탄 말의 다리를 물었다. 말이 쓰러지며 태괄은 내동댕이쳐져 뒹굴었다. 세상이 일순 검게 확 꺼졌다 돌아오는 듯 아팠다.

태괄은 화살을 뽑아 던지고 달렸다. 늑대들이 뒤를 쫓았다. 이대로 죽을 수는 없었다. 어머니도, 형도, 다 남겨두고 죽을 수는 없었다. 아니, 무엇보다 숙부의 손에 죽는 자신을 용서할 수 없었다.

지평선 위로 숙부의 수하들이 나타났다. 태괄은 벼랑을 향해 달려가 그 끝에서 몸을 날렸다. 검게 소용돌이치는 강이 태괄의 몸을 삼켰다.

온 세상이 단숨에 뒤섞이고, 온통 검고 거칠었다. 몇 번이나 자맥질을 당하고, 숨이 나갔다가 돌아왔다. 사슴 시체가 옆에서 같이 묵직하게 휘몰아치고 있었다. 태괄은 그 짐승 시체를 꽉 잡았다.

아득한 가운데 생각했다. 검은 강은 황야를 지나면 동으로 흘러 비옥한 각의 초원을 적시며 바다로 나간다. 일단 평원으로 접어들면 물살은 잦아든다. 그때까지만 정신을 다잡으면 어떻게든 살 기회는 잡을 수 있다.

몇 번이나 뺨을 후려치는 소용돌이 속에서 기적적으로 버티었지만 기적의 시한은 점점 다되고 있었다. 팔의 힘이 빠지고 숨은 잦아들고 몸은 너무나 추웠다. 더 이상 아무것도 남지 않았다고 생각했다. 끝, 마지막, 바닥이다. 정신이 흐려져 가는 태괄 앞으로 시커멓게 윤이 흐르는 것이 강을 헤치며 다가왔다.

늑대인가, 곰인가. 늑대치고는 크고 곰이라면 작다. 날렵하게 강을 헤치고 오는 모양을 보니 태괄을 먹을 거라고 생각한 것 같다. 가까이 다가왔을 때 비로소 그게 무시무시하게 큰 개라는 것을 알게 되었다. 개는 곰처럼 거대한 입을 벌리고 태괄의 옷을 물었다. 태괄은 사슴을 잡은 손을 놓았다. 개는 태괄의 몸을 끌어다 물가로 헤엄쳐 갔다. 물살이 점점 가벼워지더니 곧 물 밖으로 나왔다.

개는 태괄을 놓고 온몸을 뒤흔들어 물을 털어냈다. 그리고 태괄의 어깨에 코를 박고 살아 있다는 것을 확인한 뒤 다시 태괄을 물고 질질 끌고 갔다. 개에게는 가벼운 짓이었지만 태괄은 저승 무턱에 갔다가 정신이 번쩍 들 정도였다.

개는 풀밭에 태괄을 놓은 뒤 꼬리를 흔들었다. 태괄이 아무 기척이 없자 재촉하듯 목에 코를 찔러 넣었다. 태괄은 간신히 중얼거렸다.

"잘…… 했다."

그 한마디에 개는 무척 기뻐하며 컹컹 짖어대기 시작했다. 태괄은 가물가물한 정신을 다잡으며 말했다.

"저기…… 나 좀 기절…… 하게 내버려 두지 않…… 을래?"

저기서 여기까지 떠내려오느라 무지 피곤하다.

그때, 말발굽 소리가 들렸다. 개가 미친 듯이 짖어대며 자지러지기 시작했다. 자기를 칭찬해 달라고 저리 안달하는 것을 보니, 개가 사모해 마지않는 주인인가 보다.

"뭐 건져 왔니."

여자아이 목소리다.

사람인 거 모르냐.

태괄은 눈을 뜨고 고개를 들었다.

말에서 내려온 소녀가 개를 쓰다듬고 있었다. 개는 소녀에게 온몸을 내던지며 혀를 내밀고 꼬리를 휘저어댔다. 소녀는 허리를 숙여 태괄을 들여다보았다. 태괄은 지저분한 얼굴에 상처투성이였다. 그래도 살아 있어 눈은 깜빡여 보였다. 소녀는 더 허리를 숙이더니 태괄의 숨소리를 들었다. 소녀의 머리에서 풀 냄새가 피어올랐다.

"산 사람이구나."

그걸 이제 알았구나. 기특해라. 소녀는 허리를 들고 멀찍이 있던 다른 개에게 명령했다.

"모, 사람들을 불러오렴."

작은 개는 멍멍 짖은 뒤 멀리 달려갔다. 태괄을 구해온 개는 태괄의 몸에 자기 몸을 척 붙이고 자신의 공을 자랑했다.

"그래, 잘했어."

소녀가 칭찬하자 개는 꼬리를 휘둘렀다.

소녀는 태괄을 흘끔 보다가 고개를 돌려 사람들을 기다리고, 다시 흘끔 보고 돌아보았다. 몇 번 눈이 마주치자 소녀는 어느 순간부터 소년의 눈을 가만히 들여다보기 시작했다.

태괄은 흐릿한 와중에 생각했다.

귀엽네.

어처구니없게도, 죽었다 살아나 다 죽어가면서도 그 생각을 했다. 북쪽에 형이 슬퍼하고 있을 텐데, 어머니가 절망하고 있을 텐데, 그런데 태괄은 그때 생각했다.

귀엽다.

잠시 뒤, 사람들이 왔다.

"아가씨, 무슨 일입니까?"

소녀는 태괄을 가리켰다. 사람들이 달려들어 태괄을 집어 들고 몸을 살폈다.

"흘러오는 것을 장이가 데리고 왔어요. 살았으니 돌봐줘요."

"네, 알겠습니다."

소녀의 등 뒤로 키 큰 청년이 나타났다. 우아하고 잘생긴 청년이었다. 나중에 알게 된 사실이지만, 그 청년이 소녀의 큰오라버니이자 부족장의 장남인 호가투— 보통은 가투라 불리는 청년이었다.

"잠깐 기다려 봐라."

청년은 태괄에게 다가와 태괄의 상처를 살폈다. 뽑지 못한 화살이 아직 그대로다. 게다가 하나는 등이다. 누군가가 뒤에서 공격한 것이다. 이건 전쟁도, 약탈도 아니다. 암살이다.

"이리 와, 호련."

청년은 누이를 불렀다.

호련, 호련이구나…….

태괄은 그 이름을 생각하며 눈을 감았다.

복장을 보니 여기는 각족의 영지다. 그쪽에서 온 사람들은 몇 번 본 적이 있어서 안다. 살랍에서 멀다면 먼 곳이다. 숙부는 납경 근처의 몇몇 영주들의 지지밖에는 얻지 못했으니, 이곳이라면 아직 소문이 퍼지지 않았을 것이다. 안전하다.

태괄은 마음 놓고 기절했다.

그 후 며칠간 열과 고통에 시달렸다.

정신을 차렸을 때 옆에는 낯선 소년이 앉아 태괄을 지켜보고 있었다. 다리가 길어 키는 컸지만 얼굴은 여자처럼 곱고 나이도 태괄보다 어려 보였다.

"갈호."

소년이 자신을 소개했다.

"부족장님이 너를 지켜보라 하셔서 내가 왔단다."

그리고 태괄의 몸을 보았다.

"상처가 깊지만 네 몸이 엄청나게 튼튼해서 금방 나을 거야. 그리고 부족장님은 너에 대해 더 묻지는 않을 테니 일하고 네 몫을 받으라 하셨다."

"일?"

"소 치고 양 치는 일은 할 수 있겠지? 없으면 지금부터 배워. 금방 할 수 있을 거야."

"목동이 되라는 건가?"

"여기 사는 남자라면 다 해야 하는 일이야, 꼬마야. 부족장님은 물론이요, 그분의 동생, 아이들도 다 소 치고 양 치는 일을 한다. 그러니 불평하지 마. 거기서 뭐 하다 여기로 왔는지는 모르지만 말이다."

왕자인 건 국경 너머에서나, 아니, 아버지가 왕이었을 때나 통하는 말이다. 모든 것을 빼앗기고 추방당해 도망 왔으니, 여기서는 그저 일꾼 하나 정도로 지내는 편이 나을 것이다. 그래, 하면 되지 뭐. 못할 거 없다.

갈호가 말했다.

"이름이…… 아, 그건 묻지 않겠다. 그냥 강에서 주운 놈이라면 다 알아들을 거야. 그러니 다들 대충 부르게 놔둬."

"나를 구해준 사람을 만날 수 있을까?"

"개가 구해준 건 아니고, 그 애 개 장이가 너를 건져온 거지. 그 애는 부족장님의 둘째 딸이야. 그다지 귀여운 아이는 아니니까, 그렇게 기대에 찬 얼굴은 보이지 마라. 아마도 마을 청년에게 시집갈 테니, 외지에서 흘러온 너 같은 아이에게까지 기회가 돌아오지는 않을 거야."

"그런 거 아냐."

"그리고 말이다, 지금부터는 말 좀 높여주면 좋겠다. 내가 너보다 나이 많을 것 같은데."

"거짓말 마."

갈호가 손가락 열 개를 펼쳐 보인 다음 일곱 개를 내밀었다. 열일곱 살. 갈호는 태괄을 가리켰다. 태괄은 시선을 피하며 정직하게 말했다.

"너보다는 어립니다."

어려 보이는데 나이는 많다는 건가. 믿어지지 않지만 저 당당한 태도를 보면 맞는 것 같기도 하다.

"너는 여기서 뭐 하는 분이세요?"

말이 절반만 공손하니, 갈호는 흥미롭다는 듯이 태괄을 보았다.

"부족장님이 내 숙부님이시다. 나는 부족장님의 서출 형의 서출이고."

아, 그럼 그 아이의 사촌 오빠란 거구나. 안심해도 되겠다. 태괄의 얼굴이 너그러워지자 갈호는 황당하다는 눈으로 보았다.

그곳은 각족의 땅인 동시에 부족장의 영지였다. 부족장의 아버지인 족장은 당시 장남과 차남의 영지에 머물고 있었다. 태괄을 지켜보는 건 부족장의 조카인 갈호의 일이었다. 목동들 숙소로 와서 일을 가르쳐 주고, 목동들의 대장을 불러 이런저런 부탁도 했다. 태괄이 보기에 목동들에게 부족장의 명령을 전하거나 지시를 내리는 것은 거의 갈호의 일인 것 같았다.

은인은 그 후로는 못 만났다. 부족장의 가족이 머무는 영주관은 마을과 좀 떨어져 있어 태괄은 갈호 외에 부족장의 가족을 볼 일이 없었다. 게다가 회복하고 난 뒤에 금방 우기로 접어들어 더더욱 볼 일이 없었다.

왕자든 왕이든 밥값을 하려면 양이라도 쳐야 한다고 생각했고, 일을 하는 것이 부끄럽지는 않았다. 부끄러운 것은 오로지, 일을 너무너무 못한다는 것이었다. 다들 이 나이 되도록 이렇게 일을 못하는 놈이 존재한다는 사실에 충격들을 받았다.

"너, 그 나이 되도록 뭐 하고 산 거냐?"

족장의 양들을 맡은 일꾼들의 대장이자, 갈호의 부탁으로 태괄의 교육을 담당했던 큰 목동이 경악하며 말했다.

미안, 왕자였던지라 내가 양 치고 소 키울 줄은 몰랐어, 라고 말할 수는 없어서 고개만 젖혔다. 그 덕에 반성하는 태도가 없다고 한 대 맞았다.

태괄은 맞는 것보다는 일을 너무 못해서 자존심이 상했다. 자신이라도 이렇게 일 못하는 놈을 데리고 있어야 한다면 화날 것이다. 검술이든 창술이든 활이든 기마든, 항상 뛰어났던 태괄이다. 그러나 이건 공부한다고 되는 것도 아니요, 익힌다고 되는 것도 아니었다. 천부적으로 타고난 듯, 온몸과 재능이 양과 소로부터 저주라도 받은 듯 하나도 못했다. 양들을 몰지도 못하고 어디에서 풀을 먹여야 하는 건지도 모르겠다. 양들은 죄다 태괄을 멸시했고, 소들은 태괄만 보면 짜증을 내며 울었다. 양치기 개들은 태괄을 아예 멍청이 취급했다.

슬슬 일꾼들이 저놈을 다른 곳으로 보내달라 해야겠다고 수군대기 시작했다. 자기들 일도 해야 하는데 태괄이 사고 치는 것까지 수습해야 했으니 참기 어려운 것이다.

갈호가 찾아와 애 일 잘하느냐고 묻자마자, 다들 열화와 같이 덤벼들어 제발 좀 데려가 달라고, 어디든 다른 곳으로 보내달라고 애원했다.

“차라리 일 안 하고 놀면 좋으련만, 자존심은 있어 가지고 자기도 일을 하겠다고 합니다. 더 미쳐요! 제발 빈둥대 달라고!”

갈호는 알겠다고 답한 뒤 태괄이 흩어놓는 양들을 모두 한자리에 몰아넣어 주었다. 그 옆의 기진맥진한 태괄이 데리고 온 것은 양 한 마리뿐이었다. 그것도 직접 덜미를 잡아와서 가능했다.

"이렇게 일을 못해도 되려면, 네 신분이 아주 높아야 하긴 하겠다."

태괄은 씩씩대며 고개를 저었다.

"배우면 할 수 있어!"

"……이걸 봐선 애초에 배우는 게 불가능해 보이긴 하다만."

그리고 갈호는 태괄이 덜미를 잡고 있던 새끼 양을 빼앗아 바닥에 놓았다. 양은 헐레벌떡 엄마 양에게 달려갔다.

"꼬마야, 너에 대한 말은 저기서 실컷 듣고 왔는데, 너는 나한테 할 말 없니?"

"우물. 대체 왜 그래? 나 못 쓴다며?"

태괄은 자신이 받는 구박은 납득했지만, 우물을 쓰지 못하는 것은 화가 났다. 이방인이라며 우물도 못 쓰게 했다. 갈호도 그 점에 대해서는 별다른 도움이 되지 못했다.

"어, 그건…… 미안하지만 여기 풍습을 따라주길 바란다. 나도 어찌할 수 없거든. 모두가 기분 나쁘다고 하면, 별수 없잖아. 네가 따라야지."

"내가 기분 나빠. 강까지 가서 물 떠와야 한다고!"

"너 혼자 기분 나쁜 거면 일단 네가 참아야지."

"뭐!"

그리고 웃으며 나가 버렸다. 갈호가 가자 다른 양치기들도 슬금슬금 눈치를 보더니 밖으로 나갔다.

그때, 미처 닫지 못했던 문으로 양들이 튀어나왔다. 태괄만 남자 저 바보만 남았다며 눈치 빠른 놈들이 튀어나오고 눈치 느린

놈들도 뒤따라 나온 것이다.

태괄은 두 팔을 들고 양들을 밀었다. 양들은 주춤주춤 물러나 우리로 돌아갔다. 양들이 태괄의 말을 들은 게 아니라, 팔 힘으로 양 무리와 대결해 이겼다고 말하는 편이 나았다. 양들은 힘으로 밀리자 포기하고 우리로 들어갔다.

"이……."

목동들에게 왜 나만 두고 가! 라고 외치고 싶었지만, 이유를 알기에 닥쳤다.

갈호와 함께 족장의 손녀들이 마을에 나타났다는 것 정도는 태괄도 들었다. 각의 무지개라 불리는 족장의 일곱 손녀는 유명했다. 지금 막 혼기로 접어든 서출 장남의 딸들도 정말 미녀라고들 하는데, 정작 인기가 좋은 건 상냥하고 사랑스러운 부족장의 장녀였다. 그녀만 나타나면 마을 청년들은 모두 정신을 놓고 그 소녀를 보러갔다. 물론, 그 뒤에 그 장남인 가투가 있어서 말도 제대로 못 걸지만 말이다.

그때, 양 한 마리가 도망쳐 버렸다. 태괄은 그 뒤를 쫓아가려 했다. 양은 우 달려가다가 들어오던 개와 부딪혔다. 양은 기겁하며 태괄에게 달려왔다. 그러나 태괄은 거대한 사냥개를 보자 양이고 뭐고 다 잊고 급히 고개를 돌렸다.

더 찾을 필요도 없이 호련이 와 있었다. 호련은 태괄을 등지고 서서 막 돌아온 큰 목동과 이야기를 하고 있었다. 목동은 잔뜩 흥분해 말했다.

내용을 들어보니, 양 치는 개에 대한 이야기였다. 양 치는 개들은 소녀가 데리고 다니는 무시무시한 사냥개와는 다른 종자들이라 귀엽고 털도 북슬북슬했다. 물론 귀엽든 말든 그놈들도 태괄을 바보로 여겼다.

소녀는 목동이 건네주는 강아지를 받아 들고 물끄러미 보았다. 보통 소녀라면 무진장 귀엽다고 외치며 끌어안을 테지만, 소녀는 아주 살짝, 정말 살짝 볼을 붉혔을 뿐이다. 그렇게 잠시 보곤 목동에게 주었다.

"어미한테 돌려줘요."

"가지고 가셔도 됩니다."

"난 필요 없어요."

"귀엽지 않아요?"

"개들은 칭찬받는 일을 할 수 있는 곳에 있어야 해요. 우리 집에서는 쓸모없는걸."

그러나 소녀의 이글거리는 눈을 보니 귀여워 죽겠다, 가지고 싶다, 라고 생각하고 있었다. 강아지를 건네주는 손에도 힘이 들어가 있었다. 도저히 손이 떨어지지 않는 것이다. 목동이 강아지를 받아 들자 호련은 간신히 손을 놓았다.

"그럼 가져다 놓을게요."

목동은 강아지를 데리고 사라졌다. 드디어 호련과 태괄, 단둘만 남게 되었다.

호련은 여전히 태괄을 보고 있지 않았다. 양 떼들을 보다가 하늘을 보고는 고개를 숙여 짚을 걷어찼다. 날 때부터 노파라는 별명이 있을 정도로 조숙한 데가 있는 소녀란 건 벌써 들어 알고 있었다. 성격은 그다지 귀엽지 않고, 종종 무시무시하게 화를 낸다는 말도 들었다.

그러나 노을에 젖은 소녀의 얼굴을 보며 태괄은 그 모든 말을 잊기로 했다. 예쁜 소녀들은 궁에서 많이 봤다. 그러나 소녀에게는 그 나이를 초월한 위엄이, 보는 사람을 조용하게 만드는 힘이 있었다. 소녀는 아주 작은 어른의 얼굴을 하고 있었다.

"저……."

입이 간신히 떨어졌다. 소녀가 고개를 돌렸다. 그런데 그 순간, 눈앞으로 개가 쑥 나타나 태괄을 자빠뜨렸다. 태괄은 어떻게든 말을 하려 했지만 개는 너무 좋아하며 태괄의 얼굴을 혀로 쫘악 핥아 올렸다.

"으아아악! 저, 저리 가! 저리 가라고!"

태괄은 몸을 웅크리고 개가 핥지 못하도록 팔을 휘저어야 했다.

"와, 장아. 싫어하잖아."

장이라 불린 개는 축 늘어져 호련에게 돌아갔다. 태괄은 다시 고개를 들고 말하려 했지만, 그때 목동이 뛰어들었다. 목동은 태괄을 발견하고 눈꼬리를 올렸다.

"너, 여긴 왜 있는 거냐?"

"저기, 아가씨에게 감사 인사를 하고 싶습니다."

"아, 그래?"

목동은 얼른 소녀에게 태괄에 대해 설명했다.

소녀는 고개를 끄덕이더니 개를 불렀다. 시무룩하게 있던 개가 다가오자 소녀는 목동에게 태괄을 가리키며 뭐라 말했다. 목동이 개를 데리고 왔다.

"너를 구한 건 이 개이니, 이 개한테 감사하면 된다고 하신다."

"……."

태괄은 개를 보았다. 개는 기대에 찬 눈으로 태괄을 보고 있었다. 태괄은 개에게 저녁으로 받은 육포를 주었다. 개는 육포를 물고 소녀에게 돌아갔다. 소녀가 허락하자 개는 얼른 육포를 삼키고 태괄에게 애정 어린 눈을 보내며 꼬리를 흔들었다. 소녀는 여전히 돌아보지 않고 있다가, 개의 감사 인사가 끝나자 목덜미를 잡고 갔다. 결국 말도 못 붙인 태괄은 그 뒷모습만 보고 있어야 했다.

큰 목동이 다가와 측은하다는 듯 태괄을 보았다.

"어이. 너는 언감생심이야, 꼬마."

미안, 너야말로 나한테 말 거는 게 사실 언감생심이야, 라는 말이 목구멍까지 올라왔다. 살랍 정도 되는 나라의 적왕자가 족장의 둘째 딸에게 청혼하는 것은 일도 아니다. 목동이 자기 여자인 양 으스대는 것에 부아가 치미는 건 어쩔 수 없었다.

다음날 태괄은 벌판으로 나가 양 떼를 사방으로 풀어놓고 있었다. 원래는 다른 벌판으로 가야 하지만 태괄에게는 그 정도에서 양들을 놓치고 멍하니 지평선을 보는 것이 한계였다.

그때, 지평선 너머로 호련이 다른 양 떼를 몰고 나오고 있었다. 혼자는 아니었다. 옆에 사촌들과 언니도 같이 있었다. 호련을 졸졸 따라다니는 쌍둥이 동생들은 없었다.

족장의 손녀들이라도 다들 할 일은 했다. 호련은 새처럼 재잘대는 언니와 사촌들과는 달리, 멍하니 지평선 너머를 보거나 사냥개들을 끌고 돌아다녔다. 그녀는 누구와 같이 있어도 혼자 있는 듯 보였다.

아니, 소녀를 보고 있으면 이상하게도 태괄은 세상에 아무것도 없는 듯 느껴졌다. 조숙한 얼굴도, 생각에 잠긴 듯한 표정도, 무심하면서도 우아하게 움직이는 몸도, 태괄의 모든 감각을 흡수한다.

각의 무지개, 그럼 너의 색은 무엇일까.

아마도 남색일 것이다. 저녁 무렵의 동쪽 하늘 같은, 짙고 깊은 푸른빛.

그 짙은 푸르른 빛이 좋다. 그리고…….

호련이 말을 몰고 태괄 옆을 지나갔다.

태괄은 소녀가 모든 것을 빨아들이는 것을 느꼈다. 숨소리조차 없어지는데 이상하게 심장 소리만 커져 갔다. 다 멎는데, 그것만은 쾅쾅 밀치고 올라온다.

말하고 싶었다.

나를 봐. 내가 있어.

여기, 내가.

네 눈을 보고 싶어.

그러나 형님은 왕위를 잃었고, 어머니는 유폐되고, 태괄은 죽을 뻔하고 여기에 숨어 있다. 왕자인 태괄이 아닌, 그저 태괄은 아무것도 아니었다. 일은 더럽게 못하고, 운도 없어서 저 소녀에게 말조차 못 걸었다. 그렇게 나는 아무것도 아니다.

소녀가 바로 옆으로 지나가도 태괄은 말을 할 수가 없었다. 소녀의 말은 한 발, 두 발 느릿느릿 가다 소녀가 말 허리를 차자 속도를 높여 지평선 너머로 사라졌다.

후회는 당연한 수순처럼 밀려들어왔다. 다음, 다음에는 반드시. 그러나 과연 그다음의 기회가 와도 제대로 할 수 있을지 모르겠다. 그는 아직 아무것도 아니니.

가을이 저물 무렵, 각의 영지에도 축제가 열렸다. 태괄은 처음 보는 방식의 축제였다. 납경의 호화로운 축제와는 달리 정말 시끄럽고 요란했다.

씨름과 격투가 열리고, 늑대 잡기 경기와 말 달리기 경기도 열렸다. 다들 들떠 올라도 태괄은 사람들하고 섞이기 싫어 그냥 처박혀 있었다. 게다가 여러 곳에서 사람들이 오면 태괄의 얼굴을 아는 사람도 섞여 있을지도 모른다. 각의 영지는 크고, 부족장 역시 근방에서는 유명하다. 그러니 교역 도시를 다니는 상인들도 인사하러 올 테고, 그중에 태괄을 아는 사람이 하나도 없을 리 없다.

족장이 왔다는 말도 어깨너머로 들었다. 부족장과 사이가 좋지 못한 서출 아들들, 즉 호련의 백부들도 마을로 왔다. 족장이 어떻게든 애써보고 있다고는 하지만, 좋지 않은 분위기는 외부인인 태괄도 느낄 수 있었다. 대립의 요소란 요소는 다 있었다. 서출이지만 장남, 셋째 아들이지만 차기 족장. 게다가 셋째 아들이자 호련의 아버지는 영지를 관리하고 있다. 부족장은 점잖고 너그러운 사람이라 형들과 크게 맞서려 하지는 않았지만, 형들은 아니었다.

그 불편한 기류는 자식들에게 고스란히 옮겨갔다. 각의 일곱 무지개라는 화려한 호칭을 받는 딸들도, 적출인 부족장과 그 동생의 아들들과 서출 형들의 아들들 역시 대립했다.

갈호는 그중에 장남의 아들이었다. 흉맥산맥의 부족인 흉맥족 여자와 장남 사이에 태어난 아들로, 서출의 서출이었다. 장남이 거부하고 흉맥족에 맡겼던 것을 부족장이 데려와 아들들과 같이 키웠다. 갈호는 부족장의 친아들이나 다를 바 없었으나, 동시에 장남의 아들이기도 해서 이런 자리에서는 애매하고 불편한 존재이기도 했다.

늑대 잡이 경기에도, 말 달리기에서도, 심지어 격구와 씨름 대회에서도 자식들 간의 알력은 아버지들이 단속할 수 없는 문제였다. 특히 부족장의 장남인 가투는 영리하고 자존심 강한 청년이라 싸움을 피하지도 않았다. 전해에는 경기 끝나고 마을 청년들끼리 싸움이 났다는 말도 들었다.

딸들 간의 대립은 덜 눈에 뜨였지만 오히려 날카로웠다. 장남의 딸들은 미모를 가지고 있어도 서출의 딸이라는 것 때문에 혼처의 급이 떨어지는 데 자존심 상해하고 있었다. 반면, 적출의 딸들은 그들이 자기 미모를 너무 과신한다고 재수 없어 했고, 이건 유감스럽게도 마을 아가씨들도 같은 의견이었다.

"싸움 났어."

결국 그해도 날 싸움이 났다. 항상 지켜보던 갈호가 잠시 자리를 비운 틈에 장남들끼리 싸움이 난 것이다. 그걸 지켜보던 여동생들끼리 티격태격 오가다 결국 고함 소리가 났다.

어쩌다 싸움이 커졌는지는 모르지만, 란의호가 호가추를 떠밀어 넘어뜨린 게 문제였다. 화난 호가추가 뭐라 하자 우호가 호가추의 머리를 후려쳤다. 옆에서 보던 호련이 있는 대로 화가 치밀어 외쳤다.

"저거 물어!"

그리고 장이는 정말 물었다. 그저 치마만 덥석 물고 시늉만 한 거였지만 장이의 무시무시한 덩치 덕에 우호는 경기를 일으켰다. 오히려 장이가 더 놀라 어리둥절해했다.

갈호가 달려와 개의 목줄을 잡은 덕에 일이 커지지는 않았고, 개는 용서받았지만 호련은 용서받지 못했다. 부족장은 씩씩대는 딸을 들고 영주관의 방 안에 넣었다.

"사과하지 않으면 오늘 내내 여기서 못 나온다."

호련은 사과하지 않고 주저앉았다. 둘째 딸의 고집을 아는 부족장은 호련을 놓아두고 나왔다. 자존심이 있어서 감시하거나 지키지 않아도 나오지 않을 거란 걸 그도 알아서, 괜히 하녀 하나 고생시키지 않겠다는 생각에 감시는 붙이지 않았다.

밤이 저물자 마을 사람들 모두 마을 광장으로 나가서 조용했다. 태괄은 목동들 숙소를 나와 영주관으로 향했다.

영주관의 불은 모두 꺼져 있었다.

자나.

태괄은 영주관 앞에 앉아 호련의 방을 찾아보았지만 모르겠다. 그동안은 일하느라, 아니, 일 망치느라 바빠 영주관 근처에 얼씬도 못했다. 게다가 평소에 장남인 가투의 눈에 뜨이지 않고 부족장의 딸들에게 접근하는 건 불가능했다.

태괄은 영주관 안으로 슬그머니 들어갔다. 아무도 없다. 태괄은 주변을 돌아보았지만, 역시 조용할 뿐이다.

태괄은 잠시 생각한 뒤에 작게 말했다.

"어이, 장아."

그때, 저 멀리서 어마어마한 소리가 터졌다. 태괄은 장이가 자기 개도 아닌데 자랑스러웠다. 역시, 너라면 알아들을 줄 알았어.

"어디 있어?"

개 짖는 소리는 창고 안에서 나고 있었다. 창고의 빗장을 뽑자 개가 급하게 달려나와 태괄에게 매달렸다.

"너도 벌받는 거냐?"

개는 끙끙대며 태괄을 물고 늘어졌다. 항상 느긋한 장이가 당황하는 건 처음이었다.

"왜?"

장이는 옷자락을 놓고 컹컹 짖더니 달리기 시작했다. 태괄이 가만히 있자 펄쩍 뛰어오르며 짖었다. 따라오라는 건가? 태괄은 그 뒤를 따라 달렸다. 개는 초원으로 나가 숲으로 들어갔다. 우기가 끝나면 바로 벌판으로 늑대들이 몰려온다. 게다가 축제 기간의 숲에는 들어오는 사람도 없어 더 위험하다. 그런데 장이는 그곳으로 가고 있었다.

"왜……."

태괄은 장이를 따라갔다. 숲으로 들어가다 어두워 발을 멈추자 장이가 재촉하듯 짖었다. 태괄은 더듬더듬 앞으로 나갔다.

옆으로 검고 큰 그림자가 휙 지나갔다. 태괄은 단도를 감아쥐고 그 그림자를 노려보았다. 갑자기 거대한 늑대가 눈앞을 확 덮쳤다. 태괄은 단도를 휘둘러 그 목을 찍었다. 낡은 단도라 가죽 뚫는 건 어려웠지만, 늑대는 금방 숨이 끊어졌다.

"장아!"

장이가 다시 짖었다. 녀석 안 도와주고 어디로 간 거야, 하고 숲으로 뛰어들었다가 장이가 왜 오지 못했는지 알게 되었다. 장이는 어깨를 낮추고 으르렁대며 늑대와 맞서고 있었다. 커다란 늑대는 장이보다는 작아서 덤비지 못하고 있었지만, 한 마리가 아니었다. 바로 옆에서 늑대가 머리를 들이밀며 뛰어올랐다. 태괄은 단숨에 늑대의 목을 조이고 단도를 찔러 넣었다. 늑대가 즉사하자 다른 늑대가 뛰어들었다. 장이가 늑대의 목을 물었다. 와드득 소리와 함께 단번에 늑대의 숨이 끊어졌다. 깔개처럼 축 늘어져 헤헤 웃고 다녀도 사냥개는 사냥개였다. 장이가 으르렁대자 덤불 속에 숨은 늑대들이 물러났다.

태괄은 장이의 뒤를 보았다. 그리고 장이가 왜 그렇게 난리를 쳤는지 알게 되었다. 작은 몸이 엎어져 있었다. 팔은 뒤로 묶이고 눈도 가려져 있었다. 팔을 묶은 끈은 나무에 이어져 있었다. 다가가 보니 소녀의 팔목은 이미 피투성이였다.

호련이다.

"누구야? 누가 온 거야?"

호련이 고개를 들었다. 볼이 눈물범벅이었다. 태괄은 화가 치밀었다. 누가 이런 짓을 한 건지, 누군지 몰라도 그 목을 쑤셔놔도 속이 풀리지 않을 것 같았다.

"뭐야? 너야, 무호? 너면 꺼져! 여기다 묶어놓고 간 건 너잖아! 우호 계집애가 뭘 시킨 거야!"

그건 서출 차남의 장남 이름이다. 같은 편이랄 수 있는 우호 대신 복수해 준 걸 테지만, 그러나 심했다. 낮이라면 몰라도 밤에 여기에 두면 목숨이 위험하다.

태괄은 소녀의 몸을 잡아 일으켜 세웠다. 다른 사람이란 걸 눈치챈 호련이 조용해졌다.

태괄은 쉿, 하고는 주변을 둘러보았다. 늑대들은 이제 뒤로 물러났다. 태괄은 소년이긴 해도 또래보다는 큰 편이다. 늑대들이 어른 남자로 볼 수도 있다.

잠시 뒤, 늑대들이 모두 사라졌다. 장이는 계속 으르렁대며 주변을 살폈다. 안심한 태괄은 호련의 손목을 묶은 끈을 단도로 끊었다.

"너야?"

호련이 턱 아래에서 물었다. 뭘 묻는 건지 모르겠지만, 태괄은 숨이 빨라졌다. 호련이 태괄의 옷자락을 잡았다.

"혹시, 너야?"

너.

누굴 말하는 걸까? 기다릴 사람이 있던 걸까, 아니면 기대하던 사람이 있는 걸까?

태괄은 가시에 찔린 듯 날카로운 아픔을 느꼈다. 호련이 급히 머리를 덮은 천을 치우려 했다. 태괄은 손을 내려 호련의 팔을 잡았다. 가느다란 팔이 두 손에 잡혔다. 태괄은 힘을 주었다. 소녀는 그 팔 안에서 아무 힘도 쓸 수 없었다.

"너…… 맞아?"

호련이 목소리에 자신감이 없다.

어느 순간인지 모르겠다. 달빛이 목덜미에 닿고 청아한 밤벌레 소리가 들릴 때였는지, 바람이 서늘하게 느껴질 때였는지.

가슴 아래로 뻐근하고 저릿한 감각이 스쳐 지나갔다. 그리고 달빛 속에 그 얼굴을 바라보았다. 그날 이후 가장 가까이 보는 얼굴을.

이만큼 예쁜 아이는 많을 거라 생각했다. 마을 사람에게 으스대지 말라고, 내가 본 건 너희들보다 많다고 말하고 싶었다.

그래, 예쁜 아이는 많겠지.

그러나 이 세상에 너는 너 하나뿐.

태괄은 팔에 힘을 주고 고개를 숙였다. 소녀의 작고 따스한 입술이 입술에 닿는다. 저 너머에서 떨림이 전해지며 놀라움과 긴장감이 느껴진다.

이건.

달콤하고, 날카롭고, 강렬하고, 또한 안타깝다.

저리고 아프고 떨린다.

태괄은 입술을 떼고 꼼짝도 하지 않는 얼굴을 보았다.

난…….

뭐라 말해야 한다 생각했다.

그때, 개 짖는 소리가 들렸다. 장이가 급히 일어나 짖어댔다.

“저기다!”

“부족장님, 저깁니다!”

태괄은 급히 손을 놓았다. 호련은 안대를 풀지 못한 채 멍하니 바라보았다. 태괄은 덤불 속으로 뛰어들었다. 막 숨었을 때 횃불이 보였다. 횃불 사이로 호련의 아버지가 뛰어들었다.

“호련아.”

부족장 급히 손을 들었다. 호련은 안대를 치우고 아버지를 보았다.

"아버지!"

겁에 질렸던 소녀는 두 팔을 벌리고 아버지의 품으로 뛰어들었다. 부족장은 소녀의 몸을 안아 들고 숲 밖으로 달려나왔다. 그 뒤를 따라 갈호와 장남인 가투가 왔다. 가투의 손에는 무호의 귀가 잡혀 있었다. 누군가가 호련이 없어진 걸 알고 부족장에게 알리고, 저 무호가 범인이란 것도 들킨 것이다.

호련은 아버지의 목을 안고 울음을 터뜨렸다. 부족장은 딸을 달래며 등을 쓸어 내렸다. 그러나 아버지 역시 겁에 질린 딸 못지않게 놀라 있었다. 태괄도 새침떼기처럼 구는 호련이 겁에 질린 건 처음 보았다.

그때, 덤불 너머로 갈호가 죽은 늑대 시체를 살피는 것이 보였다. 태괄은 급히 돌아갔다. 그러나 좀 달리기도 전에 늑대가 튀어나왔다. 늑대는 태괄을 향해 이를 드러내며 달려들었다.

"으악!"

미처 준비도 못했다. 놀라 단도를 들기도 전에 엄청난 속도로 덤불이 헤쳐지며 누군가의 몸이 번개처럼 뛰어올랐다. 다음 순간, 그가 도끼를 찍듯 늑대의 목을 향해 단도를 박아 넣었다. 늑대는 끙 소리도 내지 못하고 즉사했다.

태괄은 달빛 아래 단도의 피를 떨쳐 내는 갈호를 보았다.

"너구나."

갈호는 그리 말하며 턱의 피를 닦아내고는 태괄에게 왔다.

"네 솜씨였어."

"그게……."

"어디서 배운 거냐고 묻지는 않겠다. 답하지 마. 하지만…… 그냥 살랍의 어리바리한 귀족인 줄 알았는데, 그건 아닌 것 같아."

태괄의 얼굴이 굳었다.

"부족장님에게 말씀드리겠다. 너, 그대로 놔둘 수가 없잖아."

태괄이 말이 없자 갈호는 피식 웃고는 태괄의 머리를 두드렸다.

"네가 죄인이 아닌 이상 걱정할 거 없으니 우선 돌아가라. 어서. 찔리는 거 있으면 지금 도망가고."

갈호는 숲 속으로 들어갔다. 태괄은 다시 늑대를 만나기 전에 숲 밖으로 뛰어나왔다. 숲 어귀에 마을 사람들이 모여 있었다.

가투가 손에 쥔 무호를 백부에게 집어 던졌다.

부족장이 말했다.

"장난이 심했습니다, 형님. 지금 숲은 위험합니다."

"네 딸도 장난이 심했어."

"그래도 그건 목숨이 위험하지는 않았습니다. 개가 치마를 물고 늘어진 것과 늑대가 우글대는 숲에 묶인 채 던져지는 건 다릅니다, 형님."

부족장은 정말 화가 나 있었다. 평소에 점잖던 사람의 목소리가 떨리고 있었다.

"호련이 다칠 수도, 죽을 수도 있었습니다."

"무사하잖은가."

"그건 별개 문제입니다, 형님. 이만 가십시오. 더 화내기 전에. 오늘 일은 아버지께 말씀드리겠습니다. 이건 가족 문제가 아니라 정식으로 항의하는 것입니다. 처분은 아버지께 맡기겠습니다. 그러니 오늘 형님은 가십시오."

부족장은 돌아서 영주관으로 향했다. 가투와 그 사촌 동생이 뒤를 따랐다. 그때, 숲 속에서 갈호가 나왔다. 친부와 눈이 마주치자 갈호는 무표정하게 고개를 돌려 부족장을 따랐다. 따라온 사냥개들이 갈호의 뒤를 따라왔다. 장이는 부족장 옆으로 들러붙어 주인을 안쓰럽게 보았다.

태괄은 돌아서 마을로 향했다.

너야?

누굴 부르는 걸까?

축제는 소란으로 엉망이 되어 끝나고, 장남과 차남은 자기 영지로 갔다.

그 겨울이 시작될 무렵, 부족장은 장남과 갈호를 데리고 교역도시로 떠났다. 해가 끝나기 전에 돌아올 거란 일정만 들었다. 날이 추워져 태괄은 멀리 나가기 귀찮아 몰래 우물을 마셨다가 현장에서 잡혔다.

"이제 여기서 일한 지 몇 달이 넘었잖아!"

라고 외쳐 봤자, 그들은 강을 가리킬 뿐이었다.

눈앞에 검은 강이 물결치는 것을 보며 태괄은 자신의 신세를 한탄했다. 막 물을 떠가려는데, 옆으로 거대한 머리가 슬그머니 달라붙었다. 돌아보니 거대한 개가 태괄을 보며 꼬리를 살래살래 치고 있었다.

"너!"

장이다. 개는 머리를 들이밀었다.

태괄은 머리를 쓰다듬어 주었다. 개는 황홀한 듯 눈을 감으며 꼬리를 세차게 쳤다. 장이가 있으면 분명 호련도 근처에 있다. 태괄은 본격적으로 개를 쓸어주기 시작했고, 개도 본격적으로 배를 깔고 태괄의 허벅지에 머리를 얹었다. 태괄은 기다렸다. 이제 곧 호련도 온다. 온다, 온다.

역시 개가 귀를 쫑긋 올리더니 얼른 일어났다. 그리고 다른 사람 앞에서 애교를 부린 일이 없다는 듯 자기 주인에게 졸랑졸랑 가서 머리를 척 내밀었다.

"장이, 여기서 뭐 하고 있었니?"

태괄은 얼른 다가갔다. 수풀이 그의 몸을 가렸다. 호련이 개의 얼굴을 살피다가 고개를 들었다.

"누가 있나?"

개는 얼른 고개를 돌리며 짖었다. 호련은 개가 짖는 방향을 보고는 태괄 쪽으로 다가왔다.

점점 가까워진다.

한 발만 더, 한 발만 더.

한 발, 한 발 다가온다.

말할 수 있다. 태괄은 허벅지에 힘을 주었다. 자, 한 발만 더 오면……!

"호련아."

호련이 고개를 돌렸다. 태괄은 주먹을 쥐고 땅을 후려칠 뻔했다. 호련이 다시 태괄 쪽으로 고개를 돌렸다.

"누구야?"

장이가 짖으며 더 세차게 꼬리를 흔들었다. 태괄은 당장 일어나려 했다. 그때, 큰 그림자가 성큼 앞을 가렸다.

"어. 나야, 나. 미안."

호련이 고개를 들었다.

"큰오라버니? 언제 여기 나온 거야?"

"아, 어머니가 찾으시더라. 얼른 가라."

"어머니께 말씀드리고 나왔는데. 놀다 와도 된다 하셨어."

"갑자기 시킬 일이 생각나셨나 봐. 어서 가. 응? 자, 어서."

태괄은 당장 일어나 이 부족장의 장남을 두들겨 패고 싶었다. 팰 수 있었다. 어차피 키도 별 차이 안 난다. 싸움도 자신 있다. 여태 이 장남을 참아준 것은, 이 남자를 팼다가는 호련이 아, 강한 남자구나, 라고 생각하는 게 아니라 오라버니를 팬 미친놈으로 생각할 거라 걱정되어서 그랬던 것뿐이다. 하지만 지금은 너무 화가 나서 참을 수가 없었다.

태괄이 고함을 지르기도 전에 귀에서 불이 났다. 호련의 큰오라버니 가투가 태괄의 귀를 잡고 있었다.

"악, 뭐……!"

"너 같은 놈이 여기에 너뿐인 줄 알아?"

"같은 취급 하지 마!"

"일어나."

가투는 태괄을 일으켜 세웠다. 태괄은 귀가 잡힌 채로 주변을 둘러보았다. 이미 호련은 없었다. 가투는 웃으며 손을 놓았다.

"이거, 호련이 건져온 녀석이네."

태괄이 노려보자 가투는 크게 웃었다.

"마침 찾으러 가려 했는데 알아서 와주니 고맙구나. 따라와."

"어디?"

"때리려는 거 아니니 와라. 아버지가 보자고 하신다."

아버지라면 부족장이다. 그리고 가투 뒤에는 갈호도 있었다. 갈호가 손을 흔들었다.

태괄은 잠자코 족장의 장남을 따라갔다. 별수 없었다. 여기서는 태괄은 왕자가 아니라 목동이고, 이 청년은 부족장의 장남뿐만 아니라 동네 악동 대장이다. 이 악명 높은 청년이 아름다운 여동생들을 이용해 동네 청년들을 어떻게 호구로 만들어왔는지는 익히 보아왔다.

가투는 태괄을 데리고 영주관 안의 부족장의 방으로 들어갔다. 부족장은 동생과 동생의 아들과 함께 있었다.

가투가 들어오자 부족장이 말했다.

"금방 데리고 왔구나."

"련이 앞에서 얼쩡대는 걸 잡아왔지요."

"그래. 일단 앉게나."

태괄은 시키는 대로 부족장 앞에 앉았다. 부족장과 마주하게 되자 왕자인 태괄도 긴장이 되었다.

"자네에 대해 조사했지. 물론 도와준 사람이 있어 그리 어렵지는 않게 알아냈네, 태괄 왕자."

태괄은 긴장했다.

숙부의 편인가, 아니면 형님의 편인가.

"자네 숙부는 오래 집권하지는 못할 것 같더군. 수도 근방만 대충 구슬린 것 같던데, 자네 형이 어떻게 하느냐에 따라 달라질 거야. 그럼 일단 자네도 돌아가야 할 테지."

형이 어떻게 하고 있는지 처음 듣는다. 태괄은 희망을 느꼈다. 납경의 어머니와 형이 보고 싶었다.

"돌아가 자네 일을 하게."

부족장이 옆의 갈호를 불렀다.

"이 아이가 자네를 데려다 줄 거네. 그리고 여기서는 서출의 서출이라, 재주에 비해 할 수 있는 일이 적어 안타까웠다네. 만약 그곳에서 이 아이의 능력이 쓸 만하다 여겨지면 긴히 써주면 좋겠네. 부탁할 건 이 정도야."

"그냥 보내주시는 겁니까?"

"그럼 자네를 두고 자네 숙부와 거래라도 할까? 그건 사양이네. 나는 어떤 방식으로든 살랍의 일에 끼고 싶지 않고, 또 끼어든다는 인상을 내 왕에게 보이고 싶지도 않네."

태괄도 능고의 왕에 대해서는 들어 알았다. 의심 많고 욕심 많은 자이자 후궁인 금비에게 휘둘리는 왕이기도 했다. 왕의 서출 왕자인 여환에 대해서도 들었다. 동부의 평정자이자 맹호, 능고의 가장 빛나는 별이다.

"그러니 당장 이곳을 떠나게. 곧 자네 숙부 귀에도 들어갈지 모르니 서두르게."

"알겠습니다."

부족장은 태괄을 물끄러미 보았다.

무슨 말인가 생각하는 것 같다. 태괄이 긴장하며 보자 부족장은 한숨과 함께 말했다.

"가투 녀석이 자기 여동생들을 이용해 마을 청년들 등쳐먹고 놀린다는 건 알아. 아직은 장난이라 봐주고 있긴 한데, 이제는 슬슬 그만두라고 말할 생각이네……. 그래. 자네, 혹시 내 딸 중 마음에 든 아이가 있나."

태괄은 머릿속이 환해졌다.

형이 왕이 되면 태괄은 지금과는 달라진다. 당당하게 청혼할 수 있다. 그저 여기로 흘러들어 온 떠돌이가 아니다.

"아직 어리지, 자네는. 생각이란 게 하루에도 몇 번씩 바뀌는 나이야. 귀여운 여자한테 목숨이라도 걸 나이이기도 하지. 그래서 나는…… 그 나이의 연심에 크게 기대하지는 않아. 하지만 그래도 나도 한때 그런 소년이었으니 진지하게 말해주겠네. 자네가 나이 들어서도 그 연심을 잊지 못하면 그때 찾아와 청혼하는 건 괜찮아. 너무 이르지만 지금 이 자리에서 자네를 구혼자로 받아들이지. 단, 두 가지는 유념해 두게."

부족장은 손가락 두 개를 들어 보였다.

"하나는, 내 딸이 다른 남자를 택한다면 받아들이게. 나는 내 아이에게는 남자를 선택할 권한을 줄 생각이고, 그리 약속한 이상 반드시 지킬 생각이야. 그 아이에게 그만한 판단력은 있으니까. 다음은, 청혼할 생각이면 반드시 직접 와서 청혼하게. 거래도, 정략도, 다 필요 없어. 내가 필요한 건 딸을 지켜주고 사랑할 남자지, 왕자도 황제도 왕도 아니니까. 그러니…… 자네도 오로지 남자로 찾아와. 진심을 보이게."

그리고 부족장은 손을 내렸다.

"그것뿐이네."

딸들에 관한 한 그의 말은 진심이었다.

그의 딸들은 절대로 거래 품목이 될 수 없다. 그가 고르고 딸이 택하는 남자에게, 딸을 사랑하고 아낄 남자에게만 보낼 것이다. 그것이 그가 정한 사위의 조건이었다.

여기 와서 처음으로, 아니, 태어나서 처음으로, 태괄은 남자로 남자 앞에 선 기분이었다.

항상 형의 동생이고 왕의 아들이었다. 그러나 지금은 태괄이 가진 진짜 힘이 무엇인지 가늠하는 자 앞에 있는 것이다.

이 남자는 태괄 그 자체에 대해 묻고 있다.

너는 무엇인가.

그러나 태괄은 답할 수가 없었다.

아직 아무것도 아니었으니.

“돌아올 겁니다.”

“기대하겠네.”

당시 태괄은 그저 서출과 적출만 알았지, 자세한 내막은 듣지 못했다. 나중에 알게 된 사실이지만, 아마도 부족장 자신이 극단적인 정략으로만 묶인 결합으로 태어났기 때문에 아이들의 혼사에 그리 나온 것 같다.

한 줌의 애정도 없이 오로지 재산과 영지를 물려받을 자식을 낳기 위해 결합했던 부부에, 그 아내에게 딸려온 여자의 배를 빌려 태어났다. 그리고 그 결합이 각의 영지에 불화의 씨앗을 뿌리고 배신의 독초를 키웠다.

그런 근원을 가졌기에 그는 자신의 딸들만은 절대로 그런 운명에 맡길 수 없었던 것이다. 그는 행복을 위해 야망을 포기할 수 있는 남자였다. 모든 남자를 남자로 볼 수 있는 남자였다. 그래서 그 말은 진심이었다.

그러나 그날의 부족장은 자신과 자신의 동생, 자식들 모두 그렇게 될 줄 몰랐을 것이다.

태괄도 몰랐다.

다음 해, 태괄은 각의 족장 일족이 모두 몰살당했다는 소식을 들었다.

그때, 태괄은 마지막으로 보았던 부족장의 얼굴을 떠올렸다.

오로지 남자로 와라.

진심을 보이게.

태괄은 지평선을 노려보았다. 이제 슬슬 화가 난다.

전령은 비에 녹고 있는 것이 아닌지 싶을 정도로 느릿느릿 들어오는 중이다. 난간에 박혀 기다리던 태괄은 저놈 멱살을 잡으러 달려가고 싶다고 생각했고, 잠시 뒤에는 노려보고 있었으며, 그다음 총관저 아래로 내려가 기다리고 있었고, 얼마 지나지 않아 아예 성문 앞 경비병들 사이에 서서 전령을 노려보고 있었다.

전령은 태괄이 내 기어코 저놈의 목을 졸라 버리겠다고 다짐할 무렵 그의 앞에 섰다.

"어, 왕자님."

전령은 말에서 내렸다. 그의 우비 아래에 숨어서 졸던 매가 고개를 내밀었다가 태괄을 보고 다시 안으로 들어갔다.

태괄은 기가 막혔다.

"네가 지평선에서 여기까지 오는 데 얼마나 걸렸는지 알고는 있나?"

전령은 고개를 들어 천장을 본 뒤 답했다.

"오늘 안으로 도착하라는 명령만 들었습니다. 아침이든, 저녁

이든.”

“기왕 일찍 온 거 더 일찍 오면 안 되는 건가?”

“그건 좀.”

태괄은 전령을 가리켰다.

“너, 일부러 느리게 온 거지?”

“적당히 왔습니다.”

전령은 들고 온 왕의 서신을 흔들었다. 비에 젖지는 않았으나, 내미는 전령의 손은 태괄이 충분히 불쾌할 정도로 축축했다.

“폐하가 전하라는 말도 있었습니다.”

“그전에.”

태괄은 손을 뻗어 전령의 턱을 가린 두건을 잡아 내렸다. 열일곱 소년 같은 얼굴이 드러났다.

“들어와라.”

왕에게 보낸 지 닷새 만에 돌아온 것이다. 납경과의 거리를 생각하면 정말 빨리 다녀온 것이지만, 태괄에게는 느려 터졌다.

태괄은 전령이 뭐라 하든 말든 잡아끌어 집무실로 향했다. 가장 높은 곳에 있어서 벌판 끝까지 훤히 보이는 곳이다.

들어오자 전령은 허락하지 않아도 자리를 잡고 앉았다.

“형님이 뭐라고 하시던가?”

“왕자님이 사고 친 거라고 하던데요.”

“뭐?”

태괄은 어처구니가 없어 입을 벌렸다.

“다시 말해봐. 형님이 뭐라고?”

“그런 말 한 적 없다고 하시던데요.”

"내 귀로 직접 들었는데?"

"그러니까, 그런 식으로 말한 적은 없다고 하시던데요. 그래서 이건 왕자님이 사고 친 거라고 하셨습니다."

"그래서, 나더러 돌려보내란 거냐?"

"그게……."

전령은 왕자를 보았다.

"내가 형 왕위에 올리느라 고생한 게 얼마인데 나한테 그렇게 말해? 이거 하나 못 들어줘? 아무리 사고 친 거라도, 알아서 수습해 줘야 하는 거 아냐?"

"그대로 전할까요?"

"전해!"

화가 치밀어 뭐라 더 외치려는데, 전령이 담담하게 말했다.

"그건 그거고, 어쨌건 데리고 오라고 하셨습니다."

"뭐?"

"화를 내실 거면 끝까지 듣고 내셔야죠. 그래야 무안해질 일이 줄어든답니다. 데리고 오라고 하셨어요. 왕자님 원하는 대로 다 해준다고."

태괄은 놀라 전령의 얼굴을 보고, 잠시 이놈이 무슨 소리를 한 건지 생각해야 했다.

전령은 태괄의 손에 든 서신을 쳤다.

"자세한 건 여기 있고, 일단 저는 다 전했습니다. 닷새간 거의 잠도 못 잤으니 이만 쉴게요."

태괄은 펄펄 뛰어 속을 훤히 보여준 게 민망해 작게 말했다.

"수고했다, 갈호."

갈호는 손을 들었다.

"혼담은 집안 남자의 몫이죠. 수고랄 것까지야."

태괄이 원정을 성공시킨 부하들에게 베푼 연회는 저녁 무렵부터 시작되었다. 원하는 게 있으면 말만 하라 했고, 부하들은 양심과 체면과 눈치를 버리고 그리 말한 태괄 자신이 후회할 만큼 무분별하게 요구했다.

양을 잡아 굽고, 타는 목을 적실 삭힌 음료와 양념한 순대 구이, 값비싸고 향기로운 과실주가 놓였다. 태괄이 질색하는 악사들과 무희에, 심지어 분내 나는 고급 창녀들까지 불러왔다.

태괄은 죄다 싫었지만 다들 이런 자리에 그런 게 없으면 안 된다고 하니 참아주기로 했다. 그러나 무희들이 엉덩이 흔드는 걸 보는 것도 고역이었으며, 고급 창녀들이 들러붙는 것도 끔찍했다. 태괄은 그녀들이 몸을 잡을 때마다 파리 쫓듯 찰싹찰싹 치며 쫓아냈다.

누웅이 웃으며 말했다.

"왕자님은 참 여전하네요."

"다들 좋아하는데 나만 고역이니, 이것도 못할 짓이군."

"대체 왕자님은 뭘 즐기고 사시는지 모르겠어요."

"혼자 내버려 두면 그게 제일 즐겁다."

그래도 태괄은 부하들이 좋아하니 참아주기로 했다. 게다가 태괄의 자의로 이루어진 일이요, 태괄 덕에 한 고생이었다. 전리품을 양껏 나누어 준 것도 그 때문이었다.

"그런데 내내 왜 그렇게 무서운 표정입니까?"

"무서운 표정?"

"아니, 겁에 질린 표정인가?"

태괄이 노려보자 누웅은 얼른 술을 삼켰다.

태괄은 부하들을 보았다. 태괄만 빼고는 다들 즐겁다. 신나게 먹고 놀고 마시며 노래 부르고 여자들에게 치근덕대고 있었다.

"너도 저기 가서 놀지?"

"제 마누라는 제 털 개수까지 안단 말입니다. 괜히 저런 데 끼어서 놀다가 나중에 두들겨 맞고 쫓겨나고 싶지는 않아요. 그런데 왕자님, 왜 그래요?"

"여환이 꿈쩍도 안 하는 게 이상하다."

"왕자님이 어떻게 하든 말든 상관없다는 거죠. 돌려받거나 구해낸 뒤에 '그런 일 없음' 하고 선포하면 끝이니까."

"다른 사람이 뭐라 말하든 말든?"

"여환의 성격 아시잖아요. 그렇게 자기만의 관점으로 세상을 바라보는 놈은 세상에 다시없을 겁니다. 하지만 방심하지는 마세요. 여환 본인은 평온해도, 그 아버지인 왕과 금비는 속이 뒤집어질 테니 뭔가 하긴 할 테죠. 망신도 이런 망신이 없잖아요. 거기에, 아들은 구하러 갈 생각도 하지 않고 있으니…… 그런데 왕자님, 대체 폐하가 뭐라 하신 건가요?"

"이겼다고 칭찬하더라."

"말고, 그 아가씨에 대해서."

태괄은 아무 말도 하지 않았다.

"다들 짐작은 하고 있어요. 왕자님이 전쟁 나가서 여자를 전리품으로 챙긴 건 이번이 처음이니."

태괄은 흠칫 놀랐다. 누웅이 웃었다.

"왕자님은 항상 전리품에 관한 한 공평하셨죠. 금은보화, 포로, 말, 심지어 여자까지. 그래서 우리들이 좋아하는 거고. 그런데 왕자님이 자기 몫을 먼저 챙긴 건 이번이 처음이었어요. 그것도 여자. 왕자님이 그 아가씨 데리고 들어갔을 때만 해도 저는 정말 이야기만 나눌 줄 알았어요."

태괄의 얼굴이 붉어졌다.

"그런데 뭐…… 그다음은, 우리가 더 놀랄 일이었지요. 맙소사, 그렇게 숨도 안 쉬고 달려들 줄이야. 우리는 말이죠, 언젠가 왕자님이 고자이든가 아니면 남색이라는 절망적인 사실을 알게 될까 늘 두려웠거든요?"

"야."

"그래서 이번에 우리들은 안도했습니다. 폐하도 안도하셨을걸요. 아, 우리 왕자님이 남자긴 남자구나. 고자와 남색에 걸었던 놈들이야 돈 좀 잃었지만."

태괄은 이놈들을 죄다 일렬로 세워놓고 한 대씩 쥐어박고 싶었다.

"너는 뭐에 걸었냐?"

"저는 안 걸었습니다. 왕자님을 믿었거든요."

"솔직하게 말해."

"……남색은 아니었습니다."

"……."

"그리고 우리가 속아서 여기까지 온 게 아닌가, 라는 생각도 들더군요."

누웅은 당황한 왕자를 보며 술을 더 마셨다.

"여환 왕자를 골탕 먹이려고 간 게 아니라 왕자님 사심을 채우려고 거기까지 간 것 같다는 거죠. 그리고 왕자님은 첫날부터 지금까지 눈에 빤히 보이도록 그걸 증명하고 계시죠."

"닥쳐라, 제발."

태괄은 누웅을 제대로 보기도 어려웠다.

"옆에서 보니 눈물이 날 지경이던데요. 여기 오는 내내, 그리고 와서도, 꽉 찬 그릇을 든 마냥 조심조심, 안절부절."

이제 태괄은 누웅의 턱을 간절하게 갈기고 싶었다.

"그만해, 제발. 내가 정말 바보처럼 보인다."

"바보 맞죠."

"야."

부하들이 더 질펀하게 놀기 시작했다. 여자들 옷을 하나둘 벗겨내고 들러붙으며 음탕한 소리들을 지껄여 대니, 무척 질퍽질퍽해진다. 먹는 거에나 전념하는 건 태괄과 누웅뿐이었다. 태괄은 이런 자리에 자신과 비슷한 짓을 하고 있을 갈호를 찾았다. 갈호는 술과 여자는 아주 싫어하지만 고기는 좋아해서, 태괄의 눈에 뜨이지 않는 곳에서 양갈비를 뜯고 있었다. 그리고 가장 눈에 뜨이지 않는 곳은 바로 태괄의 뒤였다. 간신히 갈호를 찾은 태괄은 고개를 돌리고 갈호를 보았다.

"네 생각은 어떠냐? 너도 족장 집안의 남자잖아."

"저는 서출의 서출입니다. 부스러기죠."

"그래서 너는 남자가 아니란 거냐?"

"네."

그리고 앞이나 보라는 듯 손을 저었다.

"……."

출생의 고통을 책임 회피의 도구로 써먹는 놈은 이놈이 유일할 것이다. 이놈에게 도움을 청한 게 잘못이다.

옆에서 누웅이 물었다.

"그런데 폐하가 정말 뭐라 하셨나요?"

"돌려보내지 않고 내가 가져도 된다고."

"그럼, 왜 그런 표정입니까?"

태괄은 아무 말 하지 않았다.

누웅이 혀를 찼다.

"왕자님, 여환은 약혼자일 뿐이고, 그 아가씨는 왕자님 여자라고요. 감이 안 잡히면 그 아가씨를 다른 남자 아내로 보낸다고만 생각해 봐요. 상황이 단숨에 지평선 끝까지 보일걸요."

"……."

누웅은 태괄의 답을 기다렸지만 침묵은 좀 길었다. 태괄은 술을 삼키고 자리에서 일어났다.

"어디 가십니까?"

"잘 놀아라. 나는 이만 간다."

"저놈들 서운해할 텐데요."

"이런 연회에 남자 놈은 하나라도 줄어드는 게 낫다. 게다가 내가 저놈들하고 여자들 다툴 체면은 아니잖아."

"어차피 왕자님은 저런 여자들 싫어하잖아요. 지난번 왕자님 기분 풀라고 저희들이 넣어드린 여자 멱살 잡고 내던지면서, 저 여자가 나를 겁탈하려고 했다며 펄펄 뛰실 때는 우리들 모두 황당했죠.”

“잘 알면서 부르나.”

“왕자님만 싫어하니까.”

“충심이 참 선택적이구나.”

태괄은 연회장을 나섰다. 갈호의 시선이 느껴졌지만 태괄은 돌아보지 않았다.

태괄은 복도로 들어갔다. 이 성채는 연회장과 연무장, 방은 크게는 만들었지만 계단이나 복도는 오솔길처럼 좁다. 좁은 계단을 지나다니다 보면 벽에 눌리는 기분이 들기도 한다.

태괄은 계단을 올라가 성의 본채로 갔다. 지나가는 왕자에게 경비병들이 인사를 했다.

모든 게 참 우기답게 무심하고 평화롭다. 술에 취하기라도 하면 기분이 나을 텐데, 태괄은 아무리 술을 퍼마셔도 꾸벅꾸벅 조는 것 이상의 추태는 부려본 적이 없다. 그나마 졸릴 만큼 마시지도 못했다.

조용한 가운데 멀리서 빗소리가 들려온다. 북소리와 웃음소리, 거의 소음에 가까운 노랫소리도 섞여 있다.

정처 없이 걷다 보니 방 앞이다. 거의 닷새 만에 이렇게 보는 것이 되는 거라 생각하며 문을 열었다.

호련은 침대에 기대앉아 바느질을 하고 있었다. 신발을 뜯어고치는 중이었다. 감옥에 있을 할머니 몫인가 보다. 태괄이 들어왔다는 것을 알아도 그녀는 바느질만 하고 있었다.

차라리 노려보는 표정이 낫지, 저렇게 시무룩한 표정은 싫었다.

세상에 실망하고 절망한 얼굴이다. 노려볼 때는 적어도 태괄을 보고는 있지만, 저 표정을 이끌어내는 자는 태괄이 아닌 전혀 다른 사람이었다.

대체 누구지, 누가 당신을 그리도 절망하게 하고 슬프게 하나.

"그런 표정으로 있지 마."

그리고 볼을 건드리자 호련은 고개를 돌렸다.

"왔네."

놀라지도 않는다. 들어온 것을 몰랐나, 라는 생각이 들 정도로 의외의 반응이다.

호련이 묻는 눈을 보낸다. 내내, 왕이 무슨 명령을 내렸을지 궁금해하고 있을 것이다.

말을 할까, 하다가 그만두었다. 지금 알아봤자 뭘 하려고.

"아가씨가 그렇게 풀죽어 있는 게 싫어."

태괄은 호련의 얼굴을 살폈다. 정작 태괄을 보는 얼굴은 돌 한두 개 정도로는 끄떡없는 수면 같다. 처음부터 그녀는 태괄을 두려워한 적은 없다. 검은 강에서 그를 보았을 때도, 막사 안에서 그를 붙잡았을 때도, 여기에 왔을 때도 두려워하지는 않았다.

"기분 풀어줄 테니 원하는 거 있으면 아무거나 말해봐."

"고향으로 보내줘."

"그래, 보내줄게."

"정말?"

"그래, 보내준다고…… 웃네? 아가씨를 기쁘게 해서 나도 기분이 좋군. 내가 이런 걸 할 수 있을 줄이야."

"그렇게 해도 된다고 했어?"

"단, 몇 가지 당신이 할 일이 있긴 하지."

그리고 태괄은 호련의 팔을 잡았다. 가느다란 팔이 손안에 잡혔다. 긴장감에 호련의 팔이 굳는 것이 느껴진다.

그날 호련이 그렇게 나올 줄 몰랐다. 차라리 울고불며 절대로 그리할 수 없다고 했으면 알겠다고 했을 것이다. 얼어붙어 덜덜 떨기만 했다면 그래도 역시 알겠다고 했을 것이다. 하지만 호련의 말은 의외였다.

그 순간, 안에 있는 무언가가 툭 부러진 것 같았다. 덫에 걸린 것 같았다. 차라리 잡히길 바라는 그런 덫.

더 이상 나가지 말라고 머리는 말했지만, 굶주린 자에게 주어진 한 끼 식사를 본 듯 허기를 느꼈다. 그의 여자로 만들 수 있다는 것에 단숨에 굴복해 버렸다. 참으라는 건 태괄더러 그냥 죽으라는 말이나 다를 바 없었다. 머리카락에 손이 닿는 순간, 그다음부터는 도저히 그만둘 수가 없었다.

태괄이 말이 없자, 호련이 태괄을 잡고 흔들었다.

"뭔데?"

"아가씨, 아가씨가 고향에 돌아가면, 내게 돌아가라 할지도 몰라. 아가씨가…… 나하고 별일 없었던 게 아니잖아."

"상관없어. 어차피 나 말고 족장 가문을 이을 사람도 없는걸. 그리고 할머니가 닥치라고 하면 다 닥칠 거야."

"할멈이 좀 무섭긴 하지. 그래도 남들이 다 욕하면 말이야, 나한테 돌아와도 좋아."

호련이 어처구니없다는 듯 웃었다.

"그건 당신이 걱정할 거 없어. 그리고 만약, 당신 아이라도 낳게 되면…… 당신과는 비할 바 없는 좋은 남자를 만나 혼인할 테니 걱정 마. 그 사람이 그 애와 다른 아이들의 아버지가 되어줄 테지."

"나보다 근사한 남자는 만나기 힘들 텐데."

"글쎄."

태괄은 호련의 수하였던 단륭이 생각났다. 호련이 부를 때 들었다. 호련의 아버지는 호련으로 데릴사위를 들일 생각이었으니, 일이 순리대로만 되었다면 그 단륭이 호련의 남편이 되었을 가능성이 높다. 충직하고, 무예도 출중하고, 또 호련을 연모하는 것이 빤히 보인다. 호련 아버지가 보기에도 마음에 드는 사윗감이었을 테지. 딸에게 벌벌 기면서 장인 말을 고분고분 들어줄 사위가 되어주었을 테니. 호련이 돌아가 단륭에게 자기 남편이 되어달라고 하면, 그는 당장에 달려들어 무릎을 꿇을 것이다.

그리 생각하니 정말 단륭이란 놈이 호련 몸에 손댄 듯 화가 치민다. 실제로는 아무 일도 없었는데.

태괄은 호련의 무릎에 머리를 얹었다. 머리에 따스한 무릎이 닿자 몸이 풀린다.

"왜 이래?"

이상하게 보일 것이다. 그의 머리는 무방비하게 그녀의 품 안에 있었다. 큰 개가 머리를 쓸어달라고 애걸하듯 그는 그렇게 가만히 있었다. 당장 머리카락을 잡아당기며 머리 치우라고 할 줄 알았는데, 호련은 부드럽게 태괄의 머리카락을 쓸어 올려주었다.

태괄은 기분이 좋아졌다.

"개가 된 기분이네."

"나는 개 좋아해. 나한테 개 같은 존재란 세상에서 제일 좋아하는 것이란 의미야."

태괄은 호련의 품으로 파고들었다. 따뜻한 몸이 느껴졌다. 달콤한 살 내음이 풍겨오자 숨이 차오른다.

"이래서 아가씨가 좋아."

"다행이네."

"아가씨는 내가 싫은가?"

"그다지."

"정말?"

"남자에 대해서는 잘 모르지만, 당신이 내게 거칠지 않다는 건 알아. 얼마든지 거칠게 할 수도, 막 대할 수도 있었는데, 그러지는 않잖아. 그러니 그다지 싫지는 않아."

태괄은 다시 웃음이 나왔다. 호련의 말이 마음이 놓이게 한다.

호련은 여전히 태괄의 머리카락을 쓸어 넘겨주고 있다. 별다른 의도도, 감정도 손길이었지만 그 손이 스치자 아늑하고 편안해진다.

"아가씨……."

"응, 말해."

"혹시…… 당신 말대로 아이가 생긴다면 말이야."

"그래."

호련의 몸이 굳는 것이 느껴졌다. 말은 그리 당당하게 했음에도 두렵기는 할 것이다.

"나하고 같이 키우면 안 될까?"

그리고 흘끔 올려다보았다. 호련의 표정은 참 기이했다. 놀란 것도 아니요, 기뻐하는 것도 아니다. 아주, 제대로 어처구니없어 하고 있었다.

"그 표정은 뭐야?"

"나더러 네 서자를 키우라는 거야?"

말이 왜 그렇게 되냐, 라는 말이 목구멍까지 치밀었다.

"그럼 내가 남편이 되겠다면?"

"당신 아내 자리는 당신 형이 정해주는 거잖아. 이런 자리에서 호언장담하지 마."

그리고 호련은 태괄의 머리카락을 살짝 당겼다.

"당신, 당신이 왕자라는 거 잊었어? 그것도, 당신 형 자식이 없는 지금 당신 순위가 바로 그다음이야. 그런 당신 아내 자리가 당신 마음대로 될 리가."

"그건 부탁하면 되는 문제야. 안 들어주겠다면 조르면 되는 거고, 그래도 안 들어주면 뭐 우기고 버티고 하지."

"장하기도 해라."

"그럼, 내가 그러겠다면…… 어떻게 할 거야?"

"내 영지는 그럼 어떻게 되지? 당신 여자가 되면 나는 돌아갈 수 없어. 여환이 스스로 영지에서 물러나지는 않을 테고, 당신이 전쟁이라도 하지 않는 한 되찾을 수 없게 될 테지. 그러면 나는 영원히 돌아갈 수 없잖아. 그러니……."

태괄은 일순 손에 힘이 들어가고 말았다. 여태 들었던 말 중 가장 미래지향적인 말이었다.

"아가씨 아버지 영지는 당장은 아니라도 언젠가는 내가 찾아줄게. 큰아들이 생기면 그 아이는 내 영지를 물려받고, 다음 아들이 생기면 각의 영지를 찾아 그 아이에게 주는 거야. 아가씨와 내 아이를 위한 전쟁이니, 얼마든지 정당한 전쟁이야."

호련이 놀랐다.

"너무 구체적인데. 그거, 방금 생각한 거 맞아?"

"그게……."

"그리고 당신 혼자 전쟁하는 건 아니잖아. 연회 있다더니 거기서 술 먹어서 이러는 거야?"

"많이 마시지는 않았어."

"그래도 기분이 흥청거리긴 하는 것 같은데, 그만하자. 여기서 당신이랑 앞날에 대해 의논하는 것도 웃기다. 오늘 여기서 잘 거야?"

"그러려고."

"그럼 기다려."

호련은 바느질하던 것을 정리하고 머리를 쓸어 올렸다. 정말 치워주고 재우려나 보다. 호련의 검은 머리카락이 쏟아지며 허리를 감싸자, 태괄은 아찔한 기분을 느꼈다. 그래, 이 여자가 여기 있었지. 그리고 여기 온 첫날 여기서…….

태괄은 돌아누워 천장을 보았다. 맙소사, 지금 내가 어디로 들어와 있는 거야.

호련은 일어나 침대 옆에 두었던 호롱불을 옆으로 치웠다. 태괄이 누워만 있자 호련이 돌아보며 물었다.

"옷 갈아입지, 왜 그러고 있어?"

"아, 그래."

이거, 부부 같네. 여보, 옷 갈아입어. 응, 그럴게.

태괄이 가만히 있자, 호련이 그런 태괄을 내려다보았다.

"여자가 필요한 거면 연회장에 많잖아. 나처럼 뻣뻣하지도 않고 나긋나긋 안겨줄 여자들 많을 테니, 지금 나한테 덤비기 없기야."

와, 이 겁 없는 아가씨 보게.

태괄은 어이가 없어 웃었다.

"아가씨만큼 예쁜 여사는 없어."

호련이 가볍게 웃었다. 이 남자는 왜 항상 이렇게 구는 건지 모르겠다고 생각하며.

태괄은 그 웃음에 기분이 좋아지는 걸 느끼며 말했다.

"어쨌든 여환과 결혼하는 건 이제 완전히 끝난 거지?"

"그렇겠지. 설마 나를 데려가겠어?"

그리 생각하니 호련은 개운한 기분마저 들었다. 그래, 여환과 결혼할 일은 없다. 그것만 생각하면 그날 태괄을 붙잡은 것이 후회되지 않는다.

"그런데 그건 왜?"

"그럼 이제 내가 구혼해도 되는 거잖아."

"아까부터 계속 그 소리네. 무슨 계기라도 있는 거야? 왜 그래?"

"생각해 보니…… 음, 그렇더라고. 이제 아가씨는 완전히 자유로운 몸이고…… 곧 전(前) 약혼자가 될 남자는 저기 저 멀리 국경 너머에 있지. 이제 내가 구혼해도 될 때가 아닐까? 아, 다른 거 따지지 말고, 우리 둘만 생각해서 말이야."

"왜?"

"우선은, 아가씨 말고 다른 여자 데리고 살고 싶지 않고, 그다음 아가씨가 다른 남자하고 같이 사는 건 정말 싫거든."

"고작 그 이유야?"

"우선은."

"왕자와 포로가 아닌, 남자 대 여자로 당신을 거절하면 어쩔 건데?"

"붙잡아놓고 세상에 나보다 나은 남자가 없다는 걸 깨닫게 해 줄 때까지 졸라대겠지. 결혼해 줘, 해줘, 하면서."

"당신은 나에 대해 잘 모르잖아."

"잘 알고 결혼하는 사람도 있나. 우리 부모님에 비하면 아주 잘 알고 결혼하는 건데……. 그리고 나는 아가씨 집안에 대해 잘 알고, 아가씨도 우리 집안 잘 알잖아. 이 정도면 혼담이 오가는 데 문제없지."

그리고 태괄의 눈이 호련을 보았다. 호련은 그 옆에 앉으며 태괄의 눈을 물끄러미 보았다. 장난일까, 진담일까?

나쁜 남자는 아니다. 아니, 좋은 남자라고 봐도 되겠다. 다른 여자에겐 어떨지 몰라도 적어도 호련에게는 그랬다. 여기 와서 마음대로 몸을 가지긴 했지만, 그렇게 가진 것에 대한 친절은 베풀 줄 아는 사람이었다. 묶어두지도, 가두어두지도 않았고, 호련이 요구하는 것도 들어주었으며, 또 종종 장난스럽게 굴기는 해도 대체적으로 친절하다.

"왜 그런 말을 하는 거야?"

"아가씨한테도 내가 첫 남자잖아. 보통은 첫 남자하고 결혼하니까 그리 억울할 건 없어. 허락만 해주면 나머지는 내가 다 알아서 할게."

호련은 저절로 얼굴이 붉어지는 게 느껴졌다. 그런 말을 참 잘도 한다. 호련은 벽에 기대며 고개를 저었다.

"그걸 꼭 지금 정해야 해?"

"빠르면 빠를수록 좋지."

"진담이야?"

"농담이길 바라는 것 같은데. 미안, 진담이야. 아주아주 진담이지."

그리고 이제 태괄은 몸을 일으키고 호련을 보고 있었다. 그 진한 열망 어린 눈빛에 호련은 기분이 묘해졌다. 왜 항상 이런 눈빛인 걸까? 나에 대해 뭘 안다고. 처음부터 저런 눈빛이었다. 강가에서도, 막사 안에서도, 그리고 여기 온 첫날도. 가만히 마주 보면 저절로 부끄러워지는 그런 눈빛. 빈틈없이 꽉 채워 바라보는 눈빛이다.

"정말 진담이라고."

그리고 태괄이 다가왔다. 한숨 섞인 숨소리가 들려오자 호련은 오싹해졌다. 그러나 등을 조금 뒤로 밀었을 뿐, 눈을 감고 그가 오기를 기다렸다. 입술 위로 그의 입술이 닿는다. 가만가만 움직이더니 그 사이로 혀가 파고들어 왔다. 어느새 입술이 벌어지며 그를 받아들이고 있었다.

그래, 당신은 좋은 사람일 거다. 더 좋은 상황에서 만났다면. 어쩌면 지금도 좋은 사람일지 모르겠지. 볼에 손이 닿아오자 호련은 고개를 들고 눈을 떴다.

호련의 눈빛에 태괄은 조금 이상한 기분이 들었다. 입술을 떼고 이마에 입을 맞추고, 미끄러져 볼과 턱에 입을 맞춘 것은 그도 어찌할 수 없었다. 태괄의 숨과 몸이 달아오르는 것을 느껴도 호련은 가만히 있었다. 태괄의 손이 호련의 웃옷 끈을 풀었다. 그제야 호련이 놀랐다.

"저, 그건……."

끈이 풀어지며 앞섶이 벌어졌다. 태괄은 그 사이로 손을 밀어 넣었다. 손바닥 안에 젖가슴이 잡혔다.

"이봐……!"

호련이 긴장하기 시작했다.

태괄은 손바닥에 그 부드럽고 은밀한 것이 잡히자 숨이 끓는 듯 뜨거워졌다. 잘 부푼 젖가슴만이 아니다. 저 아래 움푹 파인 배꼽과 그 아래 검은 체모, 그 사이에 숨은 뜨거운 극락을 생각하자 저절로 허벅지 사이가 뻐근해졌다.

"그…… 그만둬."

호련이 당황했지만 태괄은 고개를 저었다. 열기 어린 숨을 내뿜으며, 태괄은 웃옷을 벗겨내고 가슴을 완전히 드러냈다. 희고 둥근 젖가슴은 보고만 있어도 저 너머에 있는 심장이 느껴지는 것 같았다. 태괄은 숨을 몰아쉬며 젖가슴 사이에 머리를 묻었다. 호련은 목구멍까지 비명이 치솟아올랐다가 간신히 들어갔다. 태괄은 젖가슴을 더듬어 올라가며 그 정점에 입술을 댔다. 혀에 육체의 예민하고 달콤한 부위가 닿자 몸이 확 달아오른다. 그는 혀끝으로 동그란 극점을 건드리고 핥고 매만졌다. 그저 육체의 일부일 뿐인데 혀에 닿고 입술에 스치자 더없이 달콤하다. 어느새 입술을 묻고 흠뻑 빨아들이고 있었다. 부드럽던 그곳이 열매처럼 단단해졌다. 그는 더 깊이 빨아들였다.

호련이 몸을 비틀며 가느다랗게 말했다.

“이러지…… 마……!”

호련은 그의 어깨를 밀었지만 태괄은 단단하게 버티며 젖가슴을 턱으로 누르고 더 세게 빨아들였다. 호련이 몸을 젖혔다.

“제발……! 싫어…… 제발, 싫다고!”

눈에 눈물이 맺히고 있었다. 그래도 태괄은 온몸을 밀어붙이며 후끈한 열기를 뿜어냈다. 열기와 정욕, 소유욕과 갈망, 모든 게 뒤섞여 호련을 덮치고 있었다.

호련은 눈앞이 흐려지는 것을 느끼며 숨을 참았다.

너무 뜨겁다. 버티기 힘들 정도로. 숨이 막힌다.

허리를 만지던 손이 내려와 엉덩이를 움켜쥐었다. 놀란 호련이 허리를 굽히자, 그의 손은 엉덩이 사이로 미끄러져 다리 사이의 계곡을 더듬었다. 기름 같은 윤기가 흐르는 계곡 사이로 그 손가락이 들어가 안으로 파고들어 왔다.

“읍!”

호련은 다시 입술을 물어야 했다. 손가락이 더 깊이 파고들어 가자 기겁한 몸이 펄떡거렸다. 태괄은 그 몸을 자신의 몸으로 눌렀다. 그 몸에 눌린 호련의 몸이 꼼짝도 할 수 없게 되었다.

“……조용…….”

태괄은 숨을 몰아쉬는 호련을 달래며 손가락으로 그녀의 가장 민감한 부위를 찾기 시작했다. 그 정점을 찾자 달아오른 손가락이 그곳을 진득하게 문지르며 애무하기 시작했다. 민감한 그곳에서 금방 반응이 왔다. 몇 번이나 그 손이 애무한 곳이 젖어든다. 이미 습윤한 그곳이 더 습윤해져 깊고 뜨거운 늪처럼 변해간다.

호련은 그의 손목을 잡았다. 너무 예민해져서 참을 수 없었다. 태괄의 손목을 잡은 그 손에 힘이 들어갔다.

"하지…… 마……. 아! 그만……."

태괄이 손을 뺐다. 열기에 시달리는 호련이 몸을 돌리자, 그가 갑자기 호련의 옷을 세차게 풀어헤쳤다. 어깨와 허리, 엉덩이와 허벅지가 불빛 아래 드러났다. 태괄은 자신도 옷의 끈을 풀고 옷을 벗었다. 벗을 때마다 숨이 넘어갈 듯 거칠어졌다. 놀란 호련의 눈이 태괄을 향했다. 그러나 겁에 질린 건 아니다. 당황과 긴장감, 그뿐.

"태괄……?"

태괄은 호련을 보았다. 곧게 뻗은 쇄골과 나른하게 숨을 몰아쉬는 목덜미, 금방이라도 피어날 꽃 같은 젖가슴과 가느다란 허리와 탄력 있어 보이는 허벅지. 그 모든 것이 그의 목을 타게 했다. 태괄은 호련의 젖은 이마를 쓸어 올리고 입술로 관자놀이를 애무했다.

"아……."

호련이 숨을 몰아쉬며 벽에 기댔다. 젖어들며 달아오른 몸이 태괄에게도 느껴진다. 품 안에, 팔 안에 그 숨소리와 떨림이 느껴진다. 태괄의 몸이 그 섬세한 느낌을 빨아들이며 흥분한다.

맙소사, 나 지금 또 뭐 하는 거야? 잠시 혼미해졌던 정신이 좀 돌아오니 그 생각이 났다. 그러나 가슴 아래에서 가만가만 숨을 몰아쉬는 호련을 보니 태괄은 이대로 봐줄 수 없다는 생각이 들었다. 너무 쉽게 하려 하잖아, 당신. 나는 이제 타서 죽을 것 같은데,

당신 혼자 그렇게 평화롭게 놔둘 수는 없어. 태괄은 가슴 사이에 입 맞추고 그녀의 아래로 내려갔다. 호련은 허벅지 사이에 그 머리카락이 닿자 기겁했다.

"뭐 하는……!"

뜨겁고 묵직한 것이 예민한 부위를 덮치자 호련이 자기도 모르게 비명을 질렀다.

"악!"

호련은 제발 하지 말라고 어깨를 잡고 밀어붙이고 싶었지만, 할 수 없었다. 결국 몸을 젖힌 채로 입술을 물고 비명을 삼켜야 했다. 뜨끈한 혓바닥이 질척하게 아래에 들러붙었다. 호련은 머리가 하얗게 변했다.

"그만…… 그……."

뜨거운 혀가 아래를 건드리고 감아 올렸다. 달콤한 것을 즐기듯 진하게 들러붙다가 살살 핥아 올리고 다시 들러붙으며 자극하자 그 사이가 점점 더 달아올랐다. 젖어 물컹거리는 그 부위가 제발 가라앉기를 기다리며, 호련은 허벅지에 힘을 주고 이를 악물었다.

"읍……."

다시 뜨거운 열감이 밀려들자 호련은 숨을 헐떡이며 입술에 손등을 얹었다. 달아오를 대로 달아오른 그 부위가 무엇이든 들어오길 기다리며 출렁이고 젖어갔다. 태괄이 몸을 일으켰다. 호련은 그의 목을 끌어안았다. 그가 입술을 덮어오자 받아들였다. 그 혀가 밀려 들어오자 같이 빨아들인다. 달아오른 아래쪽에서 굵고 단단한 그가 밀치고 들어왔다. 그 뜨거운 것이 몸을 꽉 채워오자, 드디어 몸이 안심하며 나른히 한숨을 내쉬었다.

"호련……."

태괄이 이름을 부르며 천천히 허리를 움직였다.

호련은 오싹한 기분이 들며 등골이 서늘해졌다.

뭐지, 이건?

이상한 기분이 든다. 너무나 이상하고 이상한. 신기한 꿈속에 있는 듯. 모든 것이 흐려지며 그 몸에 기댄다.

매끄럽게 들어와 밀착된 그 묵직한 몸이 호련의 가슴에 들러붙으며 신음을 흘렸다.

"하……!"

호련이 몸을 비틀자 태괄은 그녀의 어깨를 잡아 눌렀다. 허벅지 아래로 그의 것이 더 깊이 들어왔다. 내부는 주인의 의도와는 반대로 한껏 그를 빨아들였다. 허벅지에 힘이 들어가 그 허리를 감싸고 엉덩이가 단단해지며 그를 받아들였다. 허리가 그의 배에 밀착되며 더 가까이, 더 깊이 오라고 꿈틀댔다.

"으…… 그래……! 조여줘……."

삽입해 오는 순간마다 태괄이 한숨을 내쉬며 으르렁거리기 시작했다. 참으려 했지만, 다시 그가 밀치고 들어오자 그녀 역시 신음을 흘렸다. 태괄이 웃었다. 웃음과 동시에 그의 삽입이 더 빨라졌다. 호련은 자기도 모르게 그의 팔을 잡았다. 일순, 그가 갑자기 자신을 뺐다.

이걸로 넘어가는 건가 하고 생각하는 순간, 그가 갑자기 호련의 허리를 잡아 돌렸다. 너무 갑작스러워 피할 틈도 없었다. 태괄은 호련의 어깨를 누르고 엉덩이를 당겼다.

"뭐, 뭐 하려고……!"

태괄은 호련의 허리를 잡고 바로 몸을 밀어붙였다. 거대한 힘이 뒤로 몸을 뚫었다. 여태 겪어왔던 것과 비교도 되지 않게 셌다.

"이게…… 앗!"

호련의 젖은 목소리에 그는 자신을 더 거칠게 박아 넣으며 헤집었다. 더 빠르게, 짓눌러 뭉개 버릴 듯 무겁고 세게 들어온다. 그 몸이 너무 무자비했다. 버틸 수가 없다. 너무 강하다. 이런 건 겪어보지도, 볼 거라 생각해 본 적도 없었다.

그가 호련의 허리를 잡아 세게 거듭 당겼다. 호련의 의지와는 상관없이 엉덩이가 그의 허벅지에 닿아 부딪혔다.

"아……!"

작은 토끼에게 호랑이가 덤비는 거나 다를 바 없다. 몸을 뚫고 들어오는 느낌은 가혹했다. 그를 보면서 그가 오는 것을 느낄 때와 달랐다. 오로지 밀어붙이고만 있었다. 호련은 침대를 붙잡고 엉덩이를 밀어붙였다. 허벅지가 닿을 때마다 그가 연달아 포효를 터뜨렸다.

"……더……!"

호련은 너무 강해 금방 지쳐 갔지만 허리 아래는 오히려 뜨거워졌다. 호련의 몸이 늘어지자 그가 허리를 더 세게 잡아 몸을 당겼다. 열기에 취해 지친 몸이 그의 손짓에 따라 흔들렸다. 몇 번이나 헤집고 박아오는 힘에 정신이 아득해졌다. 이렇게 강하면 견디기 힘들다. 그러나 자기도 모르게 팔을 움츠리고 침대를 쥐고 얼굴을 묻고 신음을 흘리는 것 역시 호련이었다. 태괄이 들어올 때마다 몸이 움찔대는 것 역시 그녀였다.

순간, 태괄의 팔에 힘이 들어갔다. 호련은 입술을 물었다.

"크…… 윽!"

그가 신음을 토해냈다. 호련은 사정을 마친 그가 놓아주길 바랐지만 그는 그러지 않았다. 손길이 호련의 목덜미를 매만지고 머리카락을 쓸어 올리고 나서야 몸을 채우던 묵직한 것이 빠져나갔다.

"아!"

호련은 신음을 토하며 쓰러지듯 엎드렸다. 젖은 불길 같은 몸이 그녀의 몸 위로 쓰러졌다. 그녀는 몸을 빼려 했지만 그는 놓아주지 않았다. 품 안에 꽉 안은 채로 헐떡임을 삼키며 웃었다. 그의 젖은 목덜미에서 흘러내린 땀이 호련의 볼에 떨어졌다.

호련은 한숨을 토해냈다. 그 숨소리에 울음이 섞인 것을 알아챈 태괄은 급히 호련의 얼굴을 보았다. 눈 주변이 젖어 있었다.

"울지 마."

"왜 이렇게 괴롭히는 거야. 내가 그렇게 싫어?"

"무슨 소리야?"

"……무서웠어."

"아가씨를 싫어하지 않아. 괴롭히고 싶은 마음도 없어. 다만…… 다만……."

목 아래에서 흐느낌이 흘러나온다. 태괄은 한숨과 함께 고개를 저었다.

"알았어. 다음부터는 안 그럴게."

"뭐가 다음이야! 이제 하지 마……. 놀랐어."

"처음도 아니잖아."

"이렇게 막무가내인 건 처음이야."

미안, 미안, 정말 미안. 온갖 사죄의 말을 다 하며 태괄은 호련을 쓸어 내렸다.

이성이 날아간 건 확실하다. 어느 순간 아슬아슬하게 걸쳐져 있던 끈이 툭 끊어지고, 태괄은 그때부터 정신없이 밀어붙였다. 조심성도 배려도 없이, 그녀가 울부짖든 흐느끼든 상관없이 밀어 넣으며 집중해 버렸다.

태괄은 다시 호련을 달래며 손에 힘을 주었다. 손안에 잡힌 몸은 사랑스럽다. 섬세하고 예민하며 따스하고 달콤하다. 애원의 소리에 머리가 아득해지고, 신음 소리에 열락 어딘가를 헤매고, 살이 섞이면 몸은 펄펄 끓어오른다. 더 품고 싶다. 더 헐떡이게 하고 싶다. 이 지극한 달콤함과 열기를 더 느끼고 싶다.

이런 여자가 다른 남자 손에 들어가는 건 안 된다. 아니, 여환의 아내가 되었을 거라 생각만 해도 등골이 스산하다. 오로지 그만이 사랑해야 한다. 그만이 품고 그만이 맛보고 그만이 이 몸 안에 사정할 수 있다. 그의 품 안에서만 숨을 헐떡이고, 그의 품 안으로만 파고들어야 한다. 그 작고 단단한 이마가 품 안으로 파고들면 온몸이 끓어올랐다. 어서 들어오라고, 어서 더 하라는 몸짓 같았다. 그러면 이미 흥분한 몸이 더 흥분한다. 지금도 몇 번이고 더 품을 수 있을 것 같았다. 아니, 허락만 된다면 며칠간 품고만 있고 싶다. 그녀는 상상하고 꿈꾸던 것보다 훨씬 더, 비할 바 없이 아름답고 달콤하다.

당신을 찾아 여기까지 왔지.

서둘렀다고 생각했는데 부족했다. 능고의 왕이 각으로 군대를 보내고, 그의 가장 총애하는 왕자 여환이 국경으로 왔다.

의도는 빤했다. 살랍에 대한 침공 준비다.

여환은 단숨에 살랍 주변의 국경을 평정하고 살랍의 국경을 넘어왔다. 태괄의 스승이 국경으로 떠나고, 뒤이어 태괄이 가기로 했다. 겉으로는 자연스러워 보였다. 드디어 살랍의 내란이 평정되었으니, 이제 태괄이 갈 곳은 그곳이었다.

소식은 들었다. 각족 족장 가족의 몰살과 호련의 유일한 생존. 몇 번이나 가고 싶었으나 갈 수가 없었는데, 드디어 기회가 왔다.

어떻게든 데려와야 했다.

가장 간단한 건 태괄이 여환을 이기고 각을 점령하는 것이었다. 작년 태괄이 드디어 여환을 이기며 목적은 목전에 와 닿은 것 같았지만 여환의 아내가 죽으며 행여나 하던 불안은 생각보다 빠르게 현실이 되었다.

호련이 바로 여환 왕자와 약혼했다. 당연한 수순이라고 말하는 걸 들었을 때 말한 자의 목을 졸라 버리고 싶었다.

당연하긴 뭐가 당연해!

누가 등에다 칼이라도 쑤신 기분이었다. 극렬한 분노가 치솟아 올랐다. 가졌던 것을 빼앗긴 기분이었다. 둥지로 들어온 뱀을 본 것 같았다.

네놈은 권리가 없어. 그건 내 자리야. 내 거라고. 예전부터 그랬어. 내내 이가 득득 갈릴 정도로 화가 치밀었다. 그녀는 그를 알지도 못하는데, 말을 섞어본 적도, 눈빛을 섞어본 적도 없는데, 그런데 원래 그녀가 그의 것이었던 듯, 그가 품어보기라도 했던 듯 화가 치밀었다. 형에게 서신을 보내자 형에게서 소환 명령이 떨어졌다. 부하 몇만 데리고 털레털레 납경으로 가자마자 형이 말했다.

"지금 여환에게 가 네가 구혼자로 나설 거란 말이라도 할 거냐? 생각해 봐라. 여환이 지금 그 보호자다. 네가 그에게 혼인 승낙을 받아야 한단 말이다. 대단하구나. 약혼자에게 혼인 승낙을 받는 구혼자도 있냐?"

뭐라 할 말이 없었다. 형이 얼마나 이해할지 모르겠다. 태괄 역시 자신이 없었다. 그런데 그대로 놓아둘 수도 없었다.

"좋아, 그럼 조건을 하나 건다. 네 여자로 만든 뒤에 데리고 와. 그러면 그다음 내가 결정하마."

태괄은 그날 밤에 납경을 출발해 돌아왔다.

예상과는 달리, 그 짧은 기간 동안 분란을 일으킨 건 오히려 여환이었다. 고마울 지경이었다. 네놈이 알아서 먼저 해주는 거냐.

분란 속에 여환은 몇 번이나 나타났다. 그러나 가장 코앞까지 만났던 광야에서의 일전 끝에, 태괄이 승기를 굳힌다 생각했을 무렵에 불어닥친 돌풍이 문제였다.

갑자기 일어난 돌풍이 먼지와 흙을 부옇게 일으켜 시야를 가렸고, 다들 말의 속도를 늦추어야 했다. 바람이 잦아들었을 때는 그들이 쫓던 여환은 이미 사라진 뒤였다.

잡힐 듯 잡힐 듯하더니, 잡을 수 있을 것 같은 순간에 사라진 것이다. 즉, 놓쳤다. 두 손에 먼지밖에 안 남아 있다.

먼지바람이 가라앉은 뒤에 태괄은 여환이 남서로 갔다는 것을 알아냈다. 결혼할 신부와 식장을 모두 두고 반대로 간 것이다. 태괄은 그대로 말 머리를 돌려 남동, 각의 영지로 달렸다.

바람이 불며 먼지가 부옇게 피어올라 하늘과 지평선을 뒤덮었다. 지평선이고 하늘이고 온통 누렇게 흐려졌다.

그리고 그 너머, 그녀가 있었다.

어떻게 변했을지, 어떻게 되어 있을지 아무도 모른다. 그리움만 남은 미지의 존재다.

저녁 무렵에 도착해 부하들을 대기시켜 놓고 태괄은 검은 강으로 갔다.

그저 처음 만났던 그곳을 보고 싶었을 뿐이다.

어린 그녀는 그곳에서도 항상 다른 곳만 보았다. 태괄은 있는 줄도 없는 줄도 모르는 존재였을 것이다. 그리고 지금 역시, 그녀는 그를 모를 것이다.

그곳에 도착하고 얼마 지나지 않아 태괄은 사냥개들을 보았다. 호련이 데리고 다니던 사냥개들이다. 장이는 아니었다. 순한 장이 대신 나타난 사나운 녀석들은 태괄에게 이놈 보라며 이를 드러냈다.

그리고 목소리가 들렸다.

"나와라."

태어나서 처음 겪는 종류의 두려움을 느꼈다. 검은 강에서 죽을 뻔했을 때도 이보다 두렵지는 않았다.

몇 년 만에 보는 것이다. 아주 많이 변했을지도 모른다. 실망할지도 모른다. 이런 여자가 아니었다고 후회할지도 모른다. 혼자서 환상만 키운 걸지도 모르겠다. 아니, 그녀가 아닐지도 모른다. 목소리만 비슷한 다른 사람일지도.

한 걸음 나가 바라보는 순간에 태괄은 시간을 잊었다. 어린 시절에 품은 흔들림이라, 분명 다시 보면 별거 아니라 생각할 거라던 형의 말도 잊었다.

그녀가 그 앞에 있었다.

똑같은 그녀가. 아니, 완전히 여자가 된 그녀가. 온 세상을 뒤집어놓을 것 같은 그녀가 있었다.

태괄은 패배할 수밖에 없는 전장을, 처음부터 항복할 수밖에 없는 전장을 앞에 둔 것 같았다.

격렬한 통증이 치밀었다. 가슴에서 시작되어 목구멍으로 치솟는 통증이었다. 당장 채우고 싶은 통증인 동시에, 항상 품고 있던 통증이기도 했다. 어디에 있든, 어디에 멈추든, 어디로 향하든, 항상 가지고 있던 통증이었다. 그를 바라보는 눈에, 그에게 말을 거는 입술에, 그를 향하는 얼굴에, 그 통증이 벌렁거리며 고통을 일으킨다.

잊을 거라, 아니라고 생각했다. 눈코 뜰 새 없이 전쟁터를 누비다 온몸에 흉터만 늘어갔다. 내내 옆에 같이 다니던 갈호조차 진지하게 생각하지 않았다. 열다섯 살 꼬마가 열두 살 여자애에게 품은 감정을 진지하게 생각할 사람은 어디에도 없을 것이다.

아니, 어쩌면 그건 끝났고 다시 새로 시작된 것일지도 모르겠다. 그 풋정이 아니다. 이건 온몸이 펄펄 끓어오르는, 온몸을 내던지고 싶은 새로운 뜨거움이었다.

말을 걸어오고, 바라보고, 대꾸하고 들어줄 때, 그 순간순간 세상은 몇 번이나 뒤집혔다. 서늘한 밤바람처럼 감기는 그 고요하고 부드러운 목소리를 들으며 피가 끓어올랐다.

꿈꾸었었다. 때론 격렬한 몽상으로도 이어지고 때로는 날카로운 아픔만을 남기는 추억을. 그러나 이 순간은 꿈이 아니었다. 실재다. 존재하고 말하는, 꿈꾸던 것보다 더 달콤하고 아름다운 실재.

처음의 순간, 두 손에 그녀의 허리가 닿고, 턱에 그 심장의 맥이 느껴지고 달콤하게 부풀어 오른 젖가슴이 손에 잡힐 때, 폭발해 버릴 것 같았다. 그 속살을 애무할 때는 벌컥벌컥 뛰는 심장 소리를 그녀가 듣지 않기 바랐다. 어서 무화과처럼 달콤한 속살을 핥고 젖가슴을 주무르고 싶었다. 그 꿈틀거리는 엉덩이를 잡고 뜨거운 사정을 하고 싶었다. 그 눈을 보고 그 목소리를 듣고 모든 것을 나누고 싶었다.

그러나 내가 이렇게 미칠 것 같다고, 이렇게 가지고 싶어 한다고 알지 못하기를, 이렇게 약하다는 것을 보이고 싶지 않았다. 그리고 마침내 가졌다. 처녀를 잃는 고통에 그녀가 흐느껴도, 그의 몸은 움직이고 있었다. 그녀의 아픔이 안쓰러워도 견딜 수가 없었다. 약한 그녀보다 더 약한 건 태괄 자신이었다.

당신이 약혼하고 얼마나 불안했는지, 당신이 그놈 것이 될까 봐 얼마나 잠 못 들었는지, 그리고 그날 당신을 다시 본 후로 내내 당신 생각만 했다고 말하고 싶었다. 지금 이 순간 당신이 내 것이라 안도하고 있다고 수없이 되뇌고 있었다.

당신을 가지고 싶어.

지금도 그렇고, 앞으로도 그럴 것이다. 아니, 영원히 그리하고 싶다.

여환은 그녀를 원한 적도 사랑한 적도 없다. 그녀 역시 그러하다. 그러니 적어도 그녀를 원하는 그에게 선택권이 있는 것이다. 내가 사랑하고, 내 것이다. 간절히, 그리고 영원히 가지고 싶다. 아니, 가질 것이다. 가지고야 만다.

제6장 붉고 푸른 길

초원의 아침은 빠르고 여름의 아침은 더 빠르다.

창궁이 열리는 가을의 아침은 피처럼 붉게 시작하여 금빛으로 익어가지만, 여름의 아침은 어둑하게 시작한다. 끓어오르는 구름 틈으로 햇살이 깜빡일 뿐, 어느 날은 하루 종일 밤처럼 어둡다.

그래도 우기의 비가 이 초원의 짐승과 사람을 한 해 동안 먹여 살린다. 천둥과 벼락과 폭우가 생명을 불어넣는다. 땅은 살아나고 싹이 트고 꽃이 피고 숲이 우거진다.

잠결에 태괄은 꿈인지 기억인지 모를 광경을 보았다.

아침의 거침없고 차가운 햇살이 초원과 초원의 바위를 비추었다. 바위와 풀들이 긴 그림자를 드리우고, 그 위로 양들이 구름이 흐르는 듯 우 몰려간다.

태괄이 맡은 일은 양들을 초원으로 끌고 나가는 것이었다. 그러나 양들은 오늘의 담당이 태괄이라는 것을 알자, 신나게 흩어지기 시작했다.

—가지 마! 가지 말라고!

태괄은 이리저리 날뛰며 양들을 몰아 초원으로 데려가려 했지만, 양들은 태괄이 고함을 지르든 악을 쓰든 자기들 멋대로 자기가 가고 싶은 곳으로 갔다. 멀리서 태괄을 비웃 듯 메헤헤헤 소리가 들려왔다. 태괄은 양치기 개를 양 떼들 틈으로 보냈지만, 개도 태괄이 시키는 일에 별다른 의욕을 보이지 않고 벌판으로 놀러 나가 버렸다.

—미치겠네!

차라리 군대를 지휘하고 말지. 열네 살에 출정해 승리를 기록한 왕자가 양들을 상대로는 아무것도 못하고 있었다. 오늘 또 대장 목동에게 신나게 혼날 생각을 하니 절망적이었다. 혼내는 것에 화가 나는 것이 아니다. 이 양들을 다시 모으지도 못하고 혼나는 것이 절망적인 것이다. 지난번처럼 늑대가 물어 가면 이번에야말로 끝장이다.

양들은 벌써 지평선 끝까지 도망쳐 버렸고, 태괄은 악을 쓰며 지평선으로 달려갔다. 포기할 수 없었다. 자존심 이전에 그의 일이다. 아무리 못해도 하긴 해야 한다.

그때, 저 멀리서 검은 사냥개가 나타났다. 빈둥대던 양치기 개가 황급히 돌아왔다. 양들도 몸집이 곰만 한 사냥개가 나타나자 비명을 지르며 지평선 아래로 쏟아져 달려왔다.

그 사이로 검회색 말이 나타났다. 말에 탄 남색 옷에 붉은 화모를 쓴 소녀가 채찍을 휘두르며 양 떼를 몰았다. 양들은 태괄이 명령할 때와는 달리 주먹을 쥐듯 가볍게 모이더니, 자기들이 가야 할 초원으로 알아서 갔다.

소녀는 벌판을 크게 돌며 나머지 양들을 몰아왔다. 지평선 너머로 도망쳤던 양들도 모두 돌아왔다. 소녀의 반대 방향에 있던 양들은 사냥개가 다 몰아왔다.

소녀는 양들이 다 벌판으로 가자 태괄을 향해 말을 달려왔다. 그러나 태괄이 아침 해를 등지고 있어 햇살이 소녀의 정면으로 쏟아졌다. 소녀는 눈을 찡그렸다.

—일 정말 못하는구나.

소녀의 말에 태괄은 창피했다.

노력하고 있다고!

—멀리서 보니 너무 못하더라고.

도와줄 필요 없다고 막 말하려는데, 소녀는 이미 등을 돌리고 말을 몰아가고 있었다. 말을 걸 기회가 또 날아간 것에 분통이 터졌다. 고개를 돌리고 투덜대고 있으려니, 소녀가 등 뒤로 말했다.

—내가 도와줬다고 말하지 마. 네가 혼날 테니까 말이야.

태괄이 한참을 돌아선 채로 있다가 돌아보았다. 소녀는 이미 지평선 너머로 사라지고 없다.

태괄은 다시 묻고 싶었다.

당신, 나를 기억하고 있나.

그때 그 꼬마가 바로 나였는데. 내가 당신 옆에 있었는데.

잠에서 깨었을 때 몸에 생명이 돌아오는 기분과 함께 구름이 끓어오르는 하늘이 보였다. 활짝 열린 창문으로 비가 그친 초원의 바람이 불어왔다. 풀 냄새가 밴 신선한 바람이다. 세상 끝까지 푸르게 젖어 있는 것 같다. 태괄은 그 바람을 한껏 마시며 눈을 감았다. 이상한 아침이다. 어제처럼 일어났지만 다시는 어제처럼 눈을 감지 못할 것 같은 종류의 아침이다.

그리고 다시 눈을 뜬 그를 호련이 물끄러미 바라보고 있었다.

저 표정은 대체 뭔가. 호련의 얼굴에는 당혹스러움이 가득했다. 그렇다고 공포에 질린 눈은 아니고, 도저히 이해할 수 없는 기괴한 현상을 앞에 둔 표정이다.

"왜 그러고 있어?"

태괄은 호련의 머리카락을 한 움큼 잡아당기며 물었다. 호련은 그의 손에서 얼른 머리카락을 빼앗았다. 태괄은 아쉬움과 서운함을 느꼈다. 뭐야, 머리카락 하나 손대지 말라는 거야?

"당신, 어젯밤 내내 여기…… 있었던…… 거야?"

묻는 호련의 목소리가 긴장해 있었다.

이 아가씨, 왜 이래? 태괄은 침대를 가리키며 말했다.

"여기서 그대로 잤고, 지금 일어났으니 여기서 잔 게 맞지. 자면서 돌아다니는 병은 없으니까."

호련이 경악했다. 어제 이 아가씨가 거의 기절해 버린 뒤에 옆에 잠들었다가 지금 일어났으니 한 치의 거짓도 없다.

가만, 그럼 내가 눈 뜨면 사라져 있을 줄 알았단 말인가. 물론 지난번에는 열기를 식히지도 않고 나갔다. 그러나 그건 그때고 지금은 지금이지 않은가. 이번에도 그러려니 하고 있었던 건가. 안심하고 일어났다가 태괄이 바로 옆에 쿨쿨 자고 있으니 놀랐다는 건가. 가만히 생각해 보니 어떻게 저 표정에 이른 것인지는 짐작이 간다. 일단 태괄을 보고 놀라고, 그다음 이게 왜 여기 있는지 당혹해하는 단계에 이르러 노려보고 있는데 태괄이 눈을 뜬 것이다.

태괄은 웃으며 말했다.

"여긴 내 집이고, 어디서 자든 내 마음이잖아."

"당신 마음이긴 한데, 이게 당신 마음인 줄은 몰랐던 거지."

태괄로서는 알아먹기 힘든 소리였다.

무슨 소리야, 저건?

어디서 눈을 감든 태괄 마음이긴 한데, 자기 옆자리가 마음에 든 줄은 몰랐다는 건가? 그런데 고작 그런 이야기를 하며 왜 저렇게 보는 건가.

"아가씨가 무슨 말 하는지는 알겠는데, 왜 고작 그것 가지고 그렇게 쳐다보는 거지? 여기, 이 자리가 마음에 들어서 잔 게 그렇게 이상해?"

"이상해."

그리 말하는 호련의 눈 주변이 시커멓게 물들었다. 정말 이상한 거 모르냐? 정말 모르나. 모르나 봐, 맙소사.

태괄은 살살 도망가려는 호련의 팔을 잡았다. 호련의 몸이 굳었다. 어제 너무 거칠게 다루었나? 태괄을 바라보는 호련의 얼굴이 긴장한 것이 영 언짢았다. 태괄은 약간 언성을 높여 물었다.

"그럼 어젯밤은 뭐라고 생각한 거야? 내가 한 말은 다 잠꼬대나 술주정으로 들은 거야?"

호련이 입술을 살짝 올리더니 시선을 마주하지 않으려고 고개를 돌렸다.

"저기…… 뭐가 중요한 말이었던 건지 모르겠어."

태괄은 어이가 없어서 말했다.

"뭐야? 이봐, 술은 내가 먹었지 아가씨가 먹은 게 아니잖아."

"내 입장이 되어 생각해 봐. 중요한 것을 주워 담을 틈이 있나."

태괄은 약간 가책을 느꼈다.

아, 맞다. 헛소리랑 진담을 섞어 슬그머니 건넨 뒤에 덮쳤지. 태괄 자신도 무슨 말까지 했는지 기억나지 않는다. 너무 전념해 버려서, 호련의 말 중 기억나는 거라곤 신음 소리뿐이고 자신이 했던 말 중 기억나는 것 역시 절정의 고함 소리뿐이었다. 그 와중에 내가 뭐라고 말했더라? 기억 안 난다. 생각 좀 해봐야겠다. 그런데 떠오르는 것은 땀에 젖은 목덜미와 흔들리던 젖가슴뿐이다. 그래, 죽여주게 예쁘지. 그게, 참…….

"맙소사."

안 되겠다. 이러다 또 사고 치겠다. 태괄은 이마를 깊이 문지르고는 호련을 흘끔 보았다. 호련은 여전히 안절부절못하고 있다.

태괄은 한 가지 사실을 더 알게 되었다.

이 아가씨, 이를 길게 뽑고 덤비더니 의외로 귀여운 데가 있네.

다른 남자에게 이런 모습 보인 적 있을까 궁금하다. 그럴 리는 없겠지. 이 아가씨 주변을 둘러싼 남자란 대등한 존재가 아니라 여환처럼 올려다보거나 단륭처럼 고분고분한 존재뿐이었을 것이다. 단륭 같은 경우는 그녀가 부리는 사냥개들과 남성적 존재감이 비슷하겠고. 그런 아가씨니 지금 태괄을 어떻게 다루어야 하는지 감도 못 잡고 있는 것이지. 적장인 태괄은 이해할 수도 있고 두렵지도 않지만, 남자인 태괄은 수수께끼일 것이다. 그러니 저렇게 보고 있지.

이런 호련의 모습을 보게 될 줄은 상상도 못했던 태괄이라, 당장 이불 뒤집어쓰고 웃고 싶었지만 참았다. 그랬다가는 호련은 정말 당황해서 도망가 버릴 것이다.

태괄의 표정에 호련이 경계 어린 눈으로 노려보며 말했다.

"왜 웃어?"

"그냥 웃겨서."

"비웃는 것 같아."

"맞아."

호련은 태괄을 한 대 때렸다.

"그러지 마. 기분 나빠!"

참 치욕스러워하고 있다. 그러니까 적장에게 처녀를 바치는 것은 수치스럽지 않지만, 아리송하게 구는 태괄을 이해할 수 없는 것은 수치스럽다는 것이다.

이거 뭐야? 태괄은 데굴데굴 구르며 웃고 싶었다. 알고 보니 완전 바보네. 호련의 얼굴이 붉어지더니 부루퉁해져서 일어나려 했다. 태괄은 얼른 호련을 잡았다.

"어디 가?"

악, 하는 작은 비명과 함께 호련의 몸이 침대에 붙었다. 태괄은 머리를 부드럽게 밀어붙이며 그 품에 기댔다. 긴장 때문에 호련의 숨소리가 빨라지는 것이 느껴진다.

"왜 이렇게 허둥대나. 이봐요, 나는 아가씨를 조금도 해치지 않아."

호련이 점점 더 몸을 움츠렸다. 그렇게 움츠리다 보면 크기가 줄어들어 빠져나갈 수 있을 거라 생각하는 듯. 태괄은 팔에 힘을 주어 그녀가 빠져나가지 못하게 했다.

태괄의 귀에 닿은 가슴 너머 심장 소리가 더 커진다. 태괄은 기분이 좋아져 귀를 더 바짝 댔다. 머리 위에서 작은 목소리가 들려왔다.

"저기…… 그, 비켜주면 안…… 될까……."

그리고 호련은 태괄의 머리를 콕콕 두드렸다.

이렇게 정중할 수가. 태괄은 머리를 들었다. 그 빈틈을 놓치지 않은 호련이 얼른 몸을 치웠다. 태괄이 다시 잡으려 했지만 호련은 태괄이 손등을 찰싹 쳤다.

"그만! 그렇게 실실 쪼개며 비웃을 생각이면, 이젠 말도 걸지 마."

"왜 그렇게 화내?"

"……그…… 묻지 마! 싫다니까!"

삐쳤다. 삐쳤어. 웃으려는 태괄을 본 호련의 볼이 더 부어오르더니 얼른 일어났다. 얼마나 잽싼지 태괄이 잡기도 전에 가버렸다. 호련이 문 너머로 도망쳐 버리자 드디어 태괄은 웃기 시작했다. 미치겠다, 저 표정. 저거, 저거, 대체 뭐야? 여태 암표범처럼 빈틈없더니, 오늘은 실수한 고양이처럼 쑥스러워하나.

태괄은 누워서 웃기 시작했다. 저렇게 안절부절못하는 건 처음 본다. 아니, 저런 게 가능한 여자라고는 상상도 해본 적이 없다.

"귀엽네."

뭐야, 저 남자. 호련은 이가 딱딱 부딪힐 정도로 놀랐다.

눈 뜨면 없을 거라 생각하며 일어났더니 바로 옆에서 자고 있었다. 보자마자 어젯밤 일이 생각났다. 남자라 그녀보다 힘도 강하고 억세다고는 생각했지만, 그렇게 강력할 거라고는 생각도 못했다. 어제는 정말 그 자리에서 기절하는 줄 알았다. 여태 그가 얼마나 부드럽게 대했는지 알 것 같다. 작정하고 덤벼드니 정말 엄청났다.

대체 왜 그랬던 걸까? 처음에는 정말 전쟁에 낀 거라고만 생각했는데, 태괄은 말은 그리해도 정작 몸이 섞이면 전혀 다른 진실을 토해낸다. 남자에 대해 잘 모르는 호련에게도 그건 분명히 느껴졌다.

납득하고 견디면 되는 문제라고 생각했다. 여환만 아니면 되니까, 그러니 괜찮아. 그런데 이상해졌다. 여기로 왔을 때 그의 눈빛을 보며, 그의 손을 느끼며 이상하다는 것을 느꼈다. 물건 대하는 태도였다면 알 수 있을 텐데, 분명 아니었다. 호련에게 무언가를 구하고 애걸하는 태괄의 표정에 호련도 같이 약해졌다. 그리고 그렇게 약해진 틈으로 그가 파고들어 왔다.

이런 태괄은 계산해 본 적도, 예상도 해본 적 없다. 꽉 채워 바위처럼 다가와서, 비킬 수도 도망칠 수도 없게 온몸으로 눌러온다. 저 남자가 내쉬는 열기가 덮쳐오면 호련도 숨이 막힌다. 누군가의 갈망이 이렇게 몸이 데일 정도로 뜨거운 줄 몰랐다. 세상에 그 하나만 남기고 다 태울 듯한 열기였다. 그 품 안에서 호련도 힘을 잃었다.

게다가 방금 전의 그 표정은 또 뭔가. 생각만 해도 얼굴이 확확 달아오르게 했다. 생판 남인데다 심지어 적국의 남자가 그런 표정으로 보는 것은 용납하기 힘들다. 창피해 죽을 것 같다.

"미치겠네."

이걸 어떻게 다뤄야 해? 차라리 색마 적장이 낫지, 이건 누군가가 강아지를 주었을 때와 비슷한 기분이다. 호련은 강아지를 손에 쥐고 어쩔 줄 몰라 하며 허둥댔다. 지금 딱 그런 기분이다.

결국 욕조 안에 들어가 정수리만 내놓고 한참 있어야 했다. 숨이 막혀와 다시 고개를 내밀고 시야를 뿌옇게 만드는 김을 노려보다 다시 잠겨 들어갔다. 그렇게 악어처럼 자맥질을 되풀이하다 이제 아무것도 생각나지 않는다고 생각하며 몸을 일으켰지만, 누가 뭐라 하지 않아도 다시 물속으로 잠겼다.

인정할 건 인정해야 했다.

남자인 사람을 다루는 데는 익숙하지만, 역시 남자가 남자로 굴면 도저히 감당이 되지 않았다. 그런 남자를 어떻게 다루는 건지는 들은 적도 배운 적도 없거니와, 호련이 그런 쪽 기술을 타고난 것도 아니었다.

호련은 다시 물 위로 올라온 뒤, 에라 모르겠다고 생각하며 다시 수면 아래로 내려갔다. 그러나 여기 너무 오래 있으면 분명 들여다보러 내려올지도 모른다. 그건 사양이다. 지난번도 얼마나 놀랐던가.

호련은 뿌옇게 흐려진 허공을 노려보다 일어났다. 뭐, 모르지. 올라가면 이미 사라졌을지. 자고 있으면 옆방으로 도망쳐 버리자. 거긴 아무도 없겠지, 뭐.

그렇게 돌아온 호련은 후회했다. 나갈 때와 하나도 다를 바 없다. 태괄의 누운 자세가 미미하게 변한 것 외에는.

"뭐가 그리 오래 걸려?"

게다가 잠도 안 자고 있다. 호련은 그의 머리카락이 젖어 있는 것을 보고 흠칫했다.

"정수리만 내놓고 있어서 아가씨가 그 안에 빠진 줄 알고 놀랐어."

호련은 입술이 근질근질 올라왔다.

그런 걸 왜 본 거야! 두들겨 패고 싶었지만 차마 그럴 수 없었다. 대신 씨근덕거리며 노려본 뒤 수건으로 얼굴을 가려 버렸다. 사라질 수는 없으니 눈이라도 가리련다.

그런 호련을 보는 태괄은 다시 엎어져서 웃고 싶었다. 허둥대는 꼴이 웃겨 미치겠다. 하지만 정말 웃어버리면 여기서 뛰쳐나가 고향으로 돌아갈지도 모를 정도로 호련은 당황하고 있었다.

이런 게 숨어 있을 줄이야. 태괄은 호련이 여태 참으로 침착했던 이유도 알 것 같았다. 태괄을 남자는커녕 사람으로도 보지 않았기에 가능한 일이었던 것이다. 그 점은 조금 기분이 좋지 않았지만, 덕택에 이런 모습을 보게 된 거니 비긴 셈 치기로 했다.

태괄은 두 손을 들어 보였다.

"알았어. 나가줄 테니, 아가씨도 이제 적당히 해."

"뭘 적당히 하라는 거…… 으악!"

태괄은 그대로 호련의 팔을 잡아끌었다. 너무 갑작스러웠던지 호련은 맥없이 휙 끌려왔다. 의도한 바는 아니었지만 호련은 넘어졌다. 정말, 제대로 넘어졌다. 가벼운 호련이 이렇게 과하게 균형을 잃는 것은 드문 일이었다. 몸이 고꾸라지자 호련 본인이 더 놀랐다. 태괄은 얼른 허리를 잡아 안아 올렸다.

호련의 눈이 태괄을 향했다. 하지 마, 하지 마, 더 가까이 오지 마, 그 눈이 말했다. 태괄은 그녀를 그냥 놓아두고 갈 생각은 없었다. 이미 허리 아래가 뻐근해지고 있었다.

"왜……."

호련이 작게 중얼거렸다. 태괄은 호련의 숨소리가 급해지는 것을 들으며 물었다.

"뭐가?"

"뭔지는 모르지만…… 달라진 것 같아."

그리고 의심의 눈을 보낸다. 태괄은 그런 호련의 턱을 만졌다.

"그 눈은 또 뭐야, 아가씨?"

"어제 나한테 말했잖아. 돌려보내 줄 수 있다고."

"다 기억 못한다더니 그건 잘 주워 넣었네. 그래서?"

"왠지 그래줄 것 같지 않아서."

"아……."

물론 돌려보내 줄 수는 있다. 다만, 좀 오래 걸릴 일이 될지도 모른다. 그리고 혼자 보내지도 않을 거다.

일단 혼례를 올리고 후계자가 생기는 대로 전쟁을 치를 생각이다. 어제 그 말을 한 건 기억난다. 그런데 그 말을 하나도 진지하게 생각하지 않는 걸까?

"보내줄게."

태괄은 호련의 목덜미에 입을 맞추며 말했다.

언제 말할까, 그게 다 진담이었다고. 지금? 아니, 조금 뒤?

호련이 움츠러들었지만, 태괄은 호련이 닿자 금방 숨이 차올랐다.

"아가씨는 참으로……."

그리고 그 얼굴을 보며 작게 말했다.

"귀엽네."

호련의 얼굴이 확 붉어졌다. 절대로 그런 말 하지 마, 라는 말이 눈에서 줄줄 흘러나오고 있었다. 태괄은 호련의 두 팔을 위로 올린 뒤 누르며 속삭였다.

"귀여워."

호련의 당혹감 가득한 얼굴이 웃겼다. 호련의 입술이 열렸다. 무언가 말하려고 그런 거라는 건 알았지만 태괄은 말을 막고 입술로 덮었다. 혀가 엉기며 그 안을 훑었다. 품 안에 있는 호련의 몸에서 힘이 빠져나가는 것이 느껴진다.

태괄은 잡았던 팔을 놓고 손을 내렸다. 멍한 호련의 얼굴에 태괄은 심술이 들었다. 또 짓궂어지고 싶다. 이러면 귀여워 미치겠다고. 태괄은 호련의 무릎 뒤로 손을 밀어 넣었다. 호련이 놀라 고개를 돌렸다. 그 숨소리가 긴장으로 멈춘다. 태괄은 그 허벅지 사이로 자신을 밀어 넣고 눌렀다. 어제와는 달리 부드럽게, 천천히. 아직 젖지 않은 안이 그의 침입을 힘겹게 받아들였고 호련이 신음을 흘렸다.

"아……!"

호련은 머리를 젖히며 입술을 물었다. 태괄은 천천히 허리를 움직였다. 아직 준비가 덜된 호련과는 달리 태괄은 금방 달아올라 목덜미에 땀이 맺혔다. 가슴이 축축해지고 숨소리가 거칠어진다. 호련은 버티는 것이 힘에 부치는 듯 숨이 빨라지더니, 가늘게나마 신음이 흘렀다.

"응……."

그 한마디에 태괄은 다시 힘이 들어갔다.

"그래…… 더 말해봐, 더……."

귓가로 속삭이며 더 세게 밀고 들어갔다. 날씬한 몸이 꿈틀거리며 그를 받아들였다. 섬세한 움직임과 함께 그에게 더 깊이 안겨 온다.

"그래, 좋아……."

태괄이 가쁜 숨과 함께 속삭였다.

아침이라 호련의 솜털 하나하나 다 볼 수 있었다. 젖은 입술도, 긴장으로 약동하며 젖어드는 목덜미도, 길게 뻗은 쇄골도, 달콤하게 솟은 젖가슴도.

태괄은 호련의 무릎을 미는 손에 힘을 주고 자신을 더 깊이 넣었다. 몸이 바짝 닿는다. 호련이 입술을 물며 가느다랗게 신음을 흘릴 때마다 더 깊이 삽입해 들어갔다. 살에 엉덩이가 닿을 때, 그 배가 배에 닿을 때, 더 깊이 파고들며 허리를 올려붙였다.

"태괄……!"

가느다란 목소리와 함께 호련의 손이 태괄의 목덜미에 닿았다. 그 손가락이 미끄러지며 어깨를 잡자 탄성이 나왔다. 맙소사, 당신이 이러면 나더러 어떻게 하라고. 속으로 탄식하며 그는 호련의 목덜미에 입술을 댔다. 맥박이 느껴지자 그 부분을 가만히 빨아들이고, 자신을 더 깊이 밀어 넣으며 속도를 높였다. 철썩대는 소리와 함께 가느다란 몸이 허벅지에 닿을 때마다 더 깊이, 더 세게 파고들었다. 짓누르는 남자의 힘에 호련의 숨이 점점 더 가빠져 왔다. 이마에 땀이 맺히고 볼은 더 붉어졌다. 작았던 신음이 점점 더 커져 갔다.

"아…… 윽!"

이를 악물고 내쉬는 젖은 숨소리에 태괄의 허리에 더 힘이 들어갔다. 고통이 아니다. 비음이 섞여 있다. 자기도 모르게 내쉬는 환희다. 호련의 허벅지에 힘이 들어가며 태괄의 허리를 당겼다. 그 움직임에 태괄의 몸도 화답했다. 꿈틀대는 속살에 자신을 더 깊이, 더 힘주어 넣었다. 목덜미에 댄 입술로 신음을 흘리며, 몸을 쥔 손에 힘을 주었다.

더, 더 하고 싶었다. 절정이 아쉬워질 지경이었다. 열락의 끝이 오고, 팽팽하게 부풀었던 성기가 담았던 것을 토해냈다.

온몸이 쏟아낸 개운함과 함께 아쉬움이 밀려들었다. 그는 한숨을 토해내며 호련의 젖은 젖가슴 사이에 입을 맞추었다. 입술 끝에 달싹이는 심장의 약동이 느껴지는 것 같았다.

태괄은 호련의 젖은 두 팔을 쓸어내리다 호련과 마주했다. 다시 고요해진 눈이었다. 당혹한 눈이 더 귀엽긴 하지만, 원래대로 돌아오니 그것도 나름 귀여웠다. 태괄은 그 눈 위에 입을 맞추었다.

속삭이고 싶었다. 이제 안심하라고, 믿으라고 하고 싶었다. 모든 것을 맡기면 된다고, 그리고 내 것이 되라 말하고 싶다.

"뭐야……."

호련이 작게 말했다.

"또 씻어야 하잖아."

그 투덜거림에 태괄은 결국 참았던 웃음을 터뜨렸다. 호련이 짐짓 엄격한 눈으로 태괄의 입술에 손을 얹었다.

"그만."

"알았어, 알았어. 안 할게."

태괄은 몸을 치우고 호련을 일으켜 세웠다. 호련이 지친 듯 비틀거리다 그의 품에 머리를 기댔다. 태괄은 호련의 머리를 쓸어내렸다. 호련이 한숨을 내쉬고 말했다.

"아버지가 살아 계셨으면 당신은 벌써 죽었어. 할머니만 계시니 뺨으로 끝난 거지."

태괄은 뜨끔했다. 부족장은 딸 몸에 손댄 남자라면 대국의 황제라도 목을 치러 갈 남자이긴 하다. 속이 쓰기도 하다. 그런 남자가 아내와 아이들을 모두 두고 떠나야 했을 때의 심정이 어떠했겠는가.

대체 누구란 말인가. 그런 남자에게서 가족을 빼앗고, 그 가족을 몰살한 자가.

호련에게 묻고 싶었지만 아직 그럴 때가 아니란 생각에, 또 그 얼굴이 슬픔과 공포에 차오르는 것을 보고 싶지 않아 묻지 못하겠다.

공식적으로는 태무에게 축출당한 숙부, 알타고가 내려가 약탈을 했고, 부족장 형제는 알타고에 패해 죽었으나 여환이 그를 물리치고 각을 구했다고 알려졌다. 그러나 알타고는 거의 탈탈 털려 도망쳤고, 또 당시는 겨울이었다. 이미 패한 알타고에게서 또 엄청난 인원이 이탈했을 것이다.

각의 부족장은 별 욕심이 없어 아들과 조카들을 멀리 보내지 않은 채 끼고 살았고, 덕택에 각을 지킬 무사들은 모두 영지 안에 있었다. 겨울이라 상당수가 자기 가족들에게 돌아가 있긴 했지만,

패잔병만 데리고 있을 알타고가 쉽게 도륙할 수준은 아니었다.

알타고가 초인적인 능력을 발휘하고 각족이 꽤나 운이 없어서 패했다 치더라도, 다른 영지에 있던 족장과 그 서출 아들들은 물론이요, 그들의 가족까지 죽은 건 무엇인가. 그저 약탈이 목적이었다면 그곳까지 가지는 않아야 한다.

그만, 그만.

태괄은 고개를 저었다.

오늘은 부하들도 태괄도 푹 쉴 수 있는 하루다. 술을 마시든 여자를 품든 마음대로 하라고 했다. 그런 마당에 정작 그들의 대장인 내가 이런 생각이라니.

태괄이 너무 조용해지자 호련도 조용해진다. 태괄은 호련의 볼과 귀에 입을 맞추고 몸을 바짝 붙였다. 연약하고 섬세한 존재로 품 안이 채워지자 기분이 좋아진다.

"필요한 거 있으면 말해. 뭐든 들어줄게."

"없어."

"이용해 먹을 수 있으니까 얼마든지 이용해 먹어. 그렇게 너무 이용하지 않아도 서운해. 남자란 여자 앞에서 자기가 굉장하다는 것을 증명하고 싶은 습성이 있어서 말이야."

"개 같네."

태괄은 뭐야, 하려다가 어제 호련이 한 말을 생각해 냈다. 그래, 개 좋아했지. 음, 개 같다는 말은 좋다는 뜻일 거야.

호련이 부탁할 것이 생긴 듯 바라보더니 말했다.

"그럼, 오늘 할머니하고 같이 있게 해줄래?"

"뭐?"

그건 빼고! 라고 말할 뻔했다.

부하들에게도 오늘까지 푹 놀아도 된다고 했는데, 정작 본인은 오늘 혼자서 하늘만 바라보고 있어야 하는 건가.

그것 말고 다른 부탁은 안 될까? 아니, 이미 늦었다. 너그럽게 말한 뒤 빼길 준비만 하고 있는데 그렇게 구차하게 나올 수는 없었다.

취소해 버릴까? 그러나 호련의 눈을 보니, 차마 그 눈에 대고 안 된다고 할 수가 없었다. 차라리 애걸하는 표정이 낫지, 한 치의 의심도 없이 태괄의 약속과 말을 믿고 있다. 여기에 대고 농담이었다, 안 된다, 라고 말할 만큼의 강심장은 되지 못하는 태괄은 결국 알았다고 답해야 했다.

"단, 저녁까지는 안 돼."

"어느 정도가 한계인데?"

태괄은 그냥 내일 만나러 가라고 말하고 싶은 것을 참으며 말했다.

"정오."

"알았어."

얼굴만 보고 바로 나오라고 하고 싶다. 아예 가지 않으면 더 좋고.

"지금 가도 될까?"

제발, 제발. 태괄은 울고 싶었다. 이 눈치 없는 아가씨야, 꼭 그래야겠어?

그러나 역시 거절할 강심장은 되지 못했다.

"아침 먹고 가."

"나오고 싶을 때는 알아서 나와. 안 잠그고 갈 테니. 대신 일찍 돌아오기다?"

그러고 나서 태괄은 호련의 알겠다는 답을 기다렸지만 분위기만 썰렁해질 뿐, 너무 조용하자 실망했다.

"기다릴게."

"그럴 필요는 없는데."

"기다린다."

그리고 자리를 비켜주었다.

호련은 그 뒷모습을 보았다.

지금 저 남자가 원하는 것이 호련이 생각하는 것과 완전히 다르다는 것을 모를 정도로 눈치가 없지는 못했다.

첫날 몸을 허락한 것이 문제였다. 자신의 굴처럼 가장 안전한 곳에서 호련이 틈을 보이자 그는 거침없이 들어와 버렸다. 은근히 문을 두드리고 번개처럼 들어와 사방을 컴컴하게 틀어막고 속삭이고 있는 것이다.

나는 대체 무슨 생각이었던 건지. 태괄이 부드럽게 다가와 그리 대하니 긴장이 풀어졌던 걸지도 모르고, 여환과의 결혼을 제대로 무지르려면 그렇게 해야 한다고 생각했던 걸지도 모른다. 혼란하고 두려운 와중에 그가 다가오자 그냥 무너졌다.

머리가 아파온다.

무슨 일이 있어도 호련은 돌아가 여환 앞으로 가야 한다. 그게 호련의 일이다. 그런데 저 남자 품 안에 있으면 호련은 언젠가는 모든 것을 잊어버리고 싶어질지도 모르겠다. 여환과 맞서는 상대

중 가장 강한 건 태괄이다. 도망친다면 가장 안전한 곳이 그의 품 안이라는 것을 모르지는 않는다.

하지만 그래서는 안 된다. 그래서는…….

호련 자신이 그에게 있어 무엇인지도 모르는 상황인데. 고작 저 열기에 취해 하자는 대로 다 할 수도 없고, 약해질 수도 없다.

그러니 어서 정신 차리고 덮쳐오는 열기에 벗어나자. 저리 나와 봤자 왕명 한 번 나오면 끝이다. 살랍 왕이 제정신이라면 호련을 계속 여기 놔둘 리 없다. 호련은 전리품이자 포로지만, 대가를 치르면 돌려보내 줘야 하는 종류의 전리품이다. 둘 다 그렇게 제자리로 돌아가면 내가 잊듯 저 남자도 잊겠지.

"무슨 일이 있었나요?"

"네?"

유모— 찬눈이 태괄이 멀어졌는지 다시 확인한 뒤에 다가왔다.

"들었어요. 문 안 잠그고 간다던데, 그럼 나더러 그냥 돌아다니라는 건가? 구경할 것도 없을 테지만 말이지요."

그리고 호련의 몸을 살폈다.

"아가씨한테 많이 친절해졌군요."

목소리가 살짝 올라간다.

호련이 말했다.

"착해졌어요."

"네?"

"저한테 착하게 대해준다고요."

"그건 또 무슨?"

"말 그대로예요. 착하게 대해요. 그러니 이제 걱정할 건 없을 거예요."

찬눈이 눈살을 확 찌푸리더니 노려보았다.

"저 남자가 그저 호의로 저리해 주는 건 아닌 것 같은데요."

"원하는 건 뭐든 해주겠다. 그래서 할머니 뵈러 온 거고, 또 덤으로 문도 열어줬잖아요."

"또?"

"좋아하는 게 있는지 좀 묻긴 했는데 제가 성의가 없어서 그만두던데."

호련은 그리 말하며 찬눈의 눈치를 살폈다. 찬눈의 표정은 무척 복잡해 보였다. 이런 얼굴을 예전에 본 적이 있다. 마을 청년이 언니에게 사냥으로 잡은 여우를 선물로 내밀며 말을 걸자, 그걸 본 아버지가 짓던 표정이었다.

아버지는 드디어 딸이 남자로부터 유혹을 받을 나이가 되었다는 사실을 알게 되자, 세상이 붕괴되는 것을 본 듯한 표정으로 서 있었다. 그 후 아버지는 오라버니가 언니를 미끼로 마을 청년들을 부려먹든 굴려먹든 상관하지 않았다. 큰오라버니가 그러는 동안 그 누구도 언니를 유혹하지는 못할 테니. 말로만 하지 말라고 할 뿐, 직접 행동으로 나선 적은 한 번도 없었다. 눈치 빠른 큰오라버니는 신나게 마을 청년들을 부려먹었다.

그리고 지금 찬눈의 눈빛이 그러하다.

"그래서 아가씨는 좋다고 했나요? 아니, 아가씨에게 해달라는 건 없었어요?"

"없어요."

어젯밤과 오늘 아침에 있던 일은 말해서 안 된다. 태괄의 태도로 벌써 눈치챘겠지만. 태괄 같은 남자가 나라라도 줄 듯 관대해지는 데는 다 이유가 있다.

찬눈은 한숨을 깊이 내쉬고는 고개를 저었다.

"일이 이리될 줄이야."

"왜…… 그래요, 할머니?"

찬눈은 손을 들었다.

"그만, 그만. 지금 그놈이 무슨 짓을 하는 건지 알기는 해요? 아가씨는 지금 저 불한당이 아가씨한테 아양 좀 떨었다고 바로 착해졌다느니 친절하다느니 하는 칭찬을 하는 겁니다."

찬눈의 목소리가 높아졌다.

"이게 뭔지 알아요?"

"뭔데요?"

"지금 저 남자가 아가씨를 유혹하는 거랍니다, 유혹이요!"

"네?"

호련은 너무 황당했다. 유혹이라니? 지금 그가 애써 호련에게 아부를 해야 할 이유가 뭐란 말인가. 그냥 문 열고 들어오기만 하면 얼마든지 가질 수 있는 여자에게 무슨 아부를.

"그럴 리가요."

"맞아요. 지금 여기저기 미끼를 던지면서 아가씨가 자기 덫으로 들어오길 기다리는 거란 말입니다. 일단 들어오면 잡고 놓아주지 않으려고 저러는 거라고요."

"그럴…… 필요가 없잖아요."

"없긴 뭐가 없나요. 남자란 어지간히 개자식이 아닌 이상 여자가 자기를 보면 좋아하길 바라지, 싫어하는 걸 꾹 참으며 굽실거리길 바라지는 않아요. 그러니 아가씨가 상냥해지길 바라면서 그리 미끼를 흘리는 거죠. 아가씨는 그것도 모르고 이 사람이 친절해졌구나, 착해졌구나, 하고 안도하다가…… 넘어가는 거죠. 홀라당!"

그리고 찬눈은 주먹을 불끈 쥐고 이까지 악물어 보였다.

"알겠어요?"

"조심…… 할게요. 그런데 굳이 그가 그럴 필요가 있는지는 의문…… 이긴 한데. 원래 좋은 사람인 걸 수도 있고."

찬눈은 천장을 잡아먹을 듯 노려보았다.

"되었습니다. 되었다고요! 아가씨, 절대 그 유혹에 넘어가서는 안 됩니다. 아무리 어르고 꼬시고 뭐든 다 해준다 하더라도, 몸은 어쩔 수 없더라도 마음은 안 됩니다. 믿지도 말고, 기대하지도 말아요!"

"아, 알았어요."

"정말 나쁜 놈입니다, 정말 나쁜 놈이라고요. 그래, 그 나쁜 놈이 아가씨를 보내주긴 보내준답니까?"

"왕의 전령이 오긴 왔어요. 무슨 말을 한 건지는 아직 모르지만요."

"저 불한당이 아무 말도 안 하던가요?"

"그것에 대해서는 아직."

"물어봐요."

"알았어요. 그리고 할머니, 그리고 이제는 할머니도 아가씨라 하지 말아요."

찬눈의 얼굴이 어두워졌다. 찬눈은 족장의 부인이며 차기 족장의 어머니일 때도 자기 아들들과 손자, 손녀들에게 예의를 차렸다. 심지어 서출인 백부들의 아들딸에게조차도 그랬다.

"우리는 가족이에요. 핏줄이라고요."

호련은 찬눈에게 다가갔다. 그러고 보니 참 아버지와 닮은 얼굴이다. 찬눈의 눈이 가라앉더니 한숨과 함께 말했다.

"그건 제가 알아서 합니다. 그런데 여환으로부터는 아무 말 없나요?"

"전혀."

찬눈은 코웃음을 치고는 싸늘하게 말했다.

"참 대단하군요."

"할머니, 여환은 나를 자기 여자로 맞이한다고 한 적이 없어요."

"그래도 약혼녀입니다. 그런 모욕을 참고 있는 것이 대단하군요."

"나는 자기 여자가 아니잖아요. 그런 여자가 어떻게 되든 상관없는 거라고요. 그리고 그런 여자 때문에 자기가 비난받든 말든 상관하지 않고 싶겠지요."

그리고 호련 역시 그를 남편으로 맞이할 생각은 없다. 그에게 있어 '여자'는 우이 하나뿐이다. 그가 사랑한 단 한 명. 아니, 애초에 그에게 있어 인간으로의 존재하는 건 우이뿐일 것이다.

가족을 모두 잃은 뒤 반년 정도 여환의 영지에 있었다.

여환은 우이와 결혼한 뒤 왕실에서 축출당하다시피 했다. 여환이 당시 친 사고는 거하다 못해 전설적이었다. 처음에는 어르고 달래던 능고 왕은 여환이 뜻을 꺾지 않자 드디어 실력행사에 들어갔다. 동부의 대장군 직책을 빼앗기고, 우이와의 혼례는 인정받지 못했다. 여환의 친족이 모두 혼례의 증인을 거부했기 때문이다. 보통 사람의 혼례라면 아무 문제 없었을 테지만, 심지어 족장 정도만 되어도 문제가 없었을 테지만 여환은 왕족이었고 해가 뜨듯 후계자 자리가 굴러 들어오는 적출조차 아니었다. 가족으로부터 인정받지 못하면 우이는 영원히 그의 아내가 아닌 첩이고, 그 자식은 서자이다.

그럼에도 여환은 버티어냈고, 흉맥산맥 근처에 처박혀도 묵묵히 버텼다. 말이 영지지, 그냥 근근이 먹고사는 황량한 폐허 위에 버려진 것이다.

호련이 보내진 곳은 왕자의 집이라고는 믿어지지 않을 정도로 황폐한 곳이었다. 우이를 위한 하녀 몇과 일꾼들뿐, 우이는 왕자의 아내이면서도 보통 아낙네보다 더 힘들게 집을 관리하고 있었다. 근방에 여환에게 맹렬히 충성하는 흉맥족들이 있긴 했으나, 그들은 일을 돕는 데는 별 재주가 없었다.

도착하자 우이가 나와 맞이했다. 호련을 데리고 온 여환의 부하들은 모두 흉맥족이었다. 흉맥족들은 우이에게 사정을 설명하고, 호련에게 그녀를 소개했다.

"우이 부인입니다."

깊고 그윽한 초록색은, 호련의 상태가 조금만 좋았어도 참으로 신비롭다고 생각했을 것이다. 그러나 순간 드는 건 증오와 분노뿐이었다. 호련의 얼굴이 드러낸 극렬한 분노에, 앞에 있는 우이는 흠칫 놀랐지만 곧 부드럽게 말했다.

"안되었어요……. 남편이 조금만 더 빨리 갔으면 구할 수 있었을 텐데."

호련은 손이 부들부들 떨렸지만 아무 말도 하지 않았다.

"가족을 잃는다는 것이 무엇인지 나도 알아요. 나 역시 산적들에게 가족을 잃었어요."

"……"

"그때 여환이 저를 구해주었지요. 제게 여환은 단 하나뿐인 가족이에요. 땅이고 하늘이죠. 보잘것없는 인생에 주어진 과분한…… 아주 과분한 보배죠."

그리고 그녀는 볼을 붉혔다.

"편하게 지내요. 제가 최선을 다할게요. 그리고 살랍에 대한 복수는 여환이 해줄 겁니다. 그는 용맹하고 뛰어난 남자니까요."

그렇게 말하는 우이의 얼굴에 자부심이 보였다.

이 여자야말로 여환의 유일한 여자다. 그리 생각하자 살의가 치밀었다. 진실되고 순수한 살의였다.

"그가 올 때까지 제가 돌봐 드릴게요. 안심해요. 여기로는 아무도 오지 못할 겁니다."

그 후, 거의 한 달은 거의 먹지도 마시지도 못했다. 눈을 뜨면 감고, 다시 눈을 뜨면 다시 감았다. 자면서 죽고 눈을 감아서 죽고 눈을 떠서 죽고 숨을 쉬다 죽었다. 그렇게 몇 번을 죽었다. 부모형제들이 없는 세상에서 눈을 뜨지 않게 해달라고 빌며 눈을 감았다. 그럴 수 없다면 제발 나를 밤새 죽여달라 말했다. 누구도 죽여주지 않으면 내가 죽겠노라고 외쳤다.

그러나 결국 눈은 떠지고 일어나야 했다.

우이는 위로하지도 밥을 먹으라 하지도 않았다. 잠자코 호련이 그 슬픔과 고통을 받아들이길 기다렸다. 그녀 역시 가족을 잃은 경험이 있어서 섣불리 위로하고 용기를 가지라고 말하는 게 아무 소용 없다는 걸 알았다.

한 달 뒤, 바짝 마른 얼굴로 어두운 방에서 나왔을 때 우이는 죽을 끓이고 새로 만든 옷과 신발을 내주었다. 왜 사는지는 모르겠는데 죽어지지도 않으니 살기는 살아야 할 것 같았다.

우이가 조금만 모자랐어도 호련은 그대로 굶어 죽거나 슬픔에 지쳐 죽었을지도 모른다. 그러나 우이는 진심을 다해 적절하게 보살펴 주었다. 말없이 돌보아주고 기다려 주며 필요한 일만 해주었다. 그렇게 호련은 우이가 내주는 식사를 하고 옷을 입고 유령에서 사람 비슷한 존재로 돌아왔다.

여환이 어떤 남자이든 우이는 좋은 여자였다. 영지도 재산도 없는 이민족 출신이지만 어떤 집안의 남자와 결혼하든 꽃처럼 소중하게 다뤄질 여인이었다. 시중들어 준다는 하녀들이 무시하든 말든, 그녀들이 할 일을 우이가 거의 하고 있어도 괘념치 않았다. 묵묵히 자신의 위치를 지키고 호련을 돌봐줄 뿐이었다.

당시 우이 역시 호련을 돌보는 것에 위안을 받고 있었다. 호련은 그제야 그녀가 쓸쓸하다는 것을 알게 되었다. 흉맥족 여자들은 우이와 거의 말도 안 하고 지내고, 하녀들은 우이를 하녀보다 못한 취급을 한다. 친구도 없고 가족도 없는 곳에서 그녀는 여환만 보며 살고 있었던 것이다. 게다가 우이는 몸도 약해 자주 지치고 주저앉았다.

"하녀들을 바꿔요."

거의 한 달 만에 호련이 처음으로 한 말에 우이는 고개를 저었다.

"여환의 어머니가 보낸 사람들이에요. 보낼 수가 없어요."

봄이 될 무렵, 여환이 돌아왔다. 검고 큰 말에 탄 그가 오자 호련은 발이 얼어붙는 것 같았다. 그는 말에서 내려 우이에게 다녀왔다 말하고 호련을 데리고 들어갔다.

여환이 전한 말은 각오했던 일들이었다. 맹약에 따라 호련이 혼인해 후계자를 만들 때까지 각족의 영지는 여환의 것이다.

"네 할머니가 영지에 있더군."

그 말이 호련의 손에 힘을 주게 했다.

"정말인가요?"

처음으로 물어보았다. 여환의 눈썹이 올라갔다. 놀란 것 같다.

"그래."

할머니가 살아 계신다. 없어진 갈호를 제하고는 살아남은 사람이 없다고 생각했는데.

저절로 웃음이 나왔다. 어서 가고 싶었다. 돌아가 할머니에게 자신이 살아 있다는 것을 알려주고 싶었다. 처음으로 살아서 다행이라고 생각했다. 할머니가 살아 있어서 기쁘고, 할머니가 호련이 살아 있어 기뻐할 거라 생각하니 역시 기뻤다.

"가서 뵙게 해주세요."

"안 된다."

호련은 우뚝 얼어붙어 여환을 보았다.

그럼 언제 돌아갈 수 있다는 건가. 벌써 몇 달인가. 부모 형제들의 장례에 대해서조차 듣지 못했다. 부모님과 형제들의 시신이 지금도 대지 위에서 모욕당하고 있을지도 모르는데, 그런데 나는 갈 수조차 없다는 건가.

그때, 우이가 방의 휘장을 거두고 들어왔다. 여환의 얼굴에 웃음이 어렸다.

"그럼 제 원수는 어떻게 되었습니까?"

호련이 물었다. 호련을 향하는 여환의 눈초리가 싸늘했다.

"살랍은 모두 국경 밖으로 도망쳤다."

"이제 각족의 땅에 그들은 없나요?"

"없다."

호련을 보는 여환은 여전히 차가운 눈이었다. 흔들림은 없다. 정말 그러하니 그런 말을 전한다고 말하고 있다.

"그럼 저는 돌아가도 되지 않나요? 할머니가 계신데."

서서히, 여환의 눈초리가 차갑게 식어간다. 그 눈빛에 호련은 손에 힘이 들어가고 등이 굳었다.

"적은 다 몰아내셨다고 하셨지 않습니까? 그러니 저는 영지로 돌아가겠습니다. 돌아가 할머니를 뵙고…… 머물게 해주세요."

"생각해 보겠다."

"아니, 지금 말씀해 주세요. 돌아가겠습니다."

"나가."

호련은 그 싸늘한 한마디에 자신이 할 말이 더 없음을 알았다. 절망감이 앞섰지만 할 수 있는 게 없다. 호련은 일어나 밖으로 나갔다. 당황한 우이가 따라 나왔다.

"서운해하지 말아요. 아직은 위험할 테니까……."

호련은 여환이 우이를 보던 눈을 떠올렸다. 부드러움, 따스함,

애정, 배려. 여환에게 불가능할 거라 여겼던 모든 기적이 이 여자 앞에서는 다 일어났었다.

"같이 가면 좋을 것 같아요."

우이가 놀랐다.

"무슨 말인가요?"

"부인에겐…… 이곳보다는 각의 영지가 더 나을 것 같아요. 여기는 너무 춥고 황량하잖아요. 그래서 몸이 더 안 좋아지는 것 같으니, 같이 가요. 각의 영지는 햇살이 따뜻하고 공기도 맑아요."

우이가 수줍게 웃었다.

"아가씨 일도 힘들 텐데, 저까지 걱정해 주고 있었군요……. 알았어요. 말해볼게요."

우이는 다시 방 안으로 들어갔다. 잠시 뒤, 우이와 여환의 방에서 나지막한 목소리가 흘러나왔다.

어느새 이야기가 끊어지고 불이 꺼졌다. 아마도 부인에게 입 맞추고 속삭이고 사랑을 나누고 잠들 것이다.

호련은 순간 날카로운 것이 속을 엉망진창으로 할퀴고 지나가는 것 같았다. 그 너덜너덜한 상처로 독하고 쓰디쓴 것이 흘러든다.

지금 당신, 행복한 거야?

행복한 거냐고!

용납이 안 된다.

호련은 여환이 앞에 나타난 순간 그에게서 벗어날 수 없다는 것을 깨달았다.

"살랍입니다."

여환을 똑바로 보면서도 그리 답했다.

"살랍입니다."

그 말을 하는 순간, 이제 호련은 다시는 여환 없이 살 수 없게 된 것이다. 그가 없는 세상을 꿈에서조차 보지 못할 정도로, 그 없이는 살 수가 없다.

"아가씨."

할머니의 주름진 손이 호련의 머리카락을 쓸어 내려주었다. 무슨 생각을 하는지 알 것이다.

삶의 목적, 삶의 이유, 오늘 눈 뜨는 이유는 항상 여환이었다. 그러니 그가 없는 곳에 있을 수는 없다.

그래도 한 가지만은 안심하며 돌아갈 수 있으니 다행이다. 적어도 그 남자의 여자가 되지는 않을 것이다. 그것만도 어디인가.

그러다 호련은 이 방에서 나가면 기다리고 있을 태괄을 생각했다. 눈앞으로 다가와 빈틈을 남김없이 채우며 온 세상을 가득 덮은 그 남자를. 할머니가 뭐라 하든 그를 두고 돌아가면 왠지 쓸쓸해질 것 같다.

"여기서 쪼그리고 뭐 합니까?"

태괄은 고개를 들었다. 갈호가 멍한 얼굴로 바라보고 있었다.

"죽은 지네처럼 몸을 똘똘 말고 있어서."

"다음부터는 내가 눈에 뜨이면 그냥 지나가라."

"아."

갈호의 매가 태괄 옆으로 와 태괄의 허리띠를 콕콕 쪼기 시작했다.

태괄은 짜증이 났다.

"이놈에게 버르장머리를 가르칠 생각이 전혀 없는 거냐?"

"걔가 배울 생각이 없어요. 그리고 새는 고집이 세서 가르침을 받을 생각이 없으면 안 배웁니다."

태괄은 시원하게 포기했다. 부하들에게 권위적이고 냉혹하게 대하는 걸 좋아하지 않긴 하지만, 가끔은 좀 무서워해 줬으면 좋겠다.

"왕자님, 적어도 내일이나 모레는 출발해야 해요."

"그래서?"

"아직 아무 말도 안 한 것 같던데요."

"걔, 네 여동생이잖아."

"왕자님도 제 동생이나 다를 바 없어서요. 응원해 드릴게요."

태괄은 당장 갈호의 목을 흔들고 싶었다. 이놈이 지금 뭐라는 거야!

"왕자님과 그 많은 전장을 돌아다니다 보니…… 왕자님이 가족처럼 여겨지기도 해요. 그러니까 가족 비슷한 무언가랄까, 피는 안 섞였지만 피가 섞이는 것을 고려해 볼 만은 한 남자라고 해야 할까?"

"그래서?"

"여동생을 보낼 남자로 왕자님은 나쁘지는 않다는 겁니다."

"괜찮다는 거냐?"

"고려해 볼 만하다는 거죠. 여태 왕자님이 보여주신 모습을 보면…… 일단 왕자니 신분은 괜찮고, 재산 상태도 괜찮고, 아내에게 충실할 것 같고, 자손에 관한 한…… 이건 아직 증명된 바가 없으니 넘어가지요. 호련도 증명한 적이 없으니 이 문제는 서로 공평하네요."

아, 또 헛소리를 시작한다. 진지하게 귀를 기울이던 태괄 자신이 바보처럼 느껴진다. 태괄은 고개를 젓혔다.

"그만두자. 너하고 이야기하면 내 머리가 이상해져. 그날 너한테는 좀 미안했는데, 쓸데없는 생각이었나?"

아무리 갈호가 독특한 기준으로 사는 녀석이라도 남자가 결혼도 하지 않고 여동생 몸에 손대는 걸 달가워할 리 없었다.

"왕자님이 나오면 따귀라도 갈길 생각이었는데, 찬눈 부인이 먼저 갈겨줘서요. 부인보다 아프게 때릴 자신은 없더군요."

"……."

태괄이 어처구니가 없어 바라보아도 갈호는 태평했다. 호련과 혼인하면 행여 이런 놈이 태어날까 무섭다. 아무리 서출이라도 이 녀석도 한 핏줄은 한 핏줄이니까. 이 해괴한 성격이 이 녀석 어머니로부터 온 것이면 좋겠다.

"그런데 여환은 어땠냐?"

"싫습니다."

갈호의 눈이 새파랗게 빛났다. 게으른 낙타처럼 멍하게 있지만,

일단 전장에 풀어놓으면 이 녀석은 영혼을 얻은 화살처럼 날래고 단도처럼 날카롭다. 그때마다 저 눈이 저리 퍼렇게 번득인다.

"나야 전장에서 본 게 다라서…… 어떻기에?"

"개새끼죠."

"……."

이놈에게는 이게 욕이 맞을 것 같다.

"그는 호련을 물건으로 생각할 뿐입니다. 영지를 차지하는 데 필요한 물건, 또 왕위로 나아갈 수 있게 해주는 물건. 그는 그냥 그것만이 목적입니다. 많은 결혼이 그런 목적으로 이루어지지만, 그건 그만큼 비참하기도 합니다."

"찬눈 할멈 이야기인가?"

"아뇨, 그분들은 잘 지냈습니다. 그분들 이야기는 아닙니다, 왕자님."

갈호는 강조하듯 고개를 저었다.

"비참하게 시작한 결합이라도 찬눈 부인과 족장님은 아주 잘 지냈습니다. 어떻게 시작했든, 어떻게 이루어졌든, 저는 그 두 분에 대해서는 아무런 평가도 내리고 싶지 않습니다. 그 두 분은 제가 보기에는 분명 행복한 부부였습니다. 언제 어떻게 시작되었든 진심이 있었으니까요. 그 외의 목적은 아무리 풍족해도…… 비참할 뿐입니다. 짐승조차도 자기가 좋아하는 짝과 살고 싶어 한단 말입니다."

"……너, 말 많이, 제법 잘할 수 있구나. 지금 그게 더 놀랍다."

"필요하면 합니다."

갈호는 일어나며 말했다.

"그러니 말하십시오. 왕자님이 말 안 하면 제가 말할 겁니다. 사촌 간의 해후부터 해야 하니 제가 말하면 좀 늦을 겁니다. 그러니 하세요."

그리고 고개를 들더니 말했다.

"지금 호련이 오네요."

태괄은 벌떡 일어나려다가 멈칫했다.

"안 만날 거냐?"

"저 아이와 왕자님과의 이야기가 끝난 다음에 만나고 싶습니다. 그래야 조금이라도 행복한 상태에서 만날 테니까요."

호련이 복도 끝에 나타났다. 태괄이 그런 호련을 바라보다가 다시 돌아보았을 때 갈호는 이미 복도 모퉁이를 돌고 있었다. 유일하게 살아남은 가족인데 갈호는 아직 호련 앞에 나서지 않았다. 적진에 있는 모습을 보이지 않고 싶어서일까? 게다가 고향으로 쳐들어왔으니 염치없다고 생각하는 걸까? 그러나 그날 갈호는 각족 무사들을 제압해 쓰러뜨리는 데 집중했다. 덕택에 그의 일족들은 모두 목숨을 부지했다. 그 이유는 아닐 것 같다.

"일찍 나왔네?"

태괄이 말하자 호련은 태괄 쪽을 보았다.

"이 정도에 나올 거라 생각한 거 아니었어?"

"그렇긴 하지만."

호련은 고개를 돌려 갈호가 사라진 쪽을 보았다.

"방금, 전령이었지?"

"맞아."

"혹시, 왕이 나를 죽여서 보내래?"

태괄은 자기도 모르게 고함을 질렀다.

"아냐!"

호련이 깜짝 놀라 눈을 크게 떴다. 태괄은 당황해 손을 저었다.

"아니야, 그건. 형은 그런 분이 아니야. 절대 아니야! 절대, 절대 아니야! 그런 생각은 하지도 마!"

"놀랐잖아. 그럼 왜 그렇게 내내 안절부절못해?"

"안절부절못하다니!"

"중요한 말이 있는데 못하는 것 같아서…… 혹시 나를 죽이라는 명령을 받은 건가 했어."

태괄은 주먹을 쥐고 흔들다 허공을 후려치고는 화를 참으며 말했다.

"대체 나를 어떻게 보고 그러는 거야! 그럴 리 없잖아!"

"아니면 된 거지 왜 그렇게 화를 내? 엄청 크게 고함지르네."

"그런 생각을 했다는 것 자체에 화가 나니까!"

태괄은 호련의 손을 낚아채 당겼다. 호련은 당황해 손을 빼려 했지만 태괄은 호련의 팔을 더 세게 당겼다. 손에 열과 힘이 들어갔다. 호련이 긴장해 물었다.

"그럼 대체 뭐야?"

"그게……."

태괄은 호련을 보며 뭐라 할 말이 없었다. 긴장한 얼굴이 사랑스럽다고만 생각했다. 웃기라도 하면 끝내줄 것 같은데, 어렸을 때부터 제대로 웃는 얼굴을 본 적이 없다.

호련이 더 긴장했다. 그제야 태괄은 자신이 그녀의 턱을 매만지고 있다는 것을 깨달았다. 저절로 손이 가 들러붙어 있었다.

손에 닿는 호련의 목덜미에는 태괄이 아침에 남긴 거창한 흔적이 있었다. 그 할멈, 지금쯤 나를 죽이겠다고 하고 있겠네.

태괄은 호련의 머리 뒤로 손을 가져가 당겼다. 호련이 뒤로 물러나려 했지만 태괄은 손에 힘을 주어 당기곤 입을 맞추었다. 호련의 목이 굳었지만 태괄은 개의치 않았다. 입술을 덮고 그 입술을 열려 했다. 화답하듯 입술이 살짝 벌어지자 그대로 혀를 밀어 넣으며 몸을 밀어붙였다.

벽에 호련의 등이 닿으며 고개가 뒤로 젖혀진다. 태괄은 더 깊이 밀어붙이며 바짝 긴장한 혀를 말아 올렸다. 잘 익은 무화과를 베어 물 듯 달콤하다. 다른 손이 벌써 열기를 담고 호련의 허리를 매만지기 시작했다. 놀란 호련이 급히 고개를 당겼다.

"그만…… 해."

긴장하고 놀란 얼굴이 다시 보인다.

"여긴 침실도 아니잖아."

"가면 되지."

호련의 얼굴이 새빨개졌다.

"미쳤어! 대체 뭐가 모자라다고……!"

너무 진지하다. 태괄은 손을 내리고 웃었다. 당장 여기서 아가씨하고 뒹굴어도 사람들이 자리를 피했으면 피했지 뭐라 하지는 못한다는 말은 못하겠다. 그랬다가는 호련은 부끄러워하며 생쥐만 해질 것 같았다.

그런 태괄을 보는 호련은 점점 더 부아가 치밀었다.

이 남자, 또 이런다. 이것은 정말 문제다. 이 남자하고 있으면 도무지 진지하게 이야기를 나눌 수가 없다. 어디서부터 어디가 장난이고 어디서부터 다시 진담인지 모르겠다. 태괄의 정체에 대해 전혀 모르던 시절이 그리울 지경이다. 이런 남자일 줄은 꿈에도 몰랐다. 그저 국경 너머에 있는, 어쩌면 여환을 꺾어줄지도 모를 희망을 가지게 하던 젊은 왕자였을 뿐인데.

재작년인가, 지속적으로 국경이 털리던 살랍이 드디어 내란을 가라앉히고 군대를 보냈다. 그리고 얼마 지나지 않아 태괄이 대장군이 되어 왔다.

엄청나게 젊은 왕자가 여환과 맞서게 되었다는 것 정도만 알려졌다. 기대를 했던 호련은 태괄이 오자마자 여환에게 패했을 때는 절망했다. 역시 여환은 하늘이 내린 건가, 그를 이길 자가 없는 건가, 하고. 정말 능고 왕의 소망대로 서부까지 능고에게 평정되고 창궁 아래 단 하나인 왕이 탄생하는 건가.

그러나 작년, 여환은 군세를 더 올려 태괄을 공격했다가 패했다. 여환이 여태 쌓아 올렸던 불패의 신화에 날벼락이 내린 것이다. 그 후, 태괄은 초원을 휩쓸어 곳곳에 주둔하던 여환의 군대를 죄 몰아내고 살랍의 세력권을 각 근처까지 확 넓혔다. 여환이 재작년에 이기고도 세게 밀어붙이지 못했던 것과는 완전히 달랐다.

호련은 태괄이 여환을 이기고 각의 영지까지 오기를 바랐다. 여환만 몰아내 준다면야 얼마든지 협조할 자세가 되어 있었고, 원한다면 그의 승리 축하 잔치라도 베풀어줄 수 있었다.

물론, 그 모든 것이 태괄이 어떤 남자인지 모를 때의 일이다. 태괄은 호련의 소원대로 정말 각의 영지로 쳐들어와 호련만 데리고 와버렸다. 그리고 지금, 호련은 태괄과 마주 보고 있다. 가엾고 커다란 개를 보는 기분이다. 물론 말은 더럽게 안 듣지만.

"왕이 뭐라 했는지 가르쳐 줘."

"그럼, 일단 이리 와봐."

그러고는 태괄이 호련의 팔을 잡아끌었다.

"천천히, 천천히. 너무 세잖아."

태괄은 호련을 거의 들다시피 하며 집무실로 향했다.

집무실은 성과 벌판이 훤히 내려다보이는 곳에 있었다. 태괄은 그곳에서 호련을 놓아주었다.

안에는 둘둘 말린 양피지와 책들, 온갖 이국의 물건들이 쌓여 있었다. 집무실이라기보다는 거대한 창고 비슷해 보였다. 호련은 그중에서 망원경을 찾아내 눈에 대보았다. 상인들이 가고 다니는 것을 본 적이 있다. 그다음, 나침반과 지도도 찾아냈고, 거기에 괘종시계까지 발견했다. 보물 창고에 들어온 기분이 들었다.

"뭐가 이렇게 많아?"

"도시 상인들한테 선물받은 거야. 여기 자주 들를 일이 없어서 이렇게 먼지만 입고 있지만."

호련은 여기저기서 이런저런 물건들을 찾아냈다. 귀한 물건은 없지만 신기한 물건은 많았다. 상자 하나를 열어보니 음악 소리가 들리며 인형이 빙글빙글 돌기 시작했다. 쓸모는 없어 보이지만 신기하기는 하다.

태괄은 옆에서 형이 갈호 편으로 보낸 함을 열었다. 안에는 채찍과 붉고 푸른 천을 섞어 만든 옷이 담겨 있었다.

태괄은 얼어붙었다. 신부가 처음 초행길에 나설 때 입는 옷이다. 갈호가 이건 호련에게 주라 하며 던져 준 거라 어제 열어보지 않았다. 형은 때때로 말도 안 되는 짓들을 잘하니 여자 기분이라도 풀어주라고 장신구나 새 옷을 보냈을 거라 생각했는데, 이런 물건인 줄은 몰랐다.

호련은 망원경으로 지평선을 바라보다가 고개를 돌렸다. 그런데 태괄이 굳어 있자 망원경을 내렸다.

"안에 아는 사람 손목이라도 들어 있는 표정이네."

"무슨 끔찍한 말을. 이거 받아."

태괄은 그중 채찍을 집어 던졌다. 호련은 얼른 그것을 받아 들었다.

"이걸 왜?"

"곧 출발해야 할 거야. 아가씨 말을 몰려면 아가씨 것이 필요하잖아."

호련은 안도했다. 묶여서 끌려갈까 봐 내내 걱정했다. 더한 치욕은 수레에 실려 가는 거고. 이도저도 아니고 그냥 말에 타는 거면 포로가 아닌 척 가면 된다.

"나 혼자 말을 타도 되는 거야?"

"그래."

"내가 도망치면 어쩌려고 이렇게 후하게 구는 거야?"

호련은 채찍을 휘둘렀다. 파공음이 허공을 울렸다. 좋은 물건이다. 호련은 그 채찍을 들어 태괄의 턱을 가리켰다.

"응? 답해봐."

"절대로 도망가지 마. 아가씨가 눈앞에서 사라지면…… 울어버릴 거야."

호련은 그 진지한 얼굴에 기가 막혔다. 이걸 애교로 받아들어야 하나, 농담으로 받아들어야 하나. 진담이면 진담인 대로, 농담이면 농담인 대로 기가 막히다.

"당신이 울면 엄청나게 무서울 것 같긴 하다."

"무서워?"

"응. 차라리 화를 내, 화를. 그게 더 나으니까."

"내가 화내면 같이 고함이라도 지르려고? 아가씨 편하자고 나보고 울지 말라는 거네."

"아니, 당신이 화를 내면 같이 화를 내려고 돌아올 텐데, 울어버리면 무서워서 더 멀리 도망가 버릴 거야."

그리고 태괄의 턱을 채찍으로 두드렸다. 태괄은 슬쩍 몸을 대면서 말했다.

"참 깜찍한 소릴 하네."

"비꼬는 거야?"

"아니, 귀여워서."

호련은 목덜미에 소름이 돋는 것을 느끼며 그에게서 몸을 뗐다. 가까워지면 그가 새삼 크다는 것을 느끼게 된다. 더불어 압박감도 같이 느낀다. 그의 열기가 종종 무서운 것도 그 탓이다.

"그만해."

"그러면 도발하지를 마."

호련은 돌아서다가 책 더미 아래에 깔려 있는 안경집을 찾아냈다.

"이거, 내가 가져도 돼?"

"할멈 주게?"

여전히 할멈이라 불리는 것에 호련은 눈살을 찌푸리며 노여움을 표했다.

“할머니 것을 가지고 오지 못했어.”

“가져. 나도 아가씨 물건 많이 가져왔는걸.”

“뭘…….”

“아가씨 예물.”

호련은 그제야 그게 생각났다. 왕실에서 보낸 예물들은 태괄의 손에 있었다.

“마음에 들면 다 가져.”

“크게 좋은 건 없던데? 왕자의 신부에게 이런 걸 주나 싶을 지경으로.”

“나는 좋은 건지 나쁜 건지도 모르겠던데.”

“각의 영지를 혼수로 가지고 올 여자를 위한 선물은 아니었지.”

“참 미안하게 되었네. 기대하고 털었을 텐데 좋은 게 없어서.”

호련은 새삼 금비에 대해 부아가 치밀었다. 호련이 선심 베푸는 것도 아니지만 태괄이 저런 말을 하니 은근히 자존심 상했다.

“혹시, 내 혼례복도 가지고 왔어?”

“아니.”

“잘했어. 가지고 왔으면 태워 버리라 했을 거야. 하지만 거기 있으니…… 돌아가면 내가 태워 버려야지.”

호련은 웃으며 채찍을 휘둘렀다. 돌아가면 이걸로 갈기갈기 찢어서 태워 버릴 거다.

태괄이 물었다.

“그럼 예물들은 모두 부하들 나누어 줘도 되는 거지? 아가씨에게 특별한 의미가 있는 거 없어?”

"아니. 걱정되는 건 내 몸값이지. 정말 뭘 달라고 할지 걱정되는 걸."

갑자기 주변이 조용해졌다. 호련은 태괄을 톡톡 쳤다.

"또 딴생각. 언제 출발하는 거야? 정해졌어?"

"내일모레 정도. 완전히 정해진 건 아니고."

"그래……."

호련은 아직 흐린 하늘을 보았다. 우기가 끝나려면 멀었지만, 비가 그치긴 했다. 여기서 왕이 있는 납경까지는 아예 험하지는 않을 것이다. 초원과 그다지 높지 않은 산맥만 지나면 되고, 또 국경 안이니 별문제는 없을 것이다. 열흘 안에 도착하게 될 테지만, 정말 납경까지 간다고 생각하니 호련은 긴장되었다. 그곳까지 간 적은 한 번도 없다. 너무 멀고 낯선 곳이다.

태괄이 말했다.

"그곳에서는 여기와는 다르니 조심해야 해."

"무슨 소리야?"

"아가씨에 대해 품평하며 심술궂게 굴지도 몰라."

"그건 당신이 알아서 해줘."

태괄이 당황하며 눈살을 찌푸렸다.

"내가?"

"태괄, 나는 당신 포로잖아. 그러니 당신 거고, 당신 책임이지. 당신이 알아서 해."

"자꾸 그렇게 나는 당신 거다, 당신 거다, 하지 마."

그리고 태괄은 호련의 팔을 잡았다.

"왜?"

"자꾸 확인하고 싶어지니까."

손에 힘이 더 들어가자 호련의 오른손이 날아왔다. 태괄은 얼른 그 채찍을 낚아챘다.

"나 때리라고 준 게 아니야."

움켜잡힌 채찍이 그의 손에서 구부러졌다. 호련은 채찍을 잡아 빼려 했지만 그는 놓아주지 않았다. 호련은 채찍째 던졌다.

"그럼 도로 가지고 가. 내 마음대로 때릴 수도 없는데."

"아냐, 가져가. 나 빼고 다른 놈은 얼마든지 때려도 돼. 특히, 아가씨를 이상하게 쳐다보면 무조건 때려."

"거기로 가면 죄다 그렇게 볼 거잖아. 전리품, 포로. 노예나 다를 바 없지."

"그 누구도 아가씨를 그리 보지 못하게 할게. 맹세하지. 그래도 아가씨를 그렇게 보는 놈이 있으면 내가 알아서 할게."

태괄은 호련의 얼굴을 보았다. 호련의 시선은 태괄을 피했다.

태괄이 조용히 물었다.

"아가씨."

"말해."

"어제 내가 물었지. 나하고 같이…… 지내는 건 어떤지."

"포로의 몸으로, 당신 여자로 지내라는 거야?"

"아니, 아니야. 나를 그렇게 보지 마. 나는 아가씨를 그런 상태로 가지고 있을 정도로 간 큰 놈은 못 돼. 그리고…… 아무리 여환이 당신 영지를 가졌다 하지만, 당신은 각의 주인이야. 함부로 대할 수 있는 여자가 아니니 그럴 생각 없었어, 처음부터."

"그럼……."

뭐라 말해야 하지? 태괄은 망설였다.

"저기, 아가씨 부족에서는 청혼할 때 어떻게 해?"

갑자기 화제가 바뀌자 호련은 당황했다.

"일단 집안끼리 이야기를 나누고 그다음 당사자들끼리 맞선을 봐. 서로 마음에 들면 그다음에 신랑이 와서 정식 청혼을 하는 거지. 여자가 너무 아름답거나, 아니면 귀한 집 아가씨라 청혼하는 집이 둘 이상이면 한꺼번에 오기도 하는데, 그건 그다지 많지 않아. 신랑에 대한 무례가 되고, 신랑 집안끼리 싸울 수도 있으니. 대부분은 미리 정한 다음 청혼하러 와."

"정해지면?"

"정해지면 신부에게 줄 예단을 보내지. 그게 도착하면 신부는 지참금과 예복을 마련해 신랑을 기다리는 거야. 그런데 그건 왜 물어? 어차피 그건 어느 나라나 다 비슷하잖아."

"여환도 그렇게 했나?"

호련의 얼굴이 얼어붙었다.

그 굳은 표정에 태괄은 기분이 싸늘하게 식는 것을 느꼈다. 괜히 여환이란 말을 꺼내 버렸다. 그 남자는 호련이 얼마 전까지만 해도 신랑이라 여기던 남자다.

"여환의 어머니가 다 알아서 했어. 여환은 아무것도 안 했지."

"그렇군."

그러니까, 직접 청혼한 것도 아니란 말이지?

태괄은 턱을 쓸어 올렸다. 그럼 나는 어떻게 해야 하나? 혼담이 어른들 몫이라면 형더러 알아서 하라고 해야 하나? 집안 어르신이라면 형과 골골대는 어머니뿐이긴 한데, 어머니에게 그런 일을 맡기는 건 어차피 무리니 형과 형수더러 하라 해야겠다. 다행히 호련의 할머니가 여기 있으니 호련의 친정 쪽 어른 문제는 해결되었다고 봐도 된다. 할머니가 거부하면 갈호라도 붙들어다 놓으면 되겠지. 서자라도 집안 남자는 집안 남자니까.

"그런데 그건 대체 왜 물어?"

그리고 호련은 왕이 보낸 함의 뚜껑에 손을 얹었다. 그건 열지 말라고 하려는 순간, 호련이 열었다. 태괄은 당장 다시 닫으러 달려갈 뻔했다.

"그건 왜 열어?"

"그야 나한테 주라고 한 물건이 들어 있을 게 뻔한데 당신은 일부러 보여주려고 하지 않으니 그랬어."

그리고 호련은 함 안을 보고 얼굴에 핏기가 가셨다. 붉고 푸른 옷이다. 이게 무슨 의미인지는 호련도 안다. 예비 신부의 옷이다. 보통은 신부 집에서 하는 혼인을, 피치 못한 사정으로 신랑 집에서 할 때 신부가 입고 가는 옷이다.

말을 혼자 타고 가라 하고, 포로가 아니라 하고. 태괄이 한 말로 그 정황을 맞추는 데는 얼마 걸리지도 않았다.

"보는 대로야. 아가씨가 입고 갈 거."

"무슨 의미야?"

"저기, 내일 말할 생각이었어. 아니, 시간이 되면 오늘 말할 생각이기도 했고……."

그리고 호련을 보았다.

"아가씨는 처음부터 포로도, 노예도, 전리품도 아니었어. 아가씨는 각의 영지에서 데리고 오는 내 신부로 가는 거야."

호련은 세상이 확 멈추는 기분이었다.

이건 또 무슨 소리야? 사방이 갑자기 뒤죽박죽이 되고 있었다. 눈앞으로 그날의 검은 하늘이 덮쳐온다. 볼에 튄 피 냄새, 비명도 신음도 없는 정적, 그리고 그 앞의 여환.

수없이 하던 맹세와 다짐과 자각이 몸을 얼어붙게 했다. 나는 그 남자 앞이 아니면 살 수가 없어.

호련은 입이 마르는 것을 느끼며 태괄을 보았다. 태괄의 얼굴이 굳어 있었다. 그 역시 이런 표정을 바란 건 아닐 것이다. 놀라움과 부끄러움, 당혹과 설렘을 바랐을 것이다. 하지만 호련은 그 무엇도 보여줄 수 없었다. 몸 안에는 경악과 공포, 슬픔과 고통만이 가득했다.

호련은 모든 상황의 이유를 빠르게 자각했다. 하나하나 의문스럽던 게 갑자기 납득된다. 처음 그렇게 나섰던 것도, 여기로 데리고 와 마음 놓고 가지려 했던 것도. 애초에 그의 것이 될 거라 그런 것이다. 놓아줄 생각이 없어서 여지도 주지 않은 것이다. 어제 그가 왜 그랬는지도 이제야 이해가 된다. 완전한 허락이 내리자 안도하며 호련 앞에 모든 것을 내던진 것이다. 그건 드디어 앞의 여자가 제 것임을 인정받은 남자의 안도감이었다.

"설마…… 내가 당신을 가지고 놀고 싶어서 그런다 생각했던 건 아니겠지?"

그러나 호련은 태괄에게 아무 답도 하지 못했다.

새파랗게 질린 얼굴은 얼음 밑에 갇힌 듯 꿈쩍도 하지 않았다. 도저히 웃을 수가 없었다. 거절의 말조차 생각나지 않았다.

"돌아가지 못하게 하는 건 아니야. 조금 시간이 걸릴지도 모르지만, 내가 어떻게든 아가씨 영지를 찾아주겠어. 얼마든지 정당성을 가지고 찾을 수 있다고. 그리고 처음 그렇게 나온 건……."

"처음……."

호련이 바라본다.

"처음부터 그런 거야?"

"뭐?"

"처음부터 그런 거였냐고. 그래서……."

처음부터 내가 목적이었냐는 질문이다.

"그래."

"뭐……?"

"그래서 아가씨를 데리고 온 거라고. 그럼 정말 내가 아가씨 몸 한 번 가져 보겠다고 막 대하는 건 줄 알았어?"

"그럼, 당신 형은?"

"형님은 일단 내가 아가씨를 내 여자로 만든 뒤에 데리고 오라 한 거고, 그래서 나도 그렇게 한 거야. 젠장, 이런 말은 그만하자! 이건 다 나중에 생각해도 되는 거야. 그냥 아가씨 생각만 말해. 나를 좀 봐."

"처음부터 나를 보내주지 않을 작정이었으면서도 왜 날……."

호련은 얼굴이 점점 더 창백해졌다.

"안 돼. 가야 해, 나는."

"호련."

"보내줘…… 야 해! 그럴 수는 없어!"

호련 자신도 모르게 내지른 외침에 태괄은 호련을 잡으려던 손을 내렸다.

태괄에게는 차라리 화를 내는 게 나을 반응이었다. 여태 호련이 보여준 성격과 그간 태괄이 해왔던 일을 돌이키면 그게 합당하다.

그래도 여태 호련은 태괄을 거부하지 않았다. 첫날에도 그랬고, 어제도, 오늘도 그랬다. 차라리 처음부터 거부했다면 태괄도 생각이 달랐을 것이다. 그러나 거부 없는 결합이 태괄의 긴장을 완전히 녹여 없앤 뒤라 이런 반응은 당혹스러웠다.

호련은 지금 태괄의 어깨너머에서 아주 두려운 것을 본 표정이다. 태괄 본인을 향한 거라면 얼마든지 이해할 수 있었다. 하라는 짓은 뭐든 할 각오도 되어 있었다. 그런데 이건 아니다. 가슴 안에 있는 것들을 산산이 깨지게 만드는 이런 표정은 아니다.

호련이 고개를 저었다.

“그럼 대체 왜 그때 그런 말을 한 거야! 아무것도 아니라고 했잖아. 여환과의 일만 해결되면 나는 아무것도 아니라고!”

“그럼 그게 더 마음에 들었던 거야? 아가씨는 아가씨 몸이 대체 뭐라고 생각하는 거야! 제일 아무렇지도 않게 대할 때가 좋았다는 거야! 난 한 번도 그런 적 없어!”

말이 엉키고 있었다. 중요한 말이 이게 아니란 생각이 들었다. 그러나 이미 늦을 대로 늦어 호련의 얼굴은 얼굴대로 엉망이 되고 태괄의 기분 역시 혼란스러웠다.

이건 아니다. 예상했던 바도, 각오했던 바도 아니다.

“그럼, 처음부터 이렇게 말했으면 어쩔 거였어?”

“거부했겠지. 끝나지 않을 거란 걸 알았으면 시작도 하지 않았어.”

이미 속이 깨어진 줄 알았는데 한 번 더 깨져 나갔다.

태괄은 울컥 치솟는 분노를 간신히 억눌러야 했다.

여기서 고함지르며 화내는 것은 최악이다. 누가 불러서 돌아봤더니 그 사람이 뺨을 갈긴 것 같다. 어처구니없고 황당하다.

"그럼 지금 나는 당신한테 뭐야!"

"아무것도 아니어야 하는 적이야."

또 한 번 깨부수고 있었다. 당신, 이럴 거면 처음부터 근처도 오지 못하게 하지 그랬냐고 따지고 싶었다. 그러지도 않았으면서, 안심하고 품게 만들었으면서, 아침까지 한껏 고양시켜 놓고 이게 무슨 소리인가. 내 여자라 생각했더니 내 여자가 아니라서 그랬단다.

호련이 먼저 물러나려다 비틀거렸다. 그런 호련의 등을 누군가가 잡았다.

그제야 태괄은 그 자리에 둘만이 아니었다는 것을 깨달았다. 막 들어온 청년이 호련의 몸을 잡아 세워주고 있었다.

갈호였다.

돌아본 호련이 놀랐다.

"갈호……?"

태괄은 엄청난 일이 벌어질 거라 생각했다.

너 어떻게 여기 있냐, 라든지 지금까지 격앙되어 있던 것이 완전히 폭발하면서 너 이 자식 너도 한편이구나, 하고 고함을 지르든지. 무엇을 상상하든 보고 싶지 않은 것을 보게 될 거라고 생각했다.

그런데 놀라운 일이 벌어졌다. 호련의 손이 떨리며 갈호의 팔을 잡았다.

갈호가 호련을 향해 고개를 숙이며 뭐라 속삭였다. 그러자 호련은 숨소리조차 멎은 듯 조용해졌다.

잠시 뒤, 태괄을 폭발시킬 만한 일이 벌어졌다. 호련은 갈호의 가슴에 머리를 기댔고, 갈호는 호련에게 뭐라 더 속삭이며 어깨를 두드려 주었다.

"바래다 줄게."

갈호가 상냥하게 말했다.

호련은 갈호의 옷자락을 잡았다. 아이가 어른을 대하는 듯 완전히 의지하는 그 몸짓에 태괄은 점점 더 불쾌해졌다.

"울지 마. 너무 울면 지치니…… 자, 조용. 그래. 이리 와."

그리고 더 불쾌한 상황이 벌어졌다. 갈호는 호련의 어깨를 살며시 잡아끌며 데리고 갔다. 태괄에게 간다 만다 말도 없었다. 그냥 데리고 갔다.

한참이 지났다. 이제 걷잡을 수 없이 불쾌해지며 태괄은 호련과 갈호가 결혼이 가능한 촌수인지 따져야 했다. 할아버지는 같지만 할머니는 다르다. 사촌이라지만 한 발자국 더 먼 사촌이다. 저 동네가 근친혼을 꺼리지 않는다면 가능하다. 가만있자, 가만있자…….

이를 북북 갈기 시작할 무렵, 갈호가 돌아왔다.

"표정이……."

갈호는 고개를 끄덕이고는 느릿느릿 말했다.

"제가 오면 당장 죽이겠다는 표정이네요."

"무슨 요술을 부린 거냐?"

"우리는 남매 사이예요. 그리고 저는 그 아이를, 그 아이가 두 살이던 시절부터 달래왔고요."

"무슨 이야기 했냐?"

"어떻게 여기에 있느냐에 대한 이야기는 미루자 했고, 만나서 반갑다, 무사해서 다행이다, 정도. 그리고 왕자님, 차였어요?"

"몰라!"

갈호는 혀를 차며 태괄을 보았다. 그 눈빛은 예전 양들과 소들이 태괄에게 보내던 눈빛과 비슷했다. 태괄은 결국 갈호에게 화풀이할 수밖에 없었다.

"처음 해보는 거잖아! 그 표정은 뭐야?"

"대부분의 사람이 처음 하고, 대체로 마지막으로 하길 바라죠. 그런 것치고도 참……."

"그럼 비단과 보석을 주면서 아양을 떨어보라는 거야?"

"처음부터 좀 잘해보시지."

이건 갈호가 아니다. 태괄은 저 말을 한 놈이 누구냐고 고함을 지르며 돌아보려다 누웅이란 것을 알고 그만두었다. 그 역시 다른 부하들과는 달리 여자들과 놀지도, 술을 퍼마시지도 못했다. 그 덕에 오늘 둘 다 멀쩡하게 태괄 앞에 있는 것이다.

한 놈은 여자와 남자의 신체 차이가 왜 있는지도 모르는 갈호고, 다른 놈은 다섯 살 때부터 알고 지내던 여자아이와 집안 압박으로 결혼한 누웅이다. 이런 문제에 관한 한 절망적인 조언자다.

누웅이 고개를 저으며 말했다.

"잘해보세요. 어차피 왕자님, 선도 잘 안 들어오잖아요. 예전에 말이 나왔던 의나루 아가씨 같은 분은 왕자님에게도 아가씨에게도 불행이었고요."

"그 망나니는 어차피 다른 남자하고 결혼했잖아."

"그 맞선날은 저는 꿈에도 보기 싫습니다. 왕자님이 의욕 없이 앉아 있으니 공주님도 의욕이 없고, 그러다 보니 폐하도 의욕이 없어지고 사돈어른도 의욕이 없어지고, 다 의욕 없이 시간 가는 것만 기다렸죠."

"……."

"왕자님은 겉만 멀끔하지 여자들이나 여자들 부모가 사윗감이나 남편감으로 좋다고 여길 만한 사내는 못 됩니다. 맥락 없이 엉망이랄까? 나쁜 남자인 것도, 너무 수줍은 남자인 것도, 그렇다고 여자들에게 관심 없는 것도 아니고. 대체 뭔지 모르게 맥락 없이 엉망."

"그러는 너는 이미 장가가서 좋겠다."

"제 운명을 복잡하지 않게 정해주신 하늘 어머니에게 감사합니다. 다섯 살 때부터 정해져 있었잖아요."

"정말 좋겠다, 이 자식아."

누웅을 노려보는 태괄의 눈꼬리가 이마를 뚫을 듯 올라갔다.

갈호가 달래듯 말했다.

"방법이 없는 건 아닙니다."

"보석이라도 가져다줘?"

"아뇨, 강아지 주세요. 강아지 좋아합니다."

"……."

분위기가 싸늘하게 식었지만 정작 지껄인 갈호만 모르고 있었다. 태괄은 문을 가리켰다.

"……둘 다 나가."

누웅은 자기 잘못을 반성했으나 갈호는 대체 무슨 잘못을 한 건지도 모르는 얼굴로 누웅에게 끌려 나갔다. 저놈 숙부는 저놈을 감당하기 힘들어 태괄에게 이때다 싶어 맡긴 걸지도 모르겠다. 싸울 때는 신비롭고 강렬한 맹수지만, 평화로울 때는 사람 말을 할 줄 아는 이상한 짐승일 뿐이다.

"아, 머리야."

복잡해졌다. 처음에는 그리 보이지 않았는데 정작 일이 시작되고 나니 생각해야 할 일이 너무 많았다.

우선 호련부터 생각했던 것과는 완전히 다른 반응만 보인다.

태괄은 처음의 고통에 대해서는 용서를 구하고 달래볼 생각이었다. 그러나 정작 호련은 그 문제는 크게 고통스러워하지 않았다. 오히려 태괄의 태도가 달라지자 그때부터 두려워하고 있다. 태괄을 두려워하는 건 아니다. 그건 분명하다. 호련의 두려움은 완전히 다른 곳에 있다.

"젠장."

차라리 전쟁이 낫다. 적과 아군을 나누고 그다음 아군이 될 적과 적이 될 수도 있는 아군을 나누면 된다. 그러나 호련을 앞에 두니 그녀가 무슨 생각을 하는지 몰라서 도저히 판단을 못하겠다.

그러다 생각이 든다.

당신 혹시 여환을 사랑하나?

처음 그리 물었을 때 단호하게 부정했다. 그 덕에 희망과 기대가 있었다. 여환이 싫다고 태괄을 좋아할 리 없고, 그렇게 흘러가는 것이 달가운 것도 아니지만.

그러니 그게 이유는 아니다.

종종 짓던 그 두려운 표정에 답이 있다. 태괄은 그것을 풀죽은 얼굴이라 불렀다. 그녀는 겁에 질리거나 두려워하면 오히려 사나워졌다. 그런데 그런 표정이라니. 도저히 손쓸 수 없는, 그녀 힘으로는 가늠할 수도 없는 압도적인 공포를 맞이하는 표정이다. 그 두려움의 근원이 무엇인지 모르겠다. 그저 두려움인 건가? 아니, 어쩌면 다른 감정인지도 모르겠다. 그녀가 저항할 수 없는 감정일지도.

그래서 그 표정이 싫어진다. 그 표정을 지으며 누구를 떠올리는지 몰라 더 싫어졌다.

빌어먹을, 하고 중얼거리며 그는 일어났다. 손에 든 채찍으로 허공을 후려쳤다.

어서 날이 지나갔으면 좋겠다. 그리고 다시 한 번 말하고…….

말하고…….

어쩔 건데?

비웃음이 나왔다. 그런다고 그녀가 너를 좋아하게 되기라도 하나? 완전히 처음으로 돌아가 달래고 두려움을 풀어주고 설득해야 하는데, 그런다고 그녀가 네가 원하는 대로 믿음과 마음을 줄까?

태괄은 대신 채찍을 쥐고 책상을 후려쳤다.

내내 부정하던 가장 중요한 사실을 인정해야 했다. 지금 저 멀리 있는 여환이 중요한 게 아니다.

그녀가 나를 원하지 않아.

여환은 요새에서 숙부이자 이모인 금천 부인의 남편을 맞이했다. 여환을 각으로 보낸 뒤 처음 만나는 것이다. 당시만 해도 그는 여환이 호련을 되찾으러 가기는 갈 거라, 돌아오면 조카와 조카며느리가 있을 거라 기대했을 것이다. 그러나 조카만 있다. 그것도 꿈쩍도 하지 않은 조카가.

들어오자마자 숙부는 바로 여환의 뺨을 날렸다. 아무도 보지 못한 것이 다행이었다. 아무리 숙부이자 왕제라 하더라도 여환의 무사들에게 자기가 모시는 주군이 맞는 것은 불쾌한 장면이다. 가장 측근인 덕에 같이 있게 된 대오만 흠칫했다.

"나가 있어라, 대오."

여환은 고개를 젖힌 채 말했다. 대오가 숙부를 노려보다 나갔다.

"이 머저리!"

다시 뺨에 호된 통증이 날아왔다.

"얼간이!"

아무도 말릴 사람이 없었고 눈치 볼 사람도 없었다. 두 대 때린 숙부는 여전히 분이 풀리지 않는다는 듯 씩씩대며 주저앉았다.

여환은 가만히 숙부의 손을 보았다. 콱 잘라 버리고 싶었다.

"신부를 뺏기는…… 젠장, 이 멍청아! 눈앞에서 자기 여자를 뺏기고도 여기 이 자리에 엉덩이가 붙더냐!"

"우기입니다, 숙부님."

"천둥벼락이 쳐도 네 신부를 되찾아와야지!"

"그녀는 죽지 않습니다. 하지만 무리하면 제 부하들은 죽습니다."

"그걸 말이라고 하는 거냐!"

"지금 상황에서는 가장 합리적입니다."

"그래서 네 여자가 끌려가도, 사람들 훤히 보고 듣는 데서 능욕당해도 참은 거냐!"

"아닙니다."

"뭐가 아니야!"

"그녀는 능욕당한 적 없습니다."

"무슨 헛소리야!"

"없습니다. 숙부님이 헛소문을 들으신 겁니다."

"허, 태괄 그놈도 사내인데 여자를 데려와 손 하나 안 댔다고?"

"네, 그렇습니다."

"믿는 근거라도 있냐? 태괄이 고자라더냐, 아니면 남색이라더냐?"

"그건 제 알 바 아니고, 호련은 안전합니다."

"대체 무슨 근거로 그러는 거냐? 확신이라도 있어?"

"그렇다고 알아야 하기 때문입니다. 그러니 숙부님, 다시는 그 헛소문에 대해 입에 담지 마십시오."

다시 숙부가 손을 들었다. 여환은 무심하게 그 손을 보았다. 숙부는 손만 들었다뿐, 휘두르지는 못했다. 가만히 바라보는 여환의 눈빛에 그 역시 자신이 너무 나댔다는 것을 깨달았다.

"무슨 대책이 있는 거냐? 몸값…… 을 내고 올 거냐?"

"제가 알아서 하겠습니다."

"뱃속에 그놈 씨가 들어 있으면 어쩔 거냐?"

"그것 역시 제가 알아서 할 문제입니다. 숙부님, 그녀가 돌아오면 그녀는 제 아내가 될 겁니다. 숙부님이 상관할 일은 하나도 없을 겁니다."

숙부의 얼굴에 안도가 어렸다. 여환이 거부할 거라 걱정했던 걸지도 모른다. 금비도 여환이 받아들이면 이 문제에 관한 한 침묵할 것이다. 체면보다는 호련이 가지고 있는 것에 대한 욕망이 더 클 테니.

"대체 너는 뭐가 문제냐?"

"무슨 말씀이십니까?"

"항상 결혼 문제로 이리 우리 속을 뒤집느냐는 거다! 폐하도 나도 그 문제만 나오면 두려워진다. 이번에도 무슨 사고라도 칠까 걱정돼서 말이다."

"연위국의 그 공주를 말하는 거라면, 저는 최선을 다했습니다."

"나를 웃기려고 그런 말을 하는 거냐?"

"저는 당시 진담이었습니다."

숙부가 어처구니가 없어 기함을 했다.

"어느 미친 왕이, 사윗감 될 놈이 자기는 이미 결혼했으니 당신 딸은 첩으로 들이겠다는 말을 받아들이냐!"

"굳이 저와 딸을 결혼시키겠다면 그렇습니다."

숙부는 다시 기가 막혀 입을 벌렸다.

당시 여환이 연위국과의 국혼을 깨부술 때 했던 말은, 지금 들은 소리가 헛소리인지 진담인지 모두가 고민하게 했다.

"저는 이미 결혼했습니다. 굳이 저에게 딸을 보내시겠다면 첩 자리는 있습니다."

단둘이 있던 자리에서 말한 것도 아니다.

각 나라의 사절과 대신, 왕비들과 공주 본인도 있는 자리에서 그리 거창하게 말했다.

한참 뒤에 연위국 왕이 말했다.

"결혼 안 한 아들은 없소?"

그리고 그대로 끝났다. 능고는 승전국인 주제에 할 말이 없었다. 왕도 아닌 서왕자의 첩으로 공주를 달라 할 수는 없었고, 조약은 상당한 공물과 능고의 영토를 인정하는 선에서 끝나야 했다. 능고 왕은 지속적으로 연위국 왕에게 혼담을 말했지만, 연위국 왕은 이런저런 핑계를 대며 혼담을 미루더니 딸을 다른 데로 시집보내 버렸다. 왕에게 다른 딸은 없었다.

분노한 왕은 여환의 사령관 직을 박탈하고 흉맥으로 귀양 보냈다. 한 해 정도 묻어두면 자기가 알아서 용서해 달라 할 줄 알았는데, 여환은 그곳에서 두 해를 거뜬히 버티어 아버지를 경악시켰다.

이건 당시 귀양을 주장했던 숙부도 잘 알고 있었다. 결국 숙부나 왕은 다른 방법을 강구해 내야 했고, 그것만은 여환도 수긍했다.

"그 문제는 끝난 겁니다. 저와 공주가 결혼할 일은 다시는 없습니다."

"이 멍청아, 형님이 너를 후계자로 삼고 싶어 하는 것을 모르느냐! 네가 아무리 겉돌아도 네가 어렸을 때부터 형님은 너를 아꼈다. 그런데 넌……."

"저는 적출이 아닙니다."

"네 어머니는 정비나 다를 바 없어."

"하지만 아니지요. 그리고 후계자로는 형님이 계시지 않습니까?"

"네 형은 어차피 나보다 오래 살 것 같지도 않다. 그건 형님도 알아! 왕위는 네 것이었어. 네가 아내만 제대로 맞이했다면, 그리고 네가 후계자만 가졌다면!"

정비의 가문인 바야 가문은 능고의 삼 할을 먹고 있는 강력한 가문으로, 상당수의 왕족을 사위로 두고 있기도 했다. 왕은 그런 바야 가문의 비와 적출 아들을 버릴 수 없었다. 그것은 군대의 삼 할을 버리는 거나 다를 바 없는 짓이었으니. 반면 금비는 영지도 재산도 없는 한적한 가문 출신이다. 어린 시절부터 견제와 모함을 견디는 건 여환의 몫이었지만, 서부를 평정하고 연위국의 항복을 받아내자 상황은 모두 여환의 것이 되었다. 아무리 바야 가문이라도 그 정도 무위를 떨치는 왕자를 건드릴 수는 없었고, 연위국이 항복과 함께 공주를 주겠다고 했을 때 바야 가문은 절망했다. 당시 바야 가문 역시 여환에게 당주의 딸을 주겠다며 혼담을 넣고 있었기 때문이다. 아무리 당주 딸이 귀해도 공주만은 못한 혼처다.

그런데 여환은 그걸 다 깡그리 날려 보내고 우이와 결혼했다. 이민족 출신의, 재산은커녕 신분도 미미한 여자와. 게다가 몸도 약해 아이도 없다. 아들을 달래고 설득하는 데 실패한 왕과 금비는 우이가 죽는 날만 기다려야 했다. 그리고 드디어 죽자 만세를 부르며 호련을 그의 약혼녀로 내민 것이다.

하필이면.

여환에게는 그랬다. 당연한 수순이었는데도 여환에게는 하필이면 호련인 것이었다.

"호련은 네게 모든 것을 다 줄 수 있었다. 비옥한 검은 강을 낀 영지의 주인이고, 또 건강하지. 그런데…… 너는 두 눈 다 뜨고 네게 모든 것을 줄 수 있는 여자를 잃은 거야! 그 이민족 계집애 때문에 잃은 것을!"

"우이는 제 아내입니다."

"그 누구도 그 아이를 네 아내로 인정한 적 없다. 누구도 그 아이를 네 아내로 인정한 적도 없고, 그 어떤 신도 네 결혼의 증인이 되지 않았어! 그 아이는 네 아내가 아니야. 네 첩이지!"

"……."

살의가 치솟는다.

당장 숙부의 목에 칼을 쑤셔 넣고 싶어진다.

"인정받은 걸로 아는데요."

"나는 한 적 없다."

"인정하시지 않았습니까. 저와 약속하셨습니다. 그 자리에는 아버지도, 숙부님도, 어머니도 계셨습니다."

"아니, 없어! 나는 동의하지 않았다. 그 계집은 네 첩이고, 그 사이에 자식을 보았으면 그건 네 서자야!"

저리 따지면 여환과 여환의 어머니 역시 같은 처지다. 아버지를 유혹해 여환을 가졌고, 여환이 총애를 받자 바로 밀치고 올라와 정비를 몰아내다시피 했다. 평화를 위해 자존심은 접을 줄 아는 정비는 자신의 자리를 지키고 병약한 아들일망정 후계 자리에 있는 것에 감사하며 납작 엎드려 있었다.

그런 어머니의 일을 망친 것은 여환 자신이었다. 여환의 큰 동생이 지난 전쟁에서 전사하자 어머니는 다시 우이를 증오하기 시작했다. 그리고 우이는 아주 때맞춰 죽었다.

이곳에서.

당시 여환은 아버지의 명령으로 남쪽으로 내려가 그곳 부족들과 만나야 했다. 초원의 판세가 바뀔지도 모른다는 생각에 대국과 연위가 벌써 코를 킁킁대고 돌아다녔다. 살랍에 군비를 대고, 대국 국경의 부족들을 부채질하고 다닌다. 처음에는 수하들을 내려보내다 별 소용이 없자 여환이 직접 군대를 끌고 가야 했다. 지겨운 협상과 협박이 이어진 뒤에 간신히 맹약을 유지하는 것으로 결론을 내리고 올라왔다. 그런데 돌아와 보니 아내 우이가 죽어 있었다. 대비도, 각오도 되어 있지 않은 일이었다. 최근 몸이 좋아지고 있어 희망적인 일까지 기대하고 있었다. 적어도 그때만큼은 우이의 설득으로 그녀와 함께 각으로 온 선택에 만족했었다.

"자, 이제 왕자도 제대로 된 처녀와 결혼해야지요."

어머니는 여환의 가슴이 채 식기도 전에 찾아와 그리 말했다. 이미 우이의 장례와 애도가 다 끝났음을 강조하며.

어머니는 우이 문제에 관한 한 속내 감추는 것조차 번거로워했다.

"누구하고든 결혼하겠습니다. 당나귀든 암캐든 간에, 어머니가 옆에다 붙여주는 게 무엇이든 얼마든지 혼인할 터이니…… 장례를 치르고 애도하게 해주십시오. 애도가 끝나기 전까지는 저는 그녀의 남편입니다."

"장례는 끝났답니다."

"들개도 그렇게 장례를 치르지는 않습니다."

"그게 그 아이 나라 풍습이라는 걸 어떻게 해요. 왕자가 아내의 죽음을 받아들이지 못하는 건 이해합니다. 하지만 어쩌겠어요. 우이가 죽었다는 건 내가 보낸 의원도, 그 아이를 모시던 시녀들도, 심지어 각족 사람들은 물론이요, 왕자의 수하들도 확인했어요. 우리는 왕자가 없을 때 장례를 치르고 슬퍼할 만큼 슬퍼했어요."

"저는 못했습니다. 그게 중요하죠. 남편인 저만 못했습니다."

여환은 무심한 얼굴로 생각했다.

우이가 왜 세상을 떴을까?

애초에 우이는 여환의 별거 아닌 영지에서 지내며 조용히 살아왔다. 여환은 그런 우이에게 호련을 데려다 주었다. 가장 안전한 곳이 바로 여환의 영지였고, 가장 편한 곳이 바로 우이의 옆이었기 때문이다.

그런데 우이는 호련에게 대체 무슨 말을 들은 건지 호련을 보내주자고 하면서 자신도 같이 가고 싶어 했다.

여환은 반대했다.

"그곳은 낯설고 사람 눈도 많아, 우이."

호련을 영지로 돌려보내는 것이 어떤 일인지 알고 있었다. 여환은 애초에 어머니 명에 따라 호련이 다 클 때까지 흉맥에 둘 생각이었다. 그런데 다른 사람도 아닌 우이가 이리 말하다니.

"사람 눈이 이제는 두렵지 않아요. 호련 곁에서 호련을 돌보아주고 싶어요."

"호련은 아이가 아니오."

이미 다 큰 아이다. 아니, 다 크다 못해 징그럽게 어른스러운 아이다.

울고불며 겁에 질려 있을 줄 알았다. 그런데 돌아와서 보니 그 아이는 차분하게 영지로 보내달라는 말을 하고 있었다. 그 순간, 여환은 불길함을 느꼈다. 두려움과는 다른 감각이다. 그리고 그 불길함은 고스란히 실체를 드러내고 있었다.

바로 지금, 우이가 여기를 떠나고 싶다 말하고 있다.

"여환, 제가 돌보아주고 도와줄 수 있을 것 같아요. 그러니…… 같이 가게 해줘요. 당신도 어차피…… 들었어요. 각족의 땅을 당신이 보살피게 되었다면서요? 당신도 그곳에 지내야 할 터인데, 저도 같이 가요."

"버틸 수 있겠소?"

"네. 여환, 당신이 보기보다 저는 강해요. 걱정 말아요."

우이는 상냥하게 웃었다.

꽃 같은 미소를 보면 뭐든 들어주고 싶어졌고, 결국 허락했다. 그러나 여환은 좀 꺼림칙했다. 우이가 갑자기 옮기겠다고 말하는 것도, 또 호련이 우이와 같이 지내고 싶어 하는 것도. 그리고…… 여환은 우이를 사람들이 많은 곳에 데려다 놓는 것도 마음에 들지 않았다. 우이는 그를 위해 양과 말을 돌보고, 그를 위해 바느질을 하고, 그를 위해 식사를 마련하고, 그를 위해 노래를 불러주는, 그런 삶을 사랑했다. 그런데 그 삶에 호련이 끼어들자 우이는 세상 밖으로 나오려 했다. 그것은 우이가 여환의 가족들 앞으로 나와야 한다는 뜻이기도 했다. 어머니하고 외가에서 또 난리가 날 텐데. 물론 동생들이야 좋아할 테지만, 그건 그것대로 기분 나쁘다.

각의 영지로 간 우이는 걱정과는 달리 잘 적응했다. 호련은 우이가 편히 지내도록 도와주었으며, 우이는 각족의 마을에서 자기 자리를 찾은 듯 보였다.

고통은 호련이나 각족이 아닌, 여환으로부터 왔다. 금비는 각의 영지를 마치 자기 영지라도 된 듯 드나들며 우이를 불쾌해했고, 금비가 보낸 시녀들 역시 우이를 고통스럽게 했다. 우이는 그 모든 것을 참았다.

여환의 동생이 전사하자 금비의 태도는 더 노골적이 되었다. 어머니가 올 때마다 우이는 힘들어했다. 여환은 가족들도 싫었으나 우이를 그곳으로 끌어낸 호련에게 더 화가 났다. 저 계집애가 굳이 영지로 가겠다고 해서 이 꼴이 된 거지 않은가. 흉맥에 처박혀 있었으면 다들 편했을 것을.

그래도 우이의 몸이 건강해진 것으로 만족하자고 생각했다. 참자, 참자, 하면서 참아주었다.

그런데 우이가 죽었다.

"듣고 있느냐, 여환!"

"듣고 있습니다."

"그런데 표정이 왜 그러냐?"

"귀담아듣지 않을 뿐이지요."

숙부의 얼굴이 일그러졌다.

"제가 알아서 합니다. 그러니 숙부님은, 숙부님이 직접 구하러 가실 것이 아니면 제게 아무 말도 하지 마십시오."

"너, 이 자식이!"

숙부의 손에 힘이 들어갔다. 여환은 그 손을 노려보며 말했다.

"한 번만 더 손을 드시면 여기서 당장 손을 자르게 할 겁니다. 숙부님이라 할지라도 여기는 제 군영 안이고, 이곳 무사들의 주인은 저입니다. 그러니 그런 저에게 손을 대는 건 아주…… 아주 큰 일입니다."

"이놈이 건방지게 무슨 소리인 거냐!"

여환은 단도를 들었다. 순식간에 그 날이 날아가 숙부의 손목에 얹혔다. 창백해진 숙부의 얼굴을 보며 여환이 말했다.

"가십시오."

숙부가 가만히 손을 움츠렸다. 여환은 손을 당겼다.

"어서."

숙부는 엉거주춤 일어났다. 철문이 열리자 그는 허겁지겁 나갔다. 그가 나가자 밖에서 대기하고 있던 무사 대오가 들어왔다.

"어쩔 겁니까?"

"너도 또 호련 이야기인 거냐? 그건 내가 알아서 한다."

"알아서 아무것도 안 하시잖아요! 벌써 각의 무사들이 수군거리고 있습니다. 겁쟁이라고, 비겁하다고! 자기 여자를 뺏기고서도 여기 있는 얼간이라고!"

"지키지 못한 건 그들이다."

"그들에게 책임을 지울 수는 없지요. 단륭인가, 이곳 무사들 대장. 그놈이 저만 보면 째려봅니다. 이럴 거면 차라리 자기를 보내달라는 게지요. 같이 갈 수 있는 무사들도 많다고 하고. 그런데 지금 왕자님 명령 없이는 꼼짝도 못하는 몸이 되었잖습니까."

"내가 명령하지 않으면 몰래 가겠군."

"그들이 떠나도 그들 잘못이 아닙니다. 호련 아가씨는 그들의 주인입니다. 그들의 주군이라고요. 여환 왕자님은 이방인이고요. 그들은 왕자님보다는 돌아가신 마님을 더 좋아했을 겁니다."

그 말이 여환의 속 한구석을 긁었다.

"알아."

"각족 여자들도 얼마나 수군거리는지 아십니까? 여자들이 술렁이면 여자들의 남편과 아들들까지 술렁이는 건 순식간입니다. 무사들만이 아니라, 각족 모두가 왕자님을 증오할 겁니다. 이러다…….”

이 잔소리가 여환은 못내 귀찮았다.

다스리니 뭐니 하는 말이 참 싫다. 민심을 얻어라, 백성을 돌봐라 등등.

나더러 뭘 어떻게 하라고. 금비는 항상 왕이 되라 졸라대지만, 여환 자신이 그런 일을 귀찮아한다는 건 인정하려 하지 않는다. 다 지겹다. 원하지도 않는 일들.

여환은 화를 참으며 말했다.

“불평해서 뭐 하겠느냐. 자기들이 알아서 할 것도 아닌데. 적당히 억누르다 보면 익숙해지고 고분고분해질 거다. 별다른 방도가 없으니까.”

“몇 배로 힘들게 됩니다. 그렇게 아무렇지도 않게 말씀하지 마십시오.”

“아직 때가 아닌 것뿐이다.”

“대체 그 때가 언제 되는 겁니까! 그놈들이 몸값 내놓으라고 할 때요? 안 내놓고 호련 아가씨를 그냥 차지하면 어쩌려고 그럽니까!”

순간, 그 말이 여환의 가슴 언저리를 다시 긁었다.

가만.

다들 태괄은 오로지 여환에 대한 복수로 호련을 유괴한 거라 했다. 표면상으로는 맞다. 여환도 태괄이 이 영지에 들어갔다는 소식을 들었을 때, 호련이 가장 위험하다는 것을 인지했다. 그의 이모나 사촌 누이들을 모독할 수도 있긴 하다. 태괄이 모욕을 할 상대가 여환을 넘어 여환의 아버지와 숙부도 포함된다면 그가 택할 상대는 이모와 사촌 누이들이다.

그래도 도망친 여환이 더 미웠던지 태괄은 호련을 택했다. 그 덕에 숙부와 이모는 가슴을 쓸어내리며 여환에게 화내는 중이었다. 숙부도 아내나 딸들이 봉변을 당했으면 여환에게 화를 내는 게 아니라 아버지에게 군사를 달라 조르고 있었을 것이다.

"태괄이 호련을 자기 여자로 삼을지도 모른다는 거냐?"

여환의 말에 대오는 얼굴이 창백해졌다.

"아가씨는 그런 처지가 될 신분이 아닙니다. 그건 태괄도 알아요. 그런데 그리한다 해도 태괄은 현재 살랍의 계승 서열 최상위입니다. 왕이 아직 젊긴 하지만, 살랍은 혼란스럽습니다. 알타고도 살아 있고요. 그런데 그 아내 자리를……."

"그래서 그럴지도 모르지."

"알타고도 잡지 못했는데 능고와 전쟁까지 하겠다는 겁니까?"

"우리는 어차피 전쟁 중이다."

대오의 눈이 커졌다.

"설마요."

"아직은 모른다."

"그건 그렇고, 아가씨를 언제 구하실 겁니까? 그거나 어서 정하십시오. 계속 정한다 정한다 하시는데, 각족이 동요하면 다른 부족들도 동요합니다. 아시잖습니까?"

여환은 생각을 가라앉혔다.

그래, 그게 문제긴 문제였다. 동부와는 사정이 다르다. 그리고 지난 패배로 동맹 부족들의 동요는 더욱 눈에 뜨인다. 심지어 능고 안에서조차. 여환이 승리할 때는 전리품과 영토를 얻으려고 요

구하지 않아도 알아서 군대를 보내더니, 태괄이 이기자 눈치를 보고 있다.

단 한 번.

정말로 단 한 번 졌을 뿐인데 그렇다.

갑자기 대오의 말이 신경 쓰인다.

그들이 원한 것은 여환이 아니라 호련이라면, 그들의 목적이 복수가 아니라 전쟁이라면. 애초에 이게 다 여환의 생각을 넘어 계획된 것이라면.

태괄이 호련을 더 오래 쥐고 있고 싶어 할 거라는 데는 여환도 동의한다. 그 계집애는 어린 시절부터 사람들 속을 약하게 하는 데 탁월했다. 여자들 속도 약하게 하는데 남자들은 속도 약하게 하고 자제력도 약하게 한다. 옆의 괄괄하고 나이 든 대오조차도 그러한데 젊고 혈기 왕성한 남자에게 어떠할지는 안 봐도 뻔하다.

그럼 그들은 곧 이동한다. 그저 복수였다면 조금 지나 몸값 내놓고 데리고 가라고 할 때가 된다. 그런데 호련 그 자체가 목적이라면 여환을 향한 복수라는 말 자체가 핑계이며 여환을 속이기 위한 속임수라면, 그렇다면…….

"대오, 차굴란을 불러라. 그를 통해 알아볼 것이 있다."

"뭘 알아보게요?"

"호련이 목적이라면 그들은 지금쯤 수도로 출발할 거다. 그걸 알아봐야겠다. 차굴란이라면 흉맥족이니 가장 빨리 알아내겠지. 그리고……."

"네."

"아타를 불러와."

대오의 얼굴이 변했다.

"왜 하필……!"

"불러와라. 시킬 일이 있다고 하고 데리고 와."

제7장 지평선 위의 늑대

해가 뜨기도 전에 태괄의 부하들은 다 죽어가는 얼굴로 출발 준비를 해야 했다. 능고로 들어가는 공격대로 출발할 때부터 적어도 한두 달은 외지에 있어야 할 거라 각오는 했지만, 수도까지 왕자를 호위하게 될 줄은 그들도 몰랐다. 거의 열흘간이나 태괄이 베푼 융숭한 자비로 먹고 놀았으니 영지에 있는 놈들보다야 팔자가 좋긴 했지만, 그래도 수도까지는 가까운 거리가 아니다. 그나마 구름이 열어지며 비가 그친 것이 다행이었다. 땅이 질척거리긴 할 테지만 적어도 비 맞고 가지는 않을 것이다.

호련도 준비를 해야 했다. 태괄은 왕이 준 옷은 그냥 놔두기로 하고, 총관 부인을 통해 다른 옷을 보냈다. 호련의 반응이 너무 극심해 더 자극하고 싶지 않았다.

"안 나옵니다."

그리고 역시나, 예상했던 반응이었다.

태괄은 여태 있던 일들이 다 꿈같이 느껴졌다. 조금은 통했다고 생각했다. 그녀가 태괄을 믿어준다고 생각했다. 거칠게 시작하긴 했지만 그래도 용납해 준다 생각되어 적당히 취했었다.

"제가 데리고 나올게요."

갈호가 나서 가려는 것을 태괄은 그 뒷덜미를 낚아채 막았다.

"가지 마라."

"제가 가는 게 제일 나을 텐데요."

"알아보니 너하고 호련은 혼인이 가능한 촌수더라. 그러니 이제부터는 안 된다."

갈호가 경악했다.

"그건 또 무슨 징그러운 소리예요?"

태괄은 갈호의 짜증에 안심이 되기는 했지만, 그래도 안 된다.

"내가 간다."

"자신 있어요?"

"없어."

"그럼?"

"그래도 내 책임이잖아. 간다, 기다리고 있어."

갈호는 가라고 길을 비켜주었다. 호련은 총관 부인이 준 옷을 입고 있었다. 가죽 치마에 명주 웃옷이다. 장갑과 신도 모두 갖춰 입어 누가 보아도 이미 출발 준비 끝났다.

태괄은 그 옆에 어제 호련이 던져 두고 간 채찍을 얹었다.

"준비 다 하고 있으면서 왜 안 나와?"

태괄은 호련의 얼굴에 여전한 공포를 보았다. 내내 이 표정이었을 것을 생각하니 입맛이 썼다.

"가자."

호련의 턱에 힘이 들어갔다. 태괄은 화를 참아내며 간신히 말했다.

"가자고."

호련의 눈빛이 사나워졌지만 태괄은 오히려 편해졌다. 적어도 태괄을 보고는 있으니까. 그러나 겁에 질린 표정은 싫다. 태괄 말고 다른 사람에게 호련이 반응하는 것도 싫고, 다른 누군가가 그녀의 감정을 지배하는 것도 싫었다. 그것이 증오든 두려움이든 간에. 증오로 통하든 애정으로 통하든, 그녀와 통하는 대상이 태괄의 어깨너머에 있는 것이 싫다.

"자, 말한 대로 아가씨는 이제부터 포로가 아니야. 내 여자인 거지. 그 누구도 아가씨를 멸시하지 못하니까 아가씨의 자존심과 품위를 지킬 수 있어. 이건 아주 중요해. 납경의 모든 사람이 아가씨를 내 정혼자로 대접하지, 포로로 멸시하지 못할 거야."

"내가 싫다면?"

"젠장, 이봐."

태괄은 호련의 턱을 돌려 자신을 보게 했다.

"이봐, 아가씨. 아가씨는 내 여자야. 여환과 약혼했든 말든, 아가씨를 가진 건 나야. 아가씨가 뭐라든 그건 아주 중요해."

손에 닿은 턱이 가만히 떨렸다. 눈이 젖어드는 것이 보였다. 호련의 눈 끝에서부터 크고 굵은 눈물이 맺히더니 볼을 타고 흘러내렸다.

이상한 눈물이다.

분하고 억울해서 짓는 눈물이 아니었다. 슬픔을 담은 눈물, 그 눈에 담긴 깊은 고통을 모를 수가 없었다.

"아가씨."

"……그냥 여기 있으면…… 안 돼? 다른 데는 가지 않을 테니, 그러니……."

화가 나서 내뱉는 게 아니라 가라앉아 슬프게 중얼거리는 것이다. 절망감에 이렇게 허튼소리라도 하고 싶어 하는 것이다. 가슴 안으로 얇은 칼날이 스며드는 것 같았다. 이렇게 약한 모습은 처음 본다. 그리고 이 앞에서 태괄은 더 약해지는 것을 느꼈다.

"아가씨 영지를 버리고 오라는 게 아니야. 찾아줄 거야. 그건 맹세할 수 있어. 조금 걸릴 뿐이지."

호련은 고개를 저었다.

"나를 봐, 아가씨."

그리고 어깨를 잡아 보게 했다.

"제발, 나를 봐."

호련은 맥없이 끌려와 태괄을 마주했지만 눈을 맞추지는 않았다. 태괄은 그런 호련의 어깨를 잡은 손에 힘을 주었다.

"나는 아가씨를 데리고 가지 않을 방도도 없고, 그러고 싶지도 않아."

태괄은 속이 확확 탔다. 그냥 받아들여. 받아들이지 못하면 못하겠다고 화라도 내라고. 대상은 저 멀리 있는 누군가인데, 왜 말은 나한테 하는 거야. 차라리 그게 뭔지 말하고 같이 싸워달라 하든 대신 싸워달라 하든 하라고. 그 편이 나으니까.

"뭐가 그리 무서운 거야?"

"……."

"무슨 가책을 받는 건지 모르겠지만, 차라리…… 내가 강제로 하는 거라고 하는 편이 낫겠다. 아가씨 할멈의 목숨을 가지고 협박해서 아가씨는 별수 없이 하는 거야. 그러니 그렇게 겁먹지 마. 주눅 들지 말라고! 젠장, 아가씨는 나를 겁내는 게 아니잖아. 어딘가에 있는, 전혀 다른 누군가를 겁내고 있지. 나는 그게 너무 싫어. 이 안에 있는 건 아가씨와 나, 단둘이어야 해! 아가씨와 내 문제라고! 차라리 내가 미워 죽겠다고 하든지, 싫어 미치겠다고 하든지 아무거나 골라! 하지만……."

문득 선뜩한 느낌에 말을 멈추었다. 호련의 이마가 어깨에 닿아 있었다. 고맙다는 건가? 그럴 리는 없는데. 고마운 말을 했어야 말이지.

호련이 말했다.

"두려워."

"대체 뭐가?"

"그가 없는 세상이 있다는 게."

또 여환인가? 태괄은 뭘 어떻게 해야 할지 몰라 그냥 호련의 몸을 안아주었다. 호련의 몸이 떨리고 있었다. 그대로 품 안에서 녹아 사라져 버릴 것만 같았다. 힘 주면 부러지고 흔들면 꺾일 것 같다. 이렇게 약한 여자인 줄은 몰랐다.

"그냥 따라만 와. 아무것도, 나 외에는 아무것도 보지 마. 그러면 돼, 호련."

이름을 부르는 목에 힘이 들어간다. 위로해 주고 싶은데 할 방도가 없었다. 이유를 모르니 미칠 노릇이다. 그저 품에 안고 어르

듯 쓸어주는 것 외에는 없다.

왜 믿지 않는 건가. 지켜줄 수 있는데. 찾아줄 수 있는데, 왜 기대지 않는 건가. 당신을 품에 안을 수 있다면 나는 무엇이든 다 할 수 있는데, 왜 아무것도 허락하지 않는 건지. 도와달라 하면 무슨 짓이든 할 텐데, 지켜달라 하면 모든 세상을 상대할 수도 있는데, 그런데 왜 이러는 걸까.

"겁먹지 마……. 아가씨를 누구보다 겁먹게 했던 놈이 하는 말이라 믿을 수도, 믿어지지도 않을 테지만…… 제발 내 앞에서는 그런 표정 짓지 말아줘."

다시 눈물이 흘러내리는 것이 느껴진다. 우는 얼굴을 더 볼 용기가 나지 않았다. 한 방울, 한 방울이 살을 태우는 것 같다.

"가자."

여전히 화는 가슴 안에서 으르렁대고 있고, 사방에 언제라도 터질 덩어리가 굴러다니고 있지만, 그래도 지금은 가야 했다.

초원은 간만에 내리는 비에 새파랗게 익어 있었다. 며칠 전만 해도 말라 시들거리던 풀들이 초록색으로 팽팽하게 부풀어 올랐다. 언덕과 비탈, 계곡은 모두 녹색으로 뒤덮였다.

호련은 무사들 사이로 말을 몰았다. 그녀가 직접 말을 타고 나오자 무사들 모두 술렁였다. 게다가 그 사나워 보이는 키 큰 노파 역시 말을 타고 있었다. 무사들 사이로 눈빛이 오가며 그거 보라는 웃음과 놀라움, 호의와 걱정을 떠올린다.

어차피 호련은 여태 거의 자유롭게 다녔다. 포로가 아닌 그들 왕자의 여자고, 그녀 역시 그의 여자가 되기로 마음도 굳힌 거라 봐도 된다.

그들은 누웅에게 다가갔다. 왕자보다야 누웅이 답 듣기 좋다.

"수도까지 이렇게 가는 겁니까?"

"너희들은 이게 낫잖아? 괜히 감시하네 마네 하고 붙어 있는 것보다야."

"그건 그렇지만."

누웅은 말을 몰아 선두로 나섰다. 그 옆으로 무사 몇이 따라 호위 진영을 이루었다. 누웅이 이러면 결론은 더 분명해졌다. 이건 왕이 바라는 것이다. 다들 눈빛을 서로 건네받으며 웃다가 누군가가 내 이럴 줄 알았다며 말했다.

복면을 벗어 던진 갈호가 찬눈 옆으로 말을 몰았다. 찬눈은 갈호를 흘끔 보곤 알아보기는 했다는 듯 고개를 끄덕였을 뿐, 말을 걸지는 않았다. 갈호 역시 '나 알아요?' 하고 묻지 않았다. 그저 서로 마주 보다 슬그머니 고개를 돌린다.

습한 바람이 불어와 풀을 휘감아 올렸다. 젖은 수풀 아래서 기름진 흙냄새가 피어오르고, 그 너머로 야생마 떼와 검은 들소 떼가 풀을 찾아 벌판을 달렸다.

호련은 묵묵히 말을 몰았다. 구름이 더 묵직해지며 초원에 바짝 내려앉았다. 금방이라도 비를 쏟을 듯했으나 뜸만 들일 뿐, 비 냄새는 나지 않았다.

습하고 묵직한 바람이 불어오자 언덕과 초원을 덮은 자작나무 숲이 우수수 소리를 냈다. 잔잔하던 호수의 물이 잔물결을 일으키며 몸을 떤다. 어느덧 평원이 끝나며 계곡과 숲이 시작되었다. 덤불과 낮은 관목들이 우거지고, 그 사이로 영양들이 풀을 뜯다가 기마 떼를 보고 숨었다.

그렇게 하루를 꼬박 달린 끝에 태괄이 말했다.

"오늘은 여기서 야영한다."

정해진 야영 장소 중 하나인 듯 둥글게 바위가 세워져 있었다. 무사들은 바위 안에 불을 피우고 물을 채운 냄비를 걸었다. 태괄은 그 안에 양 비계를 집어넣고 물이 끓어오르자 향초와 육포를 던져 넣었다.

태괄이 그렇게 저녁 준비를 하는 동안 부하들은 차와 죽을 끓였다.

고기가 익고 냄새가 피어오르자 멀리서 늑대 소리가 들렸다.

"어서 먹어라. 늑대들이 밥 달라고 죄 몰려들기 전에."

태괄이 허락하자 부하들은 바로 달려들어 먹기 시작했다. 갈호가 호련과 찬눈에게 저녁을 주었다. 호련은 잠자코 받아 들었다. 양고기 국은 향초와 어우러져 좋은 냄새를 풍겼다.

"맛있을 겁니다."

태괄의 부관이 갈호에게 그릇을 받으며 말했다. 호련은 그의 얼굴을 기억하고 있었다. 그가 자신을 소개했다.

"누웅이라고 합니다."

"얼굴은 내내 지켜봐 왔어요. 이름도 어깨너머로 들었고."

"그래요? 그리 눈에 띄었나요?"

"탈출할 기회가 되면 두 번째로 쑤셔야 할 것 같아서 잘 봐두었죠."

"첫 번째는 왕자님이겠군요."

"당연한 말을."

누웅은 쾌활하게 웃었다.

"그래도 왕자님 요리 솜씨는 아주 좋습니다. 전쟁 때 왕자님을 수행하면 자주 얻어먹을 수 있지요. 왕자님은 형편없는 재료로도 항상 먹을 만하게 만들어주거든요. 나름 재주라면 재주지요."

"맛있긴 하네요."

호련은 국을 한 모금 삼켰다. 먹을 만했다. 아니, 호련이 하는 요리보다 훨씬 낫다. 호련의 요리는 먹으라는 명령을 받으면 먹을 수밖에 없는 처지의 사람이나 먹어주는 요리다.

"왕자님은 가망 없이 못하는 것과 아주 훌륭하게 잘하는 것으로 극명하게 나누어지지요. 그중 요리가 잘하는 것에 속해서 항상 붙어 다녀야 하는 제 입장에서는 참 다행입니다."

"가망 없이 못하는 것 하나는 알아요."

그 끔찍한 피리 솜씨는 아직도 귀에 생생하다.

누웅이 짐작한 듯 웃었다.

"들었겠군요. 저한테 피리 빌려가셨는데, 아가씨에게 들려주었나요?"

"네. 형편없더군요."

"끔찍하죠. 노래 한 번 시켜보십시오. 사흘 잠을 못 잘 정도로 끔찍한 노래를 불러댑니다. 별수 없이 들어야 할 때만 없으면 굳이 그런 고문을 자청하지는 않을 겁니다."

"그래도 불러야 할 때가 있나 보네요."

"왕족이라 정월 축가는 불러야 하니까. 왕자님 차례가 되면 다들 숨을 몰아쉽니다. 말도 못하게 끔찍하거든요. 그래도 왕족이라 부르긴 불러야 하니 별수 없는데, 듣고 있으면 올해 저주가 걸린 기분이죠."

"듣지 않기를 바라요."

"언젠가 듣게 될걸요."

누웅의 눈이 호련을 향했다. 호련은 당혹스러워 물었다.

"가망 없이 못하는 게 또 있나요?"

"음, 남자의 일?"

호련은 먹다 목에 막힐 뻔했다. 호련이 쏘아보자 누웅이 웃었다.

"옆에서 보니 아가씨를 전혀 못 다루고 있는 것처럼 보여서. 너무 그러시면 왕자님 체면이 안 서요."

"닥쳐요."

누웅은 장난이 지나쳤다 생각한 듯 입을 다물었다. 호련은 고깃국을 마저 먹었다. 분하게도 그 말을 듣고 먹어도 맛있었다.

식사를 마친 뒤 호련은 갈호를 찾았다. 갈호는 잠시 말을 타고 나갔다가 돌아오는 중이었다. 표범이나 늑대가 오지 않는지, 추격자는 없는지 살피러 다녀오는 길 같았다. 어린 시절의 갈호는 부엉이처럼 밤눈이 좋았으니 믿을 만했다.

호련은 갈호가 대체 어떻게 여기에 있게 된 건지 궁금했다. 흉맥족인 외숙부를 따라갔을 거라 생각했다. 흉맥족의 땅에 있을 때도 갈호를 찾기는 했다. 그러나 정작 갈호가 나타난 곳은 살랍이다.

갈호는 태괄에게 와 말했다.

"자정 전에 한 번 더 둘러볼 테니, 그때 깨우세요."

"네가 다 둘러볼 필요는 없는데."

"그래도요. 늑대 울음이 좀 이상해서."

갈호는 모닥불 옆에 몸을 웅크리고 그대로 잠들었다. 호련은 태괄이 건네주는 담요를 받아 갈호를 덮어주었다. 태괄이 영 탐탁찮다는 눈을 보냈지만 호련은 다시 손을 내밀었다. 태괄이 더 건네주자 호련은 그것을 찬눈에게 주었다. 태괄은 다음 모포는 주지 않았다.

"그냥 누워. 내가 덮어주게."

호련은 찬눈 옆에 앉았다. 태괄은 호련의 머리를 직접 담요로 덮어주고는 자리를 떴다.

해가 완전히 저물자 늑대 우는 소리는 점점 더 커졌다. 갈호가 자정이 되기도 전에 일어나 말을 몰아 나갔다. 늑대 우는 소리는 얼마 지나지 않아 그쳤고, 그 후로는 모두 푹 잠들 수 있었다.

다음날, 호련은 일찍 잠든 덕에 일찍 일어났다. 꿈도 없는 짧고 진한 잠이었다. 새벽에 꺼진 모닥불이 연기를 피워 올렸다. 옆의 전나무 숲에서 새소리가 들려왔다. 말들은 푸륵거리며 주변의 풀을 뜯으며 꼬리를 흔들었다.

호련은 개울 소리를 더듬어갔다. 개울은 물살이 조금 거칠 뿐, 깊고 깨끗했다. 호련은 그 물속에 손을 밀어 넣었다. 얼음처럼 차갑다. 그 물로 얼굴을 씻다가 철퍽철퍽 소리에 고개를 들었다.

개울 안에 태괄이 있었다. 춥지도 않은지 옷을 벗어 던지고 몸을 씻고 있었다. 건장한 어깨가 찬물에 젖어 있다. 태괄은 호련을 보고 잠시 멈추었다가 다시 씻기 시작했다. 호련은 냇가에 앉아 그가 다 씻고 몸을 닦고 옷을 걸치는 것을 잠자코 기다렸다.

태괄이 다가와 물었다.

"왜 그렇게 보는 거야?"

"기회가 되어서 칼로 쑤실 생각이었는데, 마침 칼이 없네."

"여기서 날 죽이면 곤란할 텐데. 혼자 도망칠 수 있어? 할멈 챙겨야지."

"당신이 쓰러지면 당신 부하들은 당신한테 달려와 우느라 정신없을 거야. 할머니가 도망치든 말든 무슨 상관이겠어."

태괄이 웃음을 터뜨렸다.

"말투가 다시 돌아왔네. 역시, 그래야지."

참 좋아한다.

이 소년같이 구는 남자가 바로 그 태괄 왕자가 맞나 싶다. 국경의 푸른 늑대, 그리고 여환의 숙적, 또…… 뭐라더라? 모르겠다. 호련 앞에서는 그저 말 안 듣는 큰 개일 뿐인데.

태괄이 머리를 닦으며 말했다.

"중간에 석도에 들를 거야. 고원이라 여름이라도 좀 춥지."

"왕이 있는 곳은 납경이잖아."

"그렇긴 한데, 중간에 들러야 해. 거기를 거쳐서…… 길을 따라갈 거야. 거기서부터는 여정이라기보다는 행진에 가까울걸."

"아무도 나를 안 보면 좋겠는데."

"나도 다른 남자한테 아가씨 보여주기는 싫어."

그리고 태괄이 옷을 여미고 다가왔다. 여환보다는 더 호리호리한 편이지만 역시 크긴 크다.

호련은 태괄의 어깨너머로 벌판을 보았다. 저 푸르른 벌판 너머에 고향을 두고 왔다. 부모 형제들이 쓰러진 곳, 그리고 그녀가 이어야 하는 가문이 있는 곳이다. 또 저기에…… 여환이 있다.

숙명처럼 우이가 생각난다.

초록색 눈을 가진 신비로운 여자. 각의 영지에서 그녀는 은방울꽃처럼 아름답고 상냥했다. 그리고 그녀에게 호련이 강요한 선택은 혹독했다. 단 하나밖에 택할 수 없다는 것을 알고 강요한 선택이니 몰아붙인 것에 가깝다.

그때, 태괄의 손이 이마에 닿았다. 물에 식어 차가웠다.

"그런 표정 짓지 마."

"……."

호련이 고개를 들자 태괄은 호련의 드러난 이마에 입을 맞추었다. 입술이 따뜻하다. 호련이 피하지 않자 그는 상냥하게 웃으며 호련의 볼을 만졌다.

"어서 출발하자."

"더 빨리 도착하게?"

"그래. 아주 빨리 도착해야지. 형님께 보고하고 일 마쳐야지. 나머지는 그다음 생각하자."

"살랍 왕은…… 어떤 사람이야?"

"내게야 좋은 형이지. 아버지 같은 분이야. 사실, 내가 태어난 후 아버지는 나에게 별 관심도 없었으니…… 형이야말로 내 아버지였지. 아가씨한테도 잘해줄 거야."

"당신 포로라?"

"아니, 내 거니까."

그리고 그는 호련의 눈을 보며 물었다.

"고향으로 돌아가고 싶어?"

"……응."

"가서 무엇을 하고 싶은데?"

"내 고향이야. 내 땅이고, 내 백성들이야. 내 의무야. 하나 남은 각가의 후손으로. 하고 싶은 일이 있어서 가는 게 아니야. 가야 하니 가는 거지. 그게 내가 살아남은 이유인데, 당연히 가야지."

호련의 말에 태괄이 긴장했다.

호련은 그런 태괄을 보며 말했다.

"태괄, 나는 여환의 아내만 아니면 된다고 생각했어."

"응?"

"그의 아내만 아니면 된다고 생각했었다고."

태괄의 얼굴이 굳었다. 아직 볼을 떠나지 않은 손도 굳는다.

"아무 남자나 괜찮을 거라 생각했지. 적어도 여환만 아니라면."

"항상……."

태괄의 목소리가 떨렸다.

"왜 우리 사이에 항상 그놈의 이름이 나와야 하지?"

"처음부터 그랬잖아."

"이제는 싫어. 항상 그 이름이 나와! 그놈으로 시작해서 그놈으로 끝나지. 그놈 때문에 안 되고, 그놈 때문에 해야 하지! 대체 왜 그런 건데? 아가씨와 내 문제야. 아가씨가 나를 받아들인 그 순간부터!"

"화내지 마."

"아가씨 말은 그 자리에 나 말고 어느 남자가 있든 상관없던 거라는 거잖아. 그렇게 누구든, 여환에게 댈 핑계가 될 만한 남자만 찾았다는 거지! 그게 나였고. 결국 또 그놈이잖아!"

"그래."

태괄이 팔을 잡았다. 여태 보았던 태괄의 얼굴이 아니다.

무섭도록 분노하고 있다.

“내가 아니었어도 똑같이 했을 거란 거야? 그 자리에, 그 순간에, 그 앞에, 누가 있든, 내가 아니었어도 상관없던 거야? 남자면 무조건 되는 거였어?”

“그래!”

호련은 가슴이 확 타는 것을 느꼈다. 태괄의 얼굴은 지금 모멸감과 분노, 수치심으로 굳어 있었다.

“당신, 정말…… 나한테 이러는 게 아니지.”

태괄의 목소리가 더 떨렸다.

“당신이…… 당신이 나한테 이러면 안 되는 거야!”

아냐, 당신이 이상해진 거야.

그게 문제였다. 약탈자의 권리를 행사하고 욕구만 채우는 거라 생각했다. 그래서 호련은 이번만 지나가면 여환과 섞일 일은 없을 거라고 생각했다. 여환을 남편으로 받아들이느니, 차라리 그 어떤 남자라도 좋았다. 봐, 적어도 첫 남자가 여환이 되는 일만은 없어졌잖아.

그런데 이 남자가 이상해지고 상황도 변해 버렸다. 몸값 지불하고 돌아와 도저히 여환과 결혼할 수 없는 몸이 되는 것으로 끝나는 문제가 아니게 되었다. 상황이 호련의 손을 떠나 버렸다. 세찬 급류가 되어 호련을 휩쓸고 떠밀고 있다.

지금 이 남자가 호련을 원한다. 그게 문제가 되었다. 시작을 잘못해 버렸다. 그런 줄 알았으면 시작도 해서는 안 되는 일이었다.

태괄은 턱에 힘을 주고, 도저히 받아들일 수 없는 말을 듣고 모멸감에 치를 떨고 있었다.

호련이 두려울 정도로 태괄은 화를 내고 있었다. 그가 화내는 것이 문제가 아니다. 호련은 지금 그가 상처 입는 게 두려웠다. 이걸 바란 게 아니란 걸 호련 스스로 이제야 깨닫고 있었다.

"지금 당신 앞에 있는 건 나야. 그리고…… 당신을 위해 싸울 수 있어. 그런데 당신은 여환을 두려워하느라 나를 이용했어! 봐, 보라고! 이게 나야. 나도 남자고…… 그런데 지금, 당신이 나한테 무슨 짓을 한 건지 알아? 아냐고!"

"내가 뭘……!"

"당신이…… 젠장, 그때부터 사람을 얼마나 들뜨게 했는지 알아? 나를 얼마나 바보로 만든 건지 알아?"

태괄이 뿜어내는 분노가 견디기 힘들었다. 분노보다 더 견디기 힘든 건 저 상처받고 모욕 받은 얼굴이었다.

"난 당신이…… 젠장!"

결국 붉어진 얼굴로 턱을 쓸어 올리고 고개를 저었다.

"난…… 난, 적어도 당신이 나를 조금은 좋아하는 줄 알았어."

호련은 놀라 다시 바라보았다.

"뭐?"

"그런데…… 그거였어? 내가 아니라…… 여환 탓이야? 당신이 나를 무시할 정도로 여환에게 겁먹고 있는 거잖아! 여환이 무섭다고 내 자존심을 짓밟았어!"

"알았으면 아무 짓도 안 했을 거야? 내 마음 알았으면 손도 대지 않았을 거냐고!"

잠시 태괄의 얼굴이 굳었다.

"아니."

호련은 어처구니가 없었다.

"뭐야?"

"그건 생각해 볼 문제…… 이긴 하지. 그건 그거고…… 나더러 어쩌라고! 나도 남잔데! 그리고 지금 그걸 묻고 싶은 게 아냐."

태괄은 얼굴을 더 붉혔다.

호련이 하고 싶은 말이 이건 아니었다. 정말 원하는 것은…… 더 비겁한 것이었다. 그런 생각을 품고 있는 자신에게 실망하고 싶을 정도로 한심한 소리다.

그 사람과 만나는 게 싫어. 그 사람에게 돌아가는 것도, 그 사람과 마주하는 것도 싫어. 무서워. 하지만 그럴 수 없다.

"이봐, 호련. 그놈이 무슨 짓을 한 거야?"

호련은 고개를 저었다.

"말…… 못해."

"호련, 그놈은 여기에 없어. 여기로 올 수가 없다고! 납경까지 가면 그는 국경 너머에 있는 적장일 뿐이야. 당신에게 아무것도 아니라고."

"그는 나보다 가까이 있어. 그리고 항상 같이 있어. 앞에도, 뒤에도, 머릿속에도…… 꿈에서도."

"그가 당신한테 무슨 짓을 한 거야? 제발, 말해봐."

호련은 말하지 않았고, 결국 태괄은 손을 놓고 돌아섰다. 그 어깨에 흐르는 분노가 호련에게도 고스란히 느껴졌다.

태괄은 목적지인 석도 근방에 도착할 때까지 아무 말도 하지 않고 앞장서 말을 몰았다. 어색하고 불편했다. 분위기를 대충 눈치 챈 그의 부하들은 잡담도 하지 않고 조용했다.

이제 불편하고 당혹스러운 건 호련이었다. 호련을 잡아채 막사로 끌고 갔을 때도 그 속내는 오히려 정중했다. 그 후로도 내내 정중했다. 겁먹지도 긴장하지도 않았던 것은 그 덕이다.

그러나 지금은 바위로 내려치듯 화를 내고 있었다. 손과 다리에 내내 분노의 힘이 흐르고 있었다. 당장에 폭발할 것 같았다. 그리고 그가 분노하는 내내 호련은 쓸쓸함을 느꼈다.

정말 쓸쓸하다. 텅 빈 가을 숲을 보는 듯 안타깝다.

여환이 분노하는 것을 보았을 때와 너무 다르다. 그때는 오히려 몸이 구석구석 전율했다. 기뻤다. 아, 이 남자가 내게 화를 내는구나, 이 남자를 화나게 할 수 있구나. 그 경멸에 찬 눈을 보면서도 기뻤다.

그런데 조금 전 태괄의 모멸감 섞인 얼굴은 아니다. 다시는 그런 얼굴을 보고 싶지 않다.

다시 바람이 불어와 고민으로 열기 어린 볼을 쓸고 지나갔다.

호련은 말의 허리를 차 속도를 높였다. 태괄의 부하들이 긴장하기 시작했다. 언제고 그녀가 도망칠지 모른다고 생각하는 것 같았다. 호련은 말을 몰아 태괄의 옆으로 갔다. 태괄이 바라보았지만 호련은 무시했다. 고원의 강한 바람이 세차게 불어닥치며 머리카락을 부풀어 오르게 했다. 이마와 볼로 머리카락이 휩쓸고 지나간다. 호련은 그 머리카락 너머로 태괄을 보았다. 눈이 마주치자 그가 시선을 돌렸다. 잔열처럼 남은 그의 분노는 아직도 그의 숨소리와 눈빛 안에 있었다.

멀리 흰 점처럼 막사들이 보였다. 막사 주변으로 말들이 풀을 뜯고 있었다.

"가자."

그리고 태괄은 호련이 간다 만다 답하기도 전에 말을 몰아 언덕 위로 올라갔다.

호련은 그 뒤를 따라 말을 몰았다.

태괄은 언덕 위에 있는 막사로 향했다. 뒤로는 초원이 있지만 옆으로 숲과 바위, 덤불이 가득했다. 고원 끝에서 시작된 숲이 지평선 끝까지 울창하게 우거져 있었다. 그 위로 구름이 낮게 흐르며 안개처럼 서려 있었다.

태괄이 오자 근처에 있던 무사들이 급히 막사로 들어갔다. 잠시 뒤, 안에서 나이 든 남자가 나왔다. 희끗희끗한 머리를 땋아 내리고 그 위에 검은 양모 모자를 썼다. 나이는 들었으나 혈색은 좋고 어깨와 다리도 모두 꼿꼿했다. 흰머리와 주름진 얼굴 외에는 나이 든 기색이 없어 머리를 가리고 등지고 있으면 다들 젊은이라고 볼 것 같았다.

태괄은 그 앞으로 말을 몰았다. 그 남자가 달려와 두 팔을 벌렸다. 태괄은 얼른 말에서 내렸다. 호련도 뒤따라 내렸다.

"어서 오거라, 태괄."

"혼자 나와 계십니까, 오개 숙부님?"

"다들 순찰 돌고 있다. 늙은이만 이렇게 앉아 농땡이를 부리는 게지."

호련도 오면서 말 떼를 보았다. 왕의 것인가 보다. 숙부라 불리긴 하지만 태괄의 단 하나 있는 숙부는 실종 중이니 아버지의 의

형제이거나 서출 형제일 것이다.

오개의 눈이 호련을 향했다. 부드럽고 따뜻했다.

"여기로 오면서 고생 많았겠군."

"저는 초원의 딸입니다. 불편한 건 하나도 없었어요."

오개가 웃음을 터뜨렸다.

"아니, 아가씨 말고 태괄 녀석 말하는 거요. 대국에서 비단옷 걸친 아가씨들 들고 오는 거야 우는소리만 참으면 되지만, 아가씨 같은 여자라면…… 태괄이 마음에 안 들거나 속 썩일 놈 같으면 당장 고원을 넘어 고향으로 돌아갔을 것 아니오. 일단 도망치면 풀 속으로 던진 바늘처럼 찾기 어려울 테고."

호련은 얼굴을 붉혔다.

"그걸 아는 태괄이 오면서 잘해줬겠지. 이놈이 맞선마다 사고를 쳐대서 나는 이놈이 정말 장가 못 가는 줄 알았소. 여기까지 데리고 온 걸 보면 사고는 안 쳤나 보네."

태괄이 작게 말했다.

"저기, 맞선 때 사고…… 는 아닌데요. 좀 무성의했다는 건 인정하지만."

오개는 일부러 크게 말했다.

"다들 네 욕을 얼마나 하고 다녔는지 아느냐. 그게 사고가 아니면 뭐냐."

"아니, 그게…… 저기…… 여기서 할 말은 아닌데."

오개는 태괄을 무시했다.

"아가씨, 필요한 건 없나?"

"할머니가 같이 계십니다."

"알겠소. 저쪽에 빈 막사가 있어. 치워두라 할 테니 오늘은 거기서 머물고 내일 떠나시오. 나이 든 분 편하게 해드리겠소."

"감사합니다."

"새색시와 새신랑은 하루라도 빨리 가야지. 폐하가 잘해줄 거다. 뭐, 다들 네가 색시를 제대로 데리고 오긴 하는지 내기들을 했을 테지만."

호련의 입술이 굳었다. 태괄도 아무 말도 하지 않았다. 오개는 수염을 쓸어내리며 말했다.

"귀한 몸인데 대접할 게 없으니 미안하군. 이래서야 시댁이 생각보다 가난하다고 생각할 것 아닌가. 그러나 아가씨, 걱정 마. 여기서 피곤한 몸 덥히고 배만 채운 뒤에 내일 아침 바로 떠나면 근사한 납경이 아가씨를 환영할 거야. 가만 있자……."

태괄이 말했다.

"저기, 저희는 이만 쉬겠습니다."

"그래. 내가 말이 너무 길었구나. 어서 가거라. 준비는 이미 시켜두라고 했다."

태괄이 호련의 팔을 잡아당겼다.

"와."

그리고 태괄은 호련을 데리고 갔다. 오개와 멀어지자 태괄이 빠르게 말했다.

"미안."

"나 빼고는 다 알고 있네."

"형은 소식 돌리는 게 빨라. 이건 미안해. 그러니…… 화내지 말자. 알겠지?"

신선한 경험이었다. 사실 화도 안 난다. 그저 황망할 뿐이었다.

"당신, 형이 보내라 했으면 나를 보내줬을 거야?"

태괄이 뭐에 맞은 듯 급히 호련의 눈을 보았다. 깊고 강렬한 눈과 마주하자 같이 타오르는 것 같았다. 불덩이처럼 심장으로 들어와 들끓게 하는 눈이었다.

"아니."

묵직하게 짓누르는 목소리였다.

"절대로. 절대로 아니야. 아가씨를 데리고 온 건 나야. 형이 한 건 허락하는 거지. 형이 돌려보내라고 했다면, 내내 성에 틀어박혀 시위했을 거라고."

태괄은 호련 주변에 있는 것은 무엇이든 목을 조를 기세였다. 그 무엇과도 나누지도 보내지도 않겠다는 강렬한 기세였다.

"그러니 다시는 가야 한다고 말하지 마. 보내지 않아. 절대로. 다른 사내의 여자가 되는 것도, 내 앞에서 사라지는 것도 싫어. 그러니……."

태괄은 짓뭉개듯 힘주어 말했다.

"다시는 그런 말 하지 마!"

이건 호련에게 화를 내는 것이 아니었다. 상황 자체에 이를 드러내고 있는 것이다.

호련은 이런 눈빛을 여환에게서 한 번 본 적 있었다.

원인과 결과는 달랐지만, 그 열기 자체는 지독하게 같았다. 자기 것을 앞에 둔, 그리고 그것을 빼앗으려 하는 자에게 드러내는 살의였다. 여환 앞에서는 경외심을 느끼며 분노도 같이 타올랐다. 그래, 당신 것이 그렇게 중요해? 그게 그렇게 대단한 거냐고!

그러나 지금 이 남자에게는 손을 뻗어 이 불타는 볼을 쓸어 올리고 이글거리는 심장에 볼을 대고 싶었다. 그 열기를 느끼고 싶었다. 오롯이 호련 자신만을 향하는 이 열기가 저 깊은 곳에서 갈망을 부른다.

도와줘, 제발. 제발 조금만 더 와줘.

"내가 여환을 사랑한다면……."

일순 태괄의 눈이 움찔했다.

"그래서 그의 아내가 되는 것만을 숙명으로 삼겠다면."

"자극할 생각이었다면 차라리 그놈이 아가씨를 때렸다고 말하는 편이 낫겠네. 그건 믿어줄게."

호련은 피식 웃음이 나왔다.

"너무 빤하긴 했네."

"거짓말을 할 생각이었으면 이는 갈지 말아야지. 그래도 그런 농담은 하지 마. 거짓말인 줄 알아도 기분은 나쁘다. 여환보다 내가 더 싫은가, 하는 생각이 들잖아."

"알았어. 안 할게."

"가만, 혹시 그놈이 당신을 좋아하는 거야?"

"그럴 리도 없고, 정말 그렇지도 않아. 그는 나를 싫어해."

호련은 고개를 저었다.

여환이 보내던 싸늘한 경멸의 눈이 다시 눈앞에 보인다. 노려보는 눈빛이 점점 더 타오르고, 그 턱에 힘이 들어갔다. 그 하나하나가 피어오르는 것을 호련은 한없이 바라보았다. 여태 그가 보인 표정 중 그렇게 호련을 기쁘게 하는 표정도 없었다.

지금도 그 얼굴만 기억난다. 그 분노에 찬 표정을 다시 볼 수 있다면 무엇이든 할 수 있을 것 같았다.

"아주."

호련은 고개를 숙였다.

"그래도 다시는 안 할게. 당신이 싫은 건 이제 나도 싫어."

그 말에는 태괄도 웃었다. 웃음이 호련을 편하게 했다. 가슴을 답답하게 누르던 것이 치워지는 기분이다.

호련이 말했다.

"오늘 내내 보니 당신이 기분 나쁘면 나도 같이 나빠져. 그러니 이제 화는 덜 내고 싶어. 당신에게나 나 자신에게나. 당신도 그랬으면 좋겠어."

"그놈이 아가씨 속을 지배하는 게 싫은 걸 어떻게 해."

"그는 내게 의미가 너무 커. 사랑은 아니지만, 어떤 사랑보다도 큰 증오가 있지."

태괄의 얼굴이 굳었다.

"그 증오에…… 무엇도 끼어들 수가 없을 정도의 증오야. 그의 피와 살이 산 채로 벗겨져 나가는 모습을 보면서도 그건 너무 쉬운 최후라고 말하고 싶을 만큼."

"대체…… 여환이 무슨 짓을 한 거지?"

호련은 고개를 저었다.

"아직은 말할 수 없어."

"대체 무슨 짓을 한 거야? 제발 말해줘."

호련의 몸이 불안하게 떨리자 그가 팔을 잡았다. 호련을 잡은 태괄의 팔에 힘이 들어갔다. 그러자 호련은 오히려 힘이 풀렸다. 태괄의 손바닥이 볼에 닿더니 턱과 귓불을 쓸었다. 하나하나 눌러

보며 그 자리에 제대로 있는지 확인하는 것 같다.

"아직은 그 정도로 나를 믿지는 못하는 거지, 아가씨는."

그리고 태괄이 한숨을 내쉬었다.

"나는 아가씨가 좋고, 계속 옆에 두고 싶어. 다른 사람에게 보내기는커녕 내가 모르는 곳으로 보내고 싶지도 않고, 내가 볼 수 없는 곳으로 가게 하고 싶지도 않아. 그러니…… 고통이든 슬픔이든 적어도 내가 알기라도 하면 좋을 것 같아."

"고마워."

낯선 곳이지만 지켜주려는 사람이 있다는 것이 호련의 기분을 부드럽게 해주었다. 이런 거, 참 좋은 기분이었구나.

"그리고 혹시 모르잖아. 벌써 생겼을지도. 그러면 정말 믿는 도리밖에 없을 텐데."

호련의 얼굴이 붉어졌다.

"그건 미안하게 되었네. 아니라는 증거가 곧 올 것 같아."

"……."

태괄이 너무 절망 어린 표정을 보여서 호련이 웃길 지경이었다. 어이구, 이를 어쩌나. 위로라도 해주고 싶었다. 그 표정에 기분도 긴장도 풀어진다. 여태 으르렁거린 것이 다 부질없게 느껴진다.

"태괄, 당신은 적이었어."

"알아."

"각으로 돌아가는 건 내 일이고, 내 숙명이었지. 증오든 두려움이든, 그것을 맞대고 살지 않으면 안 되었어. 그런데 당신이 그걸 다 흐리게 만들려 하고 있어. 내 모든 것을 방해해. 내 스스로 집어 던지고 당신 품에 안겨 좋아요, 좋아요, 다 해줘요, 하고 만들려고 애쓰고 있다고. 나는 모르지만 당신이 나를 보는 기억은 더 넓고 더 깊지. 그걸 모르는 나는 지금 어리둥절해하고 있는 거고…… 당신은 나를 내가 아는 것보다 훨씬 더 오래 알고 있다고 했지. 하지만 나는 당신을 모르잖아."

"그게……."

"그러니……."

어깨가 덥석 잡혀 끌려갔다. 이마에 태괄의 이마가 닿았다. 콧잔등이 서로 겹쳤다. 갑자기 확 끌려간 호련은 놀라서 태괄의 얼굴을 보아야 했다.

"갑자기 왜 이래?"

"이렇게 말한 건 처음이잖아."

과연 괜찮을까? 이 남자 품에 안기면 호련이 여태 달려왔던 모든 길이 끝날 것이다. 의문과 불안은 여전히 벌레처럼 꿈틀대고 있지만, 동시에 이 남자 눈과 말을 다 믿어버리고 싶었다. 이건 거절하기에는 너무 달콤하고 아늑하다. 외롭고 독한 세상 대신 이걸 택하고 싶다. 이 남자가 뿜어내는 갈망과 열기에 끌려가 쉬고 싶어진다. 고독의 세상으로 돌아가는 게 두려워진다. 그 혹독한 겨울, 피와 죽음 속에 앉아 있던 날 이후로 계속되던 참혹한 증오와 분노의 세상에서 떠나고 싶어진다. 이 남자의 등 뒤에서 지켜만 보고 싶어진다.

그때, 오개의 부하가 쉴 곳을 마련했다는 말을 하고는 겁에 질린 표정을 지으며 지나갔다. 밖에서 좀 노골적으로 굴었다는 것을 깨달은 태괄이 손을 놓았다. 호련이 그 어깨를 밀었다.

"이제 쉬게 해줘."

"알았어."

태괄은 호련을 직접 데려다 주었다.

할머니와 같이 머물라고 마련해 준 건지 꽤 크고 깨끗한 막사였다. 안에 새로 모직 천을 댄 듯 냄새도 좋고 아늑했다.

화로와 의자, 침대도 다 갖추어져 있었다. 천장의 둥근 창도 열려 있어 안이 환했다. 그 고요함과 청결함에 호련은 편안해졌다.

"고마워."

그리고 마주하는 태괄의 눈은 빛을 받아 녹색과 금갈색이 섞여 다채로운 빛을 발한다. 이 남자 눈이 이런 색이었나? 저녁 햇살 아래 초원 같은 빛이다. 여태 진한 녹갈색이라고만 생각했는데, 빛이 달라지면 눈 색도 달라진다. 그 눈에 담긴 열기에 머릿속이 같이 더워지는 기분이었다. 부닥침 끝에 찾아온 고요가, 호소 뒤에 찾아온 정적이 온몸의 감각을 새롭게 한다.

잘 쉬라고 말하듯 태괄이 호련의 이마에 입술을 댔다. 그의 손이 몸을 쓸어 올리자 더할 나위 없는 안락이 스며들어 온다.

문득 머리를 스치고 지나가는 것들이 있다. 몸을 누르던 열기 어린 묵직함이, 목덜미로 파고들던 숨소리가, 허리를 잡아채고 파고들어 오던 힘이. 그 힘이 온몸을 뒤흔들 때가.

나른해지며 허리부터 뻐근해져 온다. 현기증과 함께 한숨이 나오고, 그 한숨 소리를 들은 태괄은 호련을 놓지 않고 양손으로 잡았다.

"태괄……?"

놀라서 몸이 움찔했다. 벌써 태괄의 손이 허리를 세게 잡고 숨소리가 입술을 찾는다. 호련은 그에게 기대며 숨 쉴 곳을 찾듯 그를 찾았고, 그 역시 그리 찾아 입술을 댔다. 호련은 경악 속에 그가 하는 대로 내버려 두었다. 지금 내가 이 남자를 찾은 건가. 기다려 달라 말한 주제에 그가 물러나자마자 이러니. 그러나 속은 그리 말해도 몸은 그를 찾고, 그 팔을 잡아당기고 그가 입술을 열도록 했다. 몸을 붙이며 그에게 안겨들고 그의 손에 몸을 허락하고 있었다.

"아가씨가 먼저야."

입술을 떼는 그의 숨에 이미 열기가 차올라 있었다.

"아가씨가 먼저였다고."

숨소리가 헐떡임을 삼키더니 동시에 옷 앞자락을 잡아 뜯었다. 툭툭대는 소리와 함께 단추 몇 개가 떨어졌다. 묵직한 손이 옷 속으로 파고들어 와 맨살을 훑었다. 머리는 아니라고 말해도 몸은 이미 그의 손에 달라붙듯 반응한다. 신음이 흘렀다. 여기서 물러나지 말라고, 어서 오라고 재촉하는 애걸이나 다를 바 없다.

언제인지 모르게 바닥에 등이 닿았다. 놀라 팔을 들었을 때는 이미 그가 호련을 누르고 있었다.

"그래……."

그가 중얼거리며 그 숨소리가 더 달아오르더니 혁대 푸는 소리와 옷을 벗어젖히는 소리가 들렸다. 곧 허벅지에 뜨거운 살이 닿았다. 그가 들뜬 목소리로 중얼거렸다.

"아가씨가 먼저야. 정말이야."

"아무리 그래도 그렇지, 여기서……."

"당분간은 아가씨 할멈이 내가 아가씨 근처에서 숨도 못 쉬게 할걸? 봐줘."

"응, 잘 아는군."

둘 다 굳었다.

누구도 그런 말을 한 적이 없었다.

태괄이 먼저 고개를 들었고, 호련도 슬그머니 고개를 들었다.

문 앞에 찬눈이 팔짱을 끼고 무표정하게 보고 있었다.

경악한 태괄은 급히 일어났다. 호련은 얼른 옷을 펼쳐 태괄을 가렸다. 태괄이 허겁지겁 바지를 챙겨 입고 허리띠를 채우는 동안 찬눈은 무표정하게 있을 뿐이었다.

"비켜줄까?"

태괄이 급히 말했다.

"굳이 안 그러셔도 될 것 같습니다, 어르신."

호련은 차마 찬눈을 볼 수가 없었다. 그러나 더 부끄러운 것은 태괄이었다. 얼굴이 시뻘겋게 물들어 이걸 어떻게 설명해야 하나, 입도 못 떼고 있었다. 몇 번이나 손이 미끄러진 끝에 태괄은 간신히 옷을 챙겨 입었다.

"옷 다 입었으면 이리 오게."

태괄은 해명했다.

"어르신…… 그게, 이게 말입니다…… 어르신께서 보신 그대로…… 인 건 맞지만, 그게……."

"자네는 참 마음에 안 드는군."

"네?"

"처음 자네는 내 마을에 쳐들어와 내 코앞에서 내 손녀를 덮쳤지. 그다음 나를 감옥에 가두어둔 뒤에 내 손녀를 또 덮쳤지. 그걸로 끝난 것도 아니야. 내가 지켜보지 못하는 동안 저 아이를 꼬셔서…… 지금에 이르렀군! 아주 마음에 안 들어, 아주!"

태괄은 변명하려 했지만, 찬눈은 밖을 찌를 듯 가리켰다.

"가게."

열다섯 살 어린애들이 헛간에서 사고 치다 들킨 것도 아니고, 태괄은 그런 거 아니다, 오해는 말아달라, 오해한 게 아닌 것 같긴 하지만 그래도 너무 나쁘게 생각 말라 주절댔다. 찬눈이 손을 들었다. 태괄은 뺨을 맞을 거라 생각하고 얼른 머리를 당겼다. 그러나 찬눈이 후려친 것은 엉덩이였다.

"어서 꺼져."

잠시 자기가 무슨 일을 당했는지 깨달을 시간이 필요했다. 호련이 경악했고, 당사자인 태괄은 충격받았다.

여기 남아 있는 것이 민망한 건지, 가는 것이 민망한 건지 모르겠다. 이 상황이 벌어진 것이기는 한지, 대체 왜 벌어진 건지, 벌어진 것을 어떻게 받아들어야 할지, 아무것도 모르겠다.

호련이 한숨과 함께 눈을 감으며 말했다.

"가, 태괄."

찬눈이 다시 밖을 가리켰다.

태괄은 결정했다. 나가는 편이 나을 것 같다.

태괄은 막사 밖으로 나갔다. 벌판 너머에 이미 부하들이 와 있었다.

누웅이 태괄을 보고 달려왔다.

"왕자님, 무슨 일입니까?"

"말."

"네?"

"내 말 줘라."

"아니…… 그거, 저기 있는데. 무슨 일이 있었어요? 얼굴이 영 아니신데. 아가씨 덮치려고 달려들었다가 뺨이라도 맞았어요?"

"닥쳐! 말이나 내놔!"

"알아서 가져가세요. 왕자님 말은 왕자님이 놓아두었지 제가 놔뒀습니까? 어이, 왕자님."

얼굴이 머리카락 속까지 달아올라 있었다. 반대편에서 오던 갈호가 그런 태괄을 보고 놀라서 옆으로 펄쩍 뛰었다.

"세상에, 무슨 일 있었어요?"

어, 네 할머니한테 엉덩이 맞았어……. 차마 그렇게는 말할 수는 없다. 사실이라 할지라도.

남겨진 호련은 할머니의 분노를 고스란히 맞고 있었다.

"변명은 하지 마십시오."

그리고 노려보았다.

호련은 손톱을 갉아먹기 시작했다.

"아가씨, 내가 조심하라고 했지요?"

"했지…… 요."

"그런데 벌써 홀랑 넘어간 걸로 보이는군요, 아가씨. 저 도둑놈이 강제로 덮치는 걸로는 안 보이던데요."

"저, 할머니, 할 말이 있어요."

"하세요."

냉담하게 말하며 찬눈은 호련 앞에 섰다.

"태괄이 청혼했어요."

"네?"

"여기 이곳 사람들은 모두 그렇게 알고 있어요. 태괄이 능고로 가서 신부를 데리고 왔다고. 제가 허락하거나 생각할 틈도 없긴 하지만……."

찬눈의 얼굴이 굳어갔다.

"첩…… 은 아니겠지요?"

"정혼이에요."

"처음부터 그럴 작정이었던 건가요? 그래서 그리 데리고 온 거였나요?"

"네. 어차피 나는 그 누구의 아내도 아니었잖아요. 그리고 그가 청혼한 거예요. 그의 형과 그의 집안도 같이. 이제부터 능고랑 사이좋게 지낼 생각이 없게 되었으니, 저는 당분간 돌아가기 글렀어요."

"아가씨, 그놈은 아가씨를 모독했어요."

"그건 제가 허락한 거예요."

"네?"

"준 건 나예요. 나에게 화내도 좋아요. 사실 그 순간, 여환이 아니라면 그 누구라도 좋다고 생각했으니."

"아가씨, 그건……."

찬눈이 입을 벌렸다.

"미안해요……. 하지만 그땐 정말 그렇게 생각했어요. 같은 순간이 다시 온다면 또 같은 생각을 하겠지요. 그래도 할머니, 한 가지는 알아둬요. 내가 더 강력하게 거부했다면 그는 내 몸에 손도 대지 않았을걸요. 막사 밖에 다 들리도록 저더러 비명을 지르라고 한 뒤에 혼자서 처리하고 흔적만 만들어놨을 테죠. 그러니 그에게 너무 책임을 지우고 싶지 않아요."

"그렇다고 아가씨 몸을 거절할 배짱은 없었나 보군요. 자존심도 없는 놈."

호련의 얼굴이 다시 붉어졌다.

"할머니, 그를 그만 원망해요. 그게 힘들다면 적어도 조금 덜 싫어해 줘요."

"대체 왜 그러셨어요? 저런 젊은 왕자가 아니라 시커멓고 늙은 데다 마누라도 있는 놈이 왔을 수도 있다고요. 이건…… 인정하긴 싫지만, 아가씨 사심이 동했다고밖에요. 네, 젊고 잘생기고 씩씩한 왕자긴 하죠. 여환이 싫어 죽겠는데 저런 왕자가 나타나니 아가씨도 옳다구나 한 거라고요. 그렇게 보지 말아요. 이 할멈이 남자 눈길 한 번 받아보지 못한 줄 알아요? 이 할멈, 젊은 시절만 해도 할멈 좋다는 남자가 줄을 섰습니다."

"그런…… 건 아닌데."

"아, 머리야. 아가씨가 아무리 핑계를 대도 이건 이 할멈이 걱정하는 대로 되고 만 거라고요. 누가 봐도 아가씨가 넘어간 겁니다. 어떤 놈인 줄 알고 그러세요! 알고 보면 바람둥이일 수도 있고, 난폭한 놈일 수도 있고."

"그게……."

"입 다물고 들어요! 일이 이렇게 되었으니 이 할멈은 더 말 안 합니다. 아무리 손주사위가 없어도 저런 놈을 원한 건 아니었는데. 역시 아가씨도 젊은 여자는 젊은 여자군요. 덤빈다고 그대로 넘어가니."

"마음에 안 드는 건 이해하는데요……."

"이해하면 뭐 해요. 말을 안 듣는데. 그래서 그놈이 결혼하자고 하니 좋다고 당장 허락했나요?"

"아직 아니에요."

"저 불한당 얼굴을 보니 이미 허락 다 받은 얼굴이던데요. 그리고 방금 전 모습을 보니 어디다 신혼살림 차릴지나 결정하면 되겠던데요."

아뇨, 사실 조금 전에 살쾡이 두 마리처럼 싸웠어요, 라고 말하고 싶었으나 찬눈의 눈을 보니 다 핑계로 들릴 것 같았다. 여자가 이미 허락을 정해두고 앙탈하는 것 이상도 이하도 아닐 테지.

"여자 덮쳐 놓고 혼인하려 드는 놈치고 제대로 된 놈을 못 봤는데, 허술하게 하면 용서치 않을 겁니다."

"아직 정한 건 아닌……."

"입 다물어욧!"

"그리고 영지 문제는……."

"지금 그게 문제예요?"

문제 맞는데, 라는 말이 목구멍 아래로 내려갔다.

찬눈은 이를 박박 갈며, 내 이 자식 눈에 보이기만 해봐, 라고 중얼거리고 있었다. 오늘 밤 안으로 할머니에게 잡히면 털이 다 잡아 뜯길 것 같았다.

제발, 어디 숨어 있어. 호련은 속으로 한탄하다가 찬눈이 다시 노려보자 얼른 고개를 돌렸다. 찬눈은 다시 크게 한숨을 토해내며 돌아앉았다. 호련은 그 틈에 슬금슬금 나가려 했지만 두 발자국 가기도 전에 치마가 덥석 잡혔다.

"몸이나 정돈하세요! 지금 안에서 무슨 짓을 했는지 동네방네 다 알릴 겁니까! 어서!"

"……네."

호련이 옷을 갈아입고 나왔을 때는 이미 밤이었다.

태괄의 수하들은 불을 피우고 식사를 하고 있었다. 저녁 하늘 아래 모닥불이 주변을 밝혔다. 여름이긴 하지만 눈도 다 녹지 않은 산에서 밀어닥치는 바람은 찼다. 불가로 가니 좀 따뜻했다.

"밤에는 춥지."

갈호였다. 호련은 목덜미로 쌀쌀한 바람을 느끼며 물었다.

"겨울에는 얼마나 추울까?"

"이 떨어지게 추워."

"태괄은?"

"우리들 오자마자 나가서 아직 안 들어왔다. 대체 무슨 일이 있었던 거야? 그렇게 당황하는 건 처음 봤다."

호련은 얼굴이 저절로 달아올랐다. 호련이 답이 없자 갈호는 이내 흥미를 잃고 고개를 돌렸다.

"갈호, 태괄은 어떤 사람이지?"

"어?"

갈호에게 이런 걸 묻다니. 그의 독특한 인간관에 입각한 답만 나올 거다. 어렸을 때부터 별나기 그지없었다. 그래도 가족들은 갈호를 좋아했다. 아버지는 친아들처럼 귀여워했고 숙부는 그를 친구처럼 대했다.

그런 갈호가 사라진 뒤 모두 오랫동안 쓸쓸해했다. 아버지가 보냈다는 말만 들었다. 영지에서 아무것도 아닌 존재가 되어 사는 것보다 넓은 세상으로 보내는 게 나을 거라 생각한 건지, 아니면 백부들과의 갈등 탓인지는 모르겠다. 이해는 했지만 서운한 건 서운한 것이다. 다들 갈호가 고생하지 않고 출세하기를 빌었다.

"네가 믿는 대로."

갈호가 말했다.

"네가 믿고 싶은 대로 믿어도 될 사람이야. 나한텐 그랬으니까."

"무슨 뜻이야?"

"속 보이는 놈이란 거지."

웃음이 나왔다. 갈호가 말했다.

"그러니 그놈이 네가 좋아 죽겠다는 듯이 굴면, 그건 좋아 죽는 게 맞아."

다시 웃어야 했다.

"그래."

호련은 저물어가는 벌판 너머를 보았다. 동쪽에서 어둠이 밀려오고 있었다. 드디어 해가 진 것이다. 태괄은 아직 보이지 않는다.

언제 올까?

들뜨면서도 불안하다.

그 남자의 청을 받아들이면 나는 과연 상황을 견딜 수 있을까? 여환이 없는 삶을 살아갈 수 있을까? 아직은 자신이 없다.

"아직 갈호에게 말하지 못한 게 있어."

"나 몰래 숨겨놓은 거라도 있니?"

"가족들…… 장례 치러줘서 고마워."

호련은 아무것도 하지 못했다. 여환이 신경 썼을 리 없고, 할머니는 감금되어 있었다. 고향에 돌아와서야 갈호가 돌아와 가족들을 수습했다는 것을 알았다.

갈호는 고개를 저었다.

"내 아버지고, 내 숙부고, 내…… 형제자매들이었다. 네가 사랑한 만큼 사랑하고, 네가 슬픈 만큼 슬프고, 네가 증오하는 만큼…… 증오한다."

호련은 갈호의 짧은 머리를 보았다. 떠나기 전에는 분명 긴 머리였다.

"그러니 그건 네가 감사할 일이 아니야."

태괄은 해가 저물어도 돌아갈 엄두가 나지 않았다. 어디든 처박혀 내일까지 기다린 뒤에 엉금엉금 들어가고 싶었다.

아무리 잊자고 생각해도 민망해서 열기가 가라앉지를 않는다. 그 꼴을 보인 게 문제가 아니라, 할멈에게 당한 게 문제다. 차라리 따귀 맞는 게 낫지 이게 뭐야. 호련 혼자 가면 무서울 테니 유모를 데리고 가면 나을 거라 생각하여 같이 온 건데, 저런 무시무시한 할멈일 줄이야. 지평선 너머에 있는 여환보다 옆에 붙어 있는 그 할멈이 더 무섭다.

그래도 호련이 먼저 기대오기도 했으니, 황당하게 끝나긴 했지만 화는 가라앉고 머리도 좀 돈다. 여유가 좀 생기고 호련의 입장도 이해가 되기 시작했다.

일단 그녀 말대로 태괄은 정말 낯선 사람이다. 태괄은 그녀를 알지만 그녀는 태괄을 모른다.

몇 년 전 일을 들먹이고 싶지는 않다. 그녀가 기억도 못하는 일에 책임을 떠넘길 생각은 없으니. 게다가 그때의 그 얼간이가 자기였다고 말하는 건 꽤 용기가 필요한 일이었다. 아, 그 덜떨어진 바보가 당신이었어? 라는 대꾸를 들으면 죽고 싶을 것 같다.

지금 호련이 태괄을 받아들이면 각의 영지를 오랫동안 비워두어야 한다. 나중에 찾더라도 그동안은 태괄의 적인 여환의 손에 맡겨두어야 한다. 태괄에게야 영지는 왕에게 받아 관리하고 지키는 것이지만, 호련에게는 영지는 가족이 남겨준 것이며, 가족 그 자체인 동시에 그녀의 삶이기도 했다. 아마도 그녀가 가족을 잃고 버텨온 버팀목이기도 했을 것이다.

그런 영지의 운명을 타인인 태괄에게 맡기기는 힘들 것이다. 게다가 호련은 태괄에 대해서는 몰라도, 여환은 근 십 년간 알아왔다. 태괄에 대한 믿음보다 여환에 대한 두려움이 더 큰 상태다. 당장 그걸 때려치우라고 하면 그건 그것 나름대로 폭력이다.

"여환이라……."

지금 가장 큰 문제는 그놈이다.

그놈이 호련의 목을 틀어쥐고 숨 막히게 하고 있다.

설마…… 하는 생각은 들지만, 태괄은 차마 그것만은 아니길 빌었다. 정말 그렇다면 그건 얼마나 참혹한 일이란 말인가. 그런데 정말 그것이라면…… 태괄은 여태 그녀와 그리 가까운 곳에 있으면서 아무것도 하지 않은 자신을 용서하지 못할 것 같았다.

동부에서 별 중의 별이라 불리며 추앙받던 여환은 선인처럼 수려한 얼굴에 마인처럼 싸늘한 눈빛으로 전장을 이끄는 자였다.

동부에서의 그는 대국과 연위국, 반란군을 상대로 압승과 무패를 이룩해 냈다. 동부의 맹호, 별 중의 별이라는 별명과 함께 그 놀라운 전과는 살랍에까지 이르렀다. 여환이 다음 왕이라는 걸 의심하는 자는 없었다. 유일한 발목인 바야 가문조차도 여환의 무시무시한 승리 앞에서는 할 말을 잃었다. 여환이 능고의 왕이 되는 게 문제가 아니라, 창궁 아래 유일한 왕이 될 거라는 말까지도 나올 지경이었다.

그런 여환이 귀양을 청산하고 살랍의 국경으로 왔을 때, 살랍도 올 게 왔다고 생각했다. 능고 왕이 원하는 건 그저 강한 왕만이 아니라 온 초원의 패자 자리이니, 살랍의 목을 비틀 준비를 하고 있었다.

여환이 드디어 서부로 진격하며 그의 승전 목록을 갱신하기 시작하자 살랍은 국경으로 태괄을 보내기로 했다. 태괄의 스승을 먼저 보낸 상태에서 지원군과 함께 보낸 것이다. 그러나 태괄이 도착해 채 준비하기도 전에 여환이 쳐들어왔다. 온 지 얼마 되지도 않고, 지형도 전세도 파악이 덜된 상태라 그간 그곳 수비를 맡아 온 스승을 총사령관으로 보내고 자신은 후방에 남았다.

어느 정도 방어할 거라 생각했건만, 그날 정오가 되기도 전에 전령이 와서 스승이 열세라는 것을 알려왔다. 태괄은 급히 달려갔으나 이미 전세는 기울어 있었다. 태괄이 할 수 있는 일은 살랍군을 지휘해 피해를 최소한으로 하여 후퇴시키는 일뿐이었다. 태괄이 참여하지 않은 전쟁이라도 태괄이 온 직후에 벌어진 전쟁이라 태괄의 패배로 기록되었다. 그리고 그날, 여환을 처음 보았다. 하도 온갖 소문을 다 들어와서 보자마자 얼어붙기라도 할 줄 알았으나 정작 보고 나니 사람일 뿐이었다.

여태 상대해 왔던 자들과는 본질적으로 다른 자임에는 분명하다. 또 여태 이겨왔던 자들이 다 그러하듯 여환 역시 반드시 이겨야 하는 상대이기도 하다. 그러나 그럼에도 그는 사람이었다.

태괄은 전후에 동부로 부하들을 보내 여환이 어떻게 승리해 왔는지 알아내도록 했다. 태무에게 증원을 요청하고, 또 정보원을 풀어 주변 부족들과 여환과의 관계가 어떤지 파악했다.

능고의 왕은 살랍군을 납경 근처까지 밀어놓을 생각으로 여환에게 다음 전쟁을 명령했다. 더 규모가 큰 전쟁이 벌어지게 된 것이다.

다시 격돌하기 전, 태괄은 여환의 동맹군 중 아태족을 지휘하는 족장에게 사람을 보내두었다. 그간 계속된 여환의 각출에 불만이 오를 대로 오른 아태족은 살랍의 제안에 귀가 솔깃했다. 아태족은 그리 큰 규모는 아니었고 충심도 옅었다. 여환은 그들을 불신해 가장 위험하고 격렬한 양익에 배치하곤 했다. 동부에서 항상 반복되던 여환의 그다지 좋지 않은 버릇이었다.

전쟁이 시작되자 아태족 기병은 가장 의욕 없이 싸우다 후방으로 빠졌다. 태괄의 예상대로 여환의 군대는 복종심이 철저한 자들과 아예 그를 싫어하는 자들로 극명하게 갈려 있었다. 의욕 없는 쪽이 여환의 통제를 벗어나자 나머지 군대의 얼개도 쉽게 무너졌다. 동부와 서부의 군대 구성이 다르다는 것을 여환이 미처 감안하지 못해 벌어진 사태였다.

여환은 아태족 기병이 빠진 자리를 빠르게 보충하지 못했고, 양익은 모두 여환에게 충성하지 않았다. 한쪽이 빠진다고 다른 한쪽이 저절로 죽으러 가는 게 아니었다. 결국, 얼마 되지 않아 모두 죽기 싫어 흩어졌다. 그 자리를 태괄의 중기병이 돌파하며 여환의 전열은 빠르게 무너졌다.

능고군의 패색이 피어오르는 것은 여환 자신조차 몰랐다. 양익이 모두 떨어져 나가고 중앙에 있는 기병들이 흩어지자 드디어 여환은 후퇴 명령을 내렸다. 그러나 한 번도 패배해 본 적이 없는 여환은 패퇴도 능률적으로 할 수 없었다. 군대를 돌리기도 전에 살랍군이 그 후미를 공격하며 다시 포위되고 말았다. 여환의 친위대가 막강했던 덕에 여환은 포로가 되지 않고 탈출할 수 있었다. 친위대의 희생이 상당한 건 어쩔 수 없었다. 태괄은 여환의 친위대에 관한 한 진심으로 존경을 표했다. 정말로 잘 싸우긴 잘 싸웠다. 그 덕에 여환이 포로가 되는 치욕은 면할 수 있었지만, 패배는 패배였다.

여환의 패배는 보통 장수의 패배보다 타격이 컸다. 명성에 금이 갔으며, 그를 신처럼 경외하던 시선에 의심이 스며들게 했다. 부하들을 심정적으로 다독이는 데 무관심한 여환이 여태 절대적 복종을 받아왔던 것은, 그가 완벽한 무장이며 반드시 승리할 거라는 믿음 덕이었다. 그런 남자의 패배는 그냥 패배가 아니었다.

살랍으로 향하려던 능고의 전선은 단숨에 뒤로 밀려나 각 앞으로까지 밀려오고, 근방 부족들의 연합이 헐렁거리는 동안 태괄의 병사들은 물살처럼 빠르게 서부를 휩쓸고 지나갔다. 여환이 가을에 남쪽으로 내려가야 했던 것도 그 탓이다. 여환은 패전의 책임을 물어 아태족 족장의 목을 잘라 버렸고, 그 달이 끝나기도 전에 아태족은 살랍 아래로 들어가 버렸다. 덤으로 다른 부족 몇 개도 살랍에 투항했다.

일이 이리되자 살랍 왕의 생각도 서서히 바뀌기 시작했다. 이왕 이렇게 된 거, 각과 검은 강 유역까지 다 차지할 생각이 든 것이다. 그리고 태괄 역시 드디어 검은 강까지 진군하게 될 거라 생각했다. 여환이 갑자기 결혼한다고 나서지만 않았다면 태괄은 올해가 끝나기 전에 검은 강까지 손에 넣을 궁리만 하고 있었을 것이다.

그때, 멀리서 무사들이 달려오는 것이 보였다. 오개의 부하들이었다. 그들은 태괄을 보자마자 급히 달려와 인사를 했다.

"여긴 웬일이십니까, 왕자님?"

"그냥 돌아다니는 중이다."

"사흘 전부터 늑대 떼가 돌아다닙니다. 돌아가 계시는 것이 좋을 듯합니다."

"근방에 먹을 게 많을 텐데 나처럼 질기게 생긴 놈까지 노릴라고."

무사는 웃으며 고개를 저었다.

"평소라면 그럴 텐데, 무리 대장이 이상한 놈이더군요."

"어떻게?"

"사람 습격하는 것을 지나치게 좋아합니다. 애나 여자만 있는 막사가 몇 번 습격당했습니다. 심지어 말들도 습격을 받았습니다. 간이 커요. 그래서 오개 천호장님께서 순찰병 수를 많이 늘리셨습니다. 그 무리 대장을 잡기 전까지 잠잠해지지 않을 것 같습니다."

오개는 그런 말을 하지 않았다. 늑대가 무리지어 나타나는 거야 항상 있는 일이라고 생각했을 테니 태괄에게 말할 필요가 없긴 하다. 늑대는 표범처럼 우아하거나 사냥을 잘하는 건 아니지만, 떼로 몰려들면 끔찍해진다. 하나를 해치우면 다음 녀석이 이를 드러내고, 그 녀석을 날리면 다음 녀석이 또 이를 드러낸다. 무리가 커질수록 사람은 우스워진다.

"그래, 나는 이만 가겠다. 수고해."

태괄은 돌아왔던 길을 되짚어 말 머리를 돌렸다.

막사가 보일 무렵, 말이 푸륵거리며 흥분했다. 태괄은 어스름이 깔리는 벌판 끝 숲을 보았다. 전나무 숲 둥치 사이로 늑대의 불길하고 긴 울음소리가 들려왔다.

겁에 질린 말의 숨소리가 거칠어졌다. 태괄은 속도를 올렸다. 말은 명령을 받자마자 급하게 달렸다. 호련의 사냥개들이 여기 있으면 참 좋겠다는 생각이 들었다. 호련이 키우던 개들은 늑대보다 크고 사납다. 주인에 대한 충성심도 자기 영역을 지키려는 각오와 적을 향한 적대감도 무시무시하게 강하다. 그 개들 덕에 늑대 떼들은 어지간히 굶주리지 않는 한 각의 영지로는 들어가지 않았다.

다시 늑대가 길게 울음을 뽑아내더니 연달아 짖어댔다. 덤불 뒤에서 하나둘 늑대 그림자들이 나타났다. 꼬리와 머리가 눈에 뜨였다. 창백한 저녁 어둠 사이로 그들의 이가 번득이고 그 목에서 나지막한 으르렁거림이 전투의 노래처럼 흘러나온다.

태괄은 더 빠르게 말을 몰아 막사로 향했다. 숲 사이로 흰 천막이 보였다. 태괄이 막사로 달려오자 모닥불 앞에 있던 그의 부하들이 일어났다. 누웅이 가장 먼저 손을 흔들었다.

"왕자님, 산책 좋으셨나요?"

"그냥 그랬다. 늑대 떼 나타났다. 모두 준비해."

"여기 말고 양 떼나 소 떼를 공격할 겁니다. 말보다는 그쪽이 더 좋을 테죠. 위험한데 굳이 들어와서 무용담 만들고 싶어 할까요?"

"그래도 조심하는 게 좋을……."

태괄은 호련을 보았다. 모닥불이 일렁이며 비추는 얼굴이 굳어 있다. 태괄이 도망친 뒤 내내 할머니에게 쥐어 뜯겼을 것이다. 인사라도 건네려 했지만, 말이 갑자기 앞발을 차며 푸륵거렸다. 태괄은 말을 진정시키며 주변을 둘러보았다. 주변의 나무 둥치와 바위, 덤불들 뒤로 검회색 그림자와 등이 드러났다 사라졌다.

호련이 말했다.

"야생 늑대가 아니야."

태괄은 호련을 보았다.

"어떻게 알아?"

"피리 소리."

"피리? 들려?"

"내 귀에는 들려."

그때, 갈호가 말을 몰고 나타났다. 갈호의 손에 창과 노궁이 들려 있었다. 태괄이 묻는 듯 바라보자 갈호는 창을 든 손을 보이며 말했다.

"여기로 몰려들고 있습니다."

이어 으르렁거림과 짖는 소리, 숨 헐떡이는 소리가 들려왔다. 덤불과 풀을 헤치는 소리와 함께 그 짖는 소리가 점점 더 커지고 빈번해지며 주변이 꽉 들어찼다.

한두 마리가 아니다. 아니, 열 손가락에 들어갈 만큼조차 아니다. 엄청나게 많다.

호련은 입술에 손을 대었다.

"공격 대기 명령을 내렸어. 곧 달려들 거야."

"정말 아무 소리도 안 들리는데."

"나는 사냥개 무리랑 같이 컸어. 사냥개들을 키우고 훈련시키는 것이 내 할 일이었지. 그래서 알아듣는 거라 보통 사람 귀로는 모를걸."

그리고 호련은 태괄에게 손을 내밀었다.

"뭘."

"활 줘."

"활?"

"단도도. 두 개."

태괄은 부하들을 보았다. 누구든 주라는 뜻이었지만 부하들 모두 머뭇거렸다.

호련에게 무기를 건네줄 수는 없었다. 여자에다 아가씨라도 그냥 아가씨가 아니다. 초원에서 양과 소의 멱을 따고 늑대와 표범을 사냥해 온 여자다. 무기를 들려주는 건 사자나 늑대의 목줄을 풀어주는 것이나 다를 바 없다. 아무리 지금 왕자의 여자가 되었다고 하지만 그전에는 포로였고 아직은 애매한 포로다.

태괄이 말했다.

"들어줘라."

"하지만 왕자님!"

"이제는 내 여자다. 들어줘."

누웅은 호련에게 노궁과 화살을 던졌다. 누웅도 이래도 괜찮은 건지 가늠하기 어려웠다. 일단 호련이 여기서 태괄을 쏘아 맞추고 말을 훔쳐 도망치면 끝이다. 게다가 그때 되면 갈호가 태괄을 택할지 가족을 택할지도 확신을 못하겠다.

호련은 활과 화살, 단도 두 개를 모두 받은 뒤 찬눈을 불렀다.

"할머니!"

찬눈이 나오자마자 호련은 단도 하나를 던졌다. 찬눈은 가볍게 받았다.

"부리는 늑대예요. 그냥 늑대보다는 좀 굼뜰 테지만 조심해요."

태괄이 물었다.

"확실한 건가?"

"움직임이 그래. 시켜서 하는 일이야. 주인을 위해 마지못해 싸우는 놈들은 자기를 위해 싸우는 놈들보다는 만만해."

"아가씨의 사냥개들을 모독하는 것 같은데."

"아니, 녀석들에게는 내가 곧 자신이야. 그러니 아주 잘 싸우지…… 가만."

호련이 다시 고개를 들었다. 또 태괄이 듣지 못하는 것을 들은 것 같았다. 태괄은 갈호를 찾았다. 갈호는 말을 타고 주변을 둘러보고 있었다. 감이 좋은 저 녀석도 아직 찾지 못한 건가.

다행히 갈호가 금방 손을 들었다.

"온다!"

호련의 화살이 단숨에 쏘아져 나갔다. 검은 그늘 안에서 날아오른 회색 그림자가 그 화살에 맞아 떨어졌다. 깽, 하는 울음이 터지며 몸이 풀썩 쓰러졌다. 태괄의 등 뒤로 늑대 울부짖음이 연달아 들려왔다. 동료의 죽음에 분노한 들짐승의 냄새가 사방에서 피어오른다. 거센 발톱이 땅을 차고, 으르렁거림과 이빨 부딪히는 소리가 이어졌다. 태괄의 옆에서 묵직한 그림자가 튀어나왔다.

태괄은 철퇴를 뽑아 휘둘렀다. 철퇴에 묵직한 감각이 부딪히며 뼈가 우두둑 부서지는 소리가 났다. 거대한 늑대가 태괄의 철퇴에 맞아 허공에서 세차게 떠밀려 날아갔다. 태괄은 그 몸을 철퇴째로 내리찍으며 외쳤다.

"말부터 지켜라!"

갈호가 말을 향해 날아가는 늑대를 활로 쏘았다. 화살이 목을 꿰뚫으며 늑대의 몸을 바닥에 내동댕이쳤다. 다음 늑대가 날아올랐다. 반대 방향에서 날아온 화살이 늑대의 배를 뚫었다. 바로 옆에서 늑대가 말의 다리를 물어뜯으려 이를 박았다. 갈호는 몸을 뒤틀어 창을 내리찍었다. 목이 뚫린 늑대의 몸이 단번에 늘어졌다.

다른 부하들 역시 늑대들과 엉켰다. 화살과 창, 검과 단도가 날아들며 막무가내로 덤비는 늑대들을 상대했다.

태괄은 호련을 찾았다. 늑대가 호련을 향해 달려온 것을 보는 순간 달려가려 했지만, 호련은 늑대의 목에 단도를 찔러 넣고 비틀었다. 늑대의 등에 갈호가 날린 화살이 박혔다.

태괄은 약간 오싹했다. 첫날, 호련이 제대로 죽자고 덤볐으면 태괄이 위험할 뻔했다. 늑대의 몸이 바닥으로 늘어지자 호련은 고개를 들었다. 그녀가 바라보는 곳에 부하가 놓친 말이 보였다. 호련은 말을 향해 달려갔다. 너무 빨라 다른 부하들이 잡을 틈도 없었다. 호련은 새처럼 빠르게 날아가 말의 등자를 밟고 올라갔다.

누웅이 기겁했다.

"안 됩니다!"

호련은 말고삐를 풀고 손에 말아 쥐었다. 능숙한 손이 활에 화살을 장전했다. 노궁의 시위가 뒤로 확 물러나며 화살 끝이 태괄을 향했다.

그 순간, 갑자기 적막해졌다. 공격이 멈춘 것도 소리가 들리지 않게 된 것도 아니었다. 주변이 갑자기 아무 의미도 없어졌다. 모조리 파편이 되어 으스러진 듯, 그 하나하나가 미세한 입자가 된 듯 검게 흩어진다. 세상은 소리도, 색깔도 없다.

태괄은 입을 굳게 물고 호련을 보았다. 호련의 검은 속눈썹 아래의 눈은 고요하고 싸늘했다. 겁에 질린 눈도, 지평선 너머에 있는 무언가를 계속 주시하는, 그런 눈도 아니었다. 태괄이 여태 호련에게서 보아왔던 그 어떤 표정과도 다르다.

태괄은 움직이지 않았다. 아니, 움직일 순간조차 없었다. 어마어마하게 길게 느껴져도 실제는 아주 잠깐이었다. 호련이 시위를 놓았다. 화살이 태괄을 향해 똑바로 쏘아져 나갔다. 누웅이 고함을 질렀다.

"왕자……."

그러나 그는 고함을 채 맺지 못했다.

화살은 태괄의 목덜미를 휩쓸 듯 스치고 지나갔다. 붕, 하는 소리가 귀에 들렸다. 화살은 등 뒤에서 무언가의 살을 뚫고 뼈를 부수며 날아갔다. 태괄은 고개를 돌렸다. 거대한 늑대가 그 화살에 맞아 나가떨어지고 있었다. 화살이 정확하게 눈을 꿰뚫었다.

"이 멍청아! 등 뒤 좀 조심해!"

호련이 고함을 질렀다.

갑자기 명쾌해졌다. 차가운 은빛 가루가 머리에 확 퍼지는 기분이었다.

호련의 활이 다음 화살을 준비했다. 그 화살이 바닥으로 기어든 다른 늑대를 단숨에 꿰뚫었다. 호련은 지평선을 노려보더니 말 머리를 돌렸다.

"호련!"

태괄이 고함을 질렀다.

호련은 막사를 둘러싼 울타리를 뛰어넘어 어두워진 벌판으로 달려나갔다. 호련의 등이 순식간에 지평선 너머로 잠겼다.

"호련!"

호련은 벌판을 가르며 달렸다.

노리는 곳은 한 지점이다.

호련은 말을 몰아붙였다. 말의 숨이 거칠어지기 시작한다. 말 옆으로 늑대들이 빠르게 따라오고 있다. 겁에 질린 말은 허둥대며 달렸다.

다행히 금방 전나무 숲이 나왔다. 굵은 나무 둥치 아래로 길게 자란 풀과 관목이 무성했다. 늑대들이 그 사이로 스며들었다.

수풀과 바위 사이로 갈색 말과 기수가 보였다. 짙은 회색 옷을 입은 몸집 작은 소년이다. 소년은 손에 든 피리를 내리고 호련을 기다렸다. 마르고 퀭한 소년의 눈과 마주하자 호련은 입술을 올렸다. 늑대들이 소년의 주변을 돌며 으르렁댔다. 어서 명령을 내리라며 재촉하는 것 같다.

호련은 소년 옆으로 말을 달렸다. 소년이 인사를 건네기도 전에 호련의 주먹이 소년의 턱을 후려쳤다. 소년이 고개를 들려 했지만 호련은 다시 주먹으로 후려쳤다. 늑대들이 이내 잠잠해지며 눈치를 살피기 시작했다. 소년이 경악하며 외쳤다.

"이게 무슨 짓입니까! 저는 아씨를 구하러 왔습니다!"

"그래? 너를 보낸 것을 보니 나를 구할 의지가 크게는 없었나 보군. 너라면 나를 살려서 데리고 올 확률이 그다지 높지 않은데, 아타."

아타의 눈이 하얗게 타올랐다.

"안 그래, 배신자?"

소년은 각족이었다. 호련 아래에서 같이 쥐어 짜이기보다는 여환 아래로 들어가는 것을 택했다. 소년에게 무패의 젊은 장군은 신으로 보였을 것이다. 소년의 아버지는 반대했지만 더 반대하지는 못하고 죽었다. 사고라 했지만 꺼림칙했고, 꺼림칙한 정도였기에 처벌받지는 않았다.

이 소년이 여환을 얼마나 경외하는지는 호련도 알았다. 소년은 자신이 약한 만큼 여환의 권력을 숭배한다.

"제가 싫더라도 오십시오."

"할머니가 계신다."

"부인은 내버려 두십시오. 고생하기 전에 자살하는 방법 정도는 아실 겁니다."

"여환이 나를 데리고 오라고 했나? 드디어? 빠르기도 해라. 지금 내가 여기로 온 지 얼마나 지난 지 알기나 해?"

"일찍 모시지 못해 유감입니다만."

유감이라, 호련이 듣기로는 정말 유감이라 유감인 게 아니라 여기서는 그리 말하는 게 가장 나아서 그리 말하는 것 같다.

"왜 하필 너지? 나를 정말 구할 생각이라면 나를 구할 무사를 보내든가, 태괄과 협상을 할 무사를 보냈어야지. 그런데 여환은 아무것도 안 하더니 너를 보냈네. 둘 다 못하는 놈으로 말이야."

"틈이 없어서요."

"틈은 엄청나게 많았어, 아타. 의지가 없었든가 명령이 없었든가, 둘 중 하나겠지. 아니, 그전에 너 대체 언제 출발했어?"

"말씀드릴 수 없습니다."

"뭐가 그렇게 비밀이 많아?"

"저는 아가씨의 무사가 아닙니다!"

"알지."

호련은 웃었다.

"아주 잘. 그러니까 하필이면 네가 온 게 이상하다는 거야. 나를 위해 움직이지 않을 각족 출신 무사는 네가 유일한데, 바로 너를 보냈지. 목숨을 걸고서라도 나를 구해줄 무사들을 다 놓아두고 왜 너일까?"

"그야……."

"네가 잘나서는 아니야, 아타. 네가 쓸모 있어서도 아니고. 다만……."

호련은 눈을 가늘게 뜨고 아타를 보았다. 아타의 눈이 서서히 타오른다.

"일부러 그런 거지."

속이 확 타올랐다. 여태 차마 나오지 못한 말이 아타를 보자 나오고 있다.

"여환은 내가 일부러 잡혀가게 하고, 구하는 시늉도 하지 않고 질질 끌었어. 그 성에 있는 동안 시간은 충분했는데 그는 꼼지락

하지도 않았지. 그리고…… 그 성을 나와 수도로 향하자 그제야 네가 나섰어. 왜 그랬을까? 차라리 성에 있을 때가 더 적합했는데. 아니, 그 이전에 이상해. 그는 왜 그때 국경에서 태괄에게 길을 내준 걸까?"

"그냥 오십시오! 기회가 되지 않았습니까. 그 일은 따지지 말고……."

"일부러 나를 내준 거지?"

"어서 오라니까!"

"너는 알고 있지? 그러니 날 보자마자 그리 신나는 표정을 지었겠지. 그래…… 여환, 내 멋진 약혼자는 나를 일부러 살랍에 내준 거야. 적장에게 자기 약혼녀를 제발 데리고 가달라고 떠민 거나 다를 바 없었지. 생각해 봐. 아무리 크지 않은 분쟁이었다지만, 여환은 내내 질질 끌다가 그냥 길을 비켜주며 가야 할 곳에서 정반대로 도망쳤지. 태괄이 들어오든 말든 막지도 않았어. 나한테 오는 길을 아주 똑바로 그어준 거나 다를 바 없었다고. 태괄은 당장 달려와 나를 데리고 갔지. 물론, 온 천하가 다 알도록 나를 가진 뒤에 말이야!"

호련은 아타에게 다가갔다. 늑대들은 조용히 응시할 뿐, 짖지도 으르렁거리지도 않았다. 그들의 긴장과 기대에 찬 숨 헐떡이는 소리가 들렸다. 그들이 무엇을 기다리는지 호련도 안다. 아타는 아직 모르는 듯 호련을 노려보고만 있었다.

"그리고 그렇게 끌려가면 내가 어떤 꼴이 될지 누구나 다 알겠지. 태괄과 여환은 서로 적이고, 아마도 이번 가을이나 내년 가을에 꽤 큰 회전을 앞둔 상태지. 서로 긁어놓을 일은 무엇이든 할 자세가 되어 있는 상태란 말이야. 그런데 그런 적, 태괄에게 자기 약혼녀를 쥐어주면 어떤 꼴이 될까?"

"그만…… 하세요!"

아타의 얼굴이 창백해져 간다.

"어서 가요, 아가씨."

호련은 이 교활한 소년이 항상 싫었다. 모든 것과 경쟁하고 모든 것을 미워하고, 그 미움을 악랄하게 푸는 녀석이다. 하지만 이 녀석이 가장 미워하는 것은 아마도 자기 자신일 것이다.

그래도 이런 아타가 온 것에 호련은 오히려 안심했다. 여환이 벼락이라도 맞은 듯 호련이 아끼던 무사들을 보냈다면, 그리고 그들이 목숨을 걸고 호련을 찾아왔다면 호련은 버틸 자신이 없었다.

"나는 안 간다."

"네?"

"안 가."

아타가 웃었다.

"그 난폭한 왕자가 좋아지기라도 한 건가요? 하긴, 여자란 다 그렇죠."

"넌 여자하고 자본 적도 없잖아? 그런 네가 어떻게 알아? 아니, 여자 가슴 한쪽 구경해 본 적이라도 있을까? 네 엄마 젖 말고."

그리고 호련은 노궁을 들어 아타의 아랫도리를 가리켰다.

"하긴, 네 물건이라면 여자 앞에서 위엄 부릴 수도 없을 테지."

"아가씨 입에서 그런 말이 나오다니, 실망이네요."

"여리구나. 네 귀가 네 입만큼이나 버르장머리가 없다면 좋을 텐데 말이야. 입은 배짱 좋게 말해도 귀는 여려서 조그만 비난도 버티질 못해. 아니라면 한 번 보여줘 보든가. 한 방 쐬줄게. 보여야 쏠 수 있을 테지만 말이야."

"아가씨!"

호련은 무언가 생각하려고 애썼지만, 이제 다 끝난 거라 아무 생각도 들지 않는다.

여환을 마지막으로 본 것은 거의 반년 전이다. 혼례 이야기가 나오고 있었으니 여환과 마주해야 했다. 최대한 만나지 않으려던 둘이 만나자, 둘은 아무 말도 하지 않고 한참 앉아 있었다.

"왜 내가 오기도 전에 장례를 치른 거냐?"

혼례 이야기가 나와야 하는데, 여환은 우이에 대한 이야기를 먼저 꺼냈다.

우이는 여환의 가족이 증오하던 여인이었으나, 여환은 그녀를 위해 모든 것을 버릴 수도 있었다. 후계권도, 후계자도, 군대도, 명성도. 그리고 그에 완벽하게 등치될 수 있던 우이가 없는 지금, 그는 상처 입고 지친 사자처럼 호련을 보고 있었다.

"우이가 당신을 기다리지 못한 것뿐이에요."

호련의 담담한 답에 여환의 눈이 싸늘한 냉기를 뿜었다.

호련은 그 눈을 똑바로 보았다.

저 눈이 과연 흔들릴 수 있는지, 깨어질 수 있는지 궁금했다.

"당신 어머니에게 알렸어요. 그랬더니 알아서 장례를 치르라 하시더군요. 그래서 그렇게 했어요."

"네가 알아서 치른 뒤에 말했다던데."

"치르는 중에 말씀드린 겁니다. 그리고 끝날 무렵 허락받았고, 저는 그렇게 한 거지요."

여환의 눈은 여전히 얼어붙어 있었다.

조바심이 났다. 아직 부족한 건가? 좀 더 흔들어야 하나?

"우이의 장례를 치르자 당신 어머니가 말씀하시더군요. 드디어 제가 당신 아내가 될 수 있게 되었다고요."

일순 여환의 입술이 움직였다.

호련은 싸한 기쁨을 느꼈다. 드디어 시작이다.

"이제 내가 당신 아내가 되겠네요. 우이가 없으니까. 당신 어머니 소원대로. 같이 축하할까요? 자, 제가 당신 아내가 되고, 당신은 제 남편이 되는 거죠. 당신 아내는 없거든요. 떠났어요!"

"호련……."

그 경멸과 분노의 눈이 호련을 노려보았다.

어머니에게도 같은 눈빛을 보냈을 테지.

그러나 호련은 그가 자신을 죽이지 못할 거란 걸 알았다. 무슨 말을 해도, 아무리 징그럽고 혐오스러워도 죽이지는 못한다.

"호련……!"

엄혹한 겨울바람을 맞이하는 기분이었다.

그리고 그 눈빛을 보는 순간 기뻤다.

이렇게 짜릿할 줄이야.

너무나 기쁘다. 이 남자가 이렇게 분노하고 슬퍼하고 있다. 드디어 고통받고 있다. 그런데 그걸 생각하니 기뻤다. 너무나, 너무나 기쁘다. 더 고통받으라고, 더 애통해해, 더 슬퍼하라고! 아직 멀었어!

"네가 우이를 입에 올리는 거냐? 너를 믿고 여기로 왔다! 너를 보살피겠다고 왔어. 이 영지로, 내가 지켜줄 수 없는 영지 밖으로. 내 어머니가 자기 목숨을 노린다는 것을 알면서도 왔다. 그런데 넌…… 지금 그녀의 죽음에 대고 그런 말을 하는 거냐?"

"이제 그 우이는 없는데 그리 말해봤자 무슨 소용인가요."

여환이 일어났다.

"이제 영영 당신 곁에 오지 않을 거라고요. 영원히 당신을 떠났어요."

"네게 줄 아내 자리는 없다."

"그럼 해봐요. 당신 어머니에게 거부하지도 못하면서 나한테 그러는 건가요?"

그 반응 하나하나에 여환의 눈빛이 번득였다. 굴복과 침묵으로 연명하던 호련의 태도가 변하자 용납하기 어려운 것이리라.

"내 아내가 되겠다고?"

"당신 어머니 생각이 그렇긴 하던데요."

"그렇게 그 자리를 원한다면 짐승처럼 살게 해주겠다. 노예처럼 지내게 해주겠어! 그래도 원하나?"

"마음대로 해요. 당신이 정해보라고!"

결국 여환은 그 자리를 떨치고 나갔다. 그리고 돌아오지 않았다.

혼례는 그대로 진행되었다. 여환이 받아들였는지 받아들이지 않았는지조차 듣지 못했는데, 신랑의 빈자리는 그대로 놓아둔 채 주변만 분주해졌다.

여환은 자기 혼례가 진행돼도 거들떠보지 않았다. 예물을 챙겨 보낸 것도, 혼례날을 잡은 것도 금비였다. 여환은 돌아오지도 않고, 군대를 돌릴 생각도 하지 않더니 느닷없이 살랍을 공격했다.

여환이 직접 나와 집적대니 태괄도 직접 나와 여환과 맞서야 했다. 왕자들의 대치가 길어지자 여환은 이제 대놓고 돌아오지 않아도 되었다. 혼례날이 다가와도 오지 않았고, 지나도 오지 않았다.

그리고 우기의 첫날, 신랑 대신 온 것은 태괄이다.

사실상 여환이 보낸 복수, 여환이 태괄을 자극하며 기다리던 일이었던 것이다. 태괄이 곱게 와서 약탈만 하지 않으리란 건 그도 알았을 것이다. 그래서 그는 태괄이 능고 안으로 들어오는 것을 허락하다 못해 부추겼다. 자기 이모와 조카들이 있어도 이리 만든 것을 보면, 여환은 자기 가족들에게도 분노하고 있는 것 같았다. 그 셋 중 하나가 잡혀갔어도 여환은 개의치 않았을 것이다.

그렇게 만들어놓고 이제 돌아오라고 한다. 지금 여환이 호련에게 원하는 것은 적장에게 농락당하고 더럽혀지고 돌아와 그에게 굴복하고 용서받는 비참한 여인의 역할인 것이다.

구하지 않은 것이 당연하다. 태괄에게 충분히 농락당한 뒤에, 고통과 굴욕의 나날을 보내며 자존심이고 명예고 다 짓밟힌 뒤에 오라고 그런 것이다. 그렇게 호련에게 복수하고, 그 호련을 아내로 주려 하는 어머니에게 복수하려 한 것이다.

여환이 계산하지 못한 건 태괄에게 여환은 그냥 적일 뿐, 경쟁자는 아니란 것이다. 이길 수도 질 수도 있는 상대일 뿐이다. 자신의 영지와 나라를 지키기 위해 싸워야 할 적이고…… 그리고…….

나에게는 어떠한가.

호련은 그 앞에서 오래전에 잊기로 했던 소망을 느꼈다. 혹독한 겨울날, 단 하나를 위해 살겠다고 했던 맹세를 잊고 싶어졌다.

호련은 고개를 저었다.

"가, 아타."

"그럴 수는……."

그리고 아타가 나서려 피리를 들었다.

"혼자 가란 말이다, 아타!"

호련은 동시에 화살을 쏘았다. 화살이 아타의 팔을 슬치며 피리가 바닥에 떨어졌다. 그것을 본 늑대의 귀가 하나둘 눕기 시작했다. 아타가 고함을 질렀다.

"아악! 무슨 짓입니까!"

호련은 한 방 더 날렸다. 다음 화살은 아타가 급히 피한 덕에 가슴을 스치고 지나갔다.

"여환 왕자님을 배신하는 겁니까!"

"배신? 나는 그의 아내가 아니다."

"그래도 혼인을 약속했습니다."

"나는 맹약을 맺은 적은 없어."

"약혼했잖습니까!"

"혼인 예정이었던 거지, 반드시 혼인하겠다는 맹약을 맺은 적은 없다는 거다. 그건 나도 알고 내 할머니도 알고 심지어 내 시어머니가 되겠다고 나선 금비도 알아. 신랑이 오지 않았으니 혼례는 없고, 그러니 이제 나와 여환의 혼례는 애초에 예정조차 없던 일이 되는 거야!"

호련은 다음 화살을 날렸다. 기겁한 아타가 뒤로 말을 몰며 고함을 질렀다.

"모두 공격해! 잡아 뜯으라고!"

그러나 늑대들은 모두 가만히 있었다. 호련은 입술에 손가락을 댔다. 가벼운 휘파람 소리를 들은 늑대들이 하나둘 일어나며 으르렁거리기 시작했다. 아타가 경악하는 가운데 늑대의 눈빛이 모두 아타를 향했다.

아타가 외쳤다.

"무슨 짓을 한 거야!"

"네 아버지가 내게 저들을 주었지. 저들은 내 사냥개들과 같이 훈련받았고 내 명령을 들으며 내가 주는 것을 받아먹었어. 그리고 네 아버지가 죽자 네가 주인이라며 네 아버지의 유품을 챙겨왔지. 그래서 나는 저들을 주었지. 너는 그저 피리 몇 번 불고 고기만 챙겨주면 녀석들이 네게 복종할 거라 착각했지만…… 저들의 주인은 아니야. 저들은 그냥 혼란스러워 너를 따르는 거야."

호련이 웃었다.

"하나 묻자. 개에게 먹일 육포에 그 독을 넣은 게 너냐?"

아타의 얼굴이 굳었다. 이제 마지막 의문도 풀렸다. 그것 역시 여환의 복수였다.

"그 시녀는 뭐였지?"

여환이 시녀 하나 보내지 못할까. 금천 부인이 도착할 무렵 슬그머니 하나 들어가 있으라고 명령하는 것은 일도 아닐 것이다. 여환은 호련을 도와줄 존재들마저 미리 없애려 한 것이다. 정말 날로 벗겨 태괄에게 주려고. 태괄에게 그 이야기를 하면 어떤 반응을 보일까? 좋아할까, 싫어할까, 화를 낼까?

"하긴, 너밖에 없긴 하다. 내 물건 중 개들이 먹는 것이 무엇인지 알아내는 건…… 자, 그건 내가 용서해 줄 테니, 너는 이대로 여환에게 달려가 알려. 당신의 모욕받은 아내가 될 일은 없으니 마음 편하게 다른 마누라 찾으라고 말이다!"

그리고 호련은 활을 들었다.

"가라, 아타. 무사히 국경을 넘기를 바란다. 알려라. 내가 언제고 각의 영지를 돌려받으러 갈 거라고."

늑대들의 울음소리가 더 커졌다. 아타가 고함을 질렀다.

"그대로…… 보고할 겁니다!"

"해!"

늑대가 다가와 이를 드러내며 당장 저놈을 물어뜯게 해달라고 재촉한다. 호련이 손짓만 해도 달려들 것이다.

결국 아타는 등을 돌렸다.

"후회할 겁니다!"

아타는 급하게 말을 달려 도망쳤다. 어둠이 그의 어깨를 휘감았다. 늑대들이 아쉬워하며 울음을 멈추었다. 호련은 바닥에 떨어진 피리를 보고, 말에서 몸을 빼 그 피리를 낚아채 올렸다. 늑대들이 긴장했다.

"당분간 부를 일 없으니 그리 눈치 보지 마. 오늘은 잠시 숨어 있어라. 그리고…… 내일 아침에 보자. 어서 가."

가장 큰 늑대가 길게 울음을 뽑아냈다. 뒤이어 다른 늑대들도 목을 젖히며 울었다. 새로운 대장을 맞이했다는 복종의 의식이다. 큰 늑대는 호련에게 고개를 숙이고 꼬리를 치며 주변을 돈 뒤 어둠 속으로 사라졌다. 그 뒤를 따라 다른 늑대들도 하나둘 사라지기 시작했다.

모두가 사라지자 정적만 남았다.

밤이다. 깊고 깊은 밤. 호련은 어둠에 막힌 정면을 보았다.

앞이 너무나, 몸서리치게 어둡다. 어둠 자체가 무게와 냉기를 뿜어내는 것 같다. 혹독하고 외로운 어두움이다.

습한 기운이 밀려들어 오며 풀 냄새가 피어오른다. 등에 온기가 느껴졌다. 그 온기는 등에 바짝 다가오더니, 등을 타고 흘러내려 허리를 감는다. 묵직하고 강한 손이 호련의 몸을 당기자 온몸이 산산이 부서져 쏟아지는 기분이었다.

눈시울이 아파왔다. 목에 돌이 들어간 듯 꽉 막혀오며 가슴이 짓누르듯 답답해진다. 툭 터진 듯 볼을 타고 눈물이 흘러내렸다.

"왜……."

그가 속삭이며 이마를 쓸어 올려주었다. 호련은 고개를 저으며 그 팔에 기댔다. 눈물이 흐느낌을 불러왔다. 흐느낌과 함께 어깨가 떨려온다. 가슴 깊은 곳에서부터 통곡이 치밀어 올라 다시 숨을 막히게 한다.

호련은 이 눈물의 의미가 무엇인지 알았다. 안도다. 몇 년 만에 처음으로 느끼는, 너무나 오랜만에 느끼기에 태어나서 처음 느껴보는 듯한, 그런 안도였다. 여기선 울어도 된다. 울부짖어도 된다. 온 영혼을 산산이 흔들어도 된다.

호련은 태괄의 가슴에 얼굴을 묻었다.

"그놈이 대체 무슨 소리를 하고 간 거야?"

태괄은 그녀의 어깨를 부드럽게 쓸어 올리고는 목덜미를 잡아 가슴 안으로 당겼다. 단단한 태괄의 턱이 이마에 닿고 달래듯 부드러운 목소리가 들려왔다.

쉿, 호련…… 호련…….

마음 놓고 안고 싶고, 마음 놓고 사랑하고 싶고, 그렇게 자유롭고 싶었다.

우이의 눈물이 보인다. 젖은 눈으로 호련을 바라보며 절망에 찬 눈으로 말했다.

"제가 정말로 죽어야 하는 건가요?"

우이가 속삭인다.

"네."

그리고 그렇게 시작되었다.

"당신도, 당신 뱃속의 아이도 다 죽어야 해. 그러지 않는 한 이 고통은 끝나지 않아."

그리고 내 고통도…….

내 가족들은 모두 죽었어. 내 어머니, 아버지는 비참하게 돌아가셨고, 내 오라버니들은 짐승처럼 사냥당했지. 내 작은오라버니는 짓밟혔고, 내 언니는 자기 가정도 가져 보지 못하고 죽었어. 내 동생들은 열 살도 못 넘겼지! 똑같은 날 태어나 똑같은 날 죽었다고!

호련은 우이에게 말하고 싶었다.

그런데 당신은 왜 살아 있지?

내 가족들은 다 죽었는데, 왜 당신은 살아 있는 거야.

그리고 온몸의 피가 격렬하게 으르렁댔다.

당신이 없어져야 해. 그래야 여환의 그 돌 같은 혼에 금이 가기 시작할 테지.

그리고…….

"가자."

태괄이 말했다.

어디로…….

태괄이 가자고 하는 곳은 집도, 고향도 아니다. 가족이 있는 곳도 아니다.

어디로 가야 하는 걸까? 지금, 갈 곳을 버렸는데.

"와."

그가 다시 말했다.

고작 말을 바꾼 것뿐인데 목 안에 칼이 들어간 듯 아파왔다.

내가 당신 품 안에서 쉴 수 있을까? 이 모든 증오를 무거운 짐마냥 던져 버리고 이 침몰에서 벗어날 수 있을까?

내가 직접 그를 파멸시키지 않아도 괜찮게 될까?

"여환……."

태괄의 어깨가 굳었다. 그 이름은 항상 그를 긴장하게 한다.

호련에게도 그랬다. 지평선 너머에서 여환이 보이면, 여환의 눈이 호련을 향하면, 호련은 항상 끓어오르는 분노와 증오를 느꼈다.

"살랍입니다."

그리 말하는 그 순간부터.

"살랍입니다."

그러나 호련의 눈은 말했다.

아냐, 살랍이.

항상 바라보며 말하고 있었다.

아니야, 살랍이!

"……그가…… 내 어머니의 등을 찌르고, 오라버니에게 화살을 날렸지."

태괄의 눈이 호련을 향했다. 그 눈에 경악과 혼돈이 보였다. 그 눈을 보며 호련은 온몸이 부서지는 것 같았다.

"내 아버지의 목을 베고…… 내 숙부와 사촌들을 죽이게 했어……."

그러나 살랍입니다.

가족의 시체 앞에서 호련은 원수를 부정했다.

여환은 그 복종과 굴종의 말에 만족했다. 동생을 양팔에 안고 눈앞에 부모 형제의 시체를 보면서 하는 그 굴종이 무엇을 의미하는지는 몰랐고, 알려 하지도 않았다. 그저 앞에서 자기 스스로 원수를 부정하면서라도 살아야 한다는 것을 아는 자세에 만족할 뿐이었다.

"내…… 언니도……!"

언니는 여환을 보며 여환이라 답해 죽었지만, 그래도 호련은 끝내 부정하며 그를 만족시켰다고 생각했었다.

그래, 저 남자가 만족했으니 이제 동생들은 살 수 있겠구나.

어리석게도 그렇게 생각했었다.

여환이 손짓하자 품 안의 동생들이 끌려 나갔다. 공황에 가까운 공포가 호련을 덮었다.

안 돼, 말했잖아요. 당신이 원하는 답을 했잖아. 살려주는 거잖아!

동생들이 울부짖었다. 호련은 두 팔을 들었다. 원하는 게 대체 뭐냐고 외치려 했다. 뭐든지 할 터이니 동생들만은 돌려달라고. 그 아이들만은 안 된다고. 내게 남은 마지막이라고. 동생들만 품에 있으면 나는 아무것도 하지 않겠노라고, 복수도 증오도 다 거두고 이 자비에 감사하며 살겠다고 말하려 했다.

그러나 여환은 더 이상 요구하지도, 원하지도 않았다. 울부짖는 동생들의 턱이 잡혔다. 무사들의 거친 손에 아이들의 작은 머리는 금방이라 부서질 것 같았다.

"내…… 동생들도."

여환의 부하들이 아이들의 작은 목을 뒤로 젖혔다.

고함을 지를 틈도 없었다. 단도가 아이들의 목을 뚫었다. 피가 왈칵 터지며 아이들의 몸을 뒤덮었다. 고통에 찬 비명조차 듣지 못했다. 아이들은 마지막 신음도 없이 숨이 끊어졌다. 작고 힘없는 목에서 솟구친 뜨거운 피가 호련의 양 볼을 적셨다.

지금 내가 뭘 본 거지?

소리도, 냄새도, 시야도 없었다. 사방이 컴컴하게 얼어붙었다. 아무것도 보지 않고 듣지도 않았다고 생각하고 싶었다. 없던 일이라고, 조금 전에 벌어진 그 일은 없던 일이라, 그러고 싶었다. 검게 얼어붙은 세상에 홀로 앉아 아무것도 보지도 듣지도 못하고 싶었다. 난 이제 보지도 듣지도 못하는 거야. 세상에 아무것도 없어.

축 늘어진 아이들의 몸이 호련의 양옆으로 쓰러졌다. 뜨거운 피

냄새가 물씬 풍겨왔다. 단번에 정적이 찾아온다.

그런데 그 컴컴한 시야 너머로 무언가가 보이기 시작했다. 그것은 크고 높고 잔혹한 신의 모습이었다. 바위를 던지고 하늘을 쪼개고 땅을 휩쓰는, 바로 그 잔학한 신이 그 앞에 있었다.

"누가 이렇게 했느냐?"

당신이잖아.

당신이라고!

"살랍입니다……."

그래도 살아야 했다.

눈물도 흘릴 수 없는데 살아야 했다. 왜 나냐고, 제발 다른 사람으로 바꿔달라 말해도 호련은 살아야 했다.

아버지의 땅을 지켜야 했다.

왜 하필, 왜 나만이 이 고통을 살아서 느껴야 하는 건지. 그러나 그 모든 것이 호련의 몫이었다.

그래서 살아야 했다.

고통과 슬픔과 절망 속에서 홀로 버텨내야 했다. 아무것도 없는 세상에, 검고 차갑게 얼어붙은 이 세상에서.

그러자 얼어붙어 가던 영혼 깊은 곳에서 차가운 불꽃이 올랐다.

차가운 어둠을 밝히는 건 더 차가운 불꽃뿐, 손끝이라도 녹일 수 있고 내 심장이 뛰고 내 피가 흐른다는 것을 알게 하는 것은 그 불꽃뿐이었다. 그 불꽃 속에 세상은 눈보라에 얼어붙은 가시밭, 차가운 잿더미, 말라붙은 강으로 변해간다.

그래도 그런 호련 앞에 여환이 있었다.

여환.

들리지도 보이지도 않고 말할 수도 없는 그 세상에 여환만은 또렷했다.

세상 모든 것이 죽어버렸는데, 아무것도 보이지 않는데, 앞의 여환은 뚜렷하다.

그 남자의 머리카락 하나까지, 피 한 방울까지 증오했다. 네 인생이 조각조각 날 때까지 버틸 것이다. 네 살점 하나하나까지 세상에서 사라질 때까지 나도 살 거다.

네 피에 독을 넣을 수 있다면 내 살이라도 내주겠다.

무너지지 않기 위해 악을 쓰며, 절망에 쓰러지지 않기 위해 견뎌냈다. 슬픔과 고통이 찾아오면 그때는 항상 여환을 생각했다. 그가 쓰러지기 전에는 쓰러지지 않을 것이고, 그가 무너지기 전까지는 무너지지 않으리라.

그러니 지금 두렵다.

과연 자신이 버텨낼 수 있을지 모르겠다.

여환이 호련이 볼 수 없는 곳에서 숨을 쉰다는 것이, 볼 수 없는 곳에서 눈을 뜨고 있다는 것이, 볼 수 없는 곳에서 살아 있다는 것 자체를 버텨낼 수가 없었다.

그래서 돌아가야 했다. 돌아가 그를 다시 보아야 살 수 있었다. 그 증오를 벼리고 벼려야 살 수 있고 견뎌낼 수 있었다. 그러지 않으면 그 벽 안에 쌓아둔 슬픔과 고통이 쏟아질 것 같았다. 그 슬픔과 고통을 막아내기 위해 호련이 마시던 것은 여환을 향한 증오, 그것은 독한 독이었다. 닿으면 혼이 모두 녹을 독하고 독한 독이었다. 그런데 그 독을 마시고라도 살아야 했다.

그래서 홀로 남겨두지 않을 거라 말하는 태괄의 말을 믿고 기대고 싶었다. 태괄은 모를 것이다. 그가 그리 말할 때마다 눈물과 함께 얼어붙었던 심장과 피가 약동했다는 것을. 그 순간만큼은 심장이 뛰고 숨을 쉬고 있었다.

고통과 열기에 찬 흐느낌이 터졌다.

묵혔던 슬픔이 쏟아졌다. 고통도, 절망도 모두 쏟아진다. 상처의 썩은 피와 살을 쏟아내듯.

모두 한꺼번에 쏟아내자 텅 비어간다.

호련은 이제 무엇을 봐야 할지 모를 것 같았다. 무엇을 따라가야 할지도, 무엇을 느껴야 할지도.

그렇게 텅 비어 태괄을 보았다. 태괄의 손이 다가와 눈물을 닦아냈다. 뜨겁고 부드러운 손길이었다. 그리고 그녀를 바라보는 태괄의 눈에 차는 것은 분노와 슬픔, 안타까움.

문틈으로 스며든 아침의 햇살처럼 어둡고 추운 속을 곳곳이 비춘다. 충격 같은 감정이 머리를 뒤흔들었다.

동정과 놀라움이 아니었다. 이어진 듯 슬픔과 아픔이 그 안에서 같이 공명하고 있다. 한숨과 탄식이 태괄의 입술 안에서 흘러나왔다. 그 손이 머리카락을 쓸어 올린다.

뭐라 말해야 할까?

왜 이러냐고 물어야 한다 생각했지만, 그 안으로 무너져 울고 싶었다. 가슴에 기대고 팔을 잡고 싶었다.

서서히 스며들던 온기가 이제는 견딜 수 없는 열기가 되어 있었다. 그렇게 얼음이 녹고 어둠이 가시고 빛이 비쳐들고 있었다. 거대한 푸른 하늘 끄트머리에서부터 빛이 달아오르고 있었다.

아침이 오듯 눈앞이 붉게 타오른다. 온기와 빛이 스며들며 눈앞이 보인다. 이제 앞에 여환은 없었다. 텅 빈 초원과 하늘, 그리고 선선한 바람과 물결치는 강과 흰 산이 보이고, 그곳에 태괄이 있었다. 그런데 숨을 쉴 수 있었다. 여환이 없는 세상인데, 그런데 살 수 있을 것 같았다.

"그건 약속해 주겠소."

여환은 잠시 들었던 잠에서 깨어났다. 비바람이 치는 듯 밖에서 우렁찬 소리가 들린다. 거의 한 해 내내 제대로 잠든 적이 없던 것 같다. 꿈과 잠은 마치 원한 품은 악령처럼 그를 덮치고 단숨에 사라질 뿐이었다.

지금 역시 또 그 꿈이다. 가만, 이건 누가 했던 말이더라? 한참 만에야 여환은 그 말이 자신이 했던 말이었다는 것을 깨달았다.

수천, 수만의 죽음을 보았는데도 그 죽음을 행할 때에 자신이 했던 말은 항상 기억난다. 가책을 느낀 적도 미안한 적도 없는데 이상하다. 상대방이 했던 말을 기억하는 게 정상인데, 이상하게 자신이 했던 말만 거듭거듭 떠오른다. 우이가 살아 있을 때도 그 말은 차가운 징조처럼 그를 덮쳐와 잠을 깨웠고, 그렇게 일어나면 거의 잠들지 못한다.

보통 그럴 때면 우이가 속삭이는 소리를 들었다.

여긴 집이니 괜찮아요. 어서 쉬어요.

그리고 우이는 부드럽게 웃으며 그런 여환을 감쌌다.

처음 만난 이후로 그녀는 여환에게 사랑과 안식 외에는 줄 것이 없던 여인이었다. 여환이 모든 것을 다 빼앗겨 아무것도 줄 수 없었을 때도. 헤어져라, 버려라, 신부를 맞이해라, 온갖 협박과 압박 속에서도 버텼다. 우이가 주는 안식만은 버릴 수 없었고, 그에 비하면 나머지는 하나도 아쉽지 않았다. 지휘권을 박탈당한 것도, 어머니가 노발대발하는 것도, 아버지가 네게 줄 것은 없다고 으르렁대는 것도, 다 상관없었다. 그가 원하는 삶을 사는 것에 무엇이 더 필요하단 말인가. 그거면 되었다. 이기고 싶어 이겼고, 싸우고 싶어 싸웠다. 그리고 그녀와 함께 있고 싶으니 있는 것이다. 뭐가 더 필요하단 말인가.

하지만 우이는 너무 슬퍼했다. 우이가 시들어가는 것은 견디기 어려웠다. 무엇이든 이길 수 있었으나 그것만은 이길 수 없었다.

우이는 여환이 자기 때문에 썩어가는 것을 견디기 힘들어했다. 게다가 어머니나 아버지가 어떻게든 우이를 괴롭히고 있을 거란 것도 알았다. 우이는 그에 대해서는 단 한 마디도 하지 않았지만 짐작은 하고 있었다.

그래서 그 겨울날, 여환은 그 남자에게 그리 말했다.

"그건 약속해 주겠소."

그 남자 덕에 우이는 드디어 여환의 제대로 된 아내가 될 수 있으니 나름 감사해하는 게 도리라고 생각했다.

그해 겨울, 버티던 여환을 아버지가 불렀다.

무슨 잔소리를 한겨울에 불러서 하려나 싶어 무시하려 했지만, 전령이 전한 서찰에서 아버지는 우이를 언급했다. 긍정적인 언급이었다. 진담인지 낚시인지는 가봐서 확인해도 될 것 같았다.

여환은 우이의 배웅을 받으며 겨울 궁전으로 갔다. 그리고 겨울 궁전의 활활 타오르는 화롯불 앞에서 낯선 사내를 보았다.

그해 가을 자국에서 추방당한 살랍의 왕, 알타고였다.

형이 죽자마자 조카들을 몰아내고 왕위에 올랐다가 한 해도 버티지 못하고 왕자들에게 패했다는 건 알고 있었다. 여환이 벽지에 박혀 있긴 해도 그곳은 흉맥족들의 땅이었다. 그곳 족장이 여환에게 상황을 상세히 알려주어서 잘 알고 있었다. 궁에 있는 살랍의 패잔병들도 이미 보았다.

—설마, 저더러 이들을 도우라는 말씀입니까?

—저들에게 영지를 준다고 할 생각이야.

영지라니? 영지는 여환에게도 없다. 아버지와 숙부는 영지를 늘리지 못했고, 아버지를 주무르는 금비는 작은 부족 출신이다. 아버지가 정비를 버리지 못하는 것도 정비가 틀어쥐고 있는 바야 가문의 막대한 영지와 병력 탓이었다.

그런 마당에 자기 나라에서 쫓겨난 왕에게 영지를 준다?

—최근 대가 끊어질 만한 곳이 있습니까?

그러지 않는 한 불가능하다. 대가 끊어져야 왕이 나서서 그 영지를 접수할 수 있다. 그러나 아버지와 맹약을 나눈 부족 중 그 어디도 자손이 끊어질 기미는 보이지 않는다. 타족이 끊어질 듯했지만, 그 부족은 상속녀를 각족 족장의 품에 안겨주며 각족의 영지에 속하게 되었다. 각족도 아들 하나 남고 전멸하긴 매한가지였지만, 그 남은 아들이 자신의 의무를 충실히 이행하였다. 서출 아들을 제해도 아들이 둘이고, 그 둘의 아들도 많다.

—각 족장의 서출 아들들이 찾아왔다.

—거긴 적출이 둘이나 있습니다. 그리고 그 뒤를 이을 아들들도 많고요.

—둘 다 없어지면?

—서출인 그들이 물려받을 수 있기는 합니다.

—그들도 없으면?

—…….

—족장은 형제도 친척도 없다.

여환은 아버지의 얼굴을 보았다.

이 일을 처음 생각해 낸 것은 어머니 금비일 것이다. 어머니는 가난한 부족 출신이다. 왕비의 시녀로 들어와 아버지를 유혹해 후궁 자리를 꿰어찬 후 비의 자리까지 올라갔다. 그 자리를 이용해 친정을 지속적으로 부흥시켜 자기 동생도 숙부의 아내로 들여보냈다. 그러나 어머니에겐 재산도, 영지도 없다. 친정 집안 사람들은 모두 가신이나 무사일 뿐, 영지를 가진 사람은 없다.

—네 아내를 인정해 주마. 또 박탈했던 네 모든 권한도 돌려준다. 대신, 네가 각을 점령해라.

—무슨 수로요?

—살랍의 패잔병들에게 족장 가족이 죽임당하면 가능하지 않을

까?

대충 보인다.

각의 족장 가문을 없앤다, 그리고 왕이 직접 할 수는 없으니 알타고를 시켜서 한다, 그런데 알타고 실력으로는 어림도 없으니 여환이 뒤를 봐준다.

간단한 일이다. 아버지가 원하는 대로만 들어주면 되는 거고, 전쟁도 아니고 일가 하나와 그에 속한 무사와 전쟁을 벌이는 건 어린아이 잡듯 쉽다. 그리고 명목상으로는 살랍의 패잔병이 각을 습격해 족장 가문을 몰살해서 여환이 나섰다고 하는 것이다.

일단 그 일만 하면 아내를 인정받고, 아내의 자식들도 인정받을 수 있다. 각의 족장이야 어차피 잘 모르는 사람이니 미안할 것도 없다.

—그리하지요.

여환은 알타고에게 패잔병들과 함께 각의 영지로 갈 것을 명했다. 가만히 있으란 건 아니었다. 알타고도 기쁘게 알아들었다. 어차피 여기로 오면서 식량이고 말이고 하나도 없는 상태였다. 어디든 약탈해야 했지만, 능고 왕에게 신세질 처지에 능고의 영토에서 약탈을 할 수는 없었다. 살랍에서 약탈을 했다가는 그의 조카들이 옳거니 거기 있었구나, 하며 달려올 것이다.

한겨울이었다. 차가운 바람이 초원과 산을 장악했다. 각족은 모두 각자의 겨울 영지로 돌아가 있었다. 군대는 움직이지 않고, 무사들도 몸을 사리는 시기였다.

—족장 가문 일가를 다 죽이지는 마라. 적출 여자아이 하나는 남겨. 그 아이가 네 동생들 중 하나와 결혼하면 일이 더 쉬워진다.

아버지가 여환에게 말했다.

어느 딸로 할까? 나이는 열두 살에서 열다섯 살 사이, 시집가기에는 이르고 너무 많이 기다리지는 않아도 되는 나이로. 되도록 말을 들어먹을 만큼 영리하지만, 그렇다고 대들 정도로 무모하지는 않은 아이로. 막내아들의 딸들은 넘어가자. 그 아이들보다는 부족장, 즉 후계자의 아이들이 더 낫다.

그러면…….

각의 부족장은 여환에게 아이 손을 부러뜨리는 것보다 쉬운 상대였다. 살랍 패잔병의 약탈이라 생각했던 부족장에게 있어 여환과 마주하는 것은 날벼락이었다. 그의 아버지가 맹약을 맺었고, 그 맹약과 함께 각은 능고에게 충성하며 평화를 얻었다. 누구와도 전쟁을 할 수는 있었으나 능고의 여환은 아니었다.

부족장의 수하들은 거의 다 죽였고, 살아남아 도망친 이들은 살랍의 패잔병으로 알고 있을 것이다. 어차피 능고군인지 살랍군인지 이 컴컴하고 추울 때 누가 알겠는가.

—아버지…… 어머니는?

부족장이 물었다.

—당신 아버지는 모르겠는데, 일단 당신 큰형과 작은형은 죽었소. 형수들도, 조카들도. 방금 전 당신 가족들과 같이 갔을 그들의 장남도 아마 곧 죽을 거요. 그러니 이 일을 꾸민 자들은 모두 죽는다고 봐도 되겠지. 그것에는 신경 쓰지 않아도 되오.

—당신도 나를 도와주러 온 것 같지는 않군.

—물론이오. 당신도 죽으란 거요.

부족장의 얼굴에 절망이 보였다.

여환은 그것이 슬픔이라고 생각하려 했다. 그러나 죽음을 앞둔 자의 슬픔이 아니었다.

사랑하는 아내와 아이들을 지키지 못하고 떠나야 하는 자의 울분이었다.

—딸들은 걱정 마시오. 내가 약속하겠소.

부족장의 얼굴에 약간의 희망이 보였다.

—유린당한 뒤에 죽지는 않게 해주겠소. 깨끗하게 죽을 거야. 그건 약속하겠소.

잠시 부족장의 눈에 경악이 스쳐 지나갔다. 여환은 검을 들었다. 묵직한 목이 검에 닿아 잘리며 피를 뿌렸다. 얼어붙은 대지 위로 목이 떨어진다.

여환은 피를 떨쳐 냈다.

—족장의 가족을 찾아라. 그리고…… 내가 도착하기 전까지는 남자만 죽여라.

곧 정찰을 보낸 부하가 달려 들어왔다.

—서쪽입니다!

말발굽에 짓밟히는 마른 수풀이 버스럭거렸다. 추위에 목이 떨어져 나갈 지경이었다.

어서 해치우고 우이에게 돌아가고 싶었다. 안심하라고 말하고 싶었다. 이제 몇 년간 당신을 슬프게 하던 일이 끝난다고 말할 생각이다. 이제 우리는 제대로 살 수 있다.

말을 달리며 부족장의 장남을 보았다. 살았을 때 몇 번 본 적 있다. 시끄러운 녀석이 그 어느 때보다 조용하게 있었다. 공포와 절망이 창백한 얼굴에 맺혀 있다.

여환은 그 옆을 지나 모든 것이 끝난 곳을 향했다.

겁에 질린 소녀들과 그 어머니가 있었다. 옆에는 부족장의 동생이 죽어 있었다. 그 아들과 딸들은 이미 죽었을 것이다. 절대로 놓치지 말라 했으니.

부족장의 아내는 이미 죽어 있었다. 죽은 작은아들이 그 품 안에 있었다.

여환은 소녀들을 보았다. 부모와 친척들을 일시에 잃은 소녀들이 여환을 보았다.

장녀 호기추가 타오르는 눈으로 여환을 노려보았다. 차녀 호련은 쌍둥이 동생들을 품에 안고 있었다. 그중 하나가 사내아이란 것을 알아본 여환은 눈살을 찌푸렸다. 내가 사내아이는 다 죽이라고 했는데. 마주치자 호련은 창백한 얼굴로 동생들을 안았다.

여환은 호기추 앞으로 갔다.

—누가 한 짓이냐?

호기추의 눈에서 눈물이 흘러내렸다. 공포를 가시게 하는 힘은 분노였고, 분노를 폭발시키게 한 것은 고통과 슬픔이었다.

—당신이잖아.

여환이 몰라서 묻는 건 아니었다. 설득하고 협박하는 건 귀찮다. 자기들 처지가 어떻고 살려면 무엇을 해야 하는지 알아먹어야지.

그런데 모르는군, 이 계집애는.

—너잖아! 이 악귀! 네가 어머니를, 아버지를…… 오라버니를, 해아를 죽였어! 네가!

여환의 검이 소녀의 목을 뚫고 지나갔다. 여환은 검을 뽑아 그

가슴에 다시 찔러 넣었다. 비명도, 신음도 없었다. 피가 바닥에 흥건히 고였다가 얼어붙은 땅으로 스며들었다. 마른풀이 소녀의 몸을 안는다. 차가운 밤, 소녀의 몸은 금방 식었다.

여환은 호련 앞으로 갔다. 호련의 품 안에 든 동생들이 급히 그 품으로 파고들어 갔다. 호련은 손에 힘을 주었다. 겁에 질린 눈이었으나, 동시에 생각하는 눈이기도 했다.

몇 살이더라? 열넷이던가, 셋이던가? 나이는 참 적당하다. 저 품 안의 아이는 너무 어리니 이 아이가 가장 적당하긴 하겠다. 동생들 중 하나와 결혼하기도 괜찮겠고. 이 정도 얼굴이면 불평은 없겠지.

—자, 나를 봐라, 호련. 다 끝났으니 안심해라. 더 이상 아무 일도 없을 거다. 호련, 나를 알고 있겠지?

—네, 여환 왕자님.

—네 가족들은 다 죽었다.

—알고 있습니다.

—누가 이리했느냐?

소녀가 말이 없자 여환은 한 번 더 물었다.

—답해라.

—그건 모릅니다. 푸른 깃발을 내건, 살랍이었습니다.

—나는 보지 못했는데.

호련은 이를 악물었다. 일순 눈에서 분노가 치솟아오르긴 했지만, 그래도 참는다.

—하지만 분명, 살랍이었습니다. 제가 아는 것은 그것뿐입니다.

—다른 사람에게도 똑같이 말할 수 있겠나, 호련?

—천 번, 만 번이라도 말할 수 있습니다. 그들은 제 원수입니다.

—그래, 믿는다.

여환은 일이 마무리된 것에 만족했다.

이 일은 살랍이 한 일이 될 것이다.

당사자인 호련이 살랍의 짓이라는데 누가 뭐라 하겠는가. 행여 모르니 이 아이의 영지가 아닌 여환의 영지로 보내 아내에게 맡겨야겠다. 아내는 이 겁에 질린 아이를 잘 돌봐줄 것이다.

여환은 손짓을 했다. 부하들이 달려와 호련의 양옆에 있는 동생들을 떼어냈다. 놀란 호련이 동생들을 향해 손을 뻗었다. 동생들이 다시 호련에게 매달리려 했다. 부하들이 팔에 힘을 주어 억눌렀다. 작은 아이들이 발버둥 치며 울부짖었다.

호련의 입술이 열렸다. 무슨 일이 벌어지려는지 알아챈 것이다. 소녀는 잠시나마 자신이 그리했으니 동생들과 자신이 다 살 거라 생각했던 것 같다.

저런, 착각했군. 그 정도는 알 거라 생각했는데.

여환은 손을 내렸다. 부하들이 품에서 검을 뽑았다. 아이들을 잡은 부하들이 그 작은 목을 동시에 뒤로 젖혔다. 검들이 아이들의 목을 꿰뚫었다. 아이들 몸에서 뿜어져 나온 피가 호련의 양 볼과 어깨를 적셨다.

호련은 슬퍼하지도 비명을 지르지도 않았다. 경악과 충격 속에 아이들의 붉은 피에 젖어 있을 뿐이었다. 신음조차 흘리지 못하는 소녀 옆으로 동생 둘이 쓰러졌다. 아이의 몸에서 흐르는 피가 호련의 무릎까지 적셨다.

호련은 가만히 있었다. 비명도, 울음도 없다. 왜 이리했느냐는 물음조차 없다. 여환은 그 자세가 마음에 들었다.

—누가 그랬느냐?

호련이 답했다.

—살랍입니다.

똑바로 바라보며, 그 타는 눈으로 노려보면서도 말했다.

—살랍입니다.

호련이 무슨 생각을 했는지는 중요하지 않다.

그저 그때 살랍이라 답한 것이 중요하다.

여환이 원하는 것이 무엇인지 알고 있고, 부모 형제의 죽음 앞에서도 그리 답할 수 있는 아이라는 것이 중요한 것이었다. 그러니 앞으로 여환에게 내내 복종할 것이고, 하라는 대로 얌전히 하리라 믿었다.

그래야 했다.

그래야만 한다.

여환은 눈을 떴다.

아타가 돌아오는 소리가 들린 것 같았다.

역시 그때 호련의 쌍둥이 동생 둘 다 죽인 것은 실수였던 것 같다. 여자아이 하나는 살려둘 걸 그랬다.

그랬다면 호련은 동생을 보호하기 위해서라도 아무 짓도 못할 텐데. 호련을 남겨둔 게 실수라는 것이 판단되면 호련을 없애고 그 아이로 대신할 수도 있었을 텐데 말이다. 그리고 가만히 끓어오르는 이 불길한 기분도 잠재울 수도 있었을 테고, 여환을 똑바로 보며 우이의 죽음에 대해 나불대던 그 계집애를 그 자리에서

없앴을 수 있었을 텐데.

여환은 불쾌했다. 뱃속 깊은 곳에서부터 오물이 스며 나오는 기분이었다.

그 계집애는 대체 왜 그렇게 군 걸까?

너는 그저 내가 하라는 대로 하면 되는 거다. 내게 속한 그 무엇도 손대지 않고, 내 기분을 거스르지 않으며 고분고분 있으면 된다.

그런 주제에 그 눈은 뭐냐? 그리 지껄여도 된다고 누가 허락했더냐.

그러니 호련, 자, 이제 내가 해준 대로 짓밟히고 능욕당하고 와라. 상처투성이 몸이 되어 와서 다시 내게 굴복하는 거다. 지금이면 그 입으로 우이에 대해 나불댄 걸 조금이라도 반성하고 있겠지. 이제 턱이 으스러지도록 악물게 해주겠다. 다시는 반항하지 못하고 고분고분하도록 해주겠다.

그런데 다시 신경 쓰이는 게 있다.

태괄, 그 녀석.

그 녀석 눈빛이 참 신경 쓰였다. 왜 그런 눈으로 날 봤던 걸까?

처음 만났을 때나 여환이 패배한 전장에서 보았을 때는 담담하던 녀석이, 그때의 눈빛은 달랐다.

길을 내주는 것이나 다를 바 없이 보내주면서도, 그 녀석이 호련을 철저히 짓밟아주기를 바라면서도 그 눈빛이 신경 쓰였다. 참으로 이상한 눈이었다.

여환은 그러나 이제 그만 생각하기로 했다.

어차피 끝난 일이다.

이제 아타가 돌아올 테고, 호련은 제 발로 오게 될 것이다. 여환이 할 일은 부인의 오점을 참아 넘기는 너그러운 남편이 되는 것이고, 호련이 할 일은 다시 복종하는 것이다.

그러면 된다.

제8장 안개가 걷힐 때

새벽에 짧고 세찬 비가 쏟아졌다. 해 뜰 무렵, 고원 등성이부터 안개가 피어올라 수풀과 덤불이 흐린 물에 잠긴 듯 부옇게 보였다.

아침 일찍 일어난 호련은 안개 사이로 말을 몰았다. 진하지는 않은 안개지만 덤불 안에 뭐가 있는지 가늠하기는 어렵게 한다. 호련은 방향과 위치를 가늠하기는 어려웠지만, 대충 이 정도 되었다 싶은 곳에 멈추어 귀를 기울여 보았다. 안개 너머로 새소리와 물 흐르는 소리만 들릴 뿐, 늑대들이 돌아올 기미는 아직 없다.

조금 기다려 보자고 생각하며 호련은 말갈기에 이마를 묻었다.

"가지 않는다."

내가 무슨 짓을.

그 말이 어떤 의미인지 호련도 안다.

돌아가지 않으면 이제 여환에 대한 복수는 정말 남 일이 되어버린다.

손에 쥔 것 없이 텅 빈 허공 앞에 있는 것 같아 확 막막해져 온다. 여태 달려오던 길이 앞뒤로 뭉텅이로 썰려 나간 기분이다. 여태 생각해 왔던 건 돌아가 견디며 기회를 보는 것이었지, 이렇게 멀리 오는 것은 아니었다.

애써 해왔던 일을 죄다 수포로 만들었다. 다시는 여환을 보지 않겠다고 외쳐 버렸다.

그러고 나니 이제 무엇을 해야 할지 모르겠다. 그날 이후 과거고 현재고 모두 구겨진 상태로 고향에 있을 뿐, 펼쳐 본 적이 없다. 시간도 숨도 겨울의 그날에 멎어버렸다. 단 한 번도, 심지어 할머니 앞에서도 그 일에 대해 입 밖에 내본 적이 없다.

태괄이 처음이다, 그 일에 대해 말한 것은.

그전에는 모두 검게 얼어붙어 있을 뿐, 과거를 더듬어본 적도 미래를 가늠해 본 적도 없었다. 좋은 기억이든 나쁜 기억이든 가족과 관련된 것은 돌이키기 힘들었다. 기억 자체가 소실된 건 아니다. 분명 알고 있는 사실인데 눈앞으로는 도무지 떠오르지 않고 느낌조차 없었다. 그저 건조하고 감정 없이 그런 일이 있었다는 것을 기억해 낼 뿐이었다. 모든 것이 흔적도, 소리도, 윤곽도 없는 폐허일 뿐이었다.

거의 다섯 해 동안 항상 그랬는데, 막상 돌아가지 않겠다고 외치고 눈을 감으니 보인다.

동생들과 함께 지내던 방, 창문을 가린 얇은 휘장, 그 너머로 보이는 흰 산과 푸른 초원. 밖에는 일꾼들이 일어나 하루를 준비하는 소리, 소와 양의 방울 소리, 개 짖는 소리가 들려온다. 집 안에서는 어머니와 언니가 이야기하는 소리와 오라버니들과 갈호가 떠들어대는 소리가, 바로 옆에서는 동생들의 잠꼬대가 들려온다.

아침마다 그 소리를 들으며 눈을 뜬다. 옆에 꼭 들러붙어 자던 쌍둥이 동생들 때문에 그리 눈을 떠도 꿈쩍도 할 수 없었다. 떨어뜨려 눕혀놓아도 아침에 일어나면 찰싹 붙어 있다. 날이 추워지면 아예 겨드랑이 사이로 파고들어 온다.

호련은 일어나 양옆의 동생들을 흔들었다.

—일어나.

그러나 둘 다 기절한 듯 꿈쩍도 안 한다. 호련은 동생들의 발을 하나씩 잡고 확 당겼다. 나동그라진 동생들이 옷을 찾아 엉금엉금 기어 다니는 동안 호련은 대야에 물을 붓고 세수 준비를 했다. 동생들이 바지와 웃옷을 꿰어 입은 뒤 두 팔을 벌리고 날아와 호련 앞에 섰다. 호련은 턱을 들고 서 있는 동생들의 웃옷 단추들을 채워주었다.

—자, 다음 세수.

동생들은 호련이 옷을 갈아입는 틈에 다시 침대로 몸을 던졌다. 호련은 두 동생의 귀를 동시에 잡아 대야 쪽으로 던졌다.

드디어 준비가 끝나자 동생들은 호련보다 먼저 식당으로 달려가 자리에 앉았다. 호련도 뒤따라 식탁 앞에 앉았다. 집안 남자들은 벌써 앉아 있었다. 호련이 오기 전에 이야기를 나누고 있던 듯, 호련이 중심을 모르는 대화가 이어졌다. 갈호는 이야기에 귀는 기울이고 있었지만 늘 그렇듯 조용하다.

—그러니까 이제 회복이 다 되었으니, 슬슬 알아볼 때도 되었지 않니?

—납경에서 오는 상인들에게 물어보면 되잖아요.

—그렇긴 하다만…… 가투, 너는 나서지는 마라. 물어볼 게 있으면 반드시 갈호를 시켜.

—왜요?

—너는 너무 나불대서 안 돼. 섣불리 말을 꺼내면 그 아이가 위험할 수도 있다. 어쨌든 우리가 구한 아이니, 목숨은 책임져야지.

호련의 귀가 쫑긋 섰다. 예전에 장이가 건져온 그 아이 일이다.

각의 영지 중앙을 흐르는 검은 강은 저 먼 북쪽 황야에서부터 시작된다. 호련은 종종 사냥개들을 끌고 나가 그 근방을 돌아다니곤 했다.

얼마 전, 장이가 갑자기 강을 보며 짖어대기에 보니, 무언가가 둥둥 떠내려오고 있었다. 봄철이라 상류에서 짐승들 시체가 떠내려오는 일은 흔했다. 평소에는 그것들에 무관심한 장이가 짖으니, 뭔가가 있긴 있는 것이다. 호련이 허락하자마자 장이는 얼른 물로 들어가 떠내려오던 걸 들고 왔다.

소년이었다. 몇 살인지는 모르겠다. 얼굴은 머리카락과 진흙에 가려 잘 보이지 않고 얼굴도 창백했지만, 소년은 눈을 뜨고 있었다. 눈이 특이한 색이었다. 녹갈색일까, 아니면 금녹색이라고 해야 할까? 소년이 눈을 깜빡이며 뭐라 중얼거렸다. 살아 있다. 어디서부터 흘러왔는지 모르지만 봄철 급류를 헤치고 여기까지 살아서 흘러왔다면 대단한 생명력이다.

한 번 말을 걸어볼까 하고 생각할 무렵, 모가 사람들을 불러와 포기했다.

그 후로 어떻게든 얼굴을 좀 보고 싶었지만 저 바보 오빠와 갈호가 계속 방해 중이었다. 애가 아파서 안 된다고 해서 참았더니, 두 발로 잘 다니고 있다는 것을 알게 된 것이 얼마 전이다.

아버지가 그 소년이 회복되자 일을 시켰다는 이야기를 듣고, 호련은 목동들 숙소로 갔다.

그런데 이번에는 바보 큰 목동이 방해했다. 장이를 시켜 소년을 찾게 하고 있었는데, 그 목동이 얼굴을 들이밀며 강아지가 새로 태어났으니 보라는 것이다.

관심 없다고 말하고 싶었지만, 답하기도 전에 갑자기 강아지를 보여주는 바람에 잠시 눈이 멀었다. 그래도 금방 정신을 차리고 얼른 가져다 놓으라고 시켰다. 드디어 큰 목동이 자리를 비우자 호련은 기회가 온 것에 감사했다.

그런데 정작 둘만 있으니 무슨 말을 해야 할지 모르겠다.

이 바보, 그런 건 미리 생각해야지. 가만, 가만, 대체 뭐라고 말하지? 내가 너 구했다? 아냐, 구한 건 장이잖아. 난 호련이야. 아냐, 이 바보야. 그건 이미 알 거라고.

양들을 보다 허공을 보고, 그러다 애꿎은 짚을 걷어차며 곰곰이 궁리했지만 도저히 할 말이 떠오르지 않았다. 그동안 장이는 소년의 얼굴을 핥아대는 중이었다. 소년이 버둥대는 것을 본 호련은 장이를 불렀다.

—와, 장아. 싫어하잖아.

그런데 덕택에 드디어 말을 걸어볼 수 있게 되었다, 라고 생각하자마자 목동이 돌아왔다. 이 바보야, 지금 오면 어떻게 해! 그러나 여기서 용건 없이 머뭇대다간 분명 큰오라버니 귀에 들어갈 테고, 그랬다간 이 아이에게 지옥이 펼쳐질 게 빤해서 급히 자리를 떴다.

그래도 소년에게 장이에게 먹이를 주라고 한 건 다행이었다. 장이는 일단 한 번 얻어먹으면 그 상대가 세상 반대편이 있어도 찾아낼 수 있었다.

그런데 그 후로는 만날 일이 없었다. 축제 때 사고 친 것 때문에 죽을 뻔했고, 그 덕에 거의 한 달간 집에서 어머니와 언니 옆에 잡혀 있어야 했다.

다들 그날 일에 대해서는 절대로 말하려 하지 않았다. 그 일로 할아버지는 충격을 받아 병세가 악화되고 말았고, 마을 분위기는 분위기대로 살벌해져서 백부 가족은 다시는 이쪽으로 오지 못하게 되었다. 백부의 딸들을 더 보지 않게 된 건 다행이지만, 아버지와 숙부의 표정이 좋지 않으니 그건 그것대로 미안했다. 특히 사이에 낀 갈호가 난처해지고 있어서 더 미안하다. 다들 호련 잘못이 아니고 벌어질 일이 벌어지는 거라 말해도, 그날 참았으면 적어도 올해는 아무 일도 없었을 거란 생각은 들었다.

그래도 그 덕에 이번에 둘이 있으면 물어볼 게 있으니 말을 걸 수 있다.

너였어?

이것만 물어보면 된다.

아버지와 오라버니의 이야기는 거래할 물건들에 대한 이야기로 넘어갔다. 말, 가죽, 그리고 곡식과 소금 등에 대한 이야기가 나오더니 작은오라버니가 보고 싶어 하는 책들에 대한 이야기가 나왔다.

—누나가 같이 가면 좋겠어. 형에게 부탁하면 엉뚱한 것만 사 온단 말이야.

—저런, 누나는 안 돼요.

어머니가 말했다.

—어, 왜요?

—네 누나는 이제 시집갈 나이야. 혼기 다 찬 처녀 아이가 밖으로 돌아다니면 안 된다. 해아야, 미안하지만 이 엄마는 네 누나를 젊은 남자 많은 곳에 보내고 싶지 않단다.

언니가 얼굴을 붉혔고, 아버지는 매우 혼란스러운 얼굴이 되었다. 어머니가 그런 아버지를 보며 웃었다.

—이제 당신도 포기해요. 그러다 스무 살 넘어가면 어쩌려고 그래요? 어서 신랑감 좀 골라요. 혼담만 나오면 어디로 사라지지 말고.

아버지가 헛기침을 했다.

—저기, 그 이야기는 좀 나중에 하면 안 될까?

—알았어요. 돌아오면 다시 시작해요. 하지만 도망치지 말아요. 정보 잘 물어오는 친구를 두면 뭐 해요. 쓰지를 않는데. 그리고 해아야, 이래서 네 누나는 안 된다는 걸 알겠지?

—호련이 데리고 가면 되지 않을까요?

갈호가 말했다. 호련은 갈호를 새파랗게 노려보았다.

이 바보야, 뭐라고? 뭐라고!

작은오라버니가 손바닥을 쳤다.

—맞아, 호련이가 가면 되겠다.

—싫어.

호련의 말에 큰오라버니가 고개를 들고 보았다. 어머니나 언니, 동생들은 다행히 반응들이 없었다.

작은오라버니가 물었다.

—왜?

—싫어. 할 일 있어.

—무슨 일?

잠시 말문이 막혔다. 오라버니와 갈호, 아버지까지 사라진 때야말로 기회라고 생각했다. 이제 방해자들은 없다. 언니나 어머니는 집안일 때문에 바쁘고 동생들은 공만 던져 주면 된다. 애써 계획한 건데, 그런데, 뭐라고? 뭐라고? 뭐라고!!

—하여간 있어. 그러니 싫어, 안 가.

그런 호련을 보는 큰오라버니의 입술이 올라갔다. 눈치 없는 작은오라버니는 영문을 몰라 고개를 갸우뚱했다.

—그냥 장에 가서 물건만 사 오는 거잖아. 많이 시키지는 않을게. 돈이 남으면 네가 사고 싶은 걸 사면 되는데…….

—싫다니까. 안 가.

그때, 큰오라버니의 눈이 반짝였다. 호련은 가슴이 덜컹했다.

으아아아……!

—우리 호련이가 오라버니들 몰래 할 일이 있나 보네?

—그런 거 없어.

—그럼 왜 말을 못하나? 우리 몰래 할 일이 과연 뭘까? 집안일은 아닐 테고…… 우리 눈 피해서 만나야 하는 사람이 있나?

하지 마! 라고 떽 고함을 질러 버릴 뻔했다. 그러나 참아야 했다. 오라버니는 누가 뭐래도 가문의 장남이고, 장남인 이상 아무리 짜증나도 참아줘야 할 때가 있다.

—그게 누굴까?

호련이 노려보든 말든 큰오라버니는 웃으며 아버지를 보았다.

—이거, 아무래도 데리고 가야겠는데요? 호련이가 우리 몰래 남자친구 숨겨놨나 봐요.

호련은 아버지의 얼굴을 살폈다. 그리고 역시 그 '혼란스러운 얼굴'을 보게 되었다.

호련은 벌떡 일어났다.

—어디 가니?

어머니가 물었다.

—다 먹었어요.

그리고 돌아서 나갔다. 나가자마자 큰오라버니가 뒤따라 나왔다.

—야, 호련아! 왜 그렇게 정색을 하고 그…….

호련은 돌아서 가투에게 갔다. 그리고 발을 들어 그 무릎 뒤를 걷어찼다. 오라버니의 몸이 단번에 훅 꺾이며 나동그라졌다. 뒤따라 나온 갈호가 그 모습을 보고 어이가 없어 했다. 호련은 둘을 노려보곤 외쳤다.

—둘 다 미워!

그리고 돌아서 마구간으로 갔다.

—저게 정말!

달려오려는 큰오라버니를 갈호가 잡아끌었다.

말을 타고 나오자마자 장이가 팔짝팔짝 뛰어와 머리를 들이밀었다.

—너는 너 밥 준 사람이나 찾아, 얼른.

말을 알아들은 장이가 신이 나서 짖었다. 와, 지난번에 밥 준 사람 찾는 거다. 이번에도 주면 좋겠다.

이제 양들을 초원으로 몰고 나가는 시간이다. 그 아이도 있겠지. 양들의 저주를 받은 몸이라던데, 대체 얼마나 못하는 건지.

장이는 짖어대며 신나게 초원으로 달려나갔다. 장이가 굳이 찾아내지 않아도 한눈에 그 아이가 있다는 건 알 수 있었다. 양 떼가 우리에서 풀려나자마자 바람이라도 분 듯 여기저기 흩어지고 있었다. 오늘 안으로 양 떼들을 목초지로 몰기는커녕 다 모으기도 힘들어 보였다. 근처에 늑대와 표범들이 있으면 친구들까지 다 모아 잔치를 벌일 것 같다.

호련은 말을 몰아 달려갔다. 양들은 호련을 알아보고 얼른 언덕 아래로 도망쳤다. 그런데 그 바보가 해를 등지고 양들을 놓치는 바람에 호련은 양들을 다 몰아오는 것이 힘들었다. 몇 번이나 햇살이 얼굴 정면을 훑고 지나갔고, 양들을 대충 모아왔을 때는 눈앞이 울긋불긋했다.

호련은 소년 앞에 말을 세웠다. 그런데 이 바보가 여전히 해를 등지고 있었다.

—일 정말 못하는구나.

호련은 눈을 감았다 떠보았다.

역시, 보이지 않는다.

—멀리서 보니 너무 못하더라고.

호련은 기다렸지만 소년에게서는 아무 답도 없었다.

기분 나쁜 건가? 하긴, 일을 배워본 적도 없는데 못한다고 내내 혼나고, 거기에 이렇게 도움까지 받았으니 자존심이 상하긴 하겠지. 이 소년은 자존심은 강하고 노력도 할 줄 안다. 그저 양들의 저주를 받았을 뿐이다.

—내가 도와줬다고 말하지 마. 네가 혼날 테니까 말이야.

오라버니나 갈호가 알게 하고 싶지 않다. 오늘 아침 같은 일이 또 벌어질 테지. 호련이 도와줬다는 사실을 알면 이 바보에게 귀찮을 일만 생길 것이다.

그리고…… 물어보고 싶다.

그거 너였니?

하지만 호련을 어떻게 보고 있는지 모르겠다. 그리고 정말 그 아이인 건지도. 만약 저 아이라면 더 말을 할 수 있을 테지만, 아니라면…… 아니라면…….

호련은 말 머리를 돌렸다.

—너였니?

그러나 돌아보았을 때 소년은 호련을 등지며 달려가고 있었다.

호련은 다시 고개를 숙이고 중얼거렸다.

—너였어?

지금도 호련은 그의 이름도 목소리도 제대로 모르고, 얼굴마저도 제대로 기억하지 못했다.

소년이 사라졌다는 걸 안 건 한참 뒤였다. 겨울이 되기 전에 사라졌다. 다들 고향으로 돌아갔을 거라 말했다.

호련은 이대로 끝난 거라, 다시는 볼 수 없을 거라 생각하면서도 우듬지를 스쳐 문에 부딪치는 바람 소리를 들으면 먼 북쪽에서 온 소년을 생각했다.

지금 뭐 하고 있니? 살아 있기는 하니?

그리고 묻고 싶다.

너였어?

열네 살의 겨울에 모든 세상이 멈추기 전까지 그 소년은 문득 기억나다 사라졌고, 그 겨울 이후에는 다른 모든 것과 함께 저 검은 물 밑으로 가라앉았다.

말이 푸륵거리며 몸을 흔들어서 잠에서 깼다.

꿈을 꾼 건가.

호련이 일어나자 덤불과 안개 너머에서 늑대들이 나오기 시작한다.

호련은 말 허리를 찼다.

"가자."

문득 소년의 눈동자 색이 기억난다. 처음 장이가 건져 왔을 때 눈을 뜨고 있었으니 얼굴은 몰라도 그건 기억한다.

녹갈색이었던 것 같은데…… 신기하게도 빛을 받거나 어두워지면 눈 색이 변했다. 검어도 보이고 푸르게도 보이고 녹색으로도 보이고 갈색으로도 보이고 환하면 금녹색으로도 보인다. 살아 있다면 지금쯤 스무 살 정도 되었을 테고, 그리고 얼굴은 아마도…….

늑대들이 재촉하듯 짖어서 호련은 그만 생각하기로 했다.

"알았어, 알았어. 가자."

태괄은 잠에서 깼다. 새벽이 될 무렵 간신히 잠들었다가 일어나니 아침이다. 잠결에 천둥소리가 들린다고 생각했는데, 일어나 보니 누웅이 코 고는 소리였다. 이놈이 잠들면 태괄이나 갈호는 옆에서 천둥벼락이 쳐도 모른다. 이놈 코 고는 소리가 더 크니까.

반면 갈호는 색시처럼 새근새근 자고 있었다. 누웅과는 달리 갈호는 일단 잠들면 어디서 자는지도 모르게 조용히 잠든다. 그 옆에는 눈가리개를 쓴 매가 다리를 위로 올리고 누워 같이 자고 있었다. 처음 이 매가 이렇게 자고 있는 것을 보고 죽은 줄 알았다. 지금도 영락없이 죽은 매처럼 보이지만 가슴이 발딱대고는 있다.

새근새근 자는 갈호의 소년 같은 얼굴을 보고 있자니 각족을 습격할 때 생각이 난다. 너 알아볼 사람이 많을 테니 빠지라고 했지만, 얼굴을 가리고 가면 된다며 기어코 나섰다. 네가 전령으로 갈 필요가 없다 했는데도 왕을 만나러 그 먼 납경까지 다녀왔다.

녀석도 필사적이었던 것이다. 가족을 학살한 원수의 손에서 여동생을 구해내기 위해. 행여 다시 돌려보낼까 봐 왕까지 만나러 가고 원하는 답을 얻어내자마자 빗길을 뚫고 달려왔다. 오는 내내 태괄이 말을 바꿀까 봐, 호련을 데리고 가지 않을까 봐 날카로워져 있기도 했다. 그리고 지금, 그 모든 일이 해결되자 갈호는 오랜만에 편안하게 자고 있었다.

태괄을 밖으로 나갔다. 안개가 옅게 감돌아 흰 막사들이 둥근 바위처럼 보였다. 밤새 내린 비로 바닥은 흠뻑 젖어 있었다. 볼에 닿는 공기도 무척 차고 습했다. 그렇게 어슬렁거리던 태괄은 천막 문을 열고 나와 있는 찬눈을 발견했다.

"어르신."

찬눈이 돌아섰다. 어제까지만 해도 '저기, 댁의 손녀하고 혼인 좀 하고 싶소만?' 하고 말했다간 입을 찢어놓을 듯 굴더니, 오늘은 노려보기는 노려보지만 그래도 좀 부드러워 보였다.

"오냐."

"아가씨 안에 있습니까?"

"없어."

"어디 갔는데요?"

태괄은 신경이 곤두섰다. 어제 그런 일이 있었는데 나가다니. 이 여자가 정말, 간이 큰 건지 대범한 건지 무신경한 건지 모르겠다.

"늑대 먹이러."

"늑대?"

"아가씨가 아타의 늑대들을 데려왔다고 그러던데, 이제 아가씨가 늑대 주인이면 늑대들에게 밥 주는 건 아가씨의 일이지. 그런데 여기는 목초지잖아. 말도, 양도, 소도 있는데 거기에 늑대들이 돌아다니면 사람도 위험하고 양도 위험하고 늑대도 위험하지. 그래서 멀리 데리고 나가, 사슴이나 영양을 사냥해서 먹도록 해주려는 게야."

"그래서 어디로 간 거요?"

"서쪽으로 갔어."

태괄이 말을 끌어내려고 가려는데, 찬눈이 손을 들었다.

"잠깐. 가기 전에 할 말이 있네."

"뭐요?"

"어제 들었다."
"네?"
"청혼할 거면 나한테도 왔어야 하는 거 아니냐? 댁의 아가씨하고 결혼하고 싶으니, 좀 허락해 달라고."
태괄은 놀라서 바라보았다.
"정말?"
"그전에 할 말이 있다. 우선은 말이다, 아가씨가 거부할 때 왕자네가 덮쳤다는 말이 들리면 죽어. 그리고 아가씨 힘들게 하면 그때도 죽는다."
"대체 몇 번을 죽이는 거야!"
"말 다시 낮아졌구나, 요 괘씸한 것. 네가 왕자면 나는 애 할미다. 내가 결혼 반대하면 너도 결혼 못해."
"……알겠습니다."
"또 날 감옥에 넣은 건 네 알아서 갚아라. 그때 기분이 무척이나 더러웠다."
"이제부터는 절대로, 절대로 그런 일이 없을 겁니다. 그리고 충분히 보상해 드릴게요. 원하는 건 뭐든 말씀하세요. 제 이름을 걸고 지키리다."
찬눈의 눈이 살벌해졌다. 태괄도 덕택에 등골이 싸해졌다.
"네 이름을 걸고 맹세할 필요는 없어. 조상을 걸고 한 맹세도 어기고 칼을 드는 판에 네 이름 따위. 하여간 앞으로 하지 마. 내가 무섭고 아가씨가 무서우면, 절대로, 절대로, 절대로 하지 마."
"네."
"그리고 영지가 여환 놈 손에 있으니 그건 자네가 알아서 찾아야 할 거야. 돈이고 재산이고 가축이고 죄다 거기 있어서 당분간 혼수 없어. 네 형이랑 알아서 의논해라."

"네."

"애 끌고 와 다짜고짜 결혼하자고 덤빈 건 너니까, 결혼식이고 뭐고 네가 다 책임져."

"……네."

"그리고……."

유모는 품을 뒤져 비단주머니를 찾아내 태괄에게 휙 던졌다.

"이거 가져가라."

"뭡니까?"

"열어봐."

태괄은 열어보았다. 안에 금가락지 두 개가 있었다.

"혼례 가락지다. 아가씨 손가락에는 맞는데, 네 손에는 어떨지 모르겠다. 대충 맞는 데 끼워라."

"웬 거죠?"

"내 거야, 이놈아. 귀한 거니까 잘 간수하고 있다가 혼례 때 써."

"저기, 어르신. 그럼 허락한 겁니까?"

"뭐야? 그럼 그리 덮쳐 놓고 책임질 생각도 없던 거야?"

"그럴 리가. 책임져 달라 하면 제가 감사할 일이긴 합니다. 그리고 더 부탁하실 일은 없습니까?"

"나를 매우 잘 모셔라. 매우매우 잘 모셔."

"네."

"뭐, 그 정도만 잘 지켜주면……."

"주면?"

"네 욕은 안 하마."

칭찬할 생각은 아직 없다는 뜻이다.

"그리고 욕을 안 하겠다는 거지, 평판을 하지 않겠다는 뜻은 아니다. 마음에 안 들면 안 든다고 말할 테니, 이에 대해서는 불만을 가지지 말도록."

즉, 트집은 잡겠다는 것이다.

"……좋게 말씀하시면 안 되는 거요?"

"좋은 게 있어야 좋다고 말하지. 잘 보이려고 노력이나 한 뒤에 그런 말을 해봐라. 아직 네놈은 내 앞에서 손녀 덮친 불한당이야."

"네, 어르신."

"어서 아가씨나 모시고 와!"

"……."

이제 머슴 취급이다. 태괄은 말을 끌고 진영을 나와 올라탔다. 달리다 돌아보니 찬눈은 여전히 팔짱을 끼고 노려보고 있는 중이었다.

역시 무서운 분이다. 호련과 혼인하면 저분도 영지로 모시고 가야 할 텐데, 거기서 어떻게 해야 잘 보일 수 있을지.

영지를 보자마자 트집을 잡으며 이런 놈에게 시집보내는 게 아니었다는 둥, 이렇게 준비가 안 되었던 주제에 마누라 들일 궁리를 했다는 둥, 온갖 욕을 다 할 것이다.

납경에 도착하자마자 영지로 사람을 보내 정리해 두라고 해야겠다. 영주관 치워두고, 또 막사도 다 정비하라 하고.

그리고…….

태괄은 말을 빠르게 몰았다.

할머니가 저리 나오는 건 분명 호련이 뜻을 굳혔다는 뜻이다. 그리고 각의 일을 태괄에게 맡기겠다는 뜻이기도 하다. 목에 얹혀 있던 것이 내려가는 기분이다.

"여환이야."

그 말이 속을 후벼 판다.

그동안 호련은 부모 형제를 눈앞에서 죽인 자를 맞대고 살아왔던 것이다. 아무것도 못하면서. 그리고 그자의 신부가 될 뻔했다. 여환만 아니면 된다고 생각했던 게 당연하다. 아니, 필사적이었다. 적장에게 매달려서라도 피하고 싶었던 것이다.

그리고 어제, 그 말을 하고 산산이 무너졌다. 세상을 모두 찢어버리는 것 같은 흐느낌이었다. 그 옆에서 태괄은 같이 무너지는 기분이었다.

그래 놓고서 그렇게 군 거냐, 여환.

네가 대체 뭔데.

네가 뭔데…….

그때, 늑대 짖는 소리가 들렸다.

태괄은 그쪽으로 말을 몰았다. 말은 내키지 않아 했지만 별수 없이 주인이 시키는 대로 덜벅대며 갔다. 안개가 사이로 호련이 보였다. 그녀 앞에는 영양 두 마리가 죽어 있고 늑대들은 실컷 포식하는 중이었다. 늑대들은 살 찢는 소리를 내며 좋아 으르렁대다 태괄이 나타나자 일제히 고개를 들며 목을 울렸다.

"태괄?"

호련이 돌아보았다. 늑대가 짖기 시작하자 호련은 쉿— 하고 달랬다. 그러자 다들 다시 고개를 박고 영양을 뜯어 먹기 시작했다. 호련은 말 머리를 돌려 다가왔다.

"여긴 왜 왔어?"

"없어져서."

"할머니가 여기로 가라 하셨나 보네."

"내가 찾아간다고 하니 여기로 가라 하신 거야. 그리고 아주 도움되는 충고를 하셨지. 이것도 주시고."

태괄은 유모가 준 가락지가 든 주머니를 보였다. 그것이 무엇인지 알아본 호련의 얼굴이 흐려졌다.

"그거 가지고 오셨구나……. 아니, 항상 가지고 계시던 걸지도 몰라."

"중요한 거야?"

"아주. 할아버지가 할머니하고 결혼하실 때 준 첫 선물이야. 그걸 주셨다는 건 아주 중요한 의미야. 아버지, 어머니도 그건 받지 못했어. 아니, 안 받은 거지만. 아버지는 할머니가 그걸 간직하시길 바랐어. 무덤까지 가지고 가시라 하고, 아버지가 새로 사 오셔서 어머니한테 예물로 주셨다고 했지……. 지금 그걸 당신한테 준 거야. 할머니께 그건 할아버지의 선물인 동시에, 아버지의 선물인 거야."

태괄은 들고 있던 손이 송구스러워졌다. 돌 던지듯 던져 주더니 그런 거였나? 그리 귀한 거라면 적어도 손으로 건네줄 수는 있었잖은가.

호련이 말했다.

"길게 생각하실 줄 알았는데 금방 결정하셨네. 태괄을 정말 마음에 안 들어 하시던데."

"불평은 실컷 듣고 왔어."

그래도 적(嫡)왕자고 승리한 전쟁도 많은데 왜 그러시는지 모르겠다. 그러나 태괄이 자신이 가진 것을 늘어놓아 봤자 그 할멈에게는 여전히 손녀 덮친 불한당에 불과하다.

태괄은 반지를 품 안에 넣었다. 결혼식 때까지는 잘 간수해야 할 것이다. 이걸 잃어버렸다간 그 할멈이 손가락을 끊어놓을지도 모르겠다.

"위로인지 모르겠지만, 태괄…… 아버지였으면 더 심했을 거야. 아버지는 항상 나나 언니가 아버지가 모르는 놈팡이한테 넘어갈까 봐 전전긍긍하셨거든. 그래서 나도 가끔은 아버지가 모르는 어디 먼 곳에서 온 사람하고 도망쳐 버릴까 하는 생각도 했지. 꼬맹이 때 생각이지만."

"그러고 싶은 사람이 있긴 있었어?"

"왜 없어. 있었지……. 이제는 얼굴도 기억 안 나지만. 아니, 얼굴도 모르는 것 같다."

"어디 뭐 하는 놈팡이야?"

"나도 자세히 말하고 싶은데, 정말 몰라서 말할 수가 없네. 신경 쓰지 마. 살았는지 죽었는지도 모르는 아이야. 게다가 나도 아버지가 정해주는 남자라면 다 싫은 어린 시절 이야기라 그 아이를 다시 보면 실망할지도 모르겠지."

그때, 영양을 포식한 늑대가 입가의 피를 핥으며 호련에게 다가

왔다. 호련은 손을 저었다.

"올 필요 없어. 영지로 돌아가야지."

늑대가 말을 알아들었다는 듯이 짖고 으르렁거렸다. 태괄에게는 참 신기하게 보였다.

"알아듣는 거야?"

"단어 몇 개 정도는 알아들어. 돌아가, 영지, 이 정도. 마을 근처로 가면 거기서 내 사냥개들을 돌봐주는 사람들이 이 아이들을 알아보고 식사를 줄 거야. 항상 그랬으니까. 아타는 이 녀석들을 맡겨놓은 물건 찾아가듯 잘 돌보지도 않다가 필요할 때만 데리러 오곤 했어. 그래서 녀석은 잘 안 따라."

그리고 호련은 허리에 찬 피리를 보여주었다.

"그래서 녀석은 별수 없이 이걸 쓰는 거지."

"그건 대체 뭐야?"

"늑대들을 부르고 명령을 내리는 물건이야. 하지만 늑대들이 썩 좋아하지는 않더라. 불쾌한 소리를 내나 봐. 사람 귀에는 잘 안 들리니 모르겠지만 말이야."

"신기한 물건이네."

"아합바가 그러길…… 아타의 할아버지지. 연위국의 요술사들이 만들었대. 아주 값진 물건이라던데."

피리가 모습을 드러내자 늑대는 귀를 눕히고 으르렁거렸다.

호련이 손을 저었다.

"괜찮아, 괜찮아. 불지 않을 테니 어서 가."

늑대는 끄응거리며 주변을 돌았다. 호련은 등자에 발을 걸고 허리를 숙여 늑대의 머리를 쓸어주었다. 늑대는 눈을 가늘게 뜨고 꼬리를 치더니 호련의 가슴에 머리를 쿵쿵 박았다. 충성과 애정의 표시다. 호련이 손을 떼자 늑대는 얼른 돌아서 무리로 돌아갔다. 태괄은 그 광경을 감탄하며 바라보다 말했다.

"저리 보니 저 녀석도 좀 귀엽네."

"그러고 보니 당신은 양치기 개가 좋다고 했지?"

"기억하고 있었네. 털 긴 녀석들이 더 귀엽잖아. 얼굴도 애교 있고."

"태괄은 그런 걸 좋아하나 봐."

그리고 호련이 얼굴을 들이밀며 다가왔다. 태괄은 당장 볼을 잡고 싶은 것을 간신히 참으며 웃었다.

"귀여운 걸 좋아하긴 하지."

태괄은 호련에게 손을 내밀었다.

"어서 돌아가자. 그리고 다음부터는 혼자 돌아다니지 말고 같이……."

뭐라 말해야 할까? 태괄은 중요한 답을 아직 못 들었다는 것을 알고 있었다. 그러나 호련의 눈을 보고 있으니 조금은 뒤에 말하고 싶었다.

저 호수처럼 가라앉은 눈을 깨뜨리고 싶지 않았다. 여태 보여준 혼란스러운 모습만도 충분히 안쓰러웠다.

태괄이 말했다.

"아가씨한테 내 가족을 소개할 수 있게 해줘. 내 형, 내 형수…… 형수님은 좀 무서운 사람이야. 기대해도 좋아."

"나는 당신 생각보다 강해."

"형수님은 무서워. 이건 장담하지. 나도 무서웠거든."

호련은 웃었다. 그 웃음에 태괄은 기분이 들뜨는 것을 느꼈다. 편안하게 기대는 웃음이라 보기 좋다. 이것만을 위해 살아가도 될 것 같고, 황금으로 가득한 호수를 얻은 것과 같았다.

어제까지 둘 사이에 어둡게 엉겨 있던 것이 씻겨 내려간 것 같다. 저 지평선 너머로 도망친 아타와 함께 어둠도 그림자도 같이 사라진 것 같다.

"신기하지."

호련이 말했다.

"뭐가?"

"이러고 있는 게 신기해. 당신이 처음 나타났을 때부터…… 신기하게도 그렇게 되는 것 같아. 새카맣고 단단하게 얼어붙어 있었는데, 한겨울에 얼어붙은 피처럼…… 그렇게. 그런데 당신이 나타나면서부터 한 조각, 한 조각씩 깨졌어. 당신하고 만나고, 당신이 조금 헛소리하면서 나도 헛소리하고, 대단히 끔찍한 피리도 들려주는데, 이상하게 그런 느낌이 들었어……. 그때는 몰랐는데 돌이켜 보면 그래. 하나둘…… 사라지지. 무거운 것이……."

호련은 자신을 바라보는 태괄의 볼에 손을 얹었다. 부드러운 손이 턱을 쓸어 올리고 머리카락을 매만졌다. 태괄은 호련의 손등에 자신의 손을 얹고 그러잡았다. 그 가느다란 손이 손안에 들어오자 그녀의 손바닥에 입 맞추고 싶었다.

"이제 와 이런 말을 하는 것도 참 비겁하네. 그런데 그건 사실이야. 당신은 뜨겁고 강하고…… 또 막무가내였는데, 그런데 나 역시 그런 당신을 내 세상 안에 들여놓으며 안도하지. 당신이 다가오는 만큼 어둠이 사라지는 것 같았어……. 그런데 증오도 원한도 잊어버릴까 봐 싫었어. 그것을 위해 살았는데, 아직 그 남자는 충분히 벌을 받지도 않았는데 그만두고 싶어질까 봐. 당신밖에 없어질까 봐 두려워."

태괄은 호련을 잡은 손에 힘이 들어갔다.

호련이 눈살을 찌푸렸다.

"아파."

"아, 미안."

태괄은 얼른 손을 놓고 대신 어깨를 잡았다.

"후회하지 않게 해줄게."

"후회할 생각 같은 건 없어, 태괄…… 나는 선택하고 싸우는 법만 알아. 그렇게 싸워도 내가 진다면 그것 역시 어쩔 수 없는 일이지. 하지만 나는 아직은 그 누구에게도 질 생각이 없어. 지금 당신을 택하는 일은 멈추어 후회할지 모르는 그런 일이 아니라, 이제 내가 갈 길이고 나 자신이야. 그러니……."

호련은 더 말할 수가 없었다. 태괄이 고개를 숙여 입 맞추었다. 입술 위에 닿는 입술은 따뜻하고 부드러웠다. 입술을 떼며 태괄이 속삭였다.

"다행이야. 아가씨보다 예쁜 여자는 못 만날 것 같았거든."

"이럴 때 농담은."

"진담이야."

태괄은 모두에게 알리고 싶었다. 그녀가 그의 것이며, 이제 그와 영원히 함께할 것이라고. 그녀를 여기로 데리고 왔다고, 돌려보내지 않을 거라고.

"어서 가자. 내일이라도 당장 납경에 도착하도록."

"아타가 돌아왔습니다."

여환에게 보고하는 단륭의 눈빛은 사나웠다.

여환이 아타를 보낸 것을 이제야 알게 된 것에 화나고, 하필 그 놈을 보냈다는 사실에 더 화를 낸 다음, 그래도 알리긴 알려야 해서 화내면서 온 것이다.

이 무사는 요 며칠 내내 증오와 분노를 감추지도 않고, 행여나 여환이 눈치채지 못할까 봐 온몸으로 부산스럽게도 표현하는 중이었다. 그러나 정작 여환은 단륭이 바닥의 융단을 밟고 있는 것만 마음에 들지 않았다.

각의 무사들이 여환에게 보내는 눈빛에는 이미 익숙해져 있었다. 이들은 족장 가문을 몰살한 것이 여환이라는 것은 몰라도, 여환이 살랍의 패잔병을 몰아내고 그들을 구해주었다는 거짓말도 믿지 않았다. 그들에게 여환은 능고의 왕자도, 위명의 장수도 아닌, 의심스럽게 각의 영지를 점령하고 족장의 딸을 괴롭히는 개자식에 불과했다.

여환이 호련과 약혼하였을 때 이들의 반감이 어느 정도였을지는 그 자리에 없던 여환도 알 만했다. 지금 각의 무사들은 호련을 갈취해 간 태괄이 미운지, 여환이 더 미운지도 결정 못하고 있을 지경이었다.

물론 별로 신경 쓰이지는 않는다. 여환은 할 수 있는 일도 없는 놈들이 나불대는 것에 일일이 화낼 정도로 섬세한 성격은 못 된다.

"뭐라던가?"

"저한테는 말 안 한답니다. 왕자님이 상관이니 왕자님이 알아서 하십시오."

말투가 날이 갈수록 대놓고 험해진다.

이놈이 호련을 짝사랑한다는 건 비밀도 아니었다. 호련이 여전히 어중간한 순번의 딸이었으면 단륭에게 희망이 없는 건 아니었을 것이다. 그러나 호련이 유일한 후계자인 지금 그에게는 아무런 기회가 없다. 다른 누구도 아닌 여환이 약혼자까지 되었으니 더더욱.

그런 호련마저 빼앗긴 후, 단륭은 여환을 하루하루 더 미워하는 것으로 한을 나누어 푸는 중이다. 여환이 그 일을 이유로 호련과 파혼하면 태괄에게도 감사할 놈이다.

"데리고 와라."

단륭은 인사도 없이 나갔다. 여환은 그가 엉망으로 밟아놓은 융단을 보았다. 단륭이 짓밟은 덕에 진흙투성이가 되어 있다.

우이가 혼인할 때 가지고 온 것이다. 우이는 날마다 손수 이 융단을 다듬었다. 융단은 작고 낡아 호련이 준 큰 방에 어울리지도 않는데도 가족들 생각을 하며 항상 보이는 곳에 놓아두었다.

어느 날 하녀가 이 융단을 치워 버렸다. 우이가 어디 갔느냐고 찾으러 다니는 것을 본 호련이 그 하녀를 따끔하게 혼을 낸 뒤, 우이에게 준 방은 아무도 치우지 말도록 했다. 그 덕에, 우이는 직접 방을 쓸고 닦아야 했다.

여환은 당시 호련의 행동이 거슬렸다. 하녀들이고 일꾼들이고 죄다 호련이 다스리고 있으니, 우이는 이곳에서 군식구나 다를 바 없게 되었다. 그래서 여환이 영지로 사람을 보내 우이의 하녀를 데리고 오게 했지만, 그 하녀는 우이의 시중과는 아무 상관 없는 침방으로 보내져 물레나 돌리고 있었다. 다시 우이의 시중을 들게 했으나, 얼마 지나지 않아 그만둬 버렸다.

또 호련은 고양이를 선물했다. 고양이는 친정에서 가지고 온 유일한 물건인 저 융단을 엉망진창으로 만들어놓았다. 발톱이 아주 강하고 힘도 센 녀석이라 쥐는 잘 잡았지만, 쥐 잡는 시간 외에도 지나치게 호탕하게 놀았다. 우이의 옷함도 엎어놓고 의자와 침대도 죄다 긁어놓았다.

"차라리 개를 줄 것이지."

여환이 짜증을 내며 말하자 우이는 고개를 저었다.

"아가씨의 개는 너무 크잖아요. 그래서 제가 싫다고 했어요."

그건 동의할 수밖에 없었다. 호련이 키우는 사냥개들은 개라기보다는 곰에 가까웠다. 게다가 모두 한배에서 나온 듯 뭉쳐 다니고, 다른 집으로 보내져도 자기 주인보다도 호련을 따랐다. 호련이 명령만 하면 자기 주인의 목도 딸 녀석들이었다.

호련이 준 고양이는 여환에게는 시큰둥해도 우이에게만은 입속의 혀처럼 달콤하게 굴었다. 우이의 턱에 이마를 비벼대며 골골대거나, 우이가 자고 있으면 품 안으로 흘러들어 와 그 목덜미에 머리를 묻고 잠들었다. 여환은 침대로 기어들어 오는 녀석이 항상 싫었지만 우이가 귀여워해서 참았다. 다행인지, 고양이는 우이가 죽은 뒤 사라졌다. 앞에 얼쩡댔으면 여환은 놈을 아궁이에 던져 버렸을 것이다.

"왕자님, 아타를 데리고 왔습니다."

문밖에서 단륭이 시큰둥하게 말했다.

"들여보내."

여환은 이마를 짚은 손을 내리고 들어오는 아타를 보았다. 호련은 아타를 싫어했다. 저 녀석의 아버지도 저놈을 싫어했다. 아버지는 아들이 싫어 쫓아내고, 아들은 아버지가 싫어 죽였으니, 나름 공평할 것이다.

아타가 들어오자마자 말했다.

"실패했습니다."

"어디까지 성공한 거냐?"

"아가씨를 뵙기는 했습니다만, 오지 않으셨습니다. 그런데 단륭, 저놈은 제가 실패한 것을 알고 아주 좋아 죽더군요! 자기 여주인이 그곳에 있는 것보다 제가 공을 세우는 게 싫었던 겁니다."

"실패한 게 중요하지."

네가 나불대고 싶은 건 너 혼자 있을 때 나불대고 나한테 보고나 하라는 말이었지만, 아타는 도무지 눈치가 없었다.

"저놈은 국경도 넘어보지 못하고 활 맞고 죽었을 거란 말입니다! 그런 주제에……."

여환은 아무 말도 하지 않았다. 어떻게 된 건지나 말했으면 좋겠는데, 여환은 인내심을 더 써야 했다. 저놈의 혀를 자른 뒤에 나머지는 글로 쓰게 할까, 하고 생각할 무렵에야 간신히 주어가 바뀌었다.

"그래서 거의 성공할 뻔했지만, 아가씨가 거부했습니다."

"너를 따라가지 않겠다고 했나, 아니면 돌아오지 않겠다고 한 건가?"

"돌아오지 않겠다고 했습니다."

그것만 말하면 되는데 그 말 한마디를 안 하고 빙빙 둘러대다 이제야 말한 것이다.

여환도 호련이 냉큼 아타를 따라올 리 없다는 건 알고 있었다. 여환이라도 아타를 따라 돌아가느니 그냥 앉아 있을 것이다.

여환이 바란 건 아타가 틈을 벌어주면 호련이 알아서 도망쳐 오는 것이었다. 호련은 몇 날 며칠을 황야에서 지낼 수 있다. 직접 양 떼를 몰고 다니거나 장남이나 아버지를 따라 말 떼들을 데리고 나가 몇 날 며칠을 먹고 마시다 오기도 했다. 혼자서 국경을 넘어오는 것 정도는 할 줄 안다. 그러니 아타가 소동을 피우면 아타와 이야기하지도 않고 도망칠 거라 생각했다. 적어도 여환이 아는 호련이라면 그랬어야 한다.

그런데…….

오지 않겠다고?

"아예 오지 않겠단 거냐?"

"네."

"너 말고 누가 아느냐?"

"아직은 저뿐입니다."

"그래, 그만 가봐라."

"네."

동시에 여환의 손이 아타의 머리를 잡았다. 목이 부러지는 느낌이 손을 타고 흘러오며 짧은 신음과 함께 그 몸의 힘이 빠졌다. 여환은 늘어진 아타의 몸을 문 쪽으로 던졌다.

"밖에 아무도 없나."

대오가 올 거라 생각했는데 차굴란이 들어왔다. 긴 얼굴의 흉맥족 남자는 아타를 보고 흠칫했다.

"네가 웬일이냐?"

"보고할 게 있어서 왔다가 마침 들어오라고 하셔서 왔습니다."

"무슨 일이냐?"

"납경의 일입니다. 파한이 알려왔습니다."

"급한 건가?"

"제가 정할 수는 없더군요."

"그럼 지금은 이거나 치워라. 넘어져서 머리를 박았다."

차굴란은 더 묻지 않고 부하들을 시켜 아타를 밖으로 나르게 했다. 차굴란이 나가고 문이 닫히며 조용해졌다. 그리고 다시 빗소리가 들려온다.

일순, 여환은 손가락에 힘이 들어갔다. 턱에 힘이 들어가고 이가 뿌드득 갈렸다.

여환은 호롱불을 노려보았다. 그 눈길을 따라 불꽃이 널름대며 허공으로 튀어 올랐다.

이 계집애가 지금 나한테 뭐라고 한 거냐.

오지 않을 거라고?

나를 그렇게 화나게 하고도, 그 발칙한 짓을 하고도 다시는 나타나지 않겠다는 거냐?

충분히 벌을 받았다고 생각했는데, 아니었다. 이 계집애에게 그건 벌도 아니었던 것이다. 아니, 애초에 벌을 받지도 않았는지도 모른다.

행여 태괄을 유혹해 그 군대로 나를 몰아내고 각족의 영지를 찾을 생각인가? 그래, 이해는 된다. 지금 여환과 부딪혀 가장 승산이 높은 자가 바로 태괄이니, 그의 여자가 되어 거래를 할 수는 있겠지.

그런데 중요한 건 그게 아니다.

"이 계집애가."

그 계집애가 여환의 손이 닿지 않는 곳으로 도망쳐 버렸다. 그곳에서 그 가증스러운 것이 여환을 조롱하고 있을 거라 생각하니 참을 수 없었다.

각이든 왕위든 상관없다. 여환은 그때 어떻게든 그 가증스러운 얼굴이 고분고분해지는 것을 봐야 했다. 그래서 그 꼴로 만들었더니, 이제 그 계집애가 여환에게 오지 않겠다고 하고 있다.

당장 손에 쥐고 흔들 수가 없었다. 그 눈을 보며 분노할 수도 없고, 그 얼굴이 공포에 질리는 것도 볼 수가 없다. 일단 그 계집애가 돌아와야 하는데, 돌아와 다시 그 분노를 고스란히 받아야 하는데, 그런데 없다. 당연한 일이 벌어지지 않자 당연히 화가 났다.

지금 조롱당하고 있는 것은 여환이었다.

참을 수 없는 분노가 치솟아올랐다. 당장 그 계집애의 멱살을 잡고 흔들지 않는 한 분이 풀리지 않을 것 같은데, 그 똑바로 바라보던 얼굴이 일그러지는 걸 보지도 못했는데, 그 계집애가 다시 겁에 질리지도, 복종을 서약하지도 않았는데 눈앞에 없다.

우이가 없는데 호련도 없다. 사랑할 여자가 없는데 증오할 여자도 없다. 태울 것 없는 불꽃은 재조차 남지 못한다.

여환은 지금 호련이 필요하다. 그 계집애가 올 시간이 되었고, 와야만 했다. 그런데 없다.

왜 우이가 없는 것인지 화가 나고, 화가 나는데 호련이 없으니 더 화가 난다.

다시 생각해야 했다.

그 계집애가 돌아오게 만들 방법을 다시 생각해야 한다. 그러나 지금은 아무 생각도 나지 않는다. 그저 속이 펄펄 끓기만 할 뿐, 급작스러운 화재처럼 갑자기 불길이 일어 도저히 꺼지지 않는다.

오개가 지키는 고원을 넘자 포석이 판판하게 갈린 도로가 나왔다. 납경을 거쳐 서역으로 향하는 대상들이 이용하는 길이었다. 남의 사막과 동서의 초원, 거기에 북의 숲에서 시작된 길들이 모두 여기서 합쳐져 납경을 향한다. 가장 넓고, 길 주변에 연달아 늘어선 초소가 강도와 도둑들을 감시하고 있어 가장 안전한 길이기도 했다.

초소가 나올 때마다 태괄을 알아본 살랍군이 인사를 나왔다. 그들 모두 하나같이 태괄 옆에 있는 호련에게 관심을 보였다. 누구냐고 묻지는 않았으나 각자 알아서들 상상하는 것이 호련에게도 빤히 보였다.

호련은 왕이 보낸 옷을 입고 올걸 그랬다는 후회가 막심하게 들었다. 머리와 얼굴을 가릴 만한 두의(頭衣)도 들어 있었는데, 그걸 챙겨 입었으면 저들에게 얼굴을 보이지 않아도 되었을 것이다. 게다가 누가 봐도 예비 신부의 옷이니, 태괄이 이 여자는 내 거라며 이를 드러내는 것으로 간단히 해결되었을 테고.

"거 봐. 내 말대로 할 걸 그랬지?"

태괄이 놀리듯 하는 말에 호련도 인정했다.

"다음부터는 살랍과 관련된 일에 관한 한 죄다 당신 말만 믿을게. 처음 만나는 사람들끼리 물구나무를 서서 인사하는 풍습이 있다고 해도 믿을 거야."

태괄이 웃음을 터뜨렸다.

"그런 말 하지 마. 정말 시켜보고 싶어지잖아. 그런데 이거, 이제 곧 납경으로 들어가면 사람이 더 많을 텐데 어떻게 하나."

"제발, 부탁이야. 사람들 없는 곳으로 가줘."

호련은 두 손까지 모아 보였다.

"그건 들어줄게. 나도 납경 남자들이 죄다 아가씨를 보면서 입맛 다시는 건 싫군."

"농담 그만하고."

"신나서 그래. 당분간 방방 떠다녀도 봐줘, 아가씨."

호련은 태괄을 쏘아보았다.

지평선 너머로 드디어 납경의 성벽이 보이기 시작했다.

살랍의 수도 납경은 푸른 산과 깊은 강을 옆으로 낀 거대한 도시였다. 교역 도시는 많이 가봤으나, 이 정도 되는 도시는 처음 보는 호련은 감탄했다.

모래 색 성벽 위로 비췻빛 둥근 지붕이 보였다. 규모가 대단한 것이, 왕궁 같다. 활짝 열린 성문 안으로는 곧게 뻗은 대로와 광장이 있고, 그 정면에 높은 성탑과 영묘가 세워져 있었다. 그 영묘 꼭대기와 성벽 위에 푸른 살랍의 깃발이 휘날렸다.

광장은 온갖 상점과 상인들이 모이는 대시장이기도 했다. 광장 한가운데 놓인 동상 옆에 새카맣게 우글대는 사람을 보자, 호련은 현기증이 났다. 이대로 태괄과 함께 들어가면 저 안에 있는 사람이 다 볼 것이다. 호련은 자기도 모르게 태괄의 옷을 잡았다. 태괄이 고개를 숙이며 속삭였다.

"왜? 겁나?"

"저기, 마음의 준비가……."

그때, 도시에서 깃발을 든 전령이 달려왔다. 갑옷 대신 부드러운 모직 옷을 걸치고 허리와 가슴에 푸른 끈이 매어 있었다. 전령은 어느 정도 다가오자 말에서 내려 달려오며 크게 말했다.

"왕께서 별궁으로 모시라고 하십니다!"

"별궁으로?"

태괄은 호련을 보았다.

"다행이네. 형님이 당신이 그리 파랗게 질린 것을 미리 알았나 봐."

"별궁으로 가라는 건 무슨 뜻인데?"

"거긴 내 궁이야. 가서 쉬라는 거지. 나도, 당신도. 그리고 그곳으로 가는 한적한 길도 있으니 걱정 마."

"그런데…… 그러려면 저 광장으로 들어가야 하는 거야?"

"아냐. 성문으로 가면 그 옆에 작은 문이 있어. 거기로 가면 별궁으로 들어가는 지름길이 있지. 아무 눈에도 안 뜨이니 걱정 말고 와."

그리고 태괄은 말을 몰아 도시로 향했다. 호련은 긴장하며 그 뒤를 따라야 했다. 제발, 아무도 보지 마라, 보지 마라, 보지 마라.

그러다 결국 눈을 감았다. 눈을 뜨면 사람들이 보고 있을까 봐 무서웠다. 옆에서 태괄이 웃는 소리가 들리더니, 그의 손이 호련의 말고삐를 대신 쥐어 당겼다.

"이랴, 이리 와."

말은 태괄이 이끄는 대로 갔다.

곧 웅성대는 소리가 들렸지만 금방 조용해졌다. 호련이 잔뜩 긴장하며 눈을 떠보니 돌로 된 회랑을 걷고 있었다. 회랑 옆으로 높은 벽이 세워져 있어 사람들은 보이지 않았다.

"사람 많은 걸 무서워하는구나? 맙소사, 아가씨가 무서워하는 게 있을 줄이야."

태괄의 놀리는 말에 호련은 자존심이 상했다.

"사람들이 쳐다보는 걸 싫어하는 것뿐이야."

"그게 왜 싫어?"

"몰라. 하여간 어렸을 때부터 그건 싫었어. 익숙해지지도 않고."

잠시 뒤, 병사들이 지키는 철문이 나왔다. 태괄이 오자 그들이 지키던 문을 열었다.

두툼하고 묵직한 성문 너머에 화사한 정원이 숨어 있었다. 그리 크지는 않았지만 오래된 무화과나무가 자라 그늘을 드리우고 그 아래로 주황색, 분홍색 여름 꽃이 싱그럽게 피어 있었다.

태괄은 정원을 지나 둥근 홍예문을 거쳐 궁으로 들어갔다. 모래색 돌로 지어 붉은 기와를 올린 서역식 궁이었다.

궁 앞에는 시종과 시녀들이 나와 기다리고 있었다. 태괄이 먼저 내린 뒤 호련에게 다가왔다. 호련은 손을 저었지만 태괄은 비키지 않았다. 별수 없이 호련은 그의 팔을 잡고 말에서 내려왔다. 그러나 채 내리기도 전에 태괄이 호련의 몸을 훌쩍 들었다. 당황한 호련은 기겁해 외쳤다.

"무슨 짓이야!"

"아가씨가 씩씩하게 훌쩍훌쩍 내리는 걸 보면 이 사람들이 놀랄걸?"

태괄은 그렇게 호련을 내려준 뒤, 호련의 손을 잡고 안으로 끌었다. 시종이 누웅에게 왕자 수하들의 일정이 어떻게 되는지 물었다. 누웅이 답하자 시종은 저 안에 그들 숙소를 마련했다며 그들을 안으로 데리고 갔다. 곧 시녀들이 호련 앞으로 모여들었다. 긴장한 호련이 태괄 뒤로 물러나자, 태괄은 호련을 도로 잡아 끌어냈다.

"무지 겁먹네, 이 아가씨. 아가씨 시녀들이야. 시녀들 쓴 적 없어?"

"내 시녀를 쓴 적은 없어."

능고 왕실 행사가 있을 때 불려가면 금비가 호련에게 시녀를 붙여주었다. 금비가 우이에게 붙여둔 시녀들을 쓴 적도 있었다. 머리 빗기고 옷 입히는 일이 아니라 소 치고 양 치는 일을 시키긴 했지만.

"형수님이 보내준 시녀들이야. 여기는 원래 시녀는 없고 하녀들만 있었지. 여자가 없어서 말이야."

태괄은 호련의 어깨를 살며시 밀어 시녀들과 대면하게 했다. 시녀들이 얼른 무릎을 굽혔다. 호련은 더 긴장했다.

태괄은 그중 나이 많은 여자를 소개했다.

"이쪽은 형수님의 시녀장이야. 이름은…… 뭐, 잊었네. 나중에 물어봐."

항상 있는 일인 듯 시녀장은 무덤덤하게 인사했다.

태괄은 시녀들을 훑어보고 가장 나이 어린 시녀를 골라 가리켰다.

"너, 네가 부인을 모셔라."

시녀가 영문을 몰라 어리둥절했다. 태괄은 찬눈을 가리켰다.

"이분을 모시는 거다. 내 신부의 할머니이자, 각족 족장의 부인되시는 분이니 아주아주 정중히 모셔라. 아주!"

"여, 영광입니다."

왕자가 각별히 강조하는 바람에 어린 시녀는 겁에 질려 고개를 숙였다.

"필요하신 것은 무엇이든 말씀하십시오."

"그게……."

태괄이 찬눈이 말을 꺼내기도 전에 끼어들었다.

"아주 피곤하시다고 하시니 주무실 곳을 마련하고 눕혀 드려라. 이분이 너무 피곤하셔서 다리가 녹을 것 같다고 하시는구나."

찬눈이 눈을 부릅뜨며 노려보았다.

"내가 언제!"

"어서. 자, 어르신, 어서 가서 쉬십시오. 내일모레까지 깨지도 말고 푹 주무세요. 어서요."

태괄은 찬눈과 시녀의 등을 떠밀었다.

"저기, 저 복도 끝에 있는 방에다 모셔다 드려라. 지금 당장."

"네? 벌써 아가씨와 같이 모실 방을 마련했……."

"그건 절대 안 되니까, 부인 주무실 방은 아가씨와 다른 방으로 해라. 반드시!"

찬눈이 뭐라 더 말하려 했지만, 태괄은 찬눈의 등을 힘주어 밀었다. 시녀는 다급히 안으로 달려나갔다. 찬눈은 별수 없이 가야 했다.

드디어 찬눈을 치우자 태괄은 어깨가 주저앉을 듯 안도의 한숨을 내쉬었다.

주변 시녀들과 시종이 어처구니없어 하든 말든, 태괄은 당장 달려와 호련의 허리를 잡았다. 호련은 주변 시선이 부담스러워 몸을 당겼지만, 태괄의 손에 힘이 들어갔다.

"나도 이제 형님 뵈러 가야 해. 잠시지만 아가씨 혼자 쉬고 있어."

태괄은 호련의 양 볼과 이마에 입 맞추고 두 손으로 볼을 쓸어 올리더니, 다시 콧잔등과 입술에 입을 맞추었다.

"나 없다고 울지 말고."

호련은 피식 웃었다.

"아냐. 푹 잘 거야."

"그래, 푹 쉬고 있어. 하지만 내가 왔을 때도 자고 있지는 마. 아가씨를 깨워야 할지 자는 모습만 바라보고 있어야 할지 고르는 건 힘든 일일 테니까."

그리고 아쉬운 듯 손을 놓고는 이마를 대고 두 눈을 맞추었다.

"금방 다녀올게."

옆에서 한숨 소리와 거친 숨소리가 뒤섞여 들려왔다. 이들에게 태괄이 어떤 왕자인지, 호련으로서는 알 도리가 없었지만 내일 세상이 망한다는 소식을 들은 표정들인 걸 보니 평소와 다르긴 한 것 같다.

"어서 다녀와."

"그래."

태괄은 몇 번이나 돌아보며 자리를 떴다. 호련은 그가 사라질 때까지 서 있다가 돌아섰다. 시녀들은 모두 안도하며 경련을 일으켰다. 정말 끔찍한 것을 본 듯한 표정들이었다. 평소에 대체 어떻기에 이러는 건지 궁금해지면서 호련은 그들 앞으로 가 물었다.

"저는 어디로 가야 하나요?"

"아, 어서 오세요."

악몽에서 깬 시녀들은 호련을 데리고 안으로 들어갔다.

들어가자 돌로 된 건물에서 서늘한 기운이 밀려왔다. 시녀들은 복도를 지나 호련을 밝고 넓은 방으로 안내했다.

휘장을 드리운 침대에, 푹신한 보료를 깐 긴 의자가 놓여 있었다. 바닥보다 한층 높은 평상을 마련해 그 위에 융단을 깔고 작은 차상도 놓아두었다. 침대 옆에는 호련이 입을 옷도 놓여 있었다. 푸른 비단으로 된 얇은 실내복이었다. 시녀는 실내복을 들어 호련 앞에 놓으며 말했다.

"원하는 건 무엇이든 말씀해 주세요."

"눈을 붙이고 싶은데요. 먼 길을 와서."

"그럼 차양을 닫아 어둡게 해드리겠습니다."

"고마워요."

시녀들은 창가로 가서 차양을 하나둘 내렸다. 방 안이 어둑어둑해지자 물이 밀려들 듯 깊은 피로가 밀려들었다. 거의 다섯 해를 묵혀둔 피로가 몰려드는 기분이다.

"식사는 어떻게 하실 건가요, 아가씨?"

시녀장이 물었다.

"간단하게 해줘요. 아무거나……. 편하게…… 씻고 싶은데, 욕실은 어디 있나요?"

"침대 옆에 있는 작은 문을 나가시면 욕실로 가는 복도가 있습니다. 아무도 들어오지도 나갈 수도 없는 곳이니, 편하게 드나드세요."

"고마워요. 참, 목욕 시중은 필요 없어요. 내가 알아서 할게요."

"알겠습니다."

시녀장이 인사를 하고 나갔다. 호련은 먼지투성이 머리카락을 풀어 헤치고 겉옷을 벗었다.

이런 시중은 예전에 능고의 수도 능경으로 갔을 때마다 받았다. 여환의 어머니 금비는 호련에게 온갖 호사스러운 대접을 해주었다. 가족들을 참살한 배후인 여자에게서 받는 모든 것이 독이었다. 차도 독이고 음식도 독이었고, 이불과 배게는 가시더미였다. 그 안에서 호련은 포획된 짐승이나 다를 바 없었다.

그런데 지금, 이곳은 편안하다. 공기는 고요하고 바람은 서늘하다. 마시는 물은 달콤하고 몸을 감싸는 옷은 부드럽다.

호련은 모든 옷을 벗어 던지고 시녀가 말한 문을 열고 욕실로 향했다.

비췻빛 벽돌로 바닥을 짜고 흰 돌로 탕을 만든, 작고 편한 욕실이었다. 물이 더워서 안에 증기가 가득하다. 호련은 탕 안으로 들어갔다. 뜨거운 물이 피곤한 몸을 적시자 잠이 밀려들었다. 무거운 물이 밀려들 듯 정신이 가물가물해지더니 눈이 감긴다.

얼마나 잤는지 모르게 자다가 시녀가 들어와 호련을 흔든 덕에 깨어날 수 있었다.

"아……."

"아가씨, 큰일 날 일을 하고 계시네요. 이러니 시중을 들어드리려고 한 건데. 제가 들여다보지 않았으면 큰일 날 뻔했네요."

"미안해요."

호련은 얼른 일어났다. 물이 몸을 타고 뚝뚝 흘러내렸다.

"정말 피곤하신가 보네요."

"그렇게까지 피곤하지는 않았는데…… 긴장이 풀린 것 같네요."

여기로 오는 내내 호랑이를 옆에 감고 다니는 기분이었는데, 이제 괜찮다고 생각하자마자 이렇게 된 것이다.

시녀는 빙그레 웃더니 목욕 시중을 들었다. 향유를 발라주고 몸을 구석구석 씻고 닦아주었다. 그녀 손길이 부드러워 또 졸고 말았다. 시녀가 잠을 깨우듯 노래를 불러주었다.

거의 잠결에 목욕이 끝나자 시녀는 호련의 젖은 머리카락을 수건으로 감고 몸을 닦아주었다.

여행의 피로를 씻어낸 몸은 금방 딴 사과처럼 싱싱해 보였다. 시녀는 호련의 검은 머리카락을 뒤로 넘기고 발에 신을 신겨주었다.

"저기, 할머니는……."

"부인은 곤히 주무신답니다."

보러 가야겠다고 생각했다. 가잔 산악족 출신 어머니를 둔 할머니는 튼튼하기로는 호랑이라도 잡을 여자지만 그래도 나이는 나이다. 태괄이 어떻게든 할머니를 떼어놓고 싶은 심정은 알겠지만, 할머니는 가족이다. 심술부리는 게 귀여워 봐주긴 했지만, 역시 할머니 혼자 두는 건 걱정된다.

방으로 돌아와 보니 식사가 차려져 있었다. 과일과 곡물죽, 부드럽게 익힌 꿩고기를 놓아두었다. 호련은 죽을 마시고 새고기를 먹은 뒤, 박하수를 마시고 침대에 앉았다.

사방이 물속처럼 고요하다. 호련은 무릎을 모으고 그 위에 턱을 댔다.

이제 옆에 여환이 없다. 그는 절대로 여기로 올 수 없다. 앞으로 만나지 않을 거고, 돌아가지도 않을 테고, 그의 아내가 될 일도, 그와 얽힐 일도 없다. 이제 그를 향한 모든 것을 닫아버리자.

깊은 잠이 밀려들어 온다. 이제는 욕실도 아니니 누가 깨울 일도 없다. 잠은 늪처럼 그녀를 빨아들였다. 모두 그 잠에 먹힌다. 여환도, 우이도, 능고도, 죄다 닫힌다.

『2권에 계속…』